DIE MÄRCHEN

DIE MÄRCHEN

黑塞童话

〔德〕赫尔曼·黑塞 著　文泽尔 译

天津出版传媒集团

天津人民出版社

果麦文化 出品

我一直坚信这一点，童话是真实的。

　　　　　　　——伊塔洛·卡尔维诺

目 录

001 小矮人 / 024 影子游戏

032 一个名叫齐格勒的人

039 城市 / 046 柯略尔格博士的结局

054 美梦 / 061 笛梦 / 070 奥古斯都

098 诗人 / 106 森林人

115 来自另一个星球的奇异讯息 / 135 法尔多

158 难走的路 / 166 一长串的梦境 / 182 欧洲人

192 帝国 / 199 画家 / 206 关于藤椅的童话

211 伊里斯 / 235 围炉夜话

238 皮克托尔的变化 / 245 魔法师的童年时代

269 梦的踪迹 / 289 周幽王

297 鸟 / 319 两兄弟 / 322 注释 / 340 黑塞年表

小矮人
Der Zwerg

某天晚上,老说书人切科在码头边是这样开头的:

如果你们觉得可以,我的大人们,今天我打算讲一个十分古老的故事,这故事是关于一位美丽的小姐、一个矮人和一剂爱情灵药的,是关于忠诚与不忠、爱情与死亡——一切古老抑或崭新的冒险和故事都会涉及的这些东西的。

玛格丽塔·卡多林小姐,贵族巴蒂斯塔·卡多林的女儿,在她所生活的那个年代,她是威尼斯城所有美人当中最美丽的,以她为主题创作出来的诗句和歌曲比大运河沿岸大小宫殿的拱窗还要多,比春天夜晚里在葡萄和海关大楼之间来往的贡多拉还要多。上百名年轻或年老的贵族男士,有威尼斯本地的,比如来自穆拉诺的,也有那些来自帕多瓦的,如果夜里做梦没有梦到她,连眼睛都不会合上;如果没有好好思慕一番她的音容笑貌,就一直挨到清晨都还醒着。在这整个城市里,年轻的贵族女士当中,几乎没有哪位从来不曾忌妒过玛格丽塔·卡多林。凭我的身份,是不适合去详细描述她的,能够说她金发,高挑又苗条,仿若一棵新长成的柏树;能够说空气会奉承她的头发,大地会讨好她的鞋底;能够说当提香[1]亲眼见到她时,应该很想去表达这样一个愿望:整整一年时间里,除了这个女人之外,他不会再去画其他任何东西、其他任何人——能够像这样说说,我就心满意足了。

这位美人从不缺少华贵的礼服、蕾丝装饰、拜占庭式的金丝锦缎以及珠宝和首饰。她的宫殿里更是富丽堂皇:脚踩在小亚细亚进口的彩色厚地毯上，橱柜里收藏了满满的银器，装饰着精美锦缎和豪华瓷器的桌子闪闪发光，客厅的地板是美丽的马赛克拼花，天花板和墙壁一部分由织锦和丝绸材质的哥白林挂画覆盖，一部分则悬挂着画面漂亮、气氛欢快的画作。仆人同样不短缺，贡多拉和船夫也是如此。

所有这些精细华美且使人愉快的东西，别人家的宅邸里当然也有：比她家更大、更富有的宫殿，装得更满的橱柜，更精美的餐具、墙饰和珠宝。要知道，那时的威尼斯可是极为富庶的。但是，年轻的玛格丽塔完全独占着的是这么一样宝贝，一样让许多比她更富裕的人都羡慕不已的宝贝：一个小矮人，名唤菲利波，身高不足三厄尔[2]，背后长着两个小罗锅，是个妙不可言的小家伙。

菲利波是土生土长的塞浦路斯人，当他被主人维特多利亚·巴蒂斯塔从旅途中带回家时，只会说希腊语和叙利亚语，不过现在，他已经会说一口纯正的威尼斯方言了，简直就像是在运河的哪处堤岸或者圣约伯教堂所辖的教区里出生的一样。他的女主人有多美丽婀娜，那小矮人就有多么丑陋怪异：在他残疾的身躯的映衬下，她显得身高倍增，宛若王族，就仿佛渔民住的窝棚旁边竖了一座海岛教堂的塔楼似的。小矮人双手满是褶皱，皮肤是棕色的，手指关节扭曲变形。他走路时的步态可笑到难以言说，他的鼻子大到夸张，双脚宽大，脚尖向内。不过，他在穿着打扮上倒像是个贵族——他的衣服全是用真丝面料和烫金布做的。

光凭这副尊容，便足以令这小矮人成为一个活宝。没准儿还不只是在这威尼斯城里，而且是在整个意大利——连米兰都不必排除在外，全国都没有比他更稀罕、更滑稽的人物，倘若有哪位陛下、殿下或阁下打算将这小号男人占为己有，肯定愿意拿大把黄金过来交换。

虽然在各处的宫殿里，或者在那些富有的城市当中，确实也存在着那么几个小矮人，可以在身形矮小及相貌丑陋这两点上与菲利波相提并论，但在心智情商与天赋才能方面，普天之下根本就无人可望其项背。

单就聪明这一点来讲，这小矮人完全够资格入选十人委员会[3]，或者负责打理一间公使[4]馆的各项事务。他不光是能够说三门语言，而且在历史典故、权谋策略和发明创新上都是手到擒来，讲述古老传说就跟现编全新故事一样棒，出起正经计策来也完全不输鬼点子。而且，他还有办法将任何一个人——只要他愿意——轻而易举地逗得哈哈大笑，或者折磨得垂头丧气。

每逢天气晴好，作为那个时代的风尚，小姐会端坐在自家阳台上，让太阳将满头秀发慢慢晒褪色。每当这时候，她那两名随侍女仆、她那只来自非洲的鹦鹉，还有小矮人菲利波都会陪伴着她。女仆们会将她长长的头发浸湿，梳得根根散开，然后摊开来平铺在巨大的遮阳帽上，以便晾晒，与此同时，还会在头发上喷洒玫瑰香露与希腊香水。在做这些事的时候，她们会给她讲威尼斯城里刚刚发生以及正在发生的一切：讣讯、庆典、婚礼、降生、遭窃，以及种种奇闻趣事。那只鹦鹉则拍打着它那双五彩斑斓的翅膀，展示自己的三项技艺：用口哨声吹出一首歌，像山羊一样咩咩叫，以及高喊"晚安"。小矮人陪坐在一旁，安安静静地在阳光下蜷缩起身体，阅读古书和古卷轴，对女仆们的闲谈几乎毫不关心，就跟他几乎毫不在意四下飞舞的蚊群一样。不过，随后每次都会发生这样一种情况：过了一小段时间，那只五彩斑斓的鸟儿便垂下了头，打起哈欠，昏昏欲睡起来；女仆们闲聊的语速越来越慢，最后终于住了嘴，神情疲惫，无声地忙活着她们该做的事情。毕竟，这世上哪还有什么地方，能够找到比这威尼斯宫殿的阳台上还要炽烈些的正午阳光？能够比晒着这里的正午阳光更令人犯困？一旦女仆将女主人的头发晒得太干，或者仅仅是不太小心扯到了她的头发，她都会情绪失控，大声责难。如此这般，也就来到了她喊出这样一句话的时间点："把他的那本书给拿走！"

女仆便将书从菲利波的膝盖上取走。小矮人会愤怒地抬头瞧上一眼，但他会马上控制住自己的情绪,礼貌地询问自己的女主人有何贵干。

于是她便下令道:"给我讲个故事!"

对此,小矮人的回答是:"我要想一想。"然后就开始想了起来。

有时,这一过程持续太久,让她等待得不耐烦了,她就会冲着他大喊大叫,责骂又批评。不过他会镇定自若地摇摇那颗相对于他的身材而言显得太过沉重的脑袋瓜,坦然自若地回答道:"您必须再耐心等待一小会儿。好的故事就好比高贵的野兽,它们蛰伏在隐蔽处,人们必须经常在山谷和密林的入口处伫立良久,窥伺着它们。让我再想想!"

当他思虑得足够了,开始讲述了,那么直到故事全部讲完,他不会停顿下来。他讲起故事来滔滔不绝,如同从山涧流出的一整条溪流,能够映出周遭一切的倒影,从青青的小草,到蓝天上的白云,无一遗漏。鹦鹉睡着了,睡梦之中,那弯曲的喙子时不时地发出吱吱嘎嘎的声音。威尼斯的那些小小运河,水面平静如镜,倒映出岸边的房屋,就如同真实存在的城墙一般坚不可摧。太阳照耀在平平的屋顶上,女仆们绝望地对抗着睡意。但小矮人一点儿都不困,一旦他开始施展起自己的特长,就变成了魔法师和国王。他熄灭了太阳,转眼便将自己那位静静聆听的女主人带入一座伸手不见五指的阴森密林里,转眼又将她带入蔚蓝而清爽的海底,转眼又穿梭在一系列陌生而奇妙的城市街巷之中。他的说书人技艺是在东方学会的,在那里,说书人掌握着很多本事,个个都是巫师,可以轻易玩弄听众的灵魂,就跟小孩子玩皮球一样简单。

他讲的故事几乎从来不会在某个陌生的国度开始,因为如果是从那样的地方开始,聆听者的灵魂就不容易凭借自己想象的力量去自由翱翔。相对应地,他总是以人们能够亲眼所见的某样事物来开始,有时以一枚黄金制成的发夹开始,有时则以一块丝绸制的方巾开始——永远都是以近在眼前、当下存在的东西来开始。比如,通过描述某样奇珍异宝先前的拥有者,或者其制造者,要么就是其卖家来作为引子,不知不觉之间,便将女主人的思绪牵引到了任何他想要前往的地方,故事娓娓道来,如溪流般自然而缓慢地流淌,从宫殿的阳台上,一路流向商人所乘的小舟,又从小舟飘向码头,到了大船上,一路去到世间每个最遥远的地方。无论是谁,只要是在听他讲故事,都会以为自己真的踏上了旅程,可实际上依旧好端端地坐在威尼斯城里;恍然间,仿佛自己的灵魂真在某片遥远的海域上,在哪个神仙幻境里,或快活或恐惧地神游呢。菲利波所讲的,便是这样一类故事。

除了这类神奇的大多源自东方的童话,他也会讲一些古往今来真实发生过的冒险事件:埃涅阿斯王的远行和苦难、塞浦路斯王国、约翰内斯国王、魔法师维吉留斯[5]以及亚美瑞格·韦斯普奇[6]颠沛流离的冒险旅程。除此之外,他也懂得该如何去创作并讲述最为离奇有趣的故事。比如曾经有一天,他的女主人看到那只鹦鹉沉沉入睡的样子,便向他发问道:"你这无所不知的家伙,现在我的这只鸟儿梦见了什么?"对于这个问题,他仅仅沉思了一小会儿,便马上开始讲述起一段漫长的梦境,瞧他那样子,仿佛他就是那只鹦鹉似的。他刚刚讲完,鸟儿就醒了过来,如山羊一般咩咩叫了一声,拍了两下翅膀。也曾发生过这样一件事:那位女士捡起一颗小石子,扔过阳台的栏杆,投进外面运河的水里,石子入水,发出"咕咚"的一声响。她便发问道:"那么,菲利波,我的那颗小石子现在到哪里去了呢?"小矮人马上滔滔不绝起来,讲到那颗小石子是怎样在水里遇到水母、鱼类、螃蟹和牡蛎的经历,讲到它遇见溺水身亡的船员和水鬼、地精和美人鱼的过程——菲利波对它们的生活和经历了若指掌,能够准确且流利地将这些给描述出来。

尽管玛格丽塔跟其他许多富有又美丽的小姐一样天性高傲又铁石心肠,但她十分喜爱属于自己的这个小矮人,对他也很小心呵护,要求每个人都去善待他、尊重他。不过她本人倒是会时不时地拿他逗笑取乐,稍微折磨他一下,让他明白他不过是她的私人财产罢了:她要么将他的全部藏书一次性取走，要么把他关进自己那只鹦鹉住的笼子里，要么就在某一间大厅的木地板上把他给绊一跤。尽管她做上述这一切时并不存有什么恶意，且菲利波对此从不抱怨，可他是个什么都不会忘掉的人，所以便时不时地在自己所讲的寓言和童话故事里插入一些小小的影射、暗示及讽刺，但小姐也并没有为此多说些什么。她将与小矮人相处的分寸拿捏得很好，不至于过分激怒他，从而可以保全自己，因为每个人都相信小矮人拥有一门秘密的知识，掌握着禁忌的手段。人们确信，他精通与部分动物沟通的绝活，而且在预言天气和暴风雨时从来不会出错。可是，当有人用相关问题来逼问他时，他在大多数时候都保持着沉默。然后，只要他耸一耸自己歪向一侧的肩膀，晃一晃那颗沉甸甸、硬邦邦的大脑袋，提问的人便会被逗得哈哈大笑，也就忘掉本打算追问他的事儿了。

跟每个普通人类一样，菲利波也有着让某个生灵陪伴自己，向它展示自己爱意的需求。除了他的那些藏书之外，他还拥有一份颇为奇特的友谊，即跟一只黑色小狗之间的亲近关系。这只小狗是属于他的，甚至就跟他睡在一起。它原本是某个没人知道具体是谁的追求者送给玛格丽塔小姐的礼物，又被女主人转送给了小矮人。转送时的情况比较特殊：小狗到来的第一天就遭遇了不幸，被一道沉沉落下的大门给砸了一下。事故之后的小狗原本应该被直接处死，因为那一下子砸断了它的一条腿。全靠小矮人亲自为这畜牲求情，要求将这小动物转送给他，这才保住了它的一条命。在小矮人的悉心照料下，小狗恢复了健康，对自己的救命恩人极其感激。但它被治好的那条断腿还是直不起来，成了瘸腿，如此一来倒跟它那位本就畸形的主人更相配了——菲利波已经听过好些就此事编撰出来的笑话了。

尽管人们恐怕会认为小矮人与狗之间存在着的这种爱意颇为可笑，但其实它并不欠缺真意和真心，而且照我看来，有些富有的贵族甚至还没办法从他们最好的朋友那里得到菲利波对他的那只瘸腿博洛尼亚犬所付出的那般真挚的爱意。菲利波称呼这只小狗为菲利皮诺,为着简短起见而取的昵称"菲诺"正是来自此名。他对待它就跟对待一个小孩子般温柔,跟它讲话,带美味的小零食给它吃,让它在他那张专供小矮人使用的小床上睡觉,而且经常陪着它玩很长时间。简而言之,他将自己穷苦而无家可归的人生的全部爱意,都倾注到了这只聪明的动物身上,还因为它受到仆人们和女主人的不少嘲笑。不过,你们不久就会见识到,这份好感其实一点儿都不可笑,因为它不只给狗和小矮人带来了灭顶之灾,甚至给这整栋房子都带来了灭顶之灾。我为一只残疾的小宠物狗浪费了这许多话语,你们可千万不要因此气恼,千里之堤,毁于蚁穴,这样的例子并不罕见。

有那么多体面、富有、英俊的男士觊觎着玛格丽塔,将她的美貌铭记于心,但她是如此骄傲且冷淡,仿佛这世界上根本就没有男人存在。这不仅仅是因为她的母亲——众人皆知的玛利亚夫人来自朱斯蒂尼亚尼[7]家族——长期以来对她严加管教,直到去世为止,而且是因为她本质上就是个相当高傲、抗拒爱意的生灵,如此这般,她便名副其实地成了整个威尼斯城里最冷酷无情的美人。由于她,一位来自帕多瓦的年轻贵族跟一名来自米兰的军官决斗。当她知悉此事时,人们刚好来得及将决斗身死者留下的遗言转告给她。即便这样,也无法在她白皙的额头上见到哪怕一丁点儿阴霾。那些以她为主题而谱写的十四行诗,永远只能招来她的耻笑。当两位来自城里最显赫家庭的倾慕者差不多同时向她求婚,希望能够执子之手时,尽管她的父亲极力反对,努力劝说,她还是十分强势地同时拒绝了那两个人,并因此造成了家庭的长期不睦。

然而,那个长了翅膀的小神明[8]偏巧是个捣蛋鬼,不愿意放过任何一只猎物——至少也是不愿意放过如此美丽的一只猎物。即使是那些平日可望而不可即的骄傲女人,在陷入爱情时也是最迅速和最激烈的,人们对这样的情况早已习以为常了，就好比最冷冽的冬天过去之后，通常便会迎来最温暖又最迷人的春天一般。此事发生在于穆拉诺岛诸多私人花园中举办的一次庆典活动期间，在此次庆典上，玛格丽塔将自己的芳心交给了一名年轻的骑士兼航海家。此人刚刚从"莱凡特"[9]归来，名唤巴尔达萨雷·莫罗西尼。面对眼前这位望向自己的女士，他既没有行贵族礼，也没有将自己那伟岸的身躯稍微弯下哪怕一点儿。她的一切都是那么光辉夺目、轻盈柔美，他却如此黝黑强韧，一眼即知。他在海上航行了很长一段时间，去过很多陌生的国家，是个愿意与冒险结伴同行的人。在他那被阳光炙晒成棕色的额头上，万千思绪如闪电般掠过；在他那高耸、弯曲的鼻头上方，那对黑色的眼珠如火焰般燃烧，目光滚烫又锐利。

　　他当然也马上注意到了玛格丽塔——除此之外也不再有其他可能——而且，他一打听到她的名字，便立刻设法将自己介绍给了她的父亲以及她本人认识，所讲的除了许多殷勤礼貌的话语，还有大量讨好卖乖的词句。直到庆典结束，即快到午夜时分为止，他都在社交礼仪所允许的范围之内，尽可能地徘徊在她的旁侧；她则听着他所讲的那些话，即便那些话本身是讲给其他人而不是给她听的，她聆听起来也比听福音书时还要用心。正如人们所能想到的，巴尔达萨雷先生经常会受邀讲述他的旅行和冒险经历，以及路途中遭遇的种种危险，他讲起这些事情来时极为风度翩翩，妙趣横生，每个人都爱听。但事实上，他眼下所有的话语都只是为他眼中独一无二的那位女听众准备的，而这位女听众连他的哪怕一次呼气声也不愿意错过。他以举重若轻的方式讲述那些最为罕见的冒险，仿佛在场的随便哪个人都确切无疑地亲身经历过那些事情一般，如此一来，便不至于太过凸显他本人的存在感，这种做法跟其他航海者大不相同，尤其是那些年轻人。仅有那么一次，当他讲起自己跟非洲海盗们的一次战斗时，提起了自己受过的一次重伤，留下的伤疤横亘他的整个左肩。玛格丽塔屏息静气地聆听着，心驰神往的同时也感到心惊胆战。

最后，巴尔达萨雷陪同她和她的父亲一路走到他们家的贡多拉旁。同他们道过别之后，他还在那里伫立良久，远远地看着漆黑一片的环礁湖湖面上，贡多拉船尾照明用的火柱渐渐远离。直到目光所及之处完全见不到火光了，他才折返回自己的朋友们所在的一座花园洋房里。在这里，年轻的贵族们——同时也包括几名漂亮的娼妓——喝黄色的希腊葡萄酒，还有红色的阿克梅斯甜酒，以此来消磨这个温暖的夜晚尚余下的部分时光。在这群人当中，有个名叫詹巴蒂斯塔·甘塔里尼的，是整个威尼斯城里最富有也最懂得享受生活情趣的年轻男士之一。他刚好遇到了巴尔达萨雷，便拍了两下他的手臂，大笑着说道："我多么希望你今天晚上能够给我们讲一讲你在旅途中的艳遇啊！不过现在恐怕是没什么可讲的了，因为那个美丽的卡多林家的人已经把你的心给带走了。不过你恐怕也知道，这个美丽的女孩其实是个铁石心肠的人，根本没有灵魂可言。她简直就像是乔尔乔内[10]笔下的一幅画，画中的女人们被描绘得极为真实，简直无懈可击，但她们根本没有真正的血肉，只是为了我们的双眼而存在的。实话实说，我建议你离她远点儿。或者说，你有兴趣成为第三个被拒绝的人，然后沦为卡多林家的仆人们的笑柄？"

巴尔达萨雷笑而不语，并不认为自己需要为此辩白些什么。他一连喝光了几杯香甜的有着橄榄油般光泽的塞浦路斯葡萄酒，比在场的其他人都更早地回家去了。

刚过了一天，他就已经挑选了一个好时辰，前往卡多林家那座小而精致的宫殿，去拜见那位年事已高的家主，想尽一切办法去讨他的欢心，赢得他的喜爱。傍晚时分，他带领着好些歌手和吟游诗人，去为那位年轻又美丽的女士献上了一首小夜曲，取得了很好的效果：她站在窗边聆听，甚至在阳台上短暂露了露面。消息自然马上传遍了全城，人们议论纷纷，游手好闲者和饶舌妇们已经对两人的订婚一清二楚，眼下正在吹嘘臆想中的那个婚礼日期呢。而实际上，莫罗西尼此时尚未换上他那件华贵的礼服，还没来得及向玛格丽塔的父亲说明自己求婚的意愿：根据当时的风俗，其实并不应该由他本人亲自前往求亲，而应该托付他的某一位或者两位朋友代为前往，但他对这种陋俗嗤之以鼻。不过话说回来，过不了多久，那些能说会道的包打听就会很高兴地见证到，他们此时的预言竟然真的成真了。

当巴尔达萨雷先生向卡多林家的父亲说出自己的心愿，说自己愿意成为他的女婿时，这位父亲陷入了不小的窘迫当中。

"我最尊贵的年轻绅士，"他诚恳地说道，"看在上帝的份儿上，我完全没有低估您的求婚对于我的家族所能带来的荣耀。尽管如此，在此我还是要诚挚地请求您收回这份打算，因为这样可以为您和我省去许多痛苦和辛劳。您恐怕是因为长期在海外旅行，距离威尼斯城实在太过遥远，所以才会对此并不知情。您不知道，那多灾多难的姑娘给我造成了多大的麻烦，她之前已经拒绝了两次足以光宗耀祖的求婚，而且根本没有任何理由。她完全不想跟爱情和男人扯上任何关系。我承认，我对她有些娇纵，态度上也不够强硬，没办法下狠心严加管教，让她放弃这种冥顽不灵的态度。"

巴尔达萨雷很礼貌地听他说完了这些，但并不愿意收回自己的求婚，反而竭尽全力地给忐忑不安的老家主打气，想方设法让他的心情变好。最后，家主终于许诺，要跟自己的女儿就此事好好谈一谈。

大家可以自行想象，那位小姐会给出怎样的一番回答。虽然为了维护自己一直以来的高傲态度，她还是在言语上表达了些许微不足道的异议，尤其是还在自己的父亲面前装出了一点点淑女的样子来，可是在她的心中，早在父亲过来询问她之前，就已经说了"我愿意"。于是，在得到了她的答复后，巴尔达萨雷便马上现身在她的面前，随身带着一件精巧又贵重的礼物——在他未婚妻的手指上，戴上一枚黄金制的订婚戒指，并且第一次吻到了她美丽又骄傲的双唇。

如今威尼斯城的居民是既有热闹可看，又有话题可聊，还有对象可以去羡慕的了。没有任何人记得自己曾经见过这样一对璧人。两个人都生得又高又大，小姐在身高上不输给他分毫。她生得一头金发，他则是满头黑发。两个人的头都昂得高高的，性格上无拘无束，而且在贵族品阶和孤傲本质上也是彼此匹敌，不遑多让。

唯有一点让那华贵的未婚妻不满——那位未婚夫先生向她解释说，他很快就必须再到塞浦路斯远行一趟，是为了要了结那边的几项重要事务。只有他从那里回来之后，才能够正式举办婚礼——要知道，现在整个威尼斯城已经将这场婚礼视作一次公众庆典，翘首以盼了。尽管如此，这对准新人还是暂且不受此事干扰，享受着他们眼下的幸福时光：巴尔达萨雷先生举办了各种形式的庆典，送了她很多礼物，请乐队来为她奏乐，大大小小的惊喜不断。他只要一逮到什么机会，就跟玛格丽塔腻在一起。而且，他们还无视严格的礼数，乘着早就藏好的贡多拉，一起悄悄出行了好几次。

如果说玛格丽塔的高傲性格，以及那稍微有些冷酷残忍的个性，对于一位恃宠而骄的年轻贵族小姐而言并没有什么值得奇怪的话，那么她的这位未婚夫在贵族家庭中养成的盛气凌人的态度，以及几乎从来不为他人着想的脾气，也并没能通过他多年的航海生涯和年少有为的经历缓和半分。他在求婚时越是努力装出讨好他人、循规蹈矩的模样，如今达成目的之后也就越是要变本加厉地宣泄自己的本性，越是要恣意妄为一番。至于他作为贵族的放荡不羁和专横霸道，自从当上了航海家和富有的贸易商，就更是变本加厉，一发不可收拾，平日里过的是穷奢极欲的生活，完全不顾其他人死活。奇怪的是，他从一开始就对自己未婚妻生活中的一切有着诸多不满，最反感的恰恰是那只鹦鹉、小狗菲诺以及小矮人菲利波。他每次看到他们都会感到十分气恼,都会做尽坏事来折磨他们,要么就让他们去遭受女主人的折磨。于是,每当他进入卡多林家的宫殿时,每当他那雄浑有力的声音在旋转楼梯下方响起,小狗便会哀号着逃走,那只鸟儿也开始不停尖叫,不停拍打翅膀。凡此种种之后,小矮人也只好噘起嘴来,倔强地保持着沉默。为着公道起见,有件事我不得不说:玛格丽塔虽然没有为她的那些动物说情,但为了菲利波,她多少还是讲了些维护的话,时不时地会想办法替这可怜的小矮人辩护两句。不过话说回来,她当然不敢太过刺激自己的爱人,因此也不能或者不想去制止一些小小的折磨和残忍。

鹦鹉很快就迎来了终结。有一天,因为巴尔达萨雷先生再次折磨了它,用一根小棍子不停捅它,于是,被激怒的鸟儿啄了他的手,并且用它那有力又锐利的鸟喙把他的一根手指撕咬出了血,结果他就让人直接拧断了它的脖子。最后,鹦鹉被扔进了府邸后面又窄又暗的运河里,没有任何人为它的死亡而哀悼。

相比之下,小狗菲诺的遭遇也好不到哪里去。这件事过后不久,有一次,未婚夫刚刚踏进小狗的女主人的府邸,它便马上藏到了楼梯下方一个阴暗的角落里,这跟它一直以来一见到这位先生靠近,便马上隐匿身形的习惯保持着一致。可是,或许是因为巴尔达萨雷先生将某样东西忘在了自己的贡多拉船上,又不愿意让随便哪个仆人去取,所以就出乎意料地从楼梯上折返了回来。受到惊吓的菲诺吃了一惊,大声吠叫起来,迅速又笨拙地向上跃起,险些将那位先生给扑倒在地。他跟跟跄跄地跟那只狗一起来到了走廊上。那小动物因为实在太害怕了,还在不停奔跑,一直跑到了大门口,外面有好几级宽大的石头台阶,直接朝下通往正门前的运河。他实在是太气急败坏了,一边咒骂它,一边狠狠地给了它一脚,将小狗直接踢飞,远远地落进了水里。

小矮人刚好在这时候现身了,因为他听到了菲诺的狂吠和哀鸣。他站在门口，站在巴尔达萨雷的身旁。巴尔达萨雷笑个不停，正在观赏那只半跛的小狗是如何在惊恐万分的落水状态下尝试着游泳的。吵吵嚷嚷的声音很快就令玛格丽塔出现在了二楼的阳台上。

"派一艘贡多拉过去吧，看在上帝的份儿上，发发善心吧。"菲利波上气不接下气地冲着她喊道，"把它给救上来，女主人，马上！它要淹死了！噢，菲诺啊，菲诺！"

哪里知道，巴尔达萨雷先生竟然大笑着拦住了已经解开贡多拉缆绳的船夫，并且命令他退后。菲利波只好再次将目光转向自己的女主人，希望能够向她求情，但玛格丽塔此时已经离开了阳台，一句话都没有多说。因此，小矮人只好在这个折磨自己的人面前跪下，恳求他饶了这只狗的性命。那位先生怒气冲冲地避开了他的目光，态度严厉地对小矮人下令，让他马上回到宅邸里面去，而他自己却一直逗留在停靠贡多拉的台阶处，在那里站了很长时间，直到气喘吁吁的小菲诺沉下去了才回去。

菲利波一路赶往最上面一层楼，直到头上就是屋顶了才停下来。他坐在顶楼的一个角落里，双手撑住自己的大脑袋，凝望着眼前发呆。这时，有个随侍女仆过来了，要把他唤到女主人那里去，然后又来了一个仆人，也是来喊他的，但他置若罔闻，不为所动。眼见他直到日落西山还一直坐在顶楼的那个位置，女主人只好拿了一盏提灯，亲自上到顶楼来找他。她站在他的面前，盯着他瞧了好一会儿。

"你为什么不起来？"她终于开口问道，但他没有给出任何回应。"你为什么不起来？"她又问了一遍。这位小大人儿这才将目光转向她，轻声说道："您为什么要谋杀我的狗？"

"做这件事的人并不是我。"她为自己辩护道。

"您本来是可以救它的，却任由着它丧生了。"小矮人控诉道，"噢，我的小宝贝！噢，菲诺，菲诺啊！"

这下子玛格丽塔可生气了，她一边咒骂，一边命令他马上起身，上床睡觉去。他服从了她的命令，一个字都没有多说。之后他整整三天没有说话，简直像个死人一样，碰也不碰端上来的饭菜，对周围发生的事情、周围人所讲的话漠不关心。

在这些日子里，有件事搅得年轻的小姐极为心神不宁：她自各种不同的渠道得知了许多关于她的未婚夫的事情，这些传闻令她陷入了深深的忧虑中。相关人士纷纷表示，这位年轻的莫罗西尼先生在旅途中是个相当糟糕的少女杀手，在塞浦路斯和其他很多地方拥有数目不少的情妇。他们言之凿凿，玛格丽塔心中不觉疑窦丛生，满是担心，尤其是一想到未婚夫即将动身的这段新旅程，便只剩下长吁短叹了。到了最后，她实在忍受不了了，于是有一天早上，当巴尔达萨雷抵达卡多林宅邸，跟她在一起时，她对他坦白了心迹，说明了一切，对自己的种种担忧也丝毫没有保留。

他对此报以微笑。"我最亲爱的人儿，我最美丽的人儿，人们跟你说的那些闲话，至少有一部分是在撒谎，不过大多数倒是实话。爱情就跟海上的浪花一样，浪花席卷而来，突然将我们举得很高，转眼又将我们带到很远的地方，仅凭我们个人的力量根本无法抗拒。但是，我很明白自己面对未婚妻——一个如此尊贵的家族的女儿时，应该负起怎样的责任，所以你根本不需要为此担心。确实，我在各处见识过一些漂亮女人，也跟其中几位相爱过，但她们没有任何一个可以跟你相提并论。"

他的气势和魄力仿佛散发出了某种魔力，因此，她的心情恢复了平静，脸上也露出了微笑，甚至抚摸起他那只结实的被晒成棕褐色的手来。可是，一旦他离开了她的身边，她之前的一切忧虑就统统折返回来了，搅得她不得安宁，乃至于这个一直以来极为高傲的小姐，现在居然亲身体会到了深陷爱河时的那种隐秘而卑微的痛苦，以及无穷无尽的忌妒。她每晚都躲在自己的真丝被褥里，经常彻夜难眠。

在如此的困境之下，她转而向自己的小矮人菲利波寻求帮助。在这段时间里,这个小矮人已经恢复了他往日的状态,假装已经完全忘记了自己那只小狗是如何羞耻地死去的。到了阳台上,当玛格丽塔在太阳底下漂晒自己的头发时,他还是跟以往一样坐在那里,要么就是在读书,要么就是讲故事。唯独有一次,她倒是回想起了这件往事。当时她先是开口询问他,此时此刻到底在沉思些什么事情,为什么想得如此入神。于是,他便用一种很少见的声音回答说:"愿上帝保佑这栋宅邸,我慈悲的女主人啊,我很快就要离开了,无论是死是活。"

"为什么要这样讲?"她回应道。

只见他用自己独有的滑稽方式耸了耸肩膀,说:"我有预感的,女主人。鸟儿走了,小狗走了,小矮人凭什么还留在这里?"她很严肃地命令他不许再说这样的话,因此他就真的不再说这些了。小姐觉得他已经不再去想这些事了,便又对他给予了完全的信任。再看看他,当她向他倾诉自己的担心时,他竟然还为巴尔达萨雷先生说话,一点儿也看不出来他对他还有什么怀恨在心的意思。因此,他也就重新赢回了女主人的友谊,关系甚至更胜以往。

某个夏日的傍晚,海面上吹来些许凉风,玛格丽塔跟小矮人一起,登上了她的那艘贡多拉,让船夫朝着开阔的地方一路划去。当贡多拉来到穆拉诺岛附近时,整个威尼斯城看起来就仿佛是风平浪静、波光粼粼的环礁湖外漂浮着的白色幻梦一般。这时,她向菲利波下了一个命令,让他给自己讲一个故事,她则倚靠在柔软的黑色床榻上,舒展开了身体。小矮人在她的对面蹲坐下来,坐到了甲板上,后背靠在贡多拉高高的船头上。夕阳悬在远处山峦的轮廓线上,玫瑰色的雾气萦绕山间,几乎已经看不清山峦的模样。穆拉诺岛上传来了好几下钟声。贡多拉船夫为此处的暖意所迷醉,懒洋洋、半梦半醒地划动着他手中的长桨,他佝偻的身形与贡多拉一起辉映在长满海草的水中。间或驶过一艘运送货物的小舟,或者一艘撑着拉丁帆的渔船,尖锐的三角形船帆一时遮住了远处威尼斯城众多的塔楼。

"给我讲个故事!"玛格丽塔下令道。于是菲利波便垂下他那沉重的脑袋,把玩着自己身上穿着的那套真丝大礼服的金流苏,沉思了一会儿,然后开始讲起了如下的故事:

"当我的父亲还居住在拜占庭的那个时代——那时我还远未出生呢——他遭遇了一件匪夷所思、非同寻常的怪事。当年,他靠着当医生以及为疑难怪事出谋划策作为谋生的手段,因为他既识得医学,又知道如何运用巫术,这些都是他从一位住在士麦那城的波斯人那里学来的。而且,父亲的这两项学问都学得炉火纯青。他是个很正直的男人,既不愿意阿谀奉承,也不打算送礼行贿,只懂得一门心思地靠自己的本事来吃饭,结果就受到一些招摇撞骗之人和江湖郎中的忌妒。他们给他找了很多麻烦,让他受了很多苦,他早就想要找个机会回故乡去了。但是,我可怜的父亲始终还是想在做这件事期间,至少在这异国他乡稍微赚得一笔微薄的钱财,因为他很清楚自己家乡的亲人过的是怎样一种饥寒交迫的生活。因此,当我那善良的父亲眼睁睁地看着那些骗子和一无是处之人毫不费力就赚得盆满钵满,当他看到自己在拜占庭的生意越来越不景气时,他的心里也就越来越感到悲愤难平,越来越怀疑自己是否还存在着不依靠小商小贩的手段就能从困境中脱身的可能性。实际上,他根本就不缺主顾,而且已经帮助了成百上千个身处最困难处境的人。可是这些人大多很贫穷,收入微薄,所以他羞于从他们那里收取太多酬劳——他为他们提供服务,只收很小的一笔费用。

"在如此没有指望的情况下,我的父亲终于下定决心,打算徒步离开这座城市,不带任何钱财,要么就在哪艘船上谋个差事,远走高飞。尽管如此,他还是想等上一个月再动身,因为他通过占星术的那套规则算出,自己在此期间将会交上好运。哪里知道,一个月时间转眼即逝,却并没有发生什么好事。于是，他只好在这个月的最后一天，悲伤地打包好自己的那点儿家当，决定隔天一早就正式启程。

"最后一天的傍晚时分，他出了城，在城外的海滩上徘徊。你大可以想象看看，他当时的心情是多么绝望又无助。太阳早就下山了，满天星辰发出的白色光芒早已倾泻在那平静的海面上。

"就在这时候，我的父亲突然听到身旁响起一阵哀怨的叹息声，声音很大，显然近在眼前。他马上朝着四下看了看，却并没有见到任何人。此事令他受到了很大惊吓，因为他将此视作自己即将开始旅程的一个凶兆。这时，哀怨的叹息声又一次响了起来，而且比刚才还大声。他干脆鼓起勇气来，大声喊道：'谁在那里？'话声未落，他立即听到一连串拍打海岸的声音。他便循着声音转过头去，借助天上群星黯淡的光芒，他看到那边似乎躺着一个身形很庞大的人。起先，他还以为那大概是一名船只遇难的幸存者，或者在海水里游泳的溺水者，于是赶紧跑过去帮忙。直到靠近了，他才惊奇地发现，那竟然是一位美丽到无人可比、身材苗条、肌肤如雪一般洁白的海仙女，她只有上半截身体伸到了水面之外。谁也无法描述出我的父亲当时多么惊讶，因为海仙女居然开口了，她用恳求的语气对父亲说道：'你难道住在黄色小巷的希腊巫师？'

"'正是在下。'他用最友善的声音答道，'您想要我做些什么？'

"听到这番话后，那位年轻的海仙女又开始了新一轮的哀怨叹息。她伸直自己那对美丽的手臂，接连叹了好几声气，请我的父亲可怜可怜她的相思之苦，想办法为她配制一剂爱情灵药，因为她一直在徒劳无功地思念着自己的爱人，简直是备受煎熬。为了说服我的父亲，她用美丽的双眸凝视着他，眼神里写满了恳求与哀伤。这样的方式果真令他心软了，他当即决定要帮助她。不过，在动手之前，他还是先问了问海仙女，事成之后，她将会以怎样的方式来回报自己。海仙女许诺，说会送给他一串珍珠项链，这串珍珠项链特别长，长到可以在一个人类女人的

脖子上绕上整整八圈。'不过呢,这样的一件宝物,'她继续说道,'在我亲眼见到你的法术真正产生效果之前,不能够给你。'

"对于这个要求,我的父亲倒是没有什么需要去担心的,因为他对自己的本事很有把握。于是,他赶紧折返回拜占庭城,把自己打包好的行李重新解开,以最快的速度配制海仙女想要的爱情灵药。他的速度是那么快,快到当天晚上刚过午夜时分,他就已经拿着配好的灵药回到了之前在海滩上遇见海仙女的那个位置,她果然还在那里等着他。他亲手将非常非常小的一只细长颈梨形烧瓶递到了她的手中,瓶子里面装满了价值连城的魔法汁液。海仙女非常开心,对我的父亲千恩万谢,并且请求他在接下来的那天晚上再次回到这里来,以便领取事先约定好的丰厚报酬。于是,他就暂时离开了那里,在最强烈的期盼中度过了那天晚上,又挨过了一整个白天。因为虽然他对自己所调配的爱情灵药的威力和效果没有丝毫的怀疑,但那海中妖精所给出的承诺究竟会不会兑现,他心里没有底。尽管如此的想法挥之不去,但第二天傍晚,夜幕刚刚降临,他就来到了之前的那个地方。没有等待多久,那个长在大海里的妇人便又从海浪中出现,此刻就在离他不远处。

"然而,当看到自己的本事所造成的后果时,我那可怜的父亲是多么震惊啊!只见那海中妖精微笑着游了过来,将一串很沉的珍珠项链放到了他的右手上。而他只看到她怀抱着一具尸体——一具年轻少年的尸体,长得英俊非凡,从身上穿着的衣服来判断,生前应该是一名希腊海员。他的脸庞恰如死人般苍白,他的卷发随着波涛翻滚。海中妖精温柔地环抱着他,并且轻轻摇晃着他,就像一个母亲把小婴儿抱在怀里似的。

"我的父亲一看到眼前这一幕,便爆发出撕心裂肺般的哀号声,不停咒骂自己,咒骂自己的这个本事。就在这时候,那海女带着自己爱人的尸体一道,突然沉到海底深处,消失不见了。可是,那一大串珍珠项链还留在海岸边的沙滩上。既然不幸已经发生了,再没有挽回的余地,他便将珍珠项链拿了起来,藏在自己的大衣里,带回自己住的地方。在那里,他将整串项链拆散,以便将珍珠逐粒变卖。拿着卖珍珠换来的一大笔钱,他登上了一艘驶往塞浦路斯的海船,自以为如此一来便能够彻底摆脱贫穷困窘的局面。哪里知道,这笔钱是沾染了无辜受害者的鲜血的,仅凭这一点,就已经能够令他陷入接连不断的不幸当中——他在旅途中遭遇了暴风雨和海盗劫掠,他带走的一切全都付诸东流。直到两年之后,他才终于得以返回故乡。这时的他已然是一个因为所乘的海船遇难,变得身无分文,只得四处乞讨的乞丐了。"

小矮人讲故事的整个过程中,女主人一直躺在她的床榻上,全神贯注地聆听着。故事讲完了,小矮人变得沉默不语,她也不发一言,陷入了沉思当中。直到船夫把船停了下来,等待她折返回家的命令时,她才如梦方醒,回过神来,示意贡多拉船夫返航,并将座舱的窗帘给放了下来。船夫飞速调头,贡多拉如同一只黑色的鸟儿一般,以最快的速度朝着威尼斯城飞去。至于那个还蹲坐在原处的小矮人,他安静又严肃地望着逐渐变暗的环礁湖,仿佛已经在思索另一个崭新的故事了。一行人很快便回到了威尼斯城,贡多拉疾速驶过帕纳达运河以及好几条窄小的运河,一路返回了宅邸。

这天晚上,玛格丽塔睡得很不安稳。正如小矮人早就预想到的一样,爱情灵药的故事令她难以释怀,她想用同样的方法牢牢拴住自己未婚夫的心。隔天,她便开始找菲利波商议此事,但并没有直入主题,而是选择旁敲侧击,怯生生地问了一大堆五花八门的相关问题。她说,她对于这样一种爱情灵药感到十分好奇,很想知道一些问题,比如,今时今日,到底在哪里才能搞到这样一种药?是否还有什么人知道它的秘密配方?这种魔法汁液是否确实没有毒性,确实不会对身体造成伤害?以及它的味道,当不知情的饮用者喝下去时,会不会起疑心?所有这些问题，菲利波都是以一种并不怎么关心的态度随口回答的，仿佛他并没有注意到自己这位女主人的隐秘心愿。如此这般，这位小姐便不得不将心意逐渐挑明，最后干脆直接问他，是不是能够在威尼斯城里直接找到有本事调制这种爱情灵药的人物。

听到这话，小矮人大笑出声，高声喊道："我的女主人啊，您似乎并不怎么相信我的能力。我的父亲可是一位相当了不起的智者，您难道觉得，我连从他那里学会这种最简单的初学者的巫术都不够格？"

"也就是说，你自己就会配制这样的爱情灵药？"小姐喜不自禁地喊道。

"没有比这更简单的了。"菲利波回应道，"我只是不太明白，您要我的这门手艺有什么用？您不是早就已经得偿所愿，跟这里最英俊又最富有的男人之一订婚了吗？"

但这位美人不肯退让，反复求他，最后他明显有些不情愿地答应了她。小矮人得到了一笔购买必要材料和秘密配料的钱，等到一切大功告成之后，他还能够获得一份可观的谢礼。

两天后，爱情灵药便已配制完成，炼制出来的魔法汁液被灌进一只蓝色的小玻璃瓶里，这只小玻璃瓶是小矮人从他的女主人的梳妆台上拿的。巴尔达萨雷先生启程前往塞浦路斯的日期已经近在眼前，所以必须赶快准备好。在此之后的某一天，巴尔达萨雷向自己的未婚妻提议，要在下午一起秘密外出散心。因为炎热，每年的这个时候几乎不会有人坐船出去散心，因此，无论是对于玛格丽塔还是小矮人，这都是个颇为合适的开展行动的机会。

到了约定的时间点，巴尔达萨雷的贡多拉驶过宅邸的后门，玛格丽塔早已站在那里，准备妥当了，而且带了菲利波随行。菲利波则带了一整瓶葡萄酒，还有一小篮桃子。当主人们登上船之后，他马上跟着上了贡多拉，跑到船尾，在船夫的脚边找了个位置。年轻的绅士很不愿意让菲利波随行，但他选择了容忍，没有对此多说些什么，因为他觉得，在启程之前的为数不多的日子里，最好还是不要违背自己这位爱人的心意。

船夫用桨将贡多拉推离岸边。巴尔达萨雷放下了船上的全部帘子，遮得严严实实的，跟他的未婚妻一道，躲到阴凉又遮阳的贡多拉座舱里享受甜蜜时光去了。小矮人坐在贡多拉的船尾，静静地注视着迪巴卡罗利运河两岸那些古老、高耸又阴森的宅邸。船夫驾驶着贡多拉，从这些宅邸之间穿行而过，一直航行至历史悠久的朱斯蒂尼安宫——当年，在朱斯蒂尼安宫旁边还有一座小花园呢——来到大运河的出海口，即环礁湖的所在地。正如每个人都知道的，那里的一角如今矗立着美丽的巴罗奇宫。

遮得严严实实的贡多拉座舱里时不时地传来一阵阵轻浅的笑声，不然就是接吻时嘴唇轻轻相碰的声音，或者是听不真切的交谈声。菲利波对里面发生的事情并不感到好奇。他的目光盯着水面，间或瞧一瞧洒满阳光的堤岸台阶，要么就是远眺圣乔治马乔雷岛上那座细长细长的钟楼，要么就是转过头去，瞧一瞧圣马可广场上的那根飞狮柱。他偶尔还会冲着辛勤工作的船夫眨一眨眼，也会用一根在甲板上随手捡来的细柳枝划划水。小矮人的那张脸庞看上去就跟往常一样，如此丑陋，如此呆滞木讷，完全不会流露出他此刻的所思所想。实际上，他眼下正想着自己那只溺死的小狗菲诺，想着被活活掐死的鹦鹉，想着他自己，想着世上所有的生灵。大家都一样，动物跟人类也一样，距离腐朽灭亡永远只有一步之遥，在这变幻莫测的世间沉浮，根本没办法预见到未来将会发生些什么，除了绝对无法避免的死亡。他想起了自己的父亲、自己的家乡以及自己这一生，脸上不觉浮现出一丝嘲讽的神情，因为他心想，几乎所有地方都是如此：充满智慧的人总是在服侍傻瓜，大部分人的整个生命，说白了，就等同于一场三流喜剧。他低头瞧了瞧自己身上穿着的那套华贵又气派的真丝大礼服，脸上露出了会心的微笑。

当他尚且呆坐在那里发笑时，等待已久的时机终于到来了。只听得贡多拉座舱的顶棚之下，传来了巴尔达萨雷的叫嚷声，紧接着是玛格丽塔的喊声，她喊道："你的葡萄酒和杯子呢，菲利波？"巴尔达萨雷先生口渴了，现在是将混入药剂的葡萄酒拿进去给他喝的时候了。

菲利波打开了那只蓝色小玻璃瓶，将调配好的汁液倒进一只饮酒杯中，然后再将杯子里倒满红葡萄酒。玛格丽塔打开了帘子，小矮人马上跑去伺候他们，将桃子递到这位小姐的手上，装满酒的杯子则递给了那个未婚夫。玛格丽塔有些迟疑地看了他一眼，脸上写满了慌张。

巴尔达萨雷先生端起杯子，刚要送到嘴边，目光却无意间落在了仍旧站在他面前的小矮人身上，这时，他的心中突然产生了一番疑虑。

"等等，"他喊道，"像你这样的捣蛋鬼[11]是绝对信不过的。在我喝下去之前，我要亲眼看着你先尝一口。"

菲利波神色如常。"这葡萄酒很好的。"他很礼貌地说道。

但那个人始终不愿意相信他。"你是不是不敢喝啊，小子？"他恶狠狠地问道。

"请原谅，先生。"小矮人回应道，"我不习惯喝葡萄酒。"

"既然如此，那我就直接命令你了。如果你不肯喝一口这杯里的酒，那我肯定连一滴也不会沾到自己的嘴唇上。"

"完全不用担心。"菲利波微笑着鞠了一躬，从巴尔达萨雷的手中接过杯子，咽了一口里面的酒，又把它还给了巴尔达萨雷。巴尔达萨雷瞧了一眼菲利波，然后直接喝了一大口，将剩下的酒一饮而尽了。

天很热，环礁湖的水面上波光粼粼，反射的阳光十分耀眼。那对恋人重新回到贡多拉的座舱里，寻求阴影的庇护去了。小矮人却侧身坐在贡多拉的甲板上，伸出手来抚摸自己宽大的额头，抿起自己那张丑陋的嘴巴，表情看起来很痛苦。

他知道，自己在一个小时之内就会离开人世。那药剂其实是毒药。

在这如此接近死亡大门的时刻，菲利波的灵魂深处突然涌起一种异样的期盼。他回头瞧了瞧威尼斯城，回味起自己刚刚产生的那一番思绪；然后又沉默地凝望那熠熠生辉的水面，开始回溯自己的一生——乏味又局促的一生，作为一个充满智慧的人，却不得不去伺候傻瓜，好一出无聊的闹剧。当他察觉到自己的心跳开始变得紊乱，额头上也满是汗水时，他当即发出了一阵苦涩的笑声。

然而，没有任何人听见他的笑声。船夫站在那里，已是睡眼惺忪。帘子后面，美丽的玛格丽塔眼看着巴尔达萨雷突然生了病，倒在她的怀里，一命呜呼，身体逐渐变得冰冷。她感到十分震惊，一时间手足无措。最终，伴随着一声痛苦的哀号，她冲出了座舱。外面的甲板上躺着她的小矮人，身上穿着他那套华贵的真丝大礼服，死得很安详。

以上便是菲利波的复仇，为了自己的小狗。那艘不祥的贡多拉载着这两个死者返航，令整个威尼斯城一片哗然。

玛格丽塔小姐陷入了疯狂，不过倒是还活了几年。有时候，她会坐在自己阳台的围栏后面，冲着每一艘从宅邸前面驶过的贡多拉或者小舟大喊："救它！救救那只狗！救救小菲诺吧！"可是大家早就已经知道她是个什么情况了，所以没人当回事。

（1903年）

影子游戏
Schattenspiel

由花岗岩砌成的宏伟宫殿，透过巨大的窗户望向莱茵河，望向河边的芦苇丛，然后再望远些，可以看到那些由河水、芦苇和柳树组成的明媚又清新的室外风景。远眺，流动的白云底下，天青色的林海构成了一道微微颤动的弧线，唯有焚风[12]刮过时，才能看到其间点缀着许多细小的白色光点——亮闪闪的宫殿与农庄。倒映在潺潺流动的莱茵河水中的是宫殿的正立面，那倒影自负浮夸又满怀喜悦，如同一位年轻的女士；隶属于宫殿的园林灌木垂下浅绿色的枝条，一直垂到莱茵河的水面上；沿着宫殿的围墙，漆成白色的仿制贡多拉游船随着河流荡漾前行。宫殿的这一侧是向阳面，没有人住在这边。自从男爵夫人消失不见了，房间就一直空着，唯独最小的那间房还有人住：在那最小的房间里，一如既往地住着诗人弗洛里博特。此处女主人的所作所为给自己的丈夫以及属于他的这座宫殿带来了耻辱，曾经跟随着她的那帮热热闹闹、人数众多的侍从，如今除了那些白色游船以及这不声不响的作诗者之外，就再没有留下来的了。

至于这座宫殿的男主人，自从发生了那件大不幸的事情，便搬到了宫殿建筑的后面居住。在那狭窄的后院里，孤零零地矗立着一座始建于罗马时期的阴森塔楼。塔楼的墙壁灰暗又潮湿，窗子低矮且狭小。紧邻这座阴凉后院的是一座黑乎乎的林苑，林苑里生长着大片大片的老枫树、老杨树和老榉树。

诗人眼下正以完全不会被任何人打扰到的状态独居在宫殿的向阳

面。因为一日三餐直接从宫殿的厨房里拿取，所以经常好几天都见不到男爵的身影。

"我们就像影子一样居住在这座宫殿里。"有一次，一位诗人年轻时的好友过来探访，诗人对他这样说道。结果，在这座死气沉沉的宅邸拒人于千里之外的气场之下，这位好友只住了一天便告退了。弗洛里博特曾经的职责是为男爵夫人举办的庆典活动创作寓言故事，还有以无事献殷勤为主题的押韵诗歌。在那帮搞笑逗乐为主的侍臣一哄而散之后，他却自觉自愿地留了下来，因为他天性单纯，相对于这悲伤宫殿里的孤独感，在外面闯世界谋生活反而要令他害怕得多了。如今，他已经有很长一段时间没有写诗了。西风吹起的时候，当他的目光越过流动不停的莱茵河水以及金黄色的芦苇丛，注视远方天青色的山峦和连绵不断的云朵时，当他傍晚步入那古老的林苑，聆听参天大树摇曳树枝的声音时，都能够想出颇长的诗歌来。但是这些诗歌并非由言语构成，因此也就绝无书写记录下来的可能。这些诗歌当中的一首名为《神之吐息》，是关于温暖的南风的；另有一首名为《灵魂的慰藉》，则是对春天里五彩缤纷的草坪的思考。弗洛里博特没办法将这些诗歌说出口，也没办法将它们咏唱出来，因为它们是无字诗，但是他能够时不时地梦到、感受到它们，尤其是在入夜之后。除此之外，他将自己白天的时光消磨在附近的各个村子里，要么跟那些长着满头金发的小孩子玩耍，要么就在年轻女人和少女们面前脱帽致敬，以这种将她们视作贵族夫人的方式逗得她们哈哈大笑。倘若哪天能够偶遇艾格尼丝夫人——那位美丽的艾格尼丝夫人，远近闻名的艾格尼丝夫人，长着一张如同少女的鹅蛋小脸——那就是他运气最好的时候了。他会朝着艾格尼丝夫人深深鞠上一躬，美丽的夫人则向他颔首示意，笑上两声，盯着他难为情的双眼看一看，然后便微笑着走远，如同一缕行走的阳光一般。

那座简直像是蛮荒之地的宫殿林苑，周围仅有的一栋宅邸，艾格尼丝夫人就住在里面。至于那栋宅邸本身，过去是男爵的家族提供给骑士们居住的客房。她的父亲曾经是林苑的护林员，当年为如今这位男爵的父亲办过一些特殊的差事，结果便获赠了这栋宅邸。艾格尼丝夫人很年轻的时候就出嫁了，然后变成了一个年轻寡妇归来。父亲去世后，她便跟一名女仆以及一位瞎了眼的姊姊一道居住在这栋孤独的宅邸里。

艾格尼丝夫人经常身穿样式简朴但极为美观并且看上去永远崭新的浅色衣裳。她如同少女般年轻，脸型小巧好看。她深褐色的头发扎成粗粗的辫子，绕在容貌精致的脑袋上。男爵将蒙羞的妻子从自己身边推开之前，就已经深深爱上了艾格尼丝夫人，而现在，他又一次爱上了她。每天早上，他都会跟她在林苑的森林里碰面，晚上则一同乘着小舟横渡莱茵河，来到在里搭建的一座茅草屋里。在那里，她微笑着的少女面颊会贴在他那过早变得花白的胡子上，她柔嫩的手指会去抚摸他粗野而坚硬的猎人之手。

艾格尼丝夫人每个星期五都会去教堂，在那里祈祷，并且向乞丐们布施。她来到村中那些无依无靠的穷苦老妇人身边，送她们鞋子，给她们的孙子梳头，帮她们缝补衣服。当她离开时，会在她们居住的棚屋里留下如同年轻圣女一般的温柔光辉。所有男人都觊觎着艾格尼丝夫人，如果她看谁顺眼，谁刚好在合适的时间来到了她身边的话，那他就不只可以吻一吻手背，还可以一亲芳泽。要是谁运气好，而且长得足够英俊，那么只要他有足够的胆量，甚至可以在入夜之后直接去翻艾格尼丝夫人房间的窗户，登堂入室。

所有人都知道这种事情的存在，男爵也不例外。即便如此，美丽的夫人还是满脸微笑地按照自己的方式来行事，瞧那无辜的眼神，简直就像个小女孩，好像成年男人丑陋的愿望根本无法染指她。时不时就会冒出一个新的求爱者，追她追得十分小心谨慎，仿佛这份美丽是不可触及的一样，然后沉浸在妙不可言的占有欲所带来的如登极乐世界的自豪当中。但是，这里的其他男人居然一点儿也不忌妒这对恋人，甚至还对他们报以微笑，这难免会令求爱者感到大惑不解。她的宅邸静静地矗立在那座昏暗林苑的边缘位置——墙面上爬满了藤本月季——形单影只，如同一则发生在森林里的童话故事。而她就住在这栋宅邸里面，每天从那里走出来，临了又走回到那里去，娇嫩欲滴的模样宛如夏日清晨绽开的一朵玫瑰花，那张天真无邪的脸庞上焕发着光彩，沉沉的发辫在精致的脑袋上盘成圈。那些穷苦的老妇人纷纷为她祈祷祝福，并且亲吻她的双手。男人们向她深深鞠躬致敬，又在背地里暗笑不已。孩子们聚拢在她的身边，向她乞讨，任由她抚摸自己的面颊。

"你啊，你为什么要这个样子？"有时，男爵会一边这样质问，一边用那对阴沉的眼睛逼视着她。

"你难道有权来管我做些什么吗？"每当这时，她都会拨弄着自己深褐色的头发，有些惊讶地反问他。

最爱她的人是弗洛里博特，那个诗人。他只要一看见她，心脏就会狂跳。听到有人讲她的坏话，他就会感到十分沮丧，不停地摇头，不敢相信那些话是真的。当孩子们说起她时，他整个人的精神便为之一振，躲在旁边偷偷聆听，仿佛是在欣赏一首美妙的歌曲。在他的一切幻想当中，关于艾格尼丝夫人的美梦永远都是最美好的。他会让一切自己喜爱、自己认为美好的事物前来为她助阵，包括西风、蔚蓝色的远方以及明媚闪耀的新春绿地。他会让这些美好的事物统统围绕着她，再将自己全部的渴望、自己百无一用的幼稚生活所带来的百无一用的内心世界，全部注入这副图景之中。

初夏时节的某个傍晚时分，经历了长久的沉寂之后，死气沉沉的宫殿里迎来了几个新的生灵。一声号角响彻宫殿大院，一驾马车驶了进来，叮当乱响地停住了。原来是宫殿主人的弟弟到这里来拜访了，只带了一名贴身伺候他的男仆。这弟弟是个身材高大、长相英俊的男人，蓄着山羊胡子，长着一对不怒自威的军人般的眼睛。莱茵河波涛汹涌的时候，他会在河里游泳。为了寻开心，他会开枪射那些银色的江鸥。他还常常骑马到邻近的城市去，回来的时候总是醉醺醺的，偶尔也会讥讽一下善良的诗人。每隔几天，他都会跟自己的哥哥大闹一场，吵得不可开交。他一股脑地指出这里成百上千种的不足，建议改建宫殿，引进全新的设施，指出各种值得改变的地方。他是个很有钱的人——这得益于他的婚姻——反观宫殿的主人却颇为困顿，大部分时间都在不幸和愤懑中度过。

弟弟的来访原本只是一时兴起，结果，在宫殿里住下的第一周，他就已经感到后悔莫及了。尽管如此，他依旧选择住在这里，对再次启程的事情只字不提。实际上，即使他真的走了，对于他的哥哥而言，也一点儿都不会感到难过。因为，弟弟见到了艾格尼丝夫人，并且正式开始追求她了。

没过多久，那位美丽夫人的女仆便换上了崭新的衣服——异乡来的男爵送给她的。没过多久，女仆就守候在林苑的围墙边，等待那个异乡来的贴身男仆将信笺和鲜花送到她的手中。然后，又经过了几日，在某个夏日的正午时分，来自异乡的男爵跟艾格尼丝夫人便在一座林间木屋里相会了。他亲吻了她的纤纤玉手、樱桃小嘴和白皙的脖颈。后来，当她再一次到村子里去，并且碰巧遇见了他时，只见他马上摘下骑士帽，向她行了个深深的礼，而她回礼时的样子跟一个十七岁的孩子没有两样。

然而，仅仅是又过了很短的一段时间之后，某天傍晚时分，来自异乡的男爵独自一人留在宫殿里，突然看到有一艘小舟从莱茵河上驶过，小舟上坐着一个划桨的男人，还有一位光彩照人的夫人。由于天色昏暗，尽管他十分好奇，却无法切分辨出那位夫人究竟是不是他认识的那个人。但是，短短两三天过后，他就已经基本确定了，情况跟他料想的一样：那个每天中午跟他在林间木屋里交换真心，以欲火点燃他的双唇的女人,也正是每天傍晚跟他的哥哥一道在漆黑一片的莱茵河上荡舟,成双入对地消失在对岸芦苇荡里的那个人。

异乡来客的心情黯淡了下去,每天晚上都做噩梦。他爱艾格尼丝夫人,这种爱并非是给予那种人尽可夫、如玩物一般的女人的,而是像考古学家对待自己辛苦发掘出来的稀世珍宝时的那种爱意。和她的每一次接吻,都令他因为惊喜交织而心头一颤,惊叹于自己所追求的这位可人儿,身体里面居然藏着如此之多的温柔纯真。也正因为如此,他给予她的真心比其他任何女性都要多。这个女人令他回想起了自己的青年时代,怀抱着她的时候,他的心里同时怀有感激之情、呵护之意和温柔之心。哪里知道,她恰恰是那个跟他哥哥一道,在夜深人静时暗地里偷情的人。此刻的他满心恨意,撕咬起自己的山羊胡子,气得狂怒的双眼里几乎要迸出火花来。

诗人弗洛里博特完全没有受到上述这一切的影响,正在宫殿里秘密蔓延着的压抑气氛也没有给他留下任何印象,他依旧过着自己的太平日子。唯一令他感到不快的是,那位客人先生总是时不时地捉弄他一番,折磨得他够呛,好在他早年有过类似的经历,对此算是比较习惯了。尽管如此,他还是尽量避开这位异乡来客,一整个白天都逗留在村子里,或者在莱茵河的码头上跟渔夫们混在一起;到了晚上,他就在暗香浮动的暖意中恣意遐想,沉迷在自己的幻想当中。有一天早上,他发现宫殿大院外墙上的第一波黄月季盛开了。过去三年的夏天,他都会趁着初开,专程去采摘这种稀有的月季花,放在艾格尼丝夫人家的门槛上。如今有机会第四次为她献上这种质朴的不留姓名的致意,他感到十分高兴。

就在这天中午,异乡来客在榉树林中跟那位美丽的女人相会了。他没有问她昨天和前天夜深的时候都去了哪里,只是用一种近乎残忍的目光,凝视着她那平静又天真的双眸。分别之前,他说道:"今晚天黑之后,我去找你。留一扇窗户不要关!"

"今天不行。"她温柔地说道,"今天不行。"

"但我偏要,你听清楚了吗?"

"改个时间,行不行?今天不行,我没办法。"

"今天晚上我会过来,今天晚上,否则干脆再也不见。你看着办吧。"

她躲开他,径自离开了。

这天傍晚,异乡来客在莱茵河边埋伏着,一直等到了天黑。但是,并没有小舟过来。他便去了自己爱人的宅邸,躲进一旁的灌木丛中,在膝盖上架了一把猎枪。

四周安静又温暖,茉莉花散发出浓烈的香气。天空中,连绵不断的细碎白云之下,满满地点缀着微小、黯淡的繁星。一只鸟儿在林苑深处歌唱,那是唯一的一只鸟儿。

天几乎完全黑了下来,宅邸的一个角落里传来某个男人蹑手蹑脚走过来时发出的轻微的脚步声。他头上戴着帽子,帽檐压低到额头上。四周实在太昏暗了,完全没有办法辨别出他是谁。他右手拿着一大把苍白的月季,花瓣映射出些微的亮光。埋伏在灌木丛中的那位举起猎枪,瞄准之后,上紧了击锤。

刚刚过来的那个人抬头望了望宅邸,里面连一丝光也没有。于是,他便走到大门前,弯下腰去,在铸铁制的锁把上吻了一下。

就在这一瞬间,猎枪发出一声巨响,林苑深处传来些微的回音。带月季来的人应声跪倒在地,仰面朝天地倒在了铺满碎石的地面上,身体时不时地轻轻抽搐。

开枪者在隐藏处等待了好一会儿,确保没有任何人出现,宅邸里同样寂静无声。他小心翼翼地走过去,弯腰瞧了瞧那个被射杀的人。帽子已经从死者的脑袋上掉了下来。他惶恐且讶异地发现,死者是诗人弗洛里博特。

"竟然也有这个家伙的份!"他悲叹一声,然后离开了那里。

黄月季落在地上到处都是，其中一朵刚好落在死者的鲜血之中。村子里的钟楼敲响了一点整。天空被灰白色的云层遮得严严实实，云层笼罩之下，那座巨大的宫殿塔楼简直就像一个站直了身子在那里睡觉的巨人。莱茵河水缓缓流动着，水流声如同舒缓温柔的歌声。此刻，在漆黑林苑的深处，那只孤独的鸟儿开始了鸣唱，一直唱到午夜终结之时。

（1906年）

一个名叫齐格勒的人
Ein Mensch mit Namen Ziegler

从前,有一位年轻的先生住在啤酒工胡同,名唤齐格勒。他属于我们每天走在街上都能碰见的那类人,我们总是没办法准确辨认出他们的脸,因为他们每个人的脸都长得一模一样:一张大众脸。

齐格勒可以是任何人,他也可以做任何事,这样一类人总是这样,他们也总这样去做。齐格勒并不是完全没有才能,但也不是个有才之人。他贪财,贪图享乐,喜欢穿体面漂亮的衣服,也跟大部分人一样胆小懦弱。他活着和做事的动机,与其说是受到梦想和个人追求的驱使,倒不如说是因为规定所限,因为害怕受到惩罚。也正因为如此,他的作风有时极其正派,是个令人感觉不坏的普通人。他认为自己十分受欢迎,也十分重要。跟每个人一样,齐格勒也觉得自己挺有个性,但实际上他仅仅是个平凡乏味的人。在他看来,他过得是好是坏,是这整个世界的头等大事,当然,每个凡人都是这样想的。怀疑被他远远地抛在脑后,一旦客观事实跟他的世界观发生了冲突,他会马上拒绝接受,紧闭双眼。

作为一名现代人,他首先是无限渴望得到金钱,其次是无限渴望得到权力:他想通过科学来得到,尽管他压根就不知道"科学"究竟是什么。在他看来,科学大概就是统计学,并且多少有些细菌学这样的玩意儿。关于科学,他最了解的一点就是,国家将多少金钱和荣耀划拨给了"科学"啊!在做科研的人当中,他最尊敬的当数那些研究癌症的人,因为他的父亲就是得了癌症死掉的。而且,齐格勒认为,科学在此期间已经取得了突飞猛进的进步,以后如果他生了同样的病,科学肯定是不会让他死掉的。

齐格勒对于自己的仪容外表有着孜孜不倦的追求,穿着打扮上秉承"稍稍超过自己实际收入水平"的态度,且务必要跟当年的流行趋势保持一致。不过话说回来,对于每个季度都会变化的潮流,乃至每月变化的潮流,他自然是持坚决抵制态度的,认为那不过是一种愚蠢的把戏,毕竟那已经远远超出他的收入水平了。他这个人,脾气还很大,一点儿也不羞于抛头露面。每当和那些身份地位跟他差不多的人在一起,而且是在没有任何风险的地方时,他都会痛斥自己的上级,并且大骂政府。啊,这些描述是不是有些过于冗长了?但是呢,齐格勒确实就是这么一个招人喜欢的年轻人,我们都很怀念他。之所以这样说,是因为他作为正常人类的结局,来得太仓促、太古怪了。他的一切计划、合情合理的期冀,统统跟现实发生的事情相左。

齐格勒来到我们这个城市之后不久便郑重决定,要挑一个星期天,好好享受假日时光。不过,他还没有找到合适的目的地,因为可选之地众多,他始终没办法做出决定。或许这正是招致他的不幸遭遇的根源。人哪,形单影只地活着就是不好。

考虑再三,他认为还是应该从城市的风景名胜方面着手,因为他先前已经咨询过相关内容,算是比较熟悉。经过一番深思熟虑的考察,他最终决定前往本市的历史博物馆和动物园。因为博物馆每周日上午会开放免费参观,下午去动物园也只收半票。

穿上自己那套用了传统布扣的日常西装——这是他最喜欢的一套西装——齐格勒在星期天上午去了历史博物馆。他随身带着自己那根细长、精致的手杖,这根手杖的截面是菱形的,杖体漆成红色。拿着这根手杖,人人都会觉得他风度翩翩、光彩照人。然而可气的是,恰恰是这根手杖闹得他非常不愉快:他在大厅等待进场的时候,博物馆的门卫以安全为理由，将手杖给没收了。

博物馆的各个展厅十分宽敞，挑高很高，有很多东西可以看。咱们这位虔心的访客对无所不能的科学佩服得五体投地，因为，即便是在这里，科学那值得称赞的可靠性也能够得到很好的证明，这是齐格勒在仔细阅读各个展览柜上的说明文字时得出的结论。瞧瞧那些陈旧的东西，比如锈迹斑斑的大门钥匙、早已破损且布满铜绿的古老项链，类似这样的一些东西，只需要通过铭文上镌刻着的那些说明文字，就能令人产生相当浓厚的兴趣。关心一下所有这些跟科学相关的玩意儿，还真是一件大快人心的好事，仿佛科学支配着万事万物，仿佛科学知道应该如何去支配万事万物。噢，可不是吗，科学显然很快就能攻克癌症了，或许甚至能攻克死亡。

在第二展厅，他发现了一台完全由玻璃制成的橱柜。这台橱柜所使用的玻璃，反射光线的能力极为优异，简直可以拿来当镜子用。于是，他便在这橱柜前面安静地逗留了一分钟，细心又怡然自得地整理了一番自己的西装、发型和衣领，抚平西裤上的褶皱，并且调整好了领带的位置。做完这一切之后，他又踏着欢欣鼓舞的步伐，继续向前挺进了。很快，几张古老的木雕版画作品便吸引了他的注意力，让他不由得啧啧称奇。"真是一些能干的家伙啊，不过还是太幼稚了"，他自鸣得意地揣度道。这里还有一座用象牙雕刻而成的老旧座钟，每隔一个小时都会奏响小步舞曲，同时会有几个跳舞的小人跑出来，他饶有兴味地观看了好一会儿才离开。在那之后的展品开始令齐格勒感觉有些无聊了，他打着哈欠，每隔一会儿就取出自己的怀表来看一看。实际上，他是想展示自己的这块怀表。它是黄金制成的，很沉，是他父亲的遗产。通过这一过程，齐格勒很遗憾地发现，距离吃午餐还有很长一段时间。于是，他又步入了另外一座展厅，这座展厅里的展品又把他参观的兴致给勾了起来。此处陈列着的是中世纪的迷信用品：魔法书、护身符、女巫服饰……在展厅的一个角落里，还摆放着一整套的炼金术士用具，有熔炉、研钵、大肚烧瓶、瘪掉的猪肠泡[13]、风箱等物件。这个角落被人用一根毛线绳给拦住了，旁边的一块告示板上写着诸如"禁止触碰展品"之类的警示话语。无论如何，参观的人是绝对不会很仔细地去读这类告示牌的，况且，眼下这个展厅里只有齐格勒这一个参观者。

于是，他便不假思索地将胳膊伸到了毛线绳后面，开始触摸其中几样滑稽的展品。这样的中世纪，还有属于中世纪的那令人发笑的迷信，他早已有所耳闻，也曾在书里读到过。对于他而言，这些东西简直是无法理解的。当时的人们怎么就能琢磨出这种骗小孩子的玩意儿呢？为什么人们不干脆把这套巫术骗局和所有相关的东西统统取缔掉呢？相比之下，炼金术还算是能够被原谅的，因为那门十分有用的科学——化学，就脱胎于炼金术。天哪，如果按照这样的思路去推而广之，那么这个炼金用的坩埚，这里陈列着的一切愚不可及的魔法用品，对于化学的诞生而言，或许都是必要的了，因为如果没有它们，没准儿今天就不会有阿司匹林，不会有毒气弹！

齐格勒无意间拿起了一颗黑色的小圆球，样子有点儿像一颗小药丸。他将小圆球放在手掌正中端详：这是个已经枯干了的球体，没什么重量。他伸出手指，用指尖拨弄着，想着要把它放回原处。哪里知道，刚好这时候，他听到自己身后传来了脚步声。齐格勒转过头去，发现有个参观者进入了展厅。这使齐格勒感到相当尴尬，因为小球还在他的手心里攥着呢，毕竟，他还是读过那块告示牌上的警示文字的。所以，他干脆将攥着小球的那只手握紧，塞进衣兜里，直接走出了这个展厅。

齐格勒离开博物馆，走到大街上之后，才突然想起衣兜里的那颗小药丸。于是，他便将药丸从衣兜里取了出来，想要直接扔掉。不过，在扔掉之前，他又将它放在鼻子下面闻了闻。这古怪玩意儿有一股淡淡的树脂般的清香味，这种味道引起了他的兴趣，所以他又把小球塞回了衣兜里。

现在他走进了一间餐厅，点好了餐食，随手拿起一份报纸，胡乱翻阅着。看报纸的同时，他一边用手指捻着自己的领带，一边审视着餐厅里的客人——看其中一部分人时的眼神很专注，看另外一些人时则显露出十足的优越感，这取决于他们的穿着是否体面。鉴于午餐还要再等一段时间才能上来，齐格勒先生再次将那颗自己误打误撞偷带出来的由炼金术士打造的小药丸取了出来，反复闻它的气味。接下来，他又用食指的指甲刮了刮这颗小药丸的表面，最后终于心血来潮地产生了一种幼稚的冲动，将那玩意儿放入了自己的口中。它以最快的速度在口腔中溶解了，没有产生任何令人感到不快的异味，因此，他干脆直接喝了一口啤酒，将溶解后的药丸全部咽了下去。就在药丸完全咽下去的同时，他的午餐也来了。

下午两点，这位年轻男士跳上了一辆有轨电车，一路坐到了动物园的大门前，买了一张周日特价票。

他开心地微笑着，走进了猿猴馆，在关着黑猩猩的大笼子前面驻足观赏。里面那只大猴子先是冲他眨了眨眼睛，接着又友好地点了点头，然后用低沉的声音一字一顿地说道："过得如何，我的好兄弟？"

齐格勒吓了一大跳，对于此刻发生的事情感到既恶心又难以置信。只见这位参观者迅速逃离了黑猩猩，在逃跑的同时，他还听到黑猩猩在他身后叫骂："这家伙，有什么值得骄傲的！你个扁平足，大蠢蛋！"

齐格勒逃窜到了关黑长尾猴的笼子这边。那些黑长尾猴见他来了，兴高采烈地跳起舞来，并且尖叫道："扔点儿糖过来，同志！"眼见齐格勒身上并没有带糖，它们便不高兴了，开始模仿起他的动作，称呼他为穷光蛋，而且还龇牙咧嘴，将满嘴白晃晃的牙齿露给他看。齐格勒实在忍受不了了，他半是惊愕、半是迷糊地从猿猴馆里逃了出去，迈开大步，朝着展示鹿和狍子的围场走去，因为他觉得这些动物应该是性格很温顺的。

一只体形巨大的雄性驼鹿站在离围栏很近的地方，凝视着这位参观者。齐格勒不觉感到心头一颤，因为，自从咽下了那颗古老的魔法小药丸，他突然能够听得懂动物们的语言了。而驼鹿恰恰是用自己的双眼来说话的，用那两只巨大的深褐色眼睛。驼鹿那平和的目光诉说着高贵、顺从与悲哀。对于面前这位参观者，它的目光表达出一种深思熟虑后的极端蔑视，一种令人感到恐惧的蔑视。齐格勒读出了驼鹿那平和又威严的目光的具体含义：这个靠着礼帽和手杖、怀表跟西装撑门面的男人，实际上连一只蟑螂都不如，简直就是一头可笑又令人作呕的畜牲。

齐格勒从驼鹿那儿落荒而逃，来到了山羊那里，又从山羊那里去到岩羚羊住的地方，然后又去见羊驼，见角马，见野猪，见棕熊。这些动物并没有都去羞辱他，但无一例外地蔑视着他。他耐心地聆听它们说话，从它们的说话内容中，得知了动物们对人类的看法。它们关于人类的看法简直骇人听闻。关于人类的种种现象当中，它们感到尤为好奇的是，怎么能够让这种丑陋、难闻、毫无体面可言的两脚兽穿着他们那些浮夸的衣物到处乱跑呢？

他听到了一只美洲狮跟自己幼崽的对话，这场对话的内容充满了尊严以及脚踏实地的智慧，在人类当中反而很难听得到。他听到了一只美丽豹子的低语：简短，意蕴深厚，以贵族一般的谈吐，倾诉着星期日游客们的无耻。他与一只满头金发的狮子对视，并从它那里了解到，野生动物们的世界多么宽广、多么奇妙，那里完全没有铁笼，也没有人类。他看到一只红隼以雕像一般颓丧又僵硬的姿势，低落又不乏骄傲地坐在一根枯死的树枝上；还看见松鸦以礼貌的举止、自嘲的态度和幽默的行为，来熬过自己被长期囚禁的日子。

神情恍惚之下，齐格勒曾经习以为常的一切人类思维模式均已支离破碎，他感到万分绝望，开始朝着人群走去。他想在人群中寻找一只能够看穿他此刻的困境与恐惧的眼睛。他开始偷听人们的谈话，希望能够听到一些可以使自己得到慰藉、得到理解、感到心情舒适的话语。他观察了很多游客的表情举止，希望在他们身上的某处也能够找到尊严、本真、高贵，以及独立思考的精神。

可他失望了。他所听到的话语声，见识到的一举一动，还有那些人的眼神，统统是堕落、虚伪、充满谎言的——他现在已经能通过野生动物的视角来审视人类了——这些一点儿也不美丽、过着群居生活、长得跟野生动物有些许相似的生物，实际上不过是一种混合了所有动物特点的浮夸的杂种。

齐格勒绝望地四处乱走，想找寻出路，对自己的存在感到极为羞耻。那根菱形的手杖早就被扔进灌木丛中了，手套也紧跟着扔进去了。他甩掉帽子，脱下长靴，扯开领带，趴在驼鹿的围栏前抽泣，这种行为引发了不小的轰动，他最终被送进了疯人院。

（1908年）

城 市
Die Stadt

"再往前些!"在昨天刚刚铺好的铁轨上,第二列满载着人员、煤炭、工具和粮食的火车已经驶过来了。北美洲中部的大草原在金黄色阳光的照耀下,仿佛正在微微蒸腾、灼烧着,远方的地平线处,巍峨的青山连绵不断,被蓝色雾气所萦绕。野狗,以及令初见者讶异不止的北美野牛,见证着这蛮荒之地上的一切劳作与骚乱,见证着原本绿葱葱的大地上转眼间便布满了煤炭、尘灰和纸屑,零零星星,散落得到处都是。此处的第一把刨刀发出尖锐的声音,响彻一整片受到惊吓的大地;第一支猎枪发出雷鸣般的声音,那声音隆隆而去,消逝在群山之间;第一台铁砧在一连串疾速锤击之下,迸发出清脆的响声。一间用白铁皮作为建筑材料的房子造起来了,没过几天,又起来了一栋用木材以及其他各种物什搭建的房子。每天都有新房子建成,不久之后,连砖石结构的房子也出现了。野狗和北美野牛只敢在很远的地方驻足了,这个地区现在已经开垦完毕,土地极为肥沃,今年初春时播种的第一批田地里,已经长出了绿油油的庄稼。农庄、马厩和棚屋很醒目地穿插其间,街道纵横交错,将荒野切割成一块一块的。

火车站正式竣工,人们还专程举办了竣工典礼,随之而来的是政府大楼以及银行,区区几个月时间里,周围就冒出了许多更年轻的姐妹城市。世界各地的劳动者纷纷拥入,农民和城市居民、生意人和律师、传教士和教师都来了,学校正式建立,还有三个宗教团体,以及两家报社。在西部发现了石油油脉,巨大的财富涌入了这座年轻的城市。又一年时间过去，此处已经有了小偷、皮条客、入室抢劫犯，一间百货商店，一个禁酒组织，一位来自巴黎的裁缝，一家源自德国巴伐利亚州的啤酒馆。与邻近城市的竞争加快了发展速度。从竞选演说到工人罢工，从影院剧院到唯灵论者[14]协会，一样不缺。人们可以在城市里买到法国葡萄酒、挪威鲱鱼、意大利香肠、英国出产的服装面料以及俄国鱼子酱。也已经有不少二流水平的歌唱家、舞者和音乐家选择了旅居此地。

于是，当地文化也缓慢地形成了。城市起初仅仅是个聚居地，如今却开始逐渐演变为真正的家园。在这座城市里，存在着一种特殊的问候方式，其特征为在相遇时彼此颔首示意。相比其他一些城市，这种方式更加轻松，也显得更温和些。那些参与过最初的聚居地建设的男人，享受着全城居民的注目与爱戴，他们身上也总是显露出少许贵族般的气质。新生的一代长大成人，这座城市对于他们而言，已然是一座老城，几乎可以说是从不知道什么时候起便已存在于此的故乡了。过去的那个时代，那个在此处响起第一声枪击，发生第一起谋杀案，做起第一场法事，印刷出第一张报纸的时代，早已成为遥远的过去，已经属于历史了。

在跟邻近诸多城市所组成的城市群当中，这座城市一直处于领先地位，因此便成为自身所在广阔区域的首府。宽阔又平坦的大马路上，曾经用木板和铁皮波纹瓦在煤灰堆和脏水坑旁搭建起第一批棚屋的这个地方，如今已经庄严肃穆地矗立着政府的办公大楼和银行大楼、剧院和教堂。大学生们悠然自得地往来于校园和图书馆之间，救护车平稳地驶向医院，某位议员乘坐的专车被人们认了出来，大家纷纷向他致敬问好。为了庆祝这座辉煌城市的建市纪念日，在全市共计二十处用石头和钢铁打造的宏伟校舍内，每年都会举办大型庆典活动，既有歌舞表演，也有报告会。曾经的大草原已经被农田、工厂、村庄所覆盖，又被二十条南来北往的铁路切割得支离破碎。原本遥远的群山，此时再看，其实也并不算遥远，人们通过修建一条高山铁路，将城市与山谷的中心地带联结了起来。在那里，或者在更远些的海边，有钱人盖起了自己的夏季别墅。

城市建立一百年后，一场大地震降临，整座城市只有零星的小地块保持着完好，其余地方都被夷为平地。不过，城里很快又修起了新的房子，所有曾经是木造建筑的地方，全部换成了石造建筑；所有曾经的小房子都变成了大房子，所有曾经的窄路都变成了大道。新修的火车站是这一大片区域里规模最大的，交易所则是这一整块大陆上最大的，建筑师和艺术家们用大量公共建筑、公园绿地、喷泉和纪念碑来装饰这座城市，使它变得更加精致漂亮。在这崭新的世纪里，作为这片土地上最美丽、最富裕的城市，它为自己赢来了声誉，成为一处旅游胜地。其他一些城市的政治家、建筑师、技术人员和市长纷至沓来，为了在建筑、水利、行政及其他种种方面向这座知名城市学习。正是在这一时期，人们开始建造一座新的市政厅，那将会是世界上体量最大、最宏伟的建筑之一。幸运的是，同样在这一时期，随着城市财富的积累，以及城市自豪感的增加，市民的整体审美水平也得到了同步增长，首先表现在建筑艺术和雕塑上。实际上，这座迅速发展的城市本身，就是一件时髦俏皮、惹人喜爱的艺术品。在城市的内环区域，全部建筑无一例外都是由一种珍贵的浅灰色石料建成，每一栋建筑物周围都环绕着宽宽的绿化带，并且有着配套的公园设施，上述环形区域的周围布满了纵横交错的街道与房屋，缓缓向外延伸，一直蔓延到田野上，蔓延到乡村里。参观者众多，令不少人感到钦佩的是一座大得惊人的博物馆，里面有上百间展览厅、上百座庭院和上百个报告厅，向公众展示这座城市从形成直到目前为止的历史。进入博物馆之后，首先映入眼帘的是一座极为广阔的前院，模拟着当年那片大草原的形态。这里有精心培育的植物和动物，有城市建设最早期那些粗制滥造的棚屋、巷道及各种设施的精确模型。这座城市里诞生的年轻人在博物馆内悠闲漫步，观看这座城市的发展史，看那些帐篷和木板搭成的棚屋，从第一条高低不平的窄型铁轨，一路看到专属于大都会的光辉闪耀的大马路。他们通过博物馆展示的这一切来学习，在老师的引导和传授下，懂得了发展和进步的精妙规律，如何从粗糙到精细，从动物到人类，从野蛮到文明，从饥寒交迫到丰衣足食，从自然到文化。

这之后的再一个世纪里，这座城市达到了自己光辉闪耀的顶点。因为偏袒富有的上层阶级，阶级冲突急速攀升，最终演化为一场由底层群众引领的以推翻现行政府为目的的流血革命。暴民大多来自距离市中心数英里远的那些大型石油工厂，他们四处纵火，导致这片土地上很大一部分工厂、农庄和村镇遭殃，这些地方有些被直接烧毁，有些在事后变得荒无人烟。尽管城市在革命过程中目睹了每一种形式的杀戮和暴行，但它本身总算能够存续下来，在接下来的数十年时光中保持着冷静客观的态度，让民生逐渐得以恢复。然而，它却再也没办法像最开始时那样高歌猛进地建设，再也没办法展现出当初那种勃勃生机了。恰逢这座城市走霉运的这段时期，大海那边的一个地方突然变得景气起来，那块资源丰富且乐于奉献、仿佛取之不竭的土地上，不断向外输出着谷物和钢铁、银器，以及其他许多珍贵的商品。那块崭新的土地对旧世界涌动着的各种力量、人们的追求和愿望有着极强的吸引力，于是，仿佛在一夜之间，那里的城市便如雨后春笋般纷纷崛起，大片大片的森林消失了，林间瀑布统统变成了涓涓细流。

我们这座美丽的城市开始慢慢衰落。它不再是自身所在世界的心脏和头脑，不再是很多国家的贸易市场和交易所。我们这座城市只能对现状甘之如饴，唯有这样才能继续生存下去，唯有这样才不至于在新时代的喧嚣声中被彻底淘汰。此地的闲散劳动力倘若不向那个位于远方的新世界进行输出，那就再也找不到什么可以去建造，也再没有什么需要去拼搏的了；就算找到了事情做，能够谈报酬的余地也有限，根本赚不到什么钱了。与此相对应的，在这个如今已成为老牌文化高地的地方，反而有一种新的精神生活方式正在萌芽,这座逐渐变得冷清的城市催生出了一批学者和艺术家、画家跟诗人。他们追寻着当年曾经在这块荒芜的处女地上建造起第一批房屋的那群人的脚步,从容面对时光的流转,在精神层面的享受与追求上,在这座城市的迟暮时分,绽放出了静谧美丽的花朵。他们描绘长满苔藓的古老花园,描绘花园中剥蚀风化的雕像、遍布绿苔的池水那令人心碎的壮丽,以温柔的诗句歌颂那段已远远逝去的英雄年代的寂寥骚动,抑或写下古老宫殿深处因疲惫而入睡的人群所拥有的安宁梦境。于是,这座城市的盛名与荣耀再一次名闻遐迩。虽然战争令外面的民众过着风雨飘摇的生活,付出很多辛劳,这里的居民却懂得以隐忍不发的方式孤立于外界,维系和平,偏安一隅,令早已逝去的时代荣光依然能够保持些微的闪耀:安静的街道上方,行道树的树枝仍旧花团锦簇;从并不喧闹的广场抬头张望,看那些遭受恶劣天气侵蚀、外立面变得斑驳的高楼大厦,恍惚身处梦中;布满苔藓的喷泉里,水还在潺潺涌出,拍打在喷泉边缘,仿佛演奏着轻柔的乐曲。

接下来的数个世纪,这座如梦幻般的古老城市,对于比它还要年轻的这整个世界[15]而言,始终都是个可敬可爱的地方,诗人歌颂它,朝圣者跨越万水千山也要到这里来拜访。然而,人类生命向另一块大陆迁徙的趋势却变得越来越明显。而且,这座城市本身的原住民也开始凋零。历史悠久的本地家族后裔,他们要么濒临灭亡,要么早已颠沛流离。就连最后一批精神层面的花朵,也早已完成了它们的绽放,如今文化上剩下来的就只有腐败的残渣了。邻近的那些相对较小的城市,多年之前便已销声匿迹,变成了一座座寂静的废墟,有时会有一些吉卜赛人以及逃亡的抢劫犯会到里面去住一住。

一次大地震之后,附近的河流全部改道,一部分原本便已荒芜的土地变成了沼泽,另一些则完全干涸了,不过城市本身倒是还没被地震给完全毁灭掉。从远山那边一路走来,太古时期的采石场遗迹、乡间别墅的断壁残垣随处可见。森林涌入了这座城市，那片一直存在的古老森林慢慢地侵蚀着这里。举目四望，眼前尽是蛮荒景象。蛮荒将这座城市逐渐分解，一处接一处地吸纳进自己郁郁葱葱的怀抱当中。只见那蛮荒掠过之地，这里变成了一大片绿色沼泽，能够听得见各种动植物的低语声；那里则化作了碎石地，上面长满了稚嫩、顽强的针叶树林。

最终，这座城市里再也没有任何市民居住了，只剩下一些暴徒、恶棍和流浪者，他们将已经摇摇欲坠、地基逐渐下沉的一些太古时代的宫殿作为自己的居住地，游牧民在曾经的花园和街道上放牧他们瘦骨嶙峋的山羊。接下来，就连这最后一批居住者，也逐渐因为疾病和愚蠢而绝迹了。自沼泽化起，城市所辖的整个区域变成了传染病的大本营，成了被人类彻底弃绝的场所。

古老的市政厅废墟，那个一度是自己所处年代的丰功伟绩之一的地方，倒还一直高高矗立在原处，模样依旧宏伟。它曾经被世间所有的语言歌颂过，曾经是附近居住的不同民族各自拥有的大量传说故事的共同发源地，如今，连这些民族所建立的城市也早烟消云散了，他们各自的文化也已消亡。倒是在给孩子们看的一些鬼怪故事以及忧郁的田园牧歌中，多少还能觅得关于这座城市的不同名字以及描述其曾经的辉煌的吉光片羽，但也都被歪曲、捏造得面目全非了。那些远方国家的学者——他们的国家眼下正处于繁荣发展的时期——时不时地会到这一大片废墟来进行危险的研究考察。而那些相距遥遥的大陆上，在那里的学校里上学的小家伙们正如饥似渴地谈论着关于这座城市的种种秘密。那里肯定有纯金打造的大门，那里的墓碑上肯定镶满了宝石，当地那些以放牧为生的野蛮原住民必然是自神话时代起就彻底失踪了、掌握着数千年前神秘巫术的古人的后裔。

可是，自远山而来的森林还在继续侵蚀这里，森林占据了这里所有的平原、湖泊和溪流。它进击，它吞噬，它笼罩，十分缓慢地取得了整片大陆，取得了古老街道上残留着的路缘石以及宫殿、教堂和博物馆的废墟。此处已成荒原，狐狸和山貂、狼和熊成为此处的居民。

那些早已轰然倒塌的宫殿，它们的旧址所在的位置，即便是在光天化日之下，也找不到哪怕一块残存的砖石了。如今，在其中的一处旧址上，挺立着一株年轻的松树。一年前，它还是持续不断向前侵蚀、推进的森林安插在最前线的哨兵兼先锋部队呢。而现在，它也只能眼睁睁地看着后浪重重推前浪了。

"再往前些！"有一只啄木鸟这样叫道。它用尖喙敲击着树干，心满意足地看着持续壮大的森林，看着它在地面上不断推进绿化的步伐，真是美妙。

（1910年）

柯略尔格博士的结局
Doktor Knölges Ende

柯略尔格博士先生曾经是一位高级中学老师，很早就退休了。退休之后，出于个人兴趣，他开始投身于语言学研究当中。这样一个人，如果不是因为有患上哮喘和风湿病的危险，不得不认真地开始采取仅吃蔬菜的饮食疗法的话，显然是无论如何都不会跟素食主义与素食主义者产生关联的。饮食疗法在柯略尔格博士身上取得了极大的成功，因此，这位业余学者自那时起，每年都会前往某个只提供素食的疗养院或者膳宿公寓[16]住上几个月——这类场所大部分在南方——尽管他很不喜欢在那里跟与自己性格不搭的小圈子或个人交流时听来的任何奇闻逸事，以及虽然少见但没办法完全杜绝的那些来自自己家乡的访客：他可一点儿都不喜欢他们。

有好些年，柯略尔格博士都会将春季和初夏时分，或者也包括秋季的那几个月，用来在南部法国海岸或马焦雷湖附近营业的一大堆态度友好的素食膳宿公寓中找一间来居住。久而久之，他在那些地方结识了许许多多的人，也逐渐习惯了其中一些人的特殊习惯。比如，那里有直接光着脚走路的人，还有蓄着长头发的狂信者[17]；有极端的断食者，还有只吃素菜的美食家。柯略尔格博士在上述的最后一类人当中结交了好些朋友，至于他本人，也因为身体上日积月累的病痛，越来越无法承受饮食上的大鱼大肉，无奈之下，只好主动将自己培养成了一个态度很谦逊的蔬菜与水果领域的食物品鉴专家。世间任何一种苦苣沙拉都无法令他感到满意，他也绝对不会将一只加利福尼亚产的脐橙错当成意大利产的吃下肚。除此之外，对于所谓的素食主义，柯略尔格博士也并不怎么把它当一回事。在他看来，素食主义仅仅是一种治疗手段，不过话说回来，他偶尔也会对这一领域内令人拍案叫绝的新兴词汇创造能力产生极大的兴趣。作为一名语言学研究者，这种现象自然是颇值得注意的。与素食主义相关的词汇，随意列举一下就有素食者、严格素食主义者、植物素食主义者[18]、生食主义者[19]、食果者[20]以及杂食动物[21]。

根据热爱素食的人对上述词汇的实际应用，博士本人属于杂食动物，因为他不只吃水果和未经烹饪的食物，也吃煮过的蔬菜，以及用牛奶和鸡蛋为原料烹制出来的菜肴。对于那些真正的素食者而言，尤其是其中信奉生食主义、严格遵守饮食戒律的那群人而言，杂食动物是最惹人厌的，他也不例外。不过，他本人始终跟这群同好者近乎狂热的素食主义信仰之争保持着距离，因为他之所以将自己划归于杂食动物这个群体，不过是为了将自己从一堆笼统的概念当中区分出来罢了。要知道，有部分素食同仁，尤其是奥地利人，居然会把自己所属的素食者群体印在名片上，以此来给自己脸上贴金。

正如上面提到过的那样，柯略尔格跟这些素食者不怎么像是一路人。他慈祥又红润的脸庞，还有宽胖的身体，跟信仰纯粹素食主义的同好完全不一样。这些人大多骨瘦如柴，眼神好似苦行僧，经常穿些奇装异服。其中一些蓄着很长的头发，并且将长发披散在肩膀上。在素食主义这项事业上，他们每个人都化身成为狂热分子、狂信者和殉道者，甘愿用一生来践行自己特立独行的理想。反观柯略尔格，他是一名语言学家、一位爱国志士，既不愿意分享自己所知的人文主义思想和社会改革理念，也不愿意认同和他一起吃素的这帮人稀奇古怪的生活方式。在洛迦诺或者帕兰扎的火车站和船舶停靠站，等着拉客的酒店侍者隔着很远一段距离就能嗅出谁是"擘蓝使徒"[22]，并以完全值得托付的态度，向他们推荐自家普通又平凡的酒店。与此同时，当这位外表看起来如此体面的人士将自己的行李箱递给某间塔律西亚酒店或者赛尔斯酒店的酒店侍者，或者威利塔山专门负责给客人驮行李的牵驴人时，他们也会感到十分惊讶。反正，柯略尔格博士在别人眼中看来就是这样一副模样。

尽管如此，在此度过了不少时间之后，他觉得自己在这里的陌生环境中也算是如鱼得水。他是个乐观主义者，就其程度上而言，几乎接近于一个享乐主义者了。而且，他也渐渐在到这里来旅居的来自五湖四海，尤其是来自法国的食素同好当中找到了几位不喜争执、脸颊红润的朋友。跟他们聚在一起时，柯略尔格博士总算能够不受打扰地一边享用新鲜采摘的莴苣菜和桃子，一边自在惬意地进行一些餐桌闲谈了。不会再有哪个严格遵守饮食戒律的狂热分子突然冒出来，厉声谴责他的"杂食动物"行为，也不会有哪个只懂得嚼米饭的佛教徒过来批评他对宗教漠不关心了。

接下来发生了这样一件事，柯略尔格博士先是从几张报纸上看到，然后又直接从自己的熟人圈子里获悉，国际素食协会近日已正式成立，并且在小亚细亚获批了很大的一块土地，以最合理的收费诚邀全世界所有的素食界同仁以旅居或者长期定居的方式造访。这是一项恢宏的事业，通过一个由来自德国、荷兰和奥地利的素食者所组成的怀抱着伟大理想的团体来运作。这群人全都致力于推行一种素食界的锡安主义[23]，其目的为在世界上的某处谋求一块属于他们自己的拥有独立行政权的土地。而且，这块土地还必须有着适合人类生活的自然条件，以便提供给那些认同他们素食主义信仰的信众和拥护者。如今，理想已近在眼前，在小亚细亚建立根据地，正是完成这一切的开端。他们对外呼吁的抬头已经变成"致一切持素食及植物素食主义生活理念、认同裸体文化[24]观念及生活方式改革的朋友"了，他们的承诺数量繁多，听起来十分美好，甚至连我们这位柯略尔格先生，对于这仿佛来自天堂的魅惑之音，都表现出了无法抗拒的态度。他已经登记好了，来年秋天要到那块土地上去旅居一段时间。

那块土地显然应该提供品质非凡的水果与蔬菜——新鲜水灵，品种应有尽有。协会活动中心的房子宏伟漂亮，里面的厨房应该由撰写《通往天国之路》[25]这本书的作者来担任主厨。令大家感到尤为惬意的是，他们在那里能够完全不受外界打扰，不必再忍受外面世界怀着恶意的讥讽，可以安心生活。对任何一种素食主张、任何一种穿着革新的追求，在那里都是允许的，那是一块百无禁忌的土地，除了不能享用肉食和酒精之外。

如此这般，原本隐匿于众人视野之外的怪人便从世界各个地方来到了这里，其中一些人希望在这里——小亚细亚——最终能够过上符合他们天性的生活，获得安宁与舒适；还有一些则企图从蜂拥而至的渴望得到救赎的这帮人那里赚取好处，维持生计。来的那些人里面，有从信仰各种不同宗教的庙宇及教堂里逃亡出来的神职人员和导师，有假冒的印度教徒，有钻研神秘学的人，有语文老师，有按摩师，有催眠术专家，有巫师，还有信仰治疗师[26]。在这个由种种怪人组成的非常小的人类群体当中，江湖骗子和心怀不轨者的数量，要比无害的混吃混喝无赖少得多。因为在这里根本没办法弄到多大的好处，大多数来客除了在此混口饭吃外，便再无别的追求。况且，对于一个只吃素食的人而言，在这种南方乡下生活可谓物美价廉。

这些在欧洲和美洲生活时会被普通人认为是异类的家伙，他们中大部分人唯一的罪过就是懒惰，这点也跟许多素食者保持了一致。他们既不要黄金，也不期盼享受；既不觊觎权力，也不想花天酒地。实际上，他们最想要的无非是不必工作、没有任何负担地践行他们向往的质朴生活而已。他们中的有些人选择千里迢迢地徒步横跨整个欧洲，只是为了到这里来当一个卑微的清洁工，为自己富有的食素同好擦干净门把手而已；要么就是选择当一个唠叨的神棍，或者江湖医生。当柯略尔格走进瑰诗诺大酒店时，就遇到过这样的一些旧相识，他们中的这个或者那个，曾经在莱比锡敲过他的门，当时的身份是无害的乞讨者。

不过，他在这个素食者聚居区的所有营房里见到最多的，还是赫赫有名的大人物和英雄。其中一些皮肤晒得黝黑的男人，蓄着烫成波浪状的头发和长胡子，身上穿着《旧约》中描述过的那种白色帽兜，脚上穿着罗马凉鞋，其他人则穿着用浅色亚麻布制成的运动服。有几个很有名望的男人光着身子走来走去，全身上下只穿着自己亲手用嫩树皮编织而成的遮裆布。小型团体，甚至连组织机构颇为严密的协会都陆续在此建立了起来，食果者在某些固定的地点碰面，苦行僧一般的断食者在另外一些地方碰面，神智学会[27]成员和光之崇拜者[28]也有属于他们的场所。美国预言大师戴维斯的信徒专门为他修建了一座神庙，某座大厅里正在进行新斯维登堡主义者[29]特有的祈祷仪式。

刚开始时，柯略尔博士并不怎么适应此地熙来攘往的人群，当他置身于这些时时处处引人注目的人们当中时，多少还是显得有些拘谨。他先去听了一个名叫克劳勃的人举办的讲座，此人先前是在巴登州当老师的。克劳勃用纯正的阿雷曼方言向来自地球各地的民众讲述传说中的亚特兰蒂斯王国发生的种种事件，他的讲座令瑜伽教练文士南达惊叹不已。文士南达的本名叫贝波·辛纳利，他已经花费了十几年时间，试图将自己每分钟的心跳次数强行减少大约三分之一。

假设这块殖民地位于欧洲，裹挟于我们习以为常的经济生活与政治生活表象之中，它就会给人们造成一种类似于疯人院或者奇幻喜剧的印象。可是，置于小亚细亚的背景之下，这一切看起来居然颇为合理，完全没有什么不可接受的地方。大家时不时地就能看到一些新的来访者，因为此生最大的梦想终于在此得以实现，他们一时间心醉神迷，脸上发光，仿佛着魔了一般；要么就是喜极而泣，不停走来走去，双手捧着花，以和平之吻问候遇到的每一个人。

不过，这里最引人注目的团体，还是由严格食果者组成的。这些人舍弃了神庙，舍弃了住房，甚至连任何一种形式的聚居模式都舍弃掉了，除了专注于越来越趋近于自然的生活方式外，再无其他任何追求，正如他们自己所讲的那样："更贴近地球。"他们直接在露天下居住，除了从树上或者灌木丛中掉落的各种果实之外，别的东西一概不吃。他们毫无差别地鄙视着除了他们自己之外的其他所有素食者，其中一位还曾当面向柯略尔格博士解释了一番，说以米和面包作为食物，实际上就跟那些沉迷吃肉的猪猡没有任何区别。而且在他眼中，一个喝牛奶的所谓"素食者"，跟随便哪个酒徒酒鬼之间，也是没有什么不同的。

在这些食果者——身体力行地践行着这一方向的实践者当中，态度最坚决、成绩最斐然的代表人物，当数那位表现极为优异、受到众人崇拜的兄弟约拿斯。确实，他身上也还穿着一条遮裆布，但那条遮裆布几乎已经跟他长满了体毛的棕褐色身体长到了一起，无从分辨了。他住在一处树丛之中，经常有人见到他以灵活轻巧的动作，在树枝与树枝间疾速移动。他的大拇指和大脚趾已经以一种颇为奇异的方式退化掉了，就连他这整个人，以及属于他的生活方式，也展示出朝着大自然原始状态退化的迹象——在人类所能想象到的范围内，这已经是最坚定不移也最成功的了。少数几个冷嘲热讽者私底下称呼他为大猩猩，除了这些人之外，这乡下地方的所有人都很钦佩、崇拜约拿斯，他本人对此也感到很受用。

使用人类语言这件事，也已经被这位伟大的生食主义者给放弃掉了。每当有兄弟或者姐妹在属于他的那处树丛旁边聊天时，他会坐在其中一根树枝上，面朝着他们聊个不停的脑袋，脸上时而露出赞同的微笑，时而爆发出一阵持否定态度的大笑。不管是哪种情况，他都不会开口说哪怕一个字，仅仅试图用一连串手势来表达自己的意思。他所使用的这种语言，对于大自然而言，可以说是准确无误的，假以时日，将会成为所有素食者以及大自然崇拜者之间共通的世界语。他最亲近的朋友们每天都会陪伴在他左右，享受他所亲授的关于咀嚼技艺和坚果壳的课程，以肃然起敬的心情看着他持续不断地奔赴圆满境界。但是，与此同时，他们也怀抱着一种担忧，害怕不久之后就会永远失去他，因为他恐怕在不久之后就将和大自然融为一体，返回如故乡一般的群山荒野之中了。

有几个已经彻底痴迷于他的人提出，要以某种方式向这个伟大的生命，这位已经参透了生命循环过程、重新找到返回人类文明原点方式的人致以最崇高的敬意。哪里知道，当他们在某天早上旭日东升时，怀抱着这个目的来到他的树丛边，以高声歌唱的方式开始向他表达他们的狂热崇拜的时候，这位被歌颂的对象很快便现身于他最喜爱的那根粗枝之上，以一副幸灾乐祸的模样，一边在空中挥舞着那块早已解下来的遮挡布，一边朝他的崇拜者狂扔坚硬无比的松果。

这位已经修炼圆满的约拿斯，这只"猩猩"，很不受我们的柯略尔格博士待见。在博士那谦卑质朴的灵魂最深处，对猩猩是十分反感的。他心中默默涌生出来的反对素食世界观种种弊端的全部想法，以及对那些狂热偏激到疯狂地步的素食者的全部厌恶，居然无一遗漏地映射在了猩猩这个"格式塔"[30]上，这实在是太恐怖了。为此，博士甚至开始无情地嘲笑起自己向来适度又得当的素食行为起来。这位平素一直是淡然处事的民间学者在暴怒之下，悲愤地拾回了自己放弃已久的人性尊严。此时此刻，他已完全放下了心中纷繁复杂的思绪，放下了隐忍不发的克制态度。所以，当博士再次经过那位已得圆满之人的居住地时，终于再也没办法抑制住对他的憎恶和愤怒了。与此同时，坐在属于他的那根树枝上，镇定自若地观察着下面形形色色的同道中人、崇拜者和批评者的猩猩，同样也对这个人类感到憎恶。他的动物本能大概已经察觉到了对方的憎恨之情，因此一股不断增长着的野兽般的愤怒感也就随之产生。每当博士从树丛旁边走过时,总是对这个住在树上的居民投去满怀责备、仿佛受到了侮辱一般的目光,这家伙也马上以龇牙咧嘴的动作以及愤怒的咆哮来还击。

柯略尔格已经下定决心,下个月一到就离开这个乡下地方,返回自己的故乡。在一个月光十分明亮的月圆之夜,虽然潜意识里非常不愿意,他还是选择又一次在那个树丛附近散步。他颇为伤感地想起了过去的那段时光,那时候,他还是个身体十分健康的肉食者,是一个普普通通的正常人,生活在一群跟他没有任何区别的正常人当中。他沉浸在对相比之下更为美好的过去生活的怀念之中,不知不觉地开始吹起口哨,吹起了一首年代久远的大学时代歌曲。

突然之间,那个森林野人竟然猛地从灌木丛中蹿了出来。博士吹口哨的声音使他感到莫名兴奋,同时也唤醒了他的野性。只见他摆出威胁的姿势,站在这位散步者的面前,挥舞着一根硕大无比的木棒。可是,吃了一惊的博士仿佛仇人相见,分外眼红,根本就没想到要转身逃走,反而认为时机已到,该跟眼前的敌人把事情彻底说清楚了。于是,他摆出一个凶巴巴的微笑,朝着猩猩鞠躬致意,仿佛打算故意激怒他似的,以带有明显讥讽和侮辱的语调开口说道:"请您允许我做个自我介绍,在下柯略尔格博士。"

大猩猩怒吼一声,扔掉了那根木棒,直接扑向了这个羸弱的人类,转眼之间便用他那双可怕的手将他给掐死了。大家隔天一早才发现博士的尸体。有些人其实已经琢磨清楚这整件事的前因后果了,却没有任何人敢于去做对大猴子约拿斯不利的事情,要知道,他现在可是正坐在树枝上剥坚果呢。这名旅居者在此地居留期间结交的少数几个朋友出面,将他给埋葬在了附近不远处,并在他的墓前竖起了一块简单的告示牌,上面写有简短的铭文:柯略尔格博士,杂食动物,来自德国。

(约1910年)

美 梦
Der schöne Traum

当高级中学学生马丁·哈勃兰德十七岁时因为得了一场肺炎而死掉时，每个人都在谈论他。提起他超强的天赋，大家都感到十分惋惜，认为他的早夭是一件非常不幸的事情：离世实在太早，以至于他的这份天赋还没来得及转化为事业上的成功，没办法从中取得任何回报，也无法兑现为实实在在的钱财。

实话实说，这个英俊、聪明的年轻人的逝去，令我也感到十分难过，我曾为此事颇为遗憾地感叹道：在这世界上，必定有无数的天才被大自然随随便便地给处置掉了！数量大到不可想象！不过话说回来，天才的人生是怎样的走向，我们对此又持怎样的想法，大自然根本就无所谓。况且，天才本身也确实是太多了，多到我们的艺术家很快就要到只有同行、没有观众的地步了。

即便如此，我也依旧要为这位年轻男士的逝去感到遗憾。我的遗憾并不是因为他被残忍地夺去了人生当中最宝贵、最美好的东西，对他自己的整个人生造成了不可弥补的损失。毕竟，如果他没有死，那么这些最宝贵、最美好的东西肯定还是属于他的。不过，我的遗憾并不是出于这样一种想法。

无论是谁，凡是能够幸福又健康地长到十七岁这个年纪，而且父母对他也很好——只要能够满足上述条件，那么，在绝大多数情况下，此人到十七岁为止所走过的人生，就已经比之后要走的人生更加美好了。另一方面，一旦人生结束得如此之早，那就意味着既不会经受太大的痛苦，也不会拥有多么跌宕起伏的经历，对人生缺乏宏观领悟，是不可能成就如贝多芬交响曲[31]般的人生的。不过话说回来，成就一段小小的如海顿所创作的室内乐[32]般的人生，倒是可以办到的。可以说，很多人就算好好活了一辈子，都还办不到这点呢。

在哈勃兰德这件事情上，我对于自己所持的观点是完全确信的：这个年轻人确实体验过了他有可能体验到的最美好的那种人生。在一首如此非凡绝伦的乐曲当中，他已经跟上了其中的好几个小节。甚至可以说，他的死也是不可避免的，因为在追随这样一种乐曲时，任何生命都会弹错音，除此之外，不会再有其他可能性。这个高中生仅仅只在梦中体验到了属于自己的幸福，不过，这梦中得来的幸福感相比现实而言，一点儿也没有被削弱，因为大多数人对自己梦境的体验其实比现实要强烈得多。

在这个高中生患病的第二天，即他去世前三天，他在已经开始发作的高烧中做了如下的梦。

他父亲伸出一只手来，放在他肩膀上，说道："我已经很清楚地了解到，你在我们这里再也没办法学到新东西了。你必须成为一个伟大又善良的男人，并且赢得专属于你的那份幸福。你继续窝在家里，肯定找不到。所以，听清楚。首先，你现在必须马上开始攀登知识之峰，登上峰顶之后，你必须做你该做的事；接下来，你必须找到爱情，并获得幸福。"

当父亲说出这段话的最后几个词时，他的胡子瞬间变长了，眼睛也变大了，他现在的样子，看上去就像是一位年迈的国王了。随后，他吻了吻儿子的额头，命令他即刻动身。于是，作为王子的他，马上就从一长段宽大又华丽的台阶上走了下去，似乎正在走出一座王宫。当他一路走到街上，正准备离开这座小城市时，他的母亲突然过来找他，冲着他喊道："好啊，马丁，你这就要踏上旅程了，连声再见都不打算对我说吗？"他惊愕地望着她，心中升起一股羞愧之情，因为在他印象中，她已经去世很长时间了，哪里知道，她此刻就活生生地站在他面前。而且，瞧她那样子，比他记忆中要漂亮、年轻得多，乍一看去，简直就如同少女一般。所以，当她吻他时，他的脸颊突然就变红了，完全不敢去回吻她。她与他四目相对。她的眼神很清澈，眼眸是蓝色的，她的目光仿佛一道光，直接穿透了他。当她向他点头示意时，他整个人都感到不知所措，只好转身就跑。

跑出城后，他毫不意外地发现，原本应该在这里的公路，还有山谷之间那条两侧种有白蜡树的林荫道不见了，取而代之的是一座海港，港口内停泊着一艘样式老旧的大帆船，褐色的船帆高高扬起，顶端一直伸展到金黄色的天空中，犹如他十分喜爱的那幅克洛德·洛兰[33]画作。只要登上了这艘船，他就能够即刻启程，航向知识之峰。

哪里知道，那艘大帆船，还有金黄色的天空，不知不觉就从他的视野中消失不见了。又过了一会儿，高中生哈勃兰德发现自己正在一条公路上跋涉，离家已经很远了。此时此刻，他正朝着一座高山前进，山峰在远处的晚霞中微微发着光，不过，虽然一直在朝着它行走，但山峰看起来似乎完全没有变得更近些。幸运的是，赛德勒教授一直在旁边跟随着他的脚步，用如父亲一般的口吻对他说道："这里除了独立夺格结构[34]在起作用之外，就再没有其他机制了。唯有合理利用这一点，您才会突然达到直奔主题的效果。"他立即按照赛德勒教授的说法，想出了这样一种独立夺格表达，能够将他本身的全部过往，以及整个世界的全部过去统统囊括在内——这种表达能够将每一种类型的过去以极为缜密的形式组织起来，令既往的一切皆如现在一般清晰，并且借此推演出未来。于是，转眼之间，他便站在了高山的顶端。与此同时，他身边也依旧是赛德勒教授，而且，教授突然以"你"来称呼他了，因此，哈勃兰德也改用"你"来称呼教授。换了称呼方式之后，赛德勒教授便向哈勃兰德透露，说自己其实是他的父亲。接下来，因为教授说出了这样的话，他的样子也变得越来越像是哈勃兰德的父亲。因此，这个高中生对父亲的热爱，以及对知识的热爱便合二为一了，而且全都得到了强化，变得更加美好了。当他呆坐在山巅，思考着自己在此处感受到的令人惊讶不已的各种智识时，在他身边的父亲开口道："就是这样，现在快瞧瞧你周围吧！"

环绕在他周围的是一种不可言说的清澈感，世界上的一切都呈现最严谨的秩序，一览无余。此时此刻，他已经完全明白，为什么自己的母亲已经死去又仍然活着。在他的内心最深处已经彻底弄清楚，为什么不同的人尽管在外貌、习惯和语言上千差万别，但全部来自同一个本源，而且彼此之间亲如兄弟。他知道困难、痛苦和丑陋实际上是不可避免的，而且还是来自上帝的安排，上帝希望这样，或者不得不这样去做——唯有这样安排，它们才能转变为美好和光明，从而真正彰显出这个世界的秩序与喜悦。除了上述这些之外，他还将另外一件事情彻底弄清楚了，那就是他此刻所在的山巅，正是知识之峰的顶端。此刻，他已经成了一个拥有智慧的人，并且也感知到了自己肩负着的使命。在此之前的两年时间里，尽管他一直在思考自己未来究竟应该从事何种职业，但自始至终也没能下定决心，不知道应该选择什么。不过现在，他已经完全清楚了，而且态度十分坚定：他要成为一名建筑师。能够获知这件事，真是太厉害了，如今他的心中连哪怕一丁点儿疑虑都不存在了。

白色和灰色的砖石、制造横梁用的木料以及各种建筑机器马上出现在他的眼前，他的身边一下子站满了不知道应该做些什么的人。但他心知肚明，一切尽在把握。他伸出双手来调度他们，向他们解释具体细节，给他们下命令。一大摞建筑图纸此刻就拿在他的手中，只需要稍微动手示意一下，解释一两句话，人们就马上按照他的吩咐开始干活儿了。而且，能够得到具体指示，开始做一份具体的工作，大家也都很开心。只见工人们搬砖石的搬砖石，推小车的推小车，房子的框架很快就搭建起来了，装饰用的木板也已经开始雕凿。众志成城，万众一心，所有人都在按照建筑师的意志忙碌着。房子终于建成了，那是一座宫殿，通过其众多的山尖和前廊、庭院和拱窗，向世人昭示着一种不言自明、简单和谐，令人感到欣喜的建筑之美。很明显，人类还需要再多造几栋这样的建筑，如此一来，地球上现存的那些痛苦和困难、沮丧与愤懑很快就会消失不见了。

随着这栋建筑的完工，马丁开始变得昏昏欲睡，注意力已经有些涣散，没办法准确集中到身边的每一样事物之上了。恍惚间，他似乎听到某种如同音乐或者庆典的声音在自己身边轰鸣。于是，他便带着庄严肃穆的心情，以及世所罕有的满足感，被一种深深的美妙的疲惫夺去了意识。当他从这种疲惫中逃离，意识重新回归时，他发现母亲再次站在了自己面前，并且牵住了他的手。一见到这样的场景，他就明白了，她现在要带着他前往爱之国。他什么也没有说，心中却充满了期待，完全忘记了自己在这趟旅程中已经经历了些什么，已经做过些什么。唯一保留下来的只有知识之峰和他所建造的那座宫殿辉映到他身上的光芒，以及足以抵达他灵魂最深处的问心无愧感——这两样东西映得他周身闪闪发亮。[35]

母亲微笑着牵起他的手，只见她朝着山下走去，步入一种黄昏傍晚时特有的山间风景中去了。她身上穿的那件连衣裙是蓝色的，在惬意的行走中，她的存在消逝了。再看她穿着的那件蓝色的连衣裙时，才发现那其实是远方深谷倒映出的一抹蓝色。他是因为眼睛辨认出了那种蓝色才看到了母亲吗？现在他永远无法知道，母亲究竟是不是真的来过他身边了。蓦然间，一种悲伤的感觉袭来，他瘫坐到草地上，开始抽泣，但是内心并不存在痛苦，他只是单纯地将自己完全投入了哭泣这件事当中，态度极为认真，就跟之前满怀着创作欲望造房子时一样，也跟在极度疲惫时失去了意识一样。通过流淌下来的眼泪，他意识到，自己现在正经历着的，恰恰是作为一名人类个体所能经历的最为甜蜜美妙的事情。而且，当他尝试去思索这一切时又进一步发现，这其实就是爱，但他完全没办法用语言来明确描述它。最终，他以如下的感受结束了自己对此的思考：爱之存在，就跟死亡一样，是在履行作为人类的一种义务，是一个不允许再有任何后继变化的傍晚时分。

这番思考还没完全结束，周遭一切已经再次面目全非。远方的蓝色深谷之中，响起一阵美妙悠扬的音乐，弗斯勒小姐踏上草地，朝着他这边走了过来。弗斯勒小姐是市长的女儿，刚刚看见她，哈勃兰德就已经意识到，他深爱着这个女人。她的脸长得跟原来完全一样，但穿着一件剪裁十分简单、质地却很精致的长裙，看起来像个古希腊女人。她还没走到哈勃兰德身边，天就已经黑透了，此刻，除了天上挂着的那些又大又明亮的星星之外，就什么都看不见了。

女孩站在马丁面前，脸上露出了微笑。"也就是说，你到这里来了啊？"她十分亲切地开口问道，仿佛她一直在这里等他似的。

"是的。"他回应道，"母亲给我指明了来这里的路。我现在已经完成了一切，连我必须建造的那栋大房子也已经建好了。你一定要到那里面去住一住。"

她笑了，但也只是笑了笑而已。现在再去看她的模样，已经变得几乎跟他母亲一样了，高高在上，略显悲伤，跟真正的大人一样了。

"我现在应该做些什么？"马丁将双手放在了女孩的肩膀上，问道。她屈身向前，以非常近的距离同他对视。距离实在太近，近到令他感到有些害怕。此刻，除了她那对巨大又沉静的眼眸之外，他就再看不到其他任何东西了。只见那对眼眸中浮现出一道金色的雾霭，其中点缀着数不清的星星。他的心脏开始狂跳，并且感到疼痛难忍。

美丽的女孩将自己的嘴唇贴到了马丁的嘴唇上，嘴唇相触的那一刹那，他的存在消融了，一切意志烟消云散。头顶上方蓝色的昏暗之中，星星们开始轻声唱起歌来。当马丁觉察到，他此刻正在经历爱与死亡，经历一名人类个体所能经历的最美妙的瞬间时，他开始听见全世界环绕在自己身边，伴随着一首优美的圆舞曲，翩翩起舞。他的嘴唇再也不会离开那少女的嘴唇了，对人世间也不再存有任何心愿和留恋。他觉得自己，还有她，还有所有的这一切都陷入了圆舞曲里。他闭上眼睛，在些许的眩晕下，飞向一条响动不停的早已注定的街道。在那条街道上不存在知识，不存在善恶，再没有任何与尘世相关的东西在等着他了。

（1911年）

笛 梦
Flötentraum

"这儿,"我的父亲一边说着,一边递给我一支小巧的象牙制成的笛子,"拿上这个,当你在那些远方的国家靠着自己的本事来为别人提供娱乐时,千万不要忘记你的老父亲。是时候了,你也该去瞧瞧这个世界,学些东西了。我专门让人为你打造了这支笛子,反正一直以来,你除了喜欢唱歌,唱个不停之外,就再没有做过其他什么工作了。不过话说回来,你也需要记住,就算是唱歌,你也只应该去唱那些悦耳动听、讨人喜欢的歌曲,否则就是辜负了上帝特地赐予你的天赋。"

我亲爱的父亲对音乐了解得很少,他是一名学者。在父亲的想象中,我只需要对着那支漂亮的小笛子随便吹吹气,就能够吹得很好了。我并不想打破他的这种想象,于是便向他道了谢,将笛子随便插进衣服里,就此辞行。

我们家所在的这座山谷,一直到大磨坊为止,都是我十分熟悉的家园。换句话说,父亲口中所谓的"世界",就是从大磨坊后面开始计算的,我很喜欢它。一只已经飞累了的蜜蜂停在了我的衣袖上,于是我便带上它一起走了,如此一来,当我走累了停下来休息时,就有一名现成的信使可以给家里捎个信、报个平安了。

路途中,森林和绿地一直陪伴着我,溪流也兴致勃勃地跟着我流淌前行。我发现,外面的世界跟我熟悉的家园相比,其实也没什么区别。数不尽的绿树红花,还有大片大片的谷穗和榛子树丛都在争着跟我说话,我唱起了独属于它们的歌,它们全都听得懂我在唱些什么,就跟在家里时一样。就在这时候,我的蜜蜂也醒来了,它慢慢爬到我的肩膀上,挥动翅膀,飞了起来。只见这只蜜蜂一边发出它们飞行时独有的那种声调低沉的可爱嗡鸣声,一边绕着我飞了两圈,然后便转过头去,径直朝着家乡的方向往回飞了。

刚好这时候,有个年轻的女孩从森林里走了出来,她的胳膊上挎着一只篮子,满头金发的脑袋上戴着一顶遮阳用的草帽,帽檐很宽。

"你好,"我向她问候道,"你要到哪里去?"

"我现在得去给收割庄稼的人们送饭,"她说着说着,就跟我并排走了起来,"现在天已经不早了,你今天还打算到哪里去呢?"

"我要去闯世界,是父亲派我去的。他认为我可以给别人吹笛子,但我其实还不怎么会吹,还必须再好好学学。"

"原来如此,原来如此……对了,那你现在都会吹些什么呢?多少还是会一些的,这是肯定的。"

"其实也说不上会些什么。不过,我倒是会唱歌。"

"那你都会唱些什么歌?"

"所有类型的歌我都会唱,你知道的,为清晨而唱的歌,为傍晚所唱的歌,为一切的树木、动物和花卉所唱的歌。比如说,我现在马上就可以开始唱一首很美妙的歌,这首歌的内容是关于一个美丽女孩的,她从森林里走了出来,要给收割庄稼的人们去送饭。"

"你会唱这首歌吗?那就快唱来听听看吧!"

"好的,不过在唱歌之前,我得先问个问题:你叫什么名字?"

"布丽吉特。"

如此这般,我便开始唱起歌来,内容是关于戴草帽的美人布丽吉特的:她的篮子里装着些什么东西,遍地的鲜花如何目送她离去,花园篱笆上长着的那些蓝色牵牛花是怎样伸出触须去碰碰她的……各种各样类似这样的内容。她很认真地听完了这首歌,并且对我说,这首歌很不错。当我告诉她我饿了的时候,她便将自己挎着的那只篮子上遮盖食物用的盖板打开,拿了一块面包出来递给我。我咬了一大口面包,同时保持着如行军般的步伐,大踏步前进,可是她说:"根本不需要一边走一边吃的。还是一件事做完再做另一件吧。"于是,我们便一起坐到草地上,我用心吃我的面包,她则用那双晒成棕色的双手捏住自己的膝盖,静静地看着我。

"你还能再给我唱些歌吗?"当我吃完面包之后,她开口问道。

"我很愿意。不过,唱些什么好呢?"

"唱关于这样一个女孩的歌,她被自己心爱的人给抛弃了,感到非常伤心。"

"不行,这我可办不到。我完全不清楚你所说的具体是怎么一回事,况且伤心本来就不应该被传唱。我只应该去唱那些悦耳动听、讨人喜欢的歌曲——我父亲说的。要不这样吧,我给你唱布谷鸟之歌,或者蝴蝶之歌。"

"也就是说,关于爱情,你根本就是一无所知?"听到他这番回答后,她又问道。

"关于爱情?噢,并不是这样,我其实很清楚爱情是什么,它是世界上最美好的东西。"

我马上开始唱起一首歌来,内容是关于喜欢红色罂粟花的阳光的,唱到阳光是如何跟罂粟花一同嬉戏玩耍,唱到它们在一起有多么开心幸福。接下来,我又唱了另一首歌,唱的是一只母燕雀,它一直在等待着,期盼哪天能有只公燕雀飞过来,跟它双宿双飞。哪里知道,当公燕雀真的飞过来时,母燕雀却被吓了一跳,赶紧飞走了。我继续唱了下去,唱一个有着棕色双眸的女孩,有个少年来到了她身边,这少年为她唱了歌,并因此得到了一块面包。不过,他现在不要面包了,他想请那少女给他一个吻,想好好瞧瞧她那对棕色的眼眸。他反反复复这样唱着,直到她脸上开始露出会心的微笑,用自己的嘴唇封住了他的嘴之后,他才不得不停了下来。

唱到这里,布丽吉特突然屈身向前,用她的嘴唇封住了我的嘴,那对眼眸先是闭上,然后又睁开。当她睁开眼睛的同时,我见到了两颗发出金光的棕色星星,它们此刻离我是那样近,可以看到里面倒映着我的影子,还有几朵白色的野花。

"外面的世界真是美极了,"我说道,"我父亲说的是对的。那么现在,我来帮你拿东西,我们一起去找你要找的那些人吧。"

说罢,我就拿起了她的篮子,我们继续向前走。她的步伐应和着我的步伐,她的喜悦与我的喜悦交相辉映。高山上的树林轻声细语地呢喃着,那声音从山巅一路传到山下。我还从来没有如此开心地走过路呢。精神极度振奋之下,我又接连唱了很长一段时间的歌。最后,由于周围被各种各样的声音所占据,那些声音同时响起,大到连我自己在唱些什么都听不清,我才不得不停了下来。来自山谷的声音,来自群山的声音,来自小草、树叶、溪流、灌木的声音,叠加在一起,形成一股巨大的轰鸣声,细细分辨,其中每一种都在用吟唱的方式讲述着自己的故事。

所以,我的脑海中情不自禁地产生出这样一个想法:在这世界上,我的听觉所能及的范围内,总是会有成百上千首类似这样的歌曲在同时吟唱着。如果我能够在同一时间里完全听懂全部歌曲的意思,并且以某种独特的歌声,同时向所有吟唱者给出回应的话——包括小草的歌、鲜花的歌、人类的歌、云彩的歌,也包括阔叶林的歌、赤松林的歌,还有所有动物的歌,除此之外,还要加上远方的大海和高山,更远些的繁星和明月,还要加上它们的歌——倘若这一切的歌声都能同时在我心中响起,并且能够让我唱出来,那我岂不就直接变成了亲爱的上帝?而且如此一来,我创作的每一首新歌,都必定会成为高悬于天空中的一颗星星。

可是,当我想到如此程度时,不由得完全沉默了下来,整个人都觉得很怪异，因为我之前还从来没有这样想过。这时，布丽吉特停下了脚步，抓住了篮子的提手，将我也给拽停了。

"到了，我现在必须往山上走了，"她说，"我们的人就在山上的田地里。那么你呢，你要到哪里去？你也跟我一起来吗？"

"不了，我不能跟你一起走。我必须去闯世界。十分感谢你的面包，布丽吉特，也十分感谢你的吻。我会想你的。"

她接过那只装食物的篮子，然后用那对眼神中笼罩着阴影的棕色眼眸，隔着篮子又看了我两眼。接下来，她的双唇再一次贴住了我的嘴。她的吻实在太美妙、太可爱了，在令我享受到极大欢愉的同时，几乎也要让全部的喜悦转变为哀伤。无奈之下，我只好赶紧向她说了一声保重，便急匆匆地沿着道路继续向前走了。

女孩慢慢地朝着山上走，走到森林边缘的榉树丛下方时，她的脚步停住了，停在了一片一片垂下来的树叶下面。只见她站在那里，从半山腰往下看，想要找到我的身影。我冲着她挥了挥手，并且把头上戴的帽子摘了下来，高高举过头顶，挥舞着。于是，她朝我点了点头，然后就像一幅画一样，身影一动不动，逐渐消失在了那片榉木丛中。

我还是继续走我的路，一路上都在想事情，直到道路突然转了方向才回过神来。

转弯的地方有一座磨坊，磨坊旁边的水面上停有一艘船，船上有个男人，孤零零地坐在那儿，似乎就是专程在那里等我的，因为当我刚把帽子摘下来，登上那艘船，朝着他走过去时，船就开动了，顺着河水的方向行驶起来。我坐在船的正中央，那个男人则坐在船尾，负责掌舵。当我问他我们要到哪里去时，他抬起头来，用那双欲说还休的灰色眼睛盯着我，用极其低沉的声音说道："去你想去的地方。顺流而下，一直到海里去，或者到那些大城市里去，由你来选择。反正那些地方全部都是我的。"

"全部都是你的？既然如此，那你应该就是国王了。"

"或许吧。"他说，"你是个诗人，我说得没错吧？既然如此，那你就给我唱一首船歌吧！"

听到他的这个要求，我不由得振作起精神来，因为，在这个严肃又阴沉的男人面前，我感到颇有些不安。我们所乘的这艘船在河流上飞速行驶，无声又无息。于是，我便唱起了河水之歌："河水，它驮着无数的船只，倒映着太阳，激起的浪花重重地拍打在满是岩石的浅滩上，开心地走完自己的旅程。"

那男人的脸上始终不为所动，当我唱完整首歌之后，他只是默不作声地点了点头，如在梦中。然后，出乎我意料的是，他竟然也突然开口唱起歌来。他唱的也是河水之歌，唱的是河水流经大大小小的河谷的旅程。由他所唱的这首歌，旋律比我刚刚唱完的那首歌更优美，气势也更恢宏。虽然都是河水之歌，听起来却完全不一样。

他是这样吟唱的："河水啊，像个跌跌撞撞的毁灭者一般，从群山之间滚滚而来，阴沉又野蛮。河水啊，它嘎吱作响地从磨坊中间流过，觉得自己被磨坊给制约住了。它从桥梁下面淌过，桥梁又令它感到过于紧张。它憎恨自己不得不驮着的每一艘船，在翻滚的波浪与长长的绿色水草之间，它微笑着摇晃溺死者们苍白的尸体。"

他所吟唱的一切，我都很不喜欢，但这一切听起来又极其优美，歌声中充满了神秘感。我被他的这首歌给搅得心神不宁，不知所措，只好在惶恐不安中保持着沉默。如果这位年老、体面又聪明的歌者用他那低沉的声音吟唱出来的才是真正的歌，那么我所有的歌就全是愚行，全是糟糕透顶的小孩子把戏了。如果他的歌是真的，那么这个世界的本质就肯定不是善良和光明的，肯定不会像上帝的心灵那般美好，而是黑暗、痛苦的，满怀着邪恶与阴暗的。如果是这样，那么当森林沙沙作响的时候，就并非是为了自娱自乐，而是在绝望哀号。

我们乘风破浪，继续前行，映在河水里的影子也越来越长。每当我在他唱完之后，自己重新开始唱起歌来时，都发现自己的音调变得越来越不明朗，嗓音也变得越来越轻忽。与此同时，每当那个陌生的歌者用他的歌来回应我的歌时，都会把这整个世界变得更加难以捉摸、凄惨冷酷，也令我感到更加束手束脚，更加悲伤。

痛苦直击我的灵魂深处，此时此刻，我感到十分后悔，因为当初我没能选择留在陆地上，留在那些美丽的鲜花旁边，或者留在美丽的布丽吉特身边。为了在越来越浓厚的暮色当中多少能够抚慰一下自己，我又开始放声歌唱，对着那红色的晚霞，唱一首歌颂布丽吉特，还有她的香吻的新曲。

暮色四沉，我沉默了下来，掌舵的那个男人却又开始唱了。他唱的也是关于爱情和恋爱中喜悦的主题，唱那些褐色和蓝色的眼眸，唱火红又湿润的双唇。他满怀悲恸地在变得越来越黯淡的河流上唱着歌，歌声优美，感人至深。但是，在他所唱的那首歌当中，连爱情都是阴森且可怕的。爱情成了一个足可致人死命的秘密，人类因为它而困惑，在它所制造的困境当中受到种种伤害，体会到了求而不得的痛苦滋味，为了得到爱情，他们彼此折磨，互相杀戮。

我认真聆听着，感到如此疲惫，如此抑郁，仿佛我早已在外漂泊多年，仿佛已经历过数不尽的凄风苦雨。从那个陌生人身上，我持续不断地感受到一股由悲恸以及发自灵魂的恐惧所构成的悄无声息又冰冷的寒流，这种寒流已经侵入了我的体内，侵入了我的心中。

"瞧啊，这岂不就是人的一生所能达到的最高峰？这岂不就是最美好的人生？"我终于忍不住了，用满怀怨恨的声音喊道，"不是人生，不是活着，而是死。既然如此，那么我就要请求你了，你这位悲伤的国王，请给我唱一首死亡之歌吧！"

于是现在，那个掌舵的男人便开始唱起了死亡之歌。他唱得如此动听，比我听过的所有歌声都要动听。可是，即便是死亡之歌，也并非所有歌曲当中最动听的，也不是至高无上、不可超越的，况且，人也无法通过死亡得到任何慰藉。死即生，生即死，它们之间彼此纠缠，循环往复，沦陷在一场永恒且激烈的爱之战中，不可自拔，这正是世界的终极意义。自这场永不终结的爱之战中衍生出一种错觉，那就是，尽管周遭尽是苦难，但苦难本身也还是值得赞颂的。不仅如此，在这场战争中也弥漫出一道阴影，它的出现令一切喜悦、一切美好统统黯然失色，并被黑暗所笼罩。但是，包藏在黑暗中的喜悦燃烧得更加真挚、更显美丽，爱情在这漆黑的深夜当中，也变得更为闪亮且耀眼，辉映到更深更远的地方。

我聆听着，进入了完全沉默的状态，除了那个陌生男人的意志之外，我的心中再无他物。此刻，他的目光降临于我，那目光平静无比，满溢着慈悲，灰色双眸当中全是痛苦，全是世间的美好。他对我报以微笑，那微笑令我鼓起了足够的勇气，向他哀求道："哎呀呀，我们返航吧，求你了！在这漆黑的深夜中，我可真是害怕极了。我要回去，回到那能够找到布丽吉特的地方，或者回家去，到我父亲的身边去。"

那男人站起身来，伸手指向那无尽深夜，提灯照亮了他瘦削又结实的脸庞。"没有可以折返的路了，"他认真又亲切地说道，"人啊，如果想要探究这个世界的奥秘，就必须一直向前进。那个有着棕色眼眸的女孩就是你一生中最美好的存在，而且，你离她离得越远，她就会变得越美好。不过话说回来，毕竟开船的是你，那就去你想去的地方吧。如果你愿意的话，我就把自己这个掌舵的位置让给你！"

听到他这番话，我简直比死还要沮丧，但事实摆在眼前，也只好承认他说得很有道理。我的心中满怀着乡愁，怀念布丽吉特，怀念家乡，怀念不久前尚且近在咫尺、尚且属于我，而如今已经离我远去的一切。即便如此，我现在终究也还是要去接管那个陌生人的位置，以后就由我来负责掌舵。事情的发展必定是这样的，也只能这样。

于是，我默默地站起身来，朝着船尾掌舵的位置走去，那个男人也默默地朝着我迎上来。当我们终于彼此站定，面对着面时，他死盯住我的脸，将手里的提灯递了过来。

可是，当我走到船舱边坐下，将提灯放到自己身边之后，我发现整艘船上其实只有我一个人。我虽然对此感到毛骨悚然，但实际上并没有被吓到，因为我早已觉察到这点了。美好的徒步远行，以及布丽吉特、我的父亲、我的故乡，这些对我而言，似乎都只是一场梦罢了。我的年纪已经很大，心情沮丧，一直在这漆黑一片的夜河里行船，一直都是如此。

我很清楚，我是没办法再去喊那男人回来的。真相如同一阵寒意，知晓真相令我全身仿佛结冰般寒冷。

为了确证自己所觉察到的一切，我朝着河水弯下腰去，同时高高举起手里的提灯。漆黑一片的水面就像镜子一样，我在水中看到了一张坚毅而严肃的脸庞，还有那对灰色的眼眸。那张脸正在与我对视，一张苍老、饱含智慧的脸，那就是我。

既然没有能够折返的路，我也只好继续在漆黑的夜河里行船。

（1913年）

奥古斯都
Augustus

在莫斯塔克尔街道上住着一位年轻的夫人，因为遭遇了一场不幸的事故，她在婚礼过后不久就失去了自己的丈夫，如今形单影只地住在一间小屋里，可怜兮兮地等待着腹中的孩子降世。这是个遗腹子，刚生下来就已经是没有父亲的孩子了。而且，因为这间小屋完全只有她一个人在住，再没有其他任何人前来，所以她的全部心思就完全放在了这个即将出世的孩子身上。她将这个孩子未来的一切想象得十分美好，放眼世间，没有哪一样美丽又传奇、值得所有人羡慕的事与物，是她没有为自己的孩子构思、企盼、幻想过的。在她看来，一座完全用石头砌成的房子，屋顶铺满琉璃瓦，花园里建有喷泉，对她的儿子而言，也不过是刚刚满意的程度。至于孩子未来要做些什么，她也早就想好了——至少必须成为一名大学教授，或者当个国王。

在这位可怜的伊丽莎白夫人隔壁，住着一位老人。人们很少见到他出门，偶尔出门的时候，可以看到他是个身材矮小、头发灰白的小老头儿，头戴一顶流苏帽，手持一柄绿色的雨伞，那把雨伞的伞骨竟然是用很粗的鱼骨制成的，就跟古代的伞一样。小孩子很怕见到他，大人则认为像他这种如此不愿意跟外界接触的人，肯定有一些比较私人的原因。他经常会很长一段时间不露面，没有任何人能在外面看见他。不过，到了傍晚时分，人们有时会听到一阵音乐，是从他那栋小小的年久失修的屋子里传出的。那音乐细腻而优美，仿佛是用许多小巧而精致的乐器合奏而成。因此，碰巧在这时候路过的小孩子就会问他们的母亲，那里面是不是有天使在唱歌，要么就是水妖在唱歌，那也是有可能的。母亲当然不知道是怎么回事，不过她们的回答永远是："不对，不对，肯定是个音乐盒发出来的声音。"

这个小老头，这位被邻居称为"宾斯万格先生"的男人，与伊丽莎白夫人之间存在着一种特殊形式的友谊。他们两人之间几乎从不交谈，但是，每当这位身材矮小、年龄很大的宾斯万格先生经过他这位女邻居的窗前时，他总是会十分礼貌地向她颔首致意，她也会马上朝他点点头，表示感谢，表示自己很高兴见到他。这时，这两个人心中想的是同一件事："如果我未来陷入了极为困顿的局面，到时候肯定会去拜访这位邻居的家，请对方给自己提一些建议。"傍晚时分，当天渐渐开始变暗的时候，伊丽莎白夫人总是会独自坐在自家窗前，要么是在为自己那已经去世的至爱之人感到黯然神伤，要么就是在为自己腹中的小婴儿谋划，想着想着就陷入了梦中。每当这时候，宾斯万格先生都会轻轻打开一扇窗户，于是，他这间昏暗的小屋中便会飘出一阵声音很轻但足以慰藉人心的音乐，仿佛从云层间隙中透射而出的一缕月光。另一方面，这位邻居先生在自家后窗下边插了几根天竺葵老枝，但经常忘记浇水。尽管如此，它们却总是绿叶常驻，而且还开满了花，从来看不到一片枯叶，那是因为伊丽莎白夫人每天早上很早就会出来浇水，细心照料它们。

秋天快要到了，在某个愁云惨淡、狂风呼啸的雨夜，莫斯塔克尔路上连一个行人都看不见。可怜的孕妇感觉到自己临盆的时间很快就要到了，感到十分害怕，因为家里完全没有别人在，只有她一个人。哪里知道，深夜来临时，突然来了一个拿着手提灯的老妇人，直接走进了屋子里，烧好了开水，铺好了亚麻布，陆陆续续地将为孩子接生要做的一切事情都准备妥当了。伊丽莎白夫人没有多说什么，让一切该发生的事情自然发生，直到肚子里的小婴儿完全生下来，包在用质地优良的棉布新做出来的襁褓里，开始打起盹来，睡他在这人世间的第一觉时，她才开口问这位老妇人,她从哪里来。

"是宾斯万格先生派我来的。"老妇人说道。这时,累到精疲力竭的夫人已经睡着了。当她隔天清晨再次醒来时,牛奶已经为她加热好,灌进瓶子里,摆在台面上了。屋子里的一切东西也都收拾干净了,儿子这个小不点儿就躺在她的身边,哭叫不停,因为他饿了。老妇人已经走了。母亲抱起自己诞下的这个小不点儿,将他揽进怀里。见他长得如此漂亮,手脚如此有力气,她感到颇为欣慰。可是,她一想到这孩子已经死去的父亲,想到他再也不可能亲眼见他一面,泪水便再一次浸湿了眼眸。想着想着,她不觉抱紧了这个失去父亲的孩子,脸上又情不自禁地浮现出了笑容。终于,她跟这个小家伙一起睡着了。当她醒来时,牛奶又热好了,还有一份热汤,孩子的襁褓也换上了新的。

不久,母亲恢复了健康,体力也跟了上来,已经可以自己照顾自己,并且照料小奥古斯都了。这时候,她才突然想起来,儿子眼下必须要接受洗礼了,但他根本就没有合适的教父。当天傍晚,暮色四沉之时,邻居家的小屋子里又响起了优美动听的音乐,于是,她决定亲自去登门拜访一下宾斯万格先生。她有些拘谨地敲了敲那扇漆黑的门,里面马上传来一声亲切的"请进",他本人也赶紧上前来迎接。奇怪的是,里面的音乐突然停止了。进到房间里之后,可以看到书桌上放有一盏小小的旧台灯,台灯的前面放着一本书,房间里的一切陈设都跟其他人家里差不多。

"我之所以到您这里来,"伊丽莎白夫人说,"是为了专程向您致谢,因为是您派了那位好心的夫人过来帮我。我很愿意为她帮的忙支付酬劳,只需要等我重新开始工作,能够多少挣些钱了。不过,现在我另有一件烦心事。那个小家伙现在必须接受洗礼了,要取的教名是奥古斯都,和他父亲的名字一样。但是我什么人都不认识,不知道应该找谁当他的教父。"

"没错，我也想到了这点。"邻居先生一边说着，一边抚摸着自己花白的胡须，"如果能够为他找到一位善良又富裕的教父，那肯定是不错的，当您遇到困难的时候，他也可以出一份力。可我也只是个年纪一大把的独居老人，朋友少之又少，所以也没办法向您推荐其他人。除非，您愿意让我本人来当他的教父。"

听到这个建议之后，可怜的母亲感到十分高兴，她赶紧向这位小个子男人道了谢，同意由他来当孩子的教父。在此之后的那个礼拜天，她抱着小家伙去了教堂，让他受洗。洗礼仪式上，之前帮过忙的那个老妇人也现身了，送了孩子一个塔勒。眼看母亲不愿意收下，老妇人便说："只管拿着。我老了，需要的东西一样不缺。这一塔勒解释或许能够给他带来好运。而且，我也很乐意帮宾斯万格先生的忙，我们是认识很多年的朋友了。"

洗礼仪式完成后，他们几个一起回了家。伊丽莎白夫人为自己的客人们煮了咖啡，邻居先生带来了一个蛋糕作为礼物，于是这就算是一场规规矩矩的洗礼宴了。等到他们喝完了咖啡，吃够了蛋糕，小孩子早就已经睡熟了，这时，宾斯万格先生很谦虚地说道："现在，我已正式成为小奥古斯都的教父。我很乐意送他一座国王的宫殿，还有满满一袋金子，但我并没有这些东西。我真正能够做到的，只是在教母之前所给的那一塔勒的基础上，再添上一个塔勒，仅此而已。不过话说回来，只要是我能够为他办到的事情，我都是义不容辞。伊丽莎白夫人，您当然早就为这小伙子许过愿，希望他可以得到许许多多美好的东西。那么，现在就请您来好好做个决定，找出您认为对他最好的那样东西。只要您决定好了，那么我就能设法让这愿望成真。也就是说，您可以为小伙子任意许一个愿望，只要是您想得到的，都可以办到。但也只能许一个愿望，所以您需要好好考虑清楚。今天傍晚，当您听到我的小音乐盒响起的时候，必须马上将您许下的愿望在您那个小家伙的左耳边说出来，只要这样做了，愿望必定成真。"

说完这番话，他马上就告辞了，教母也跟他一起走了，只剩下伊丽莎白夫人一个人愣在那儿，惊讶不已。如果不是摇篮里面还放着那两个塔勒，桌上还有剩下来的蛋糕，她肯定会以为这一切都是一场梦。于是，她便坐在了摇篮旁边，一边给自己的孩子摇摇篮，一边前思后想，琢磨着那些美好的愿望。首先，她希望令他变得极为富有；然后她又想，或者十分英俊，这样也好，要么就异常强壮，或者特别伶俐、聪明……但是，无论哪一种愿望，总是会有相对应的顾虑。最后她想，哎呀，这不过是那位小个子的老先生开的一个玩笑罢了。

天已经黑透了，她坐在摇篮旁边，几乎快要睡着了——今天当东道主招待客人真的很累，为各种事情操心，以及思考那些愿望同样也很累。刚好这时候，隔壁的屋子里传来一阵优雅、柔美的音乐声，那声音极其温柔、动听，她还从来不曾听过哪个音乐盒奏出如此美妙的曲子呢。置身于乐曲声中，伊丽莎白夫人的精神重新振作起来，重新开始了思考，现在她又相信邻居宾斯万格和他送的那份教父礼物了。然而，当她想得越深入，越希望能够许下合适的愿望时，思维也变得越来越混乱，毫无头绪，根本就没办法决定到底应该许什么愿望。于是，她整个人都变得愁眉不展，眼中含泪，与此同时，音乐声也变得越来越小、越来越弱了。她心里想着，如果再不马上开口许下愿望的话，那就太晚了，一切也就前功尽弃了。

于是，她深深地叹了一口气，弯下腰去，脸凑到自己孩子旁边，在他的左耳边轻声说道："我小小的儿子啊，我祝愿你……祝愿你……"她仍在犹豫着，直到那美妙的音乐已经快要听不见时，她才真正地慌张了起来，速度飞快地说道，"我祝愿你啊，我祝愿所有人都必须喜欢你。"

现在，音乐声已经完全听不见了，这个漆黑的房间变得死一般寂静。她一下子扑倒在摇篮上，泪流不止，脸上写满了惊恐与忧虑。只听见她高呼道:"哎呀呀,眼下我倒确实是给你许了一个我自己能够想得到的最好的愿望,可是,这并不见得就是正确的选择。况且,即便真的所有人都喜欢你,肯定也不会有任何人像你妈妈我这样喜欢你。"

就跟其他孩子一样,奥古斯都也慢慢地长大了。他是个漂亮的金发男孩,长着一双明亮、有神的眼睛。他的母亲十分宠溺他,而且,无论他去到哪里,人们都很喜欢他。伊丽莎白夫人早已发现,她在洗礼日那天为孩子许下的愿望已经实现了,因为,当这个小家伙刚刚到会走路的年纪,走到小巷子里面,走到随便什么人身边时,那些人都会很开心地说,这孩子长得真好看,伶俐又聪明,在小孩子里面可真是相当少见。每个人都会伸手去逗他,仔细端详他,给他各种好处和优待。其他孩子的年轻母亲冲着他微笑,老妇人则会送苹果给他。而且,无论他在什么地方做了不得体的事情,都没有人相信这是他做的。即便是在人赃俱获、根本就没办法抵赖的情况下,人们也只会耸耸肩膀,无奈地说道:"面对着这么可爱的一个小家伙,谁又会真去怪他些什么呢?"

那些留意到这个漂亮小家伙的人纷纷去找他的母亲,而这位母亲呢,原本是什么人都不认识的,因此,之前几乎找不到什么能够在家里干的针线活儿。不过如今,作为奥古斯都的母亲,她早已远近闻名,愿意资助他们生活的好心人,比她曾经梦想的还要多得多。她的经济状况渐渐变好了,儿子过得自然也不坏。无论他们母子俩到哪里去,只要邻居碰见他们,都会十分开心地跟他们打招呼,而且还会目送这两个幸福人儿离去。

奥古斯都童年里最美好的部分,是在自己家隔壁、他的教父那里得到的。每天傍晚时分,教父时不时会叫奥古斯都到自家小屋子里来玩。小屋子里很昏暗,仅在黑色的壁炉墙洞内燃烧着一缕小小的红色的火焰。这位身材矮小、年龄很大的男人把孩子揽到自己身边,让他坐在一张放在地上的毛皮地毯上,跟他一起盯着壁炉墙洞内那缕岿然不动的火苗，给他讲一些很长的故事。有时候，当这样一个长长的故事讲完时，小家伙已经恹恹欲睡了，他会在寂静的黑暗中半睁着眼睛望着那缕火苗。每当这时候，原本悄无声息的黑暗当中，便会突然传出一阵甜美的由多个声部组合而成的乐曲声。当这一老一少默默地听了好一会儿音乐之后，常常会发生这样的事情：整间屋子里会毫无征兆地出现许多小小的浑身发光的小孩子，他们能够用自己闪光的金色翅膀四处飞行，数量多到充斥着房间里的每个角落。只见他们绕着圈子，来来回回地飞翔着，两两结伴，简直像是在跳着某种充满技巧的优美舞蹈。跳舞的同时，他们也唱着歌，歌声中满怀着喜悦之情，满怀着生机勃勃的美感。这些正是奥古斯都听到和看到过的最美好的东西。多年以后，当他回忆起自己的童年时光时，年纪很大的教父所拥有的这间安静、昏暗的小屋，壁炉墙洞内那一缕红色的火苗，以及随之而来的乐曲，还有那些长得跟天使一般的小生灵——它们那种如举办庆典似的带着金色光辉的魔法之舞，这些都会重新在他的记忆中浮现，令他感受到难解的乡愁。

　　小男孩慢慢长大了，如今，他母亲有时会感到黯然神伤，不由自主地回想起孩子受洗那天晚上所发生的事情。至于奥古斯都本人，他总是开开心心地在家附近的大街小巷上四处跑动。无论他跑到哪里，都大受欢迎。他得到了人们各种各样的馈赠，包括坚果、梨子、蛋糕和玩具，人们给他东西吃，也给他东西喝，任由他跨坐在自己的膝盖上，在自家花园里摘花。他常常玩到很晚才回家，不情不愿地将母亲做的汤推到一边。看到奥古斯都这样任性，她感到很难过，忍不住哭了起来。可他觉得母亲这样很烦，闷闷不乐地上床睡觉去了。每当遇到这种情况时，一旦她去责骂、惩罚他了，他都会大叫大嚷地抱怨道，明明所有人都很爱他，所有人都对他很好，哪里知道，自己的母亲居然跟大家完全不一样。奥古斯都的这类话常常令她感到十分郁闷，甚至会气上好几个小时，而且，有时候她真的是发自心底地对自己的孩子感到愤怒。不过，当这一切讨人厌的事情统统结束了,他靠在他的枕头上进入了梦乡,她点燃蜡烛,烛光照在他那张天真无邪的童稚小脸上时,她心中全部的严厉也就一扫而空了。她极其小心地亲吻他的脸颊,以免弄醒他。实际上,如今所有人都喜欢奥古斯都,这本就是她自己酿成的过错。她有时候会满怀悲伤,甚至几乎是有些恐惧地想到,如果自己当年没有许下这个愿望,他们母子俩现在的生活或许反而会过得更好。

有一次,她刚好站在宾斯万格先生家种了天竺葵的那扇窗前,用一把小剪刀修剪枝杈上已经枯萎掉的花朵。突然间,她听到他们这两栋屋子后面的那块空地上,传来了自己孩子说话的声音。于是,她便躬身向前,朝着声音传来的方向看了过去。她看到,他正靠在墙上,漂亮的小脸上带着些许骄傲,面前站着一个女孩,长得比他还要高。只见那女孩不停恳求他,嘴里说着:"你这么可爱,就给我一个吻,好不好?"

"我不情愿。"奥古斯都一边说着,一边将双手插进口袋里。

"噢,来嘛,求求你了,"她又说了一遍,"你照我说的做了,我也会送你一些好东西的。"

"是什么呢?"男孩问道。

"我有两个苹果。"她害羞地说。

哪里知道,他居然转过身去,冲着她扮了个鬼脸。

"苹果我可不喜欢。"他轻蔑地说道,同时打算离开。

但女孩一把抓住他,讨好地说:"你等等,我这儿还有一枚漂亮的指环呢。"

"把它拿出来看看!"奥古斯都说。

于是,她便给他展示了自己的指环。他很仔细地检视了一遍那枚指环,然后将它从女孩的手指上摘下来,戴在了自己的手指上,对着光看了看,觉得很喜欢。

"既然如此,那你就有权得到一个吻了。"他敷衍地说道,并在女孩嘴上留下了匆匆的一个吻。

"你现在会过来跟我一起玩吗?"一吻过后,她用不再生疏的语气问道,并且挽住了他的胳膊。

他马上粗暴地推开了她,并且用很大的声音吼道:"现在总该让我清静点儿了吧!还有其他孩子在等着我呢,我要跟他们一起玩。"

女孩开始哭了起来,垂头丧气地离开了那块空地,他却始终满脸不耐烦,摆出一副很恼火的模样。女孩走掉后,他旋了旋戴在自己手指上的那枚戒指,打量了它一番,然后便开始吹起口哨,慢悠悠地走掉了。

他的母亲仍然站在原地,手里拿着花剪。她被自己的孩子给吓到了,完全没想到他居然是用如此冷冰冰、如此蔑视的态度,来对待那些给他爱意的人的。此时此刻,她已经没有心情再去管那些花了,只见她站在那里,不停摇头,嘴里一直在自言自语着同一句话:"他真是坏透了,他根本就没有心。"

过了没多久,当奥古斯都回到家,她打算要教育他时,他却马上展开笑颜,用那双蓝眼睛注视着她,看上去天真无邪,没有哪怕一点儿做错事的感觉。接下来,他又开始唱起歌来,以此来讨好她,那样子滑稽又可爱,甜美且温柔。如此这般,她又怎么可能不大笑开怀,将事情往好了想:他毕竟还是个孩子,没必要将发生的一切看得那么严重。

然而,男孩那一系列的作恶行为,也并非完全没有受到任何处罚。宾斯万格教父是他唯一敬畏的人,当他在傍晚时分到那栋小屋去时,教父说:"今天,壁炉的墙洞里没有火苗,也没有音乐,小小的天使娃娃们感到很伤心,因为你表现得实在是太坏了。"每逢这样的时候,他都会默默地出去,默默地走回家,扑倒在自己的床上,好好地哭一场。在此之后的一连好几天时间里,他都会尽量表现得善良又可爱。

尽管如此,壁炉墙洞里火苗燃起的次数,还是渐渐变得少之又少。另一方面,用眼泪或者套近乎的方式,也是完全没办法贿赂教父这种人的。所以，当奥古斯都长到十二岁时，对于他而言，教父那栋屋子里曾经如梦似幻般的天使之舞，已经是个遥远的梦了。每当他在深夜入梦时真的梦见了天使之舞，到了第二天，他都会变得加倍粗野，说话也更大声，仿佛战场上的总司令一般，指挥着他手下那群战友四处搞破坏。

至于他母亲，早已厌倦了从各色人等那里听到夸奖她家那小子的言语。无论他有多么聪明伶俐，多么逗人喜欢，对她而言都无所谓，她对他除了担忧还是担忧。直到有这么一天，他的老师专程来找她，告诉她，他知道有个人很乐意资助奥古斯都，愿意送他到外地的学校里去学习，并且还会一路资助他上大学。母亲和她的那位邻居为此专门进行了一次面谈，讨论是否该接受这一资助。不久，在某个春日清晨，有辆马车从远方驶来，奥古斯都穿着一套全新、漂亮的衣服，坐上了这辆马车，向自己的母亲、教父，还有左邻右舍逐一告别——他现在要出发去首都了，以后还要在首都的大学里学习。母亲最后一次将他的金发梳得漂漂亮亮的，说了好多祝福他的话语。拉着马车的马匹们开始走路了，奥古斯都正式朝着陌生的世界出发。

过了几年，年轻的奥古斯都已经成了一名大学生，头上戴着红帽子，嘴边蓄着八字胡。眼下他正乘着马车返回自己的家乡，因为教父写信告诉他，说他母亲病得很厉害，已经活不了太久了。这个年轻人是傍晚时分抵达的，当地的人纷纷用钦佩的目光注视着他，看他是怎样从马车上走下来，是怎样让马车夫帮他将一只真皮制的大行李箱给搬到那间小屋子里去的。此刻，母亲就躺在那间老旧、低矮的房间里，已近弥留。当这名英俊的大学生看到白色枕头上那张苍白又干枯的脸庞时，那张脸庞的主人已经只能用眼神中透露出来的安详来问候他了。于是，他痛哭流涕，跪倒在病榻前，亲吻着母亲那双逐渐变得冰冷的手，在她身边跪了一整夜，直到那双手变得彻底冷冰冰，眼睛里的光芒也完全熄灭了，他才重新站起身来。

当他们埋葬了母亲之后，宾斯万格教父拽住了他的胳膊，带着他去了自家的小屋。好几年过去了，如今再看时，年轻人觉得这间小屋似乎变得更加低矮，也更显昏暗了。他们也不说话，只是默默坐在那里，坐了很长时间。一片黑暗当中，只有那几扇小窗户所在的位置还存着些许微光。只见那个小个子、年纪已经很大的男人一边用骨瘦如柴的手指抚弄着自己花白的胡须，一边对奥古斯都说道："我将会在壁炉的墙洞里生起一缕火苗来，这样我们就不需要另外点灯了。我知道，你明天就必须再次踏上旅程。而且，现在你母亲死了，这里的人在短期内肯定是没办法再见到你的了。"

当他还在说这番话的时候，已经顺手在壁炉的墙洞里生起了一小缕火苗，并且将自己所坐的扶手椅挪近了些，于是，大学生也将椅子挪了挪。接下来，他们又默默坐了很长时间，一起看着那逐渐熄灭的柴薪。直到壁炉里连零星闪现的火星都变得越来越稀少时，老人才温和地开口道："奥古斯都，我们就此别过，我祝愿你未来一切如意。你有一个了不起的母亲，她为你做的事情远比你知道的要多。我原本想再为你演奏一次你熟悉的乐曲，再向你展示一次那些来自极乐世界的小生灵，可是，就连你自己也很清楚，这件事已经没办法再做到了。即便如此，你也不应忘掉他们，你应该心存一念，知道他们始终还在歌唱着。不仅如此，有朝一日，当你重新用孤独、怀着渴望的心灵去企盼他们时，或许你也还有机会再次听到他们的歌声呢。不过现在，我们还是握手告别吧，我的好小子，我年纪太大了，必须去睡觉了。"

奥古斯都跟他握手告了别，什么话都没有说，因为实在没什么好说的了。他悲伤地走进了自家那栋眼下已与世隔绝的小屋，最后一次在这垂垂老矣的故乡睡觉。当他快要入睡时，觉得自己似乎隐隐约约地听到了自头顶上方很远的地方传来的美妙音乐声，那甜美的乐曲声就跟他童年时听过的一模一样。隔天一早他就离开了这里，自那以后很长一段时间里，这里的人再也没有听说过任何关于他的消息。

他很快就忘记了宾斯万格教父和他的天使。穷奢极欲的生活方式充斥在他周围，他选择了随波逐流。没有任何人能够像他那样，专横跋扈，招摇过市，用满是讥讽的目光对那些仰望他的女孩子打招呼；没有任何人能够像他那样，舞步如此轻快，如此富有魅力；没有任何人能够像他那样，驾起马车来如行云流水一般，老练又潇洒；没有任何人能够像他那样，在夏夜的花园里大声喧闹，觥筹交错间引来所有人的注意。那位富有的寡妇——他去做了她的情人——给了他钱财、服饰、马匹，以及其他一切他需要及渴望的东西。他常常跟她结伴同行，到巴黎和罗马去旅行，睡在她铺满了真丝被褥的床上。不过，他同时在跟一个性格温柔、满头金发的寻常人家的女儿谈恋爱。他经常在夜里冒险来到她父亲的花园里，跟她私会。当他和寡妇一起外出旅行时，女孩会给他写篇幅很长、内容火辣的情书。

哪里知道，奥古斯都突然就不再回来了——他在巴黎结识了一些新朋友，而且，他也对自己的这个有钱的情妇感到厌倦了，至于大学学业，他更是早就受不了了。因此，他便留在了那个遥远的国度，过起了大人物过的那种生活：养很多马、很多狗、很多女人，赌博输钱、赢钱，每一笔的数额都很大。到处都是追逐着他的人，这些人对他掏心掏肺，心甘情愿地为他付出一切，而他则对此报以微笑，不假思索地全盘接受，表现得就跟他当年还是个小男孩时接受那个女孩的指环一模一样。洗礼日的那个愿望所具有的魔法力量，既可以透过他的目光来施展，也可以经由他的双唇启动。女人簇拥着他，无论哪一个，对他都极尽温柔。而那些所谓的朋友，则对他趋之若鹜。没有哪一个人发现，甚至连他本人都完全没有察觉到，他的内心已经变得如此空洞，如此贪婪，他的灵魂已经生了重病，虚弱不堪。时不时地，他也会对受到所有人喜爱这件事感到厌烦。每当这时候，他都会乔装打扮，独自穿越好几个陌生的城市。无论来到哪里，他发现当地的人都是一样蠢笨，简直太容易征服；无论来到哪里，他都觉得爱情十分可笑，因为爱情这种东西，居然如此如饥似渴地追逐着他，而且特别容易满足。女人和男人在他面前毫无自尊可言，久而久之，他一见到他们就想吐。于是，他干脆远离人群，整天跟自己养的狗们待在一起，要么就遁入群山，到那些风景秀美的狩猎区里去消磨时光。和被一个美丽又骄纵的女人追求相比较，追踪、射杀一只鹿反而更能令他感觉愉悦。

曾经有一次，当他在大海上乘船旅行时，偶然遇到了一位外交使节的年轻夫人。这是一位不苟言笑、身材苗条的女士，北欧贵族出身，在众多地位高贵的女人和夸夸其谈的男人中间，显得鹤立鸡群。瞧她那高高在上又沉默寡言的模样，仿佛世上根本就没有哪个人能够及得上她。奥古斯都第一眼看到她之后，便开始仔细观察起她来。然后，她的目光只是匆匆扫了他一眼，而且看起来似乎极为冷淡。但就是此刻的这一眼，令他有生以来第一次感受到了爱情究竟是什么，他当即下定决心，打算赢得她的那份爱。自此以后，一天里的不管什么时候，他都会在她身边晃来晃去，经常出现在她的视线里。而且，因为他本人总是被那些稀罕他的女人和男人重重包围着，这些人也总是想要跟他搞好关系，所以，当他跟这位冷美人一起，站在一大群乘船旅行者当中时，简直就像是一位王公贵族跟他的夫人站在一起似的。甚至就连金发美人的丈夫，也在不停称赞奥古斯都，费尽浑身解数地想要讨他喜欢。

他一直没有找到跟这位外国女士单独相处的机会，直到所乘的这艘船抵达南方的一座港口城市，船上全部的旅行者都下了船，打算在这个陌生的城市消磨几个小时时间，四处走动走动，让脚底再次感受一下走在大地上的感觉时，他才算是抓住了好时机。下船之后，他没有偏离目标，还是紧跟着这位意中人，终于在当地一个贩卖各式各样、五光十色商品的露天广场市集上，于熙熙攘攘的人群之中成功拦住了她，得到了进行对话的许可。自此座广场延伸开去的,是无数条窄小又昏暗的小巷,于是,他便引着她进入了其中一条他认为值得信赖的小巷。进去之后,她突然察觉到,自己眼下是跟奥古斯都独处的状态,因此感到有些窘迫,马上开始寻找自己的随行人员,这才发现连那些人也已经不知所踪了。奥古斯都施展出他闪耀的魅力,站在她面前,握住她颤抖的双手,恳求她跟自己私奔:不再登船,一起留在这片土地上,远走高飞。

外国女士听到他的提议后,脸色转眼变得苍白,只见她低下头来,目光注视着地面。"噢,这样做可完全没有骑士精神可言。"她轻声说道,"请允许我忘掉您说的这番话。"[36]

"我可不是骑士,"奥古斯都喊道,"我是个正在恋爱的男人。要知道,恋爱的人除了自己所爱的那个人之外,脑袋里面是其他任何东西都不会想的——除了跟她长相厮守,再没别的想法。哎呀,你这美人儿,携手同行吧,我们会幸福的。"

她用自己那对浅蓝色的双眸认真而严厉地打量着他:"您究竟是怎么知道这件事的呢?"她满怀哀怨地小声说道,"怎么知道我爱您的?我没办法再欺骗自己了,我爱您,甚至常常在心中暗自许愿,希望您才是我的丈夫,因为您才是我第一个真心爱上的人。哎呀,爱情这东西,怎么会如此错谬难解!在遇见你之前,我还从来不曾设想过,这样的事情会发生在自己的身上——我居然会爱上一个既不纯洁也不善良的人,这怎么可能呢?可是,我希望继续留在自己丈夫身边的决心,始终还是要比这种所谓的爱意强上一千倍。实话实说,我并不怎么爱他,但他是一位货真价实的骑士,是个满怀着荣耀、品行高尚的人,而这些恰恰也是您完全无法理解的。所以,从此刻开始,请您不要再对我多说哪怕一个字了。请您直接将我送回到船上去,如果您不打算这样做的话,我将立即高声呼救,请这周围的陌生人来帮我阻止您这厚颜无耻的劣行。"

在此之后,无论他苦苦哀求她,还是咬牙切齿地威胁她,都起不到任何作用。只见她转过身去,背对着他,自顾自地走掉了。因此,他也只得一言不发地跟在她的身后,陪着她一起朝着船走去。回到船上之后,他让人把自己的箱子搬上岸,没有跟任何人道别,便独自离去了。

自此以后,受到众人喜爱的奥古斯都,他的生活中便再无幸福可言了。道德和荣誉在他那里是备受憎恶的品质,他会抬起脚来,反反复复地践踏它们。凭着他所拥有的魅力魔法,千方百计地去勾引那些品行端正的女人,并且将那些胸无城府的好人迅速争取过来,成为自己的朋友,利用完之后再统统抛弃,扬长而去,这就是他如今最喜欢做的事情。他使妇女和少女陷入悲惨境地,之后又立即翻脸不认人;他想方设法地拉拢那些名门望族出生的少爷,诱惑他们,使他们腐化堕落。没有哪种玩乐享受的方式是他不曾尝试过的,而且,每一种方式他都已经玩到不想再玩了;没有哪种欲孽是他不曾体会到的,甚至连这些欲孽本身也最终为他所撇弃。然而,在他心中已经不再有任何愉悦可言,至于从一切地方不断朝着他滚滚而来的爱意,在他的灵魂深处也早已无法造成任何回响。

他情绪低落、郁郁寡欢地住在一栋漂亮的海滨别墅里,拼命折磨那些专程到此地来探访他的女人和朋友,在此过程中,他展现出了自己最疯癫的情绪和最疯狂的恶行。他对于侮辱他人这件事有着极度的渴望,并对所有人都表达出了蔑视的态度,无一例外。那些他毫不企盼的爱、从未主动要求过的爱、毫无付出便得来的爱——被这样的爱意长期围绕着的他,已经感到无比厌倦,再也无法忍受下去了。奥古斯都感受到了自己这种恣意挥霍且满目疮痍之人生的无价值——从来没有付出过什么,永远只是在索取。有时候,他会选择主动断食一段时间,究其目的,仅仅是重新体验到那种真正在渴求着些什么的感觉,与此同时,也可以学会怎样去抑制住心中涌起的欲望。

消息转眼就在他的朋友当中传开了,说他生了重病,需要静养,需要独自一人待着。于是，人们纷纷给他寄去信件，但他从来不曾读过其中的任何一封。人们也很关切地向仆人们打听他的情况，可是他形单影只地坐在别墅面朝大海的那座大厅里，内心苦闷，愁容不展。回首过去，他以往的人生既空洞又荒芜，如同一块不毛之地，连一丁点儿爱的痕迹都没有留下，就仿佛匆匆而过的灰色海潮。他整个人蜷缩在高高落地窗下方的一把扶手椅里，清算自己曾经的一切，那模样看起来丑陋无比。一只只白色的海鸥乘着沙滩上的海风，从他面前掠过，他以空洞的目光追随着它们滑翔时的身姿，那目光中没有任何喜悦与关心可言。当奥古斯都的一切思绪终于告一段落时，他整个人都变得木讷呆滞，唯独那对嘴唇还在显露出冷酷又邪恶的微笑。他摇了摇铃铛，唤来了自己的仆人。他告诉仆人，自己打算在某个已经定好的日子里，邀请所有朋友到这里来参加一场庆典。然而，他的真实意图却是想用一栋空空如也的别墅以及自己的尸体去吓唬他们，去嘲弄他们。他已经决定了，打算在庆典开始之前就服毒自杀。

于是，在原本要举办庆典的那天傍晚，奥古斯都将自己的全部仆人都派到了别墅外面去。此时此刻，偌大的空间里完全安静了下来，他走进自己的卧室，将一种强力毒药混入一杯塞浦路斯葡萄酒中，并将酒杯放到了嘴唇边。

正当他打算一仰头喝下去时，有人来敲他的房门了。然后，因为他并没有给出任何回应，房门直接被打开了，有个年纪很大的小个子男人走了进来。只见他来到奥古斯都的身边，从他手里体贴地取走了那只斟得满满当当的酒杯，用他曾经十分熟悉的语调说道："晚上好啊，奥古斯都，你最近过得怎么样？"

结结实实吃了一惊的奥古斯都感到既气恼又羞愧，他露出一个满是讽刺的微笑，说道："宾斯万格先生，您居然还健在呢？自从上次离别之后，已经过去很长一段时间了，您看起来似乎完全没有变老。虽然很想招待您，但眼下这种状况，实在是不太方便。实话实说，亲爱的先生，您打扰到我了，我现在真的很累，正打算喝一杯睡前酒呢。"

"我看出来了，"教父平静地回答道，"你想喝一杯睡前酒，而且，你这种做法也是对的，因为它确实是能够帮到你的最后一种酒。不过，在你做这件事之前，我们还是先稍微聊聊天吧，我的小伙子。对了，我到这里来之前走了很长一段路，所以现在先喝一小口酒来提提神，你应该不会介意的，对吧？"[37]

说罢，他便端起那只酒杯，将它放到了自己嘴边。奥古斯都还没来得及出手阻止，他就已经一昂首、一抬杯，迅速将杯中所盛一饮而尽了。

奥古斯都见状，吓得脸色煞白。他赶紧冲向教父，拼命摇晃他的双肩，急得都快喊破了嗓子："老人家啊，你到底知不知道，你刚刚喝下去的究竟是什么？"

宾斯万格先生点了点自己那颗头发花白、看上去充满了智慧的脑袋，微笑道："是塞浦路斯产的葡萄酒啊，在我看来是这样的，而且品质还不差呢。看起来，你并没有遭受缺衣少食之苦。可惜我并没有多少时间，所以，如果你现在愿意好好听我讲两句，那么我也不会耽误你太久的。"

原定计划已经被打破了的奥古斯都惊恐地盯着教父那双明亮的眼睛，仿佛随时会看到他突然倒地不起。

与此同时，教父本人却悠然自得地坐在了一把靠背椅上，朝他这位年轻朋友颔首致意，表情慈祥又亲切。

"你是不是在担心，觉得这一小口葡萄酒会给我造成什么伤害？如果是这样的话，那你大可放心！你的态度十分友善，还懂得关心我的安危，要知道，我之前可并没有指望你会这样对我。无论如何，现在还是让我们像很久以前那样说说话吧！从我的角度看来，你已经对一直以来的这种轻松取巧的生活感到厌倦了，对吗？我能理解你的心情，所以，等我这次离开了之后，你大可以再一次把你的酒杯斟满，将里面的东西一饮而尽。可是在此之前,我必须对你讲些事情。"

奥古斯都靠在墙上,倾听着这位老态龙钟的小个子男人那慈祥又动听的说话声——这种早在童年时代便已十分熟悉的说话声,不知不觉间,竟从他灵魂深处牵引出了过去时光的残像。一种深切的羞愧与悲伤之情冲击着他的心灵,此时此刻,就仿佛他正在亲眼审视着自己那天真无邪的童年似的。

"你下的毒药,我已经喝光了。"这位老人继续说了下去,"我之所以会这样做,是因为让你遭遇这种凄惨人生的罪人,就是我本人。你的母亲,她在你洗礼日的当天晚上,为你许下了一个愿望,而我呢,则为她实现了这个愿望,尽管它愚蠢至极。你不需要知道具体是什么内容,反正,这个愿望现在已经成了一个诅咒,就连你自己应该也已经感觉到了。事情发展成现在这样,我感到很抱歉。如果还能再去体会一次过去的那段时光,就跟那时候一样,你来到我家,我们一起静静地坐在壁炉前,聆听小天使们的歌声——如果这件事能够成真,我想必会感受到发自内心的喜悦吧。当然,这并不容易,而且,眼下你或许认为这件事已经是不可能办到的了,因为你觉得自己的那颗心再也不可能重新变得跟以前一样健康、纯净又富有活力了。但是,其实是可以办得到的,而且,我也要为此请求你,请你去尝试一下,去试试看。奥古斯都啊,正是由于你可怜的母亲当初许下的那个愿望,才使你的生活变得糟糕透顶。因此,我们不妨这样去尝试,现在,请你也允许我来实现你许下的一个愿望,任何愿望都可以,你觉得怎么样?你要的想必不会是金钱和财物,恐怕也不会是权力和女人的爱意,这些你已经拥有得够多了。现在就好好考虑一下,如果在你所知的范围内,确实存在着这样一种魔力,能够将你千疮百孔的生活恢复原状,变得比之前还要美好,能够使你再度开心起来——如果你能够想象出来的话,那你就赶紧许愿,让它加诸你身!"

于是，奥古斯都陷入了深深的思虑，沉默不语。但他实在是太过疲惫、太绝望了，因此，过了好一会儿之后，他开口道："还是要感谢你，宾斯万格教父，不过，在我看来，已经没有什么梳子能够将我的人生再次梳理平顺了。相比之下，我还是做在你进来之前自己想做的那件事吧，这样更好些。即便这样，我还是要感谢你，感谢你专程到这里来一趟。"

"也是，"老人不慌不忙地说道，"你要马上想清楚这件事情，其实挺不容易，这点我也很能理解。但话不要说得那么绝对，或许，你还能再仔细想想看，奥古斯都，或许你还能想得出来，自己迄今为止最想要的是什么。或者，你也可以回忆一下更早些时候的事情，那时候，你的母亲还活着，傍晚时分，你有时会到我这里来。在那个时候，你过得还是很幸福的，不是吗？"

"是的，在那时候。"奥古斯都点了点头，早年生活那闪闪发光的一幕幕画面，现在看来遥远而缥缈，就像在看一面古旧镜子里的画面一样。"可是，那些已经不可能再回来了。我总不能许愿说自己要变回一个小孩吧。哎呀，如果那样的话，一切就要从头开始，再来一遍！"

"是的，那样许愿没有任何意义，你是对的。虽然如此，不妨还是再去回想一下我们一起待在那个家里的时候；再去回想一下那个可怜的女孩，当你还是大学生的时候，你跟她曾经在她父亲的花园里私会；也要再回想一下那位美丽的金发夫人，你曾经跟她坐同一艘大船漂洋过海；再去回想一下所有你曾经感到幸福的时刻，那些使你的生命显得美好且充满价值的时刻。如此一来，或许你就可以想明白，当初究竟是什么令你感受到了幸福；如此一来，你就可以针对它来许愿了。这样试试看吧，就当是为了我，我的小伙子！"

奥古斯都闭上双眼，开始回想自己以往的人生，就仿佛身处一条漆黑无比的过道之中，试图看清位于远方的那个光点，那个指明来路的光点。终于，他再一次看清了过去，看见了光明与美好将自己环绕着的那个年代,然后,随着时间的推移,自己的周围慢慢变得越来越暗,越来越暗,最后竟完全置身于黑暗之中,再也没有任何事情能够令自己感受到愉悦了。他思考得越深入,回忆得越多,就越觉得那个遥远的微弱的光点异常美好,值得去爱,值得去追求。最后,他终于分辨出了那个光点,知道了一切问题的根源,与此同时,泪水夺眶而出。[38]

"我决定试一下。"他对自己的教父说道,"把你过去施加在我身上的那种已经生效了很久的魔力拿回去吧,它从来就没有帮到过我;然后,给我可以去爱别人的魔力吧!"

说罢,他痛哭流涕,一下子跪倒在这位老朋友的身旁。令他感到讶异的是,在跪下来的过程中,他的内心深处就已经察觉到了自己对眼前这位老人的爱,那爱意正在燃起、茁壮——他已经获得了去爱别人的力量,他的内心此刻正在努力寻找早已被忘却的爱一个人时需要用到的语言和表情。不过,教父——这个小个子男人——马上温柔地挽住了奥古斯都的胳膊,扶着他站起身来,引着他来到床边,又将他安顿到床上,抚摸他滚烫的前额,将上面凌乱的头发拨开。

"没事了,"他对奥古斯都轻声耳语道,"没事了,我的孩子,一切都会好起来的。"

听到教父讲出这些话后,奥古斯都顿时感到一阵沉沉的睡意袭来,仿佛自己在一瞬间苍老了许多岁似的。转眼之间,他便陷入深眠。至于那位老人家,则十分平静地离开了这栋被遗弃的房子。

忽然,奥古斯都被一阵激烈的喧哗声给吵醒了,那声音简直充满了整栋屋子。当他站起身来,打开离自己最近的那扇门时,看到外面大厅和所有的房间里都挤满了曾经的朋友。他们原本是为了这次庆典而来的,抵达此处之后却发现整栋屋子里都是空荡荡的。于是,他们被现状给激怒了,同时也感到极为失望。奥古斯都见状,便朝着他们走过来,打算用跟往常一样的方式——向大家展露出一个微笑,随便讲两句笑话——重新赢回大家的欢心。然而,当他这样做时,却突然察觉到,他曾经拥有的这种魔力已经失效了。他们此刻连看都不打算多看他一眼,反而齐声朝着他大吼大叫起来。当他露出无助的微笑,以戒备的姿势向大家伸出双手,想要多少表示出一些友好时,他们却如潮水一般,愤怒地聚拢了过来。

"你这个诈骗犯,"其中一个人喊道,"你欠我的那些钱到底在哪里?"另一个人道:"还有那匹马,我之前借你的那匹马呢?"以及一个漂亮的暴跳如雷的女人吼道:"全世界所有人都知道我的秘密了,全都是你泄露出去的。噢,我可真讨厌你啊,你这禽兽!"还有一个眼窝深陷的年轻男人面容扭曲地大喊:"你知不知道,你把我给折磨到了怎样的地步?你这撒旦,祸害青年的罪人!"

人们一个接一个地说着类似这样的话,每个人都在污辱和辱骂他——当然,他们每个人这样做都是有理的——其中很多人甚至直接殴打他。他们离开的时候,将沿路看到的镜子全都砸得粉碎,还顺手拿走了许多的贵重物品。奥古斯都从地上爬起来,遍体鳞伤,受尽屈辱。当他再次走回到自己的卧室里,往镜子里面瞧了瞧[39],打算清洗一下时,才发现镜子里浮现出的那张脸看起来竟然如此憔悴难看,如此令人作呕,血红的双眼泪流不止,额头上滴着血。

"这就是报应。"他一边自言自语,一边洗去脸上的血污。哪里知道,他还没来得及停下来思考片刻,新一拨客人就蜂拥而至,屋子里也再度变得喧哗起来。这些人当中,有借钱给奥古斯都的人——当初,为了借钱,奥古斯都将自己的这栋别墅抵押给了此人;有一个已婚男人,他的妻子跟奥古斯都勾搭上了;有一群父亲,他们各自的儿子被奥古斯都的魅力所吸引,犯下了不少罪行,如今的境遇十分凄惨;除此之外,还有那些被奥古斯都抛弃的仆人和女用人,还有警察和律师。一个小时之后,奥古斯都被这帮人五花大绑,押上囚车,送往监狱去了。人们跟在囚车后面，大声叫嚷，齐声唱着羞辱奥古斯都的歌。有个不良少年将一大团粪便通过车窗掷进正在行驶的囚车里，直接打在了奥古斯都的脸上。

眼下，整座城市里的人都在宣泄着对这个人的愤懑之情，要知道，原来可是有那么多人认识他，那么多人喜爱他的。他对加诸自己身上的各种罪状供认不讳，对于人们的质问知无不言，毫无隐瞒。那些他早就已经忘得一干二净的人此刻正站在法官们面前，揭发他好些年前所犯下的劣行；受过他馈赠的仆人，偷过他东西的用人，纷纷前来披露他的隐私，讲述关于他的种种不道德之举，每张脸上都写满了憎恶和仇恨。在场的人当中，没有任何一个人向着他说话，没有任何人赞扬他，没有任何人对他感到抱歉，也没有任何人记得他哪怕一点点的好。

他由着这一切在自己身边发生，由着他们将自己关进牢房里，又由着他们将自己从牢房里带出来，带到法官面前，带到证人们面前。他用自己那双被打伤了的眼睛，讶异又悲伤地注视着这一张张恶毒、愤怒、充满了仇视的脸庞。从那每一张脸庞上，从那些憎恶与扭曲的表象之下，他都看到了一颗暗藏着爱意和闪光的心。所有这些人都爱过他，但他从来没有爱过其中哪怕一个人。如今，他使尽浑身解数，向他们赔礼道歉，并且尝试着去回忆他们每个人曾经对自己施予的善举。

最终，奥古斯都被投入一座监狱，任何人都不允许过来探视。在高烧不退时所发的一连串幻梦中，他梦到自己跟母亲说了话，跟自己在这世界上第一个喜欢上的人说了话，跟教父宾斯万格说了话，跟船上那位来自北欧的夫人说了话。当他从幻梦中清醒过来后，却只能孤身一人，失魂落魄地在那可怕的囚房中呆坐着，艰难度日，独自承担种种无法满足的欲望以及被遗弃在此所带来的全部痛苦。他极度渴望来自他人的目光，这种渴望实在太过强烈，其程度已经超越了他曾经渴求过的任何一种享受，或者任何一种物质财富。

奥古斯都终于走出监狱的时候，已经是疾病缠身、垂垂老矣了，再也没有任何人认识他了。世界依旧照着原样运转，大街小巷上，人们坐车的坐车，骑马的骑马，散步的散步，沿街售卖的依旧是水果、鲜花、玩具和报纸，唯独没有人理睬奥古斯都。漂亮的女人们坐在配置一应俱全的敞篷豪华马车上，从奥古斯都身边飞速驶过，车尾扬起的尘灰扑面而来，落得奥古斯都全身都是。想当初，这些漂亮女人哪个不对他投怀送抱？他也曾听着美妙的音乐，喝着香槟酒，享受着类似的生活。

可是，当他过着那种富贵奢靡的生活时，可怕的空虚和孤独感总是压迫着他，令他感到喘不上气来；如今，那种难受的感觉反倒完全远离了他。当他为了暂时躲避烈日曝晒，不得不踏入某户人家的宅邸大门时；或者走到了背街的地方，进到哪家后院里讨一口水喝时，跟他交流、沟通的人在听他讲话时，总是显露出极其不悦且满怀敌意的神情，这点也令他感到颇为吃惊。要知道，在早些时候，同样是这样一群人，当听到他傲慢无礼又冷酷无情的话语之后，他们反而对他报以感激涕零的态度，两眼放光地回应他。如今，能够感受到每个人真实的目光，明白那些目光后面的真实想法，被那些真实的情绪所触动，奥古斯都反而感到无比愉悦。他爱孩子，经常看那些孩子在一起玩耍，并且目送他们去上学；他爱上了年纪的人，他们坐在自家小屋前的长凳上，将干瘪的双手放在阳光下取暖。每当他看见年轻小伙子那满怀思慕的目光正追随着喜爱的女孩时；看见哪个下班回家的工人怀里抱着自己的孩子时；看见某位模样十分体面、看起来很聪明的医生一言不发、神色焦急地坐在车里，心里想着自己的病人时；看见有个一贫如洗、穿着破烂的娼妓——她甚至对他，对这个被社会所抛弃的人，也展露出了友爱的态度——傍晚时分站在郊区的某根路灯柱下面等客人时：上述这些人，全部都是他的兄弟姐妹，每个人都拥有对自己亲爱的母亲以及相对较好出身的回忆，要么就有着对某个更加美好、更显高贵的人生目标的隐秘追求。在奥古斯都眼中，他们无论哪个都很可爱，无论哪个都值得去关注。他们的存在引起了奥古斯都的思考，而且，在他自己的内心感受中，并没有哪个人是逊色于他的。

奥古斯都决定去环游世界，他打算找到这样一个地方，在那里，他可以成为一个在某些方面对其他人有用的人，也可以向他们表达自己的爱意。眼下，奥古斯都不得不习惯这样一个事实，那就是他的外貌已经不再能够让任何人喜欢了：脸颊消瘦得厉害，身上穿的衣服和鞋子是从一个乞丐那里找来的，就连他说话时的声音和走路时的样子，也根本不像以前那样富有吸引力了。孩子们都很害怕他，因为他有一大把乱蓬蓬的花白胡子，从下巴上面长长垂落下来；穿衣考究的体面人不愿意靠近他，一旦来到他身边，就感到浑身不自在，觉得身上被弄脏了；穷人们也不愿意信任他，因为他在此地属于外乡人，他们担心自己本就捉襟见肘的食物会被他给抢走。如此这般，为了给别人帮上忙，他费了很大工夫，可说是吃力不讨好。尽管如此，他还是很勤勉，学习了很多新东西，无论发生什么事情，都能够做到不气不恼。有一天，他看到有个年龄不大的孩子正在努力朝着面包房的门把手伸手，可惜他那只小手无论如何都够不着——这样的事情，他是肯定会去帮忙的。有时候，奥古斯都会遇到比自己还要穷苦可怜的人，比如盲人，或者下肢瘫痪者，每当这时候，他会过去帮忙搀扶着，稍微陪他们走一段路，尽己所能令他们感到宽慰一些。一旦碰到实在帮不上什么忙的场合，奥古斯都依旧会愉快地将自己仅有的一点儿东西交予对方：一个爽朗、充满善意的眼神，一声如同来自亲兄弟般的问候，一个表示理解的姿势，以及让对方知道自己深感同情的表情。与此同时，他也学会了在闯荡世界的同时观察别人，了解他们希望从自己身上得到些什么，具体应该怎样去做，才能够令他们感到开心：有些人需要一声响亮的足以振奋人心的问候，有些人则需要能够令内心感到安宁平和的目光，还有些人需要所有人都主动避开自己，不要来打扰他。在这人世间，居然存在着如此之多的苦难，即便如此,人类也依旧能够感受到快乐——他每天都为此感到惊奇不已——每一份苦难的背后,必定存在着发自内心的欢笑;每一声丧钟敲响的同时,必定从某处传来婴儿的初啼;每一道难关、每一种卑劣行径,也必定对应着高尚的品德、绝妙的计策,以及一份慰藉和一抹微笑。

奥古斯都觉得,人类的生命被安排得十分巧妙。有一天,当他经过某个街角时,一群学校里的小孩子朝着他蹦蹦跳跳地跑了过来。这些小孩子的眼睛里,无一例外地显露出勇气、对生活的热爱,以及青春之美。因此,他们稍微捉弄一下奥古斯都,给他找麻烦,对于奥古斯都而言,并不算是太坏的事情,甚至可以说是情有可原的。因为,当奥古斯都望向商店橱窗时,或者俯身在水池中喝水时,看到里面反射出来的自己的影子,那肉身已经是如此干瘪、如此丑陋的了。没有,对于奥古斯都本人而言,肉身是个什么样子,已经没有关系了。毕竟,让人们迷恋上自己,或者给众人施加压力,展示出飞扬跋扈的模样,类似这样的事情,他之前已经做得够多的了。如今,看着其他人在属于他们各自的人生轨道上努力奋斗,仔细观察他们在这一过程中的感受,比较他们在经历跟他曾经经历的同样的事情时态度上的异同,这些在奥古斯都看来,都是十分美妙的事情,能够令他精神为之一振。芸芸众生为了追逐各自的目标,竟会如此孜孜以求,投入如此之多的精力,在追逐的过程中,表现得又是那么骄傲,而且,还能收获那么多的乐趣,这些在他眼中简直就是一出精彩的舞台剧,令人拍案叫绝。

在此期间迎来了冬天,转眼又到了夏天,奥古斯都病了,在一间济贫院[40]里住了很长一段时间。幸运的是,正因为如此,他才能够安安静静、心怀感激地在济贫院里享受对穷人和社会底层人士的关注,看他们是怎样以百倍的坚韧,汇聚难以想象的力量与希望,勉力求生并战胜死亡。在重病缠身的人们脸上,能够窥见毅力;在大病初愈的人们眼中,能够看到轻盈愉悦的生趣——这些都是十分美妙的事情。死者们那平静又肃穆的脸庞，也是极为美丽的。当然，那些既漂亮又纯洁的护士，她们所付出的爱护和耐心，比上述一切还要更美丽些。可是，现在就连这样一段美好的时光也走到了尽头，秋风吹起时，奥古斯都又开始了他的旅途，朝着冬天继续前进。然而，当他发现自己面前还有很长的路要走，仿佛没有尽头时，一种罕见的焦虑感攫住了他，因为他还有数不清的地方要去，还有那么多那么多的人等着他去关注，等着他去凝望他们的双眼。可他的头发已经变得斑白；他的眼睛藏在泛红、染了病的眼睑后面，看起来像是在傻笑；就连他的记忆也逐渐变得模糊起来，以至于在他眼中看来，这个世界的每一天都跟今天一样，没有任何变化。即便是这样，他也感到心满意足，觉得这个世界美妙绝伦，值得去爱。

当冬天最终降临时，他来到了一座城市里。大雪肆虐，落遍了这里大大小小的昏暗街道。有几个很晚还没回家的顽皮孩子，正朝着奥古斯都这个徒步旅行者扔雪球。除了他们还在发出声音之外，周遭一切已遁入了夜间的沉寂。奥古斯都十分疲惫，走着走着，他来到了一条狭窄的小巷里，这里给他的感觉十分熟悉；继续走下去，又来到了另一条小巷，他母亲的那栋小屋，还有宾斯万格教父的小屋就在这里。两栋小屋低矮而老旧，被冰冷的积雪给包围着。教父的那栋小屋还有扇窗户正亮着灯，在这冬天的深夜里，辉映出红色的宁静的微光。

奥古斯都走过去，敲了敲门，只见那小个子男人迎了出来，一言不发，引着他走进了自己的房间里。房间里暖和又安静，壁炉墙洞里，有一小缕明亮的火苗正在燃烧着。

"你饿不饿？"教父开口问道。奥古斯都眼下并不饿，于是，他便笑着摇了摇头。

"那么，你总归是累了的，对吧？"教父又问了一句，并将自己那袭旧皮草铺在了地板上。如此这般，这对老相识便一块儿蹲坐在了皮草上，肩并着肩，注视着那一缕火苗。

"你走了很远的一段路。"教父说。

"噢,这趟旅程真是相当美妙。现在唯一的问题就是,我觉得有些累了。能在你这里睡一觉吗?到了明天,我会继续走下去的。"

"可以的,你可以在这里睡一觉。另外,你是不是也想再看看天使之舞呢?"

"天使?噢,没错,如果我能再变成一个孩子的话,我肯定很愿意看的。"

"我们已经有很长时间没有见过面了。"教父又开始说了起来,"你现在已经变得这么英俊了,你的眼神又变得跟很久以前,当你的母亲尚且在世时一样善良又温柔了。你能够来看我,可真是一件好事。"

衣衫褴褛的旅行者坐在他的朋友身旁,明显已经精疲力竭了。他还从来没有像现在这样疲惫过,房间里舒适的暖意,还有那摇曳的火苗,令他感到神情恍惚,乃至于迷失在今夕与往日之间,失去了判断时间的能力。

"宾斯万格教父,"奥古斯都说,"我又不听话了,母亲现在正在家里哭着呢。你必须跟她谈一谈,告诉她,我会变回好孩子的。你会帮我的,对吗?"

"我会的。"教父说,"只管放心,她那么爱你。"

现在,那缕火苗已经快燃尽了。奥古斯都睁大睡眼惺忪的眼睛,注视着那一抹黯淡的红光,就跟多年以前自己还是孩童时一样。教父将奥古斯都的脑袋揽进自己怀里,就在这时,一阵优雅的满怀着喜悦之情的乐曲声在这昏暗的房间里响了起来,声音是如此温柔,如此令人陶醉。与此同时,上千个发光的小精灵飞了过来,两两结伴,以伶俐的舞姿在空中互相盘旋、环绕,跳得是那么欢快,那么富有活力。奥古斯都观赏着、聆听着,面对这失而复得的天堂图景,关于童年时光的一切温柔记忆,也随之悉数展开。

依稀之间，奥古斯都似乎听到母亲正在呼唤自己。可他实在是太累了，况且，教父刚才已经向他许诺过，要跟母亲好好谈一谈了。当奥古斯都终于进入梦乡后，教父便将他的双手交叠起来，聆听他逐渐沉寂下来的心跳声，直到整个房间完全陷入黑夜。

（1913年）

诗 人
Der Dichter

传说中国诗人韩甫在青年时代曾经怀有一种很不可思议的雄心壮志，那就是无论什么技艺都想学习，而且，一切都力求做到尽善尽美。对于赋诗这门技艺而言，这种壮志恰恰是很有必要的。当时，他还在自己黄河边的家乡居住，依照他本人的心愿，还有素来十分疼爱他的父母的协助，已经跟一位大家闺秀定了亲，等到挑选好良辰吉日之后，很快就会举办婚礼。韩甫当时二十岁上下，是个相貌英俊的小伙子，为人谦逊有礼，风度翩翩，又博学多才，尽管还很年轻，却已经借由自己创作的好几首绝妙诗作，得到了家乡文学界的认可，远近闻名。虽然称不上大富大贵，但有一份丰厚的家产等着他来继承，而且，随妻子而来的陪嫁嫁妆将使这份家产变得更加殷实。抛开嫁妆不论，即将过门的妻子本身也是貌美如花、品行端庄的佳人。如此这般，按照寻常人的标准来看，韩甫这个小伙子的未来，已经称得上是十全十美，没有什么可以挑剔的地方了。然而，韩甫本人却感到不甚满意，因为他想要成为一名完美无缺的诗人，这份渴望填满了他的内心。

有一天晚上，河边正在举办一场灯会，韩甫独自一人在河对岸散步。此刻，他背靠在一株树身垂向水面的大树上，凝望着河面上倒映出的盏盏花灯，千万束光亮随着水波荡漾、摇曳。韩甫靠在那里，看着小舟和舢板上的男男女女，还有年轻女孩们在互相问候贺喜，每个人都穿着节庆时才会穿的盛装，看起来就像美艳的花朵般光鲜闪耀。他聆听，听波光粼粼的河水低声呢喃，听女乐手们唱起小曲，听古筝颤动的弦音，还有吹笛人悠扬的笛声。笼罩于这一切之上的，是青瓷色的暗夜天穹，在韩甫的眼中，那就如同凌霄宝殿的拱顶一般，高高在上。此情此景直击这位小伙子的内心，作为孤独的看客，他的心情随着眼前的情景起伏，万般美妙，尽收眼底。尽管他非常渴望马上到河对岸去，置身众人之间，陪伴在自己未过门的妻子身旁，周围有朋友环绕，一同享受灯会的热闹，但另外一种渴望，即将这一切完全抛下，作为一名纯粹的观察者，远远看着这些，并将它们悉数吸收、转化为一首完美无缺的诗的念头，相比之下要炽烈得多：青瓷色的夜幕，粼粼的波光与灯火，以及参加庆典的客人们那兴致勃勃的心情，还有他本人——作为一名安静的旁观者，靠在河岸边的一株大树上——那难以抑制的渴望，全都要化为一首诗。想到这里，他猛然发觉，这世间一切的庆典、一切的欢愉，对于他而言，都是无法完全传达到内心去的，人们的喜悦和快意他也是无法感受的。因为，在芸芸众生之中，他既要保持遗世独立的态度，又要同时充当一名旁观者，某种程度上而言，他是一名过客。他已经察觉到，自己跟其他大多数人都不一样，必须在感受世间美好的同时，满足自己作为一名过客不得涉足其间的隐秘需求。这个发现令他感到颇为感伤，不由得反复思量起来。经过一番思考，他得出了如下的结论：对于他这种人而言，如果想得到货真价实的幸福和内心深处的满足，那就必须满足这样一种条件——将整个世界完全反映到自己所创作的诗歌当中去，唯有这样，他才有机会从诗歌所描述的一系列镜像中重新洗涤、锤炼出世界本身，并且真正彻底地拥有它。

正当韩甫徜徉于想象间，几乎不能分辨自己究竟是清醒着还是已经遁入小寐的梦境时，他突然听到身边传来一阵轻微的声响。直到这时他才发现，自己倚靠着的大树树干旁边，居然站着一个陌生人。这是一位上了年纪的老人，身穿一袭紫色的道袍，脸上表情庄重，颇具威严。韩甫马上直起身来，对眼前人施礼，施的是礼数中专门对应老者和尊者的那种礼。那陌生人见状,却只是微微笑了笑,顺口吟了几句诗。这几句诗的内容,恰好是韩甫方才的所思所想,种种感触,尽数包含其间,诗句完成得如此圆熟、如此壮美,而且还符合大诗人所特有的种种技法。这一切令小伙子感到目瞪口呆,连心脏几乎都要停止跳动了。

"噢,你究竟是谁?"韩甫惊呼道,同时深深地鞠了一躬,"你能够洞悉我内心深处的想法,还能够吟出比我所有曾经师从的诗人还要美妙的诗句,你是谁?"

听罢,陌生人脸上再次露出微笑——一种已经获得完满之人的微笑。只听他开口说道:"如果你真想要成为一名诗人,那就到我这里来吧。你可以在西北方的群山深处、大河的源头位置,找到我住的那座茅舍。我的名字是十全辞师。"

说完这句话之后,老人一脚踏入大树投下的那道窄窄的影子里,转眼便消失不见了。韩甫徒劳地在原地找了半天,再也找不到任何有人来过的痕迹,因此他断定,这一切实际上只是自己在疲劳的时候迷迷糊糊做过的一个梦罢了。于是,韩甫便匆匆来到小舟上,同众人一道参加灯会。哪曾想到,在嘈杂的人声与悠扬笛声的包围下,他竟然一直能听见方才那个陌生老者神秘莫测的说话声。看起来,韩甫的魂魄似乎已经被十全辞师给勾走了,因为,在那一片欢声笑语当中,唯有他格格不入地坐在那里,眼神迷离,神情恍惚。大家因此纷纷嘲弄他,说他眼下正在热恋,瞧那样子,简直是魂不守舍。

没过几天,韩甫的父亲打算召集亲朋好友,共同商议两人举办婚礼的日期。准新郎对此表示了反对,他说:"请原谅我,我眼下要说的这番话,是有违儿子对父亲所应该遵循的孝道的。我对诗意的追求有多么执着、多么狂热,你是知道的。即便我的几位朋友极力赞扬我所创作出来的诗作,但我自己心里其实还是有底的,在诗赋创作这个领域内,我不过是个初学者,目前尚处在这条道路的最初级阶段上。所以,我要请求你,让我再独身一段时间,继续潜心钻研诗赋这门技艺,因为,就我所知,男人一旦成家立业,诗赋这门技艺便会停滞不前,无法精进了。现在我还年轻,尚且没有其他责任需要去担负,所以,我打算为了诗艺,再去独自进修一段时间,希望能够在提高自己水平的同时,收获内心的喜悦,以及作为诗人的名望。"

这番话令韩甫的父亲大惊失色,他对儿子说道:"你啊,肯定是将诗赋这门技艺看得高于一切了,为了锤炼诗艺,你竟然想要推迟自己的婚礼!要不然就是你跟你那未过门的媳妇之间出了什么问题,不好直说。如果是这样的话,你不妨直接告诉我,我可以帮你去跟亲家说情,让你们重归于好;倘若不行,也可以帮你另找一个。"

怎料儿子当即赌咒发誓,说自己对未过门妻子的感情一如既往,爱意不比往日少哪怕半分,他跟她之间,从来就不曾吵过架,两人之间的关系更没有因此蒙上阴影。随后,他又将自己在灯会那天透过梦境遇见十全辞师的事情,讲给父亲听了,并且表示,相比这世间一切的幸福,成为十全辞师的弟子更为紧要,这是他眼下最渴望去做的事情了。

"既然如此,"父亲说,"那我就给你一年时间。在这段时间里,你只管尽力去追梦,毕竟你所描述的这番梦境,确实也有可能是某位神明专程给你的启示。"

"也可能需要两年,"韩甫有些迟疑地说道,"具体需要多少时间,现在谁又能确定呢?"

就这样,父亲虽然感到很郁闷,但到底还是同意让他离家远行了。小伙子给自己未过门的妻子写了一封信,道别之后,便踏上了旅程。

韩甫一路跋山涉水。很长一段时间过后,他抵达了大河的源头,并且在深山苍莽之间,找到了一座用竹子搭成的茅舍。茅舍的门口,有位老人坐在一张草编的席子上,韩甫之前在河岸旁的大树下见到的果然就是他。只见老人端坐在那里,正在弹奏琵琶,看到有客人带着敬畏的神情来到了这里，走到了他的身边，他也并没有站起身来迎接，也不跟他打招呼，仅仅对客人给出一个微笑，柔软而灵巧的手指始终没有停止拨弦。琵琶上弹奏的那首曲子仿佛施了魔法一般，如同一朵银白色的云朵，在山谷间穿梭。小伙子站在那里，听得目瞪口呆，如痴如醉，一时之间，除了沉浸在优美的乐曲中之外，其他什么事情都忘记了。直到十全辞师将手中小巧精致的琵琶放到一旁，进到自己的那座茅舍里去了之后，韩甫才回过神来，满怀敬畏地跟了进去。自这天起，韩甫正式成为十全辞师的贴身仆人兼弟子。

　　一个月转眼过去了，在此期间，韩甫学到了一件事，那就是将自己创作过的所有诗歌彻底抛弃。于是，他便将那些诗从自己的记忆当中抹除了。又过了几个月，他连从家乡的众多老师那里学来的古往今来的大量名诗也忘得一干二净。十全辞师几乎连一个字都没有跟韩甫讲过，只是默默地用演奏的方式来教他弹琵琶的技艺，直到这名弟子全身心地融入乐曲之中，进入忘我境界了之后才停下来。有一次，韩甫创作了一首小诗，他通过这首诗，描绘了两只鸟儿在秋日天空中飞翔的情景，自认为写得不错，感到颇为得意。韩甫虽然不敢当面将这首诗呈交给十全辞师指正，但还是选择了一天傍晚，在茅舍外边吟唱出了全诗。十全辞师仔细听过韩甫所作的这首诗后，依旧一个字也没有说，只是轻轻地拨奏起自己的琵琶。弦音响起处，顿生寒意，暮色顷刻降临，一阵凌厉的秋风卷起，浑然不顾眼下正是仲夏时分。蓦然间，已经渐渐变得阴郁灰暗的天空中，振翅飞过两只白鹭，模样匆匆忙忙，迁徙之心似乎非常急切。所有这一切，都比作为弟子的韩甫所作的诗句要优美、完熟得多，韩甫因此感到很伤心，沉默不语，觉得自己特别没用。老人传授诗艺的方式便是这样的，每次皆是如此。一年时间过去了，韩甫弹琵琶的技艺几乎已经练到炉火纯青，却也感到诗艺越发难学，高山仰止，令他望而却步。

然后，当两年时间过去时，小伙子的心中涌起了一阵强烈的思乡情绪。他想念自己的亲人们，想念故乡，想念自己未过门的新娘，于是，他请求十全辞师准许他回乡省亲。

十全辞师的脸上露出微笑，点了点头。"你是自由的，"他说，"当然可以走，想去哪里都可以。以后你爱回来就回来，爱不来就不来，完全随你的心愿就好。"

就这样，弟子立即踏上了归乡的旅程，昼夜赶路，不曾歇息。直到有一天清晨，他终于赶在黎明破晓时分，站了故乡的河岸边。他踏上过河的拱桥，站在桥身最高的位置，远眺他出生的这座城镇。他悄悄潜入自己父亲的花园，隔着卧室的窗户，屏息细听尚在睡梦中的父亲的呼吸声。然后，他又来到自己未过门妻子家旁边的树园里，爬到一棵大梨树的树梢上，从那里张望，他看到她正在闺房里梳头。韩甫将自己亲眼见到的这一幕幕画面，跟自己曾经因为思乡之苦而幻想、勾勒出来的画面进行了一番比较，发现情况非常清楚——自己注定就应该成为一名诗人，因为，他在诗人幻梦中见识到的那些华美又妩媚的故乡图景，在现实中的故乡是无论如何都不可能寻得的。想通这一点之后，韩甫默默地从大梨树上爬了下来，逃也似的离开了妻子家的树园，再一次踏过拱桥，远离故乡，回到了大河源头的河谷，回到了那片群山的最深处。十全辞师依旧坐在茅舍前面的草席上，手指拨弦，弹着琵琶，就跟韩甫第一次在这里见到他时一样。他没有跟韩甫打招呼，而是随口吟了两句诗，以此来代替问候。这两句诗是描绘追求艺术给人带来的由衷喜悦的，内涵深刻，韵律优美，这位后生被深深打动了，双眼充满了泪水。

就这样，韩甫又留在了十全辞师身边。眼看韩甫的琵琶已经学成，十全辞师便开始教他弹古筝。时光飞逝，一个月一个月的时间，就仿佛西风中消融的积雪一样，无可挽留。受到思乡之情支配的情况，除了这次之外，之后还发生过两次。其中一次，他趁着天黑夜浓，秘密启程。哪里知道，他还没来得及走到河谷自群山倾斜而下的最后一个弯折位置，就有一阵夜风吹过挂在茅舍门后的古筝，撩拨出的几声弦音追上了韩甫，明显是在盼他回头，他根本没办法拒绝。另一次，他做了一个梦，梦到自己在树园里种下了一棵小树，妻子伫立一旁，他的孩子们也过来帮忙，用葡萄酒和牛奶来浇灌这棵树。韩甫从梦中惊醒，月光刚好照进房间里，他惘然若失地坐起身来，看到十全辞师就躺在自己旁边，睡得正香，花白胡子随着鼾声微微颤动。就在这时，韩甫的心中突然对眼前这个人涌生出一股苦涩难挨的恨意。在他看来，正是这个人毁掉了自己的人生，诓骗了自己的前程。正当他打算猛扑到十全辞师身上，痛下杀手时，老人突然睁开双目，露出微笑。那微笑中带有一种敏锐而悲伤的淳厚，令弟子放下了杀心。

"记住，韩甫，"老人轻声说道，"你是自由的，只管去做任何自己想做的事情就好。想回自己的故乡去，在那里种树，或者想要憎恨我、杀死我，都没什么需要顾忌的。"

"哎呀呀，我又怎么可能去憎恨你！"听过十全辞师的这番话后，诗人心中波澜起伏，不觉高声疾呼道，"这就好比让我去憎恨苍天一般荒唐。"

韩甫留了下来，继续学习弹奏古筝，学好古筝后，又开始学习吹笛，再然后才开始在十全辞师的指导下学习赋诗。他慢慢学会了这门神秘莫测的技艺，学会了怎样在表面上只使用简单直白的语言，创作出闻者伤心、听者落泪的美妙诗句，这些诗句撩拨起人们的心弦来，恰如微风吹过如镜的湖水。他写，写太阳升起时的情态，仿佛太阳有了生命，在群山边缘犹豫不决，不肯升起似的；写鱼儿在水中倏忽而过，如影子般潜入水底，消失不见，不发出一丁点儿声音；或者写某一棵幼嫩的柳树，写它的柳枝在春风下摇曳摆动时的样子。当人们聆听这些诗时，感受到的并不只是旭日东升、鱼儿嬉戏和柳树呢喃，还能感应到天地玄黄与宇宙洪荒，察觉万事万物间短暂联结时发出的和谐共鸣。每一位聆听者都能借此联想到自己的喜悦抑或痛楚、热爱抑或憎恶，孩童会联想到游戏，年轻人会联想到自己的恋人，老人则会联想到死亡。

韩甫已经记不清楚自己究竟在大河源头这里，在十全辞师身边度过了多少年，他时常觉得自己是昨天傍晚时分才踏入河谷，听到老人弹奏时的弦音的。除此之外，他也时常感到人世间的一切世代更迭、朝代变迁已经被自己抛到了脑后，无影无踪，消失不见了。

直到有一天早上，当韩甫醒来时，只剩他一个人在那座茅舍里了。他四处寻找、呼唤，还是不见十全辞师的人影。一夜过后，秋天突然来临，阴冷的冬天近在眼前，风雨飘摇间，这座老旧的茅舍已是岌岌可危，大群大群的候鸟飞过山脊，尽管现在并非它们理应飞走的时节。

韩甫随身带上那把小琵琶，下了山，来到了自己的故乡所在的那块土地上。在那里，每当遇到有人过来时，对方都对他施以面对老者和尊者时才会施的礼。等到他终于返回故里，才发现自己的父亲、自己那未过门的妻子，还有自己的那些亲戚已经悉数去世，住在他们房子里的也已经是其他人了。到了当天傍晚时分，河边又开始举办起灯会来，诗人韩甫站在黑漆漆的河对岸，背靠一株老树的树干。当他开始弹奏起随身带着的小琵琶时，女人们纷纷叹起气来，陶醉又不安地望向夜幕；少女们则冲着这位她们遍寻不着的琵琶演奏者呼喊，喊得很大声，说她们中间从来没有任何人听过琵琶发出这样的声音。对于这一切，韩甫仅仅报以微笑。此时此刻，他凝视着脚下的河水，水中倒映出盏盏花灯，千万束光亮随着波光荡漾。在他内心深处，已经没办法弄清这次灯会与多年前在此邂逅十全辞师的那次灯会之间的区别，正如他无法区分水中的花灯与现实中的花灯一般。那时候，他还是个小伙子，站在同样的地方，听到陌生的大师顺口吟了几句诗。

（1913年）

森林人
Der Waldmensch

第一纪[41]刚开始的时候，尚处于幼年阶段的人类族群还没有像现在这样遍布整个地球，当时存在着一种森林人。这种森林人挤挤攘攘地群居在一起，担惊受怕地生活在当时正逐渐消亡的热带原始森林里，长期跟他们生物学上的亲属——猿猴争斗不休。森林人的行为方式和存在本身，只遵照唯一一位神明的指示、唯一一种法则的制约：森林。森林是家园、庇护所、摇篮、住所和坟墓。森林以外的地方，在他们看来，是根本就没有任何生灵存在的。因此，森林人平时会尽量避免到森林的边缘位置去。不过，偶尔也会有某个森林人受到命运的捉弄，因为打猎或逃亡，一不小心就流落到了那里。倘若幸存下来，在回到森林人群居的地方后，此人便会浑身发抖、恐惧万分地向众人描述森林之外那一片白茫茫的虚无——什么都没有，异常可怕，致命的阳光照耀四面八方，无处可藏。在当时，生活着一个年纪很大的男性森林人，他在几十年前曾经被一群野兽一路撵到了森林的最边缘位置，退无可退的情况下，不得不踏出了森林，结果马上就变成了瞎子。如今，他成了森林人当中类似牧师和圣人一般的人物，名叫马塔·达拉姆（意为"心内有眼"）。他谱写了一曲神圣的森林之歌，每当遇到猛烈的暴风雨时，马塔就会唱起这首歌。森林人都会认真聆听他的歌声，因为他当年用自己的双眼直视过太阳，没有因此送命，这件事成就了他在森林人当中的名望，同时也令他变得神秘莫测。

森林人身材矮小，皮肤黝黑，全身上下毛发颇为浓密，行走的时候统统弯着腰。他们有着一对野兽般的眼睛，目光胆小而羞涩。森林人既可以像现代人类一样行走，也可以像猿猴那样行走，他们在林间高处的枝丫间穿行，就跟在踏实的地面上行走一样安全，如履平地。他们还不清楚房屋和茅舍是什么东西，但已经懂得制作一些武器和工具了，而且，他们也会制作饰品。他们知道怎样用硬木来制造弓、箭、矛和棍棒，知道怎样用韧皮来制作颈圈，并且将风干后的浆果或者坚果穿在上面。除了这些之外，他们也会在脖子或者头发上装饰贵重的战利品：野猪牙、虎爪、鹦鹉羽毛、河蚌壳。在仿佛无边无际的大森林里，有一条大河从中间穿过，森林人只敢在漆黑的深夜里踏入这条河的河岸区域，甚至有很多森林人从来没有见过这条河。那些胆子比较大的森林人会趁着夜晚从森林里溜出来，谨小慎微地徘徊在河岸边缘位置，潜伏在暗处，不敢轻举妄动。一会儿之后，借助微弱的光线，他们可以看到象群正在岸边洗澡。抬起头来，越过头顶纵横交错的树枝，他们万分惊讶地看到，在红树林张牙舞爪的枝丫之上，竟然悬挂着无数闪耀的星辰。森林人从来就没有直视过太阳，在他们看来，连在夏天看一下太阳投下的影子都是极其危险的。

对于眼下的这群森林人而言，瞎子马塔·达拉姆就是他们的领导人，其中也包括一个名叫库布的小伙子。库布是年轻一辈人和不满者的领袖及代表，自从马塔·达拉姆的年纪越来越大，人也变得越来越贪恋权势之后，就开始出现这种感到不满的人了。截至目前，马塔·达拉姆的特权包括：作为一个对族群不能起到任何实际作用的瞎子，他的食物完全由其他森林人来负责提供；当森林人需要做出什么重大决定时，要先接受他的指点，唱他的那首森林之歌。长此以往，他又逐渐引入了一些全新的令人厌烦的规矩，可是，这些规矩被他说成是森林之神在睡梦中揭示给他的。部分年轻人和质疑者宣称，马塔·达拉姆这老家伙是个骗子，他之所以折腾出这些事情来，不过是为了一己私欲罢了。

马塔·达拉姆引入的最新规矩是一种叫作"新月庆典"的仪式,在这种仪式上,马塔·达拉姆让森林人围成一圈,他坐在圆圈正中间,敲打一只牛皮鼓。与此同时,其他森林人必须一刻不停地转着圈跳舞,同时高唱一首名为"戈罗·艾拉阿"的歌,直到精疲力竭,不得不双膝跪地才罢休。跳完舞之后,参加仪式的每个人都必须用一根利刺在左耳上穿一个洞,年轻女性必须被带到马塔·达拉姆这位牧师的面前,由他亲自用一根利刺在耳朵上穿洞。

库布跟几个同龄人都没有参加这种仪式,而且,他们还致力于劝说那些年轻女孩,让她们也不要去参加仪式。有一次,他们甚至找到了机会,有希望一举战胜马塔·达拉姆,打破这位牧师的统治。那次,老家伙再次举办了新月庆典,并且亲自动手,给年轻女性的左耳上穿洞。哪里知道,就在这时候,有个身强力壮的小伙子突然开始大嚷大叫,表情狰狞又可怕,对马塔·达拉姆表达了强硬的反对。结果,瞎子竟然直接将那根利刺插进了女孩的眼珠里,将眼珠给挤了出来。此时此刻,那女孩的惨叫声是多么绝望啊。所有森林人都聚拢了过来,当他们看清楚这里发生的事情之后,个个噤若寒蝉,心怀不满。那些反抗的年轻人见状,自以为得了胜利,欢天喜地地挤入围观的人群当中,库布甚至冒险向前,一把抓住了这位牧师的肩膀。这时,老家伙不管不顾地站到了自己的牛皮鼓前,用极其难听的声音哇哇怪叫着,下了一连串内容十分残忍的诅咒,语气恶毒又恐怖,吓得在场的所有人都退避三舍。甚至连抓住牧师肩膀的小伙子库布,在恐惧的压迫下,心中也陡然一沉,胸口仿佛被冰冻住了似的。老牧师口中所讲的那些话语,在场的人没有哪一个能够完全弄明白是什么意思,但那些话语讲出来时的方式和语调既野蛮又残忍,听起来就像祭祀神明时才会用到的那种恐怖而神圣的语言。他对小伙子库布的眼睛施下了诅咒,说自己已经将那对眼睛许给了秃鹫,要用库布的眼睛来做它们的食粮;他也对小伙子库布的内脏施下了诅咒，说自己已经预知到了这些内脏的结局——未来将会有这么一天，库布的内脏会被遗弃在荒野里，被太阳曝晒。现在，牧师马塔·达拉姆的权势反而比之前还要大了，他命令人们将之前那个女孩送上来，送到自己面前，然后在她的第二颗眼珠里也插上了利刺。在场的每个人都怀着恐惧目睹了这一幕，吓得连呼吸声都不敢发出来。

"你将会死在外面。"老家伙给库布下了最后一道诅咒。自此以后，族群里的森林人就再也不愿意接触小伙子库布了，因为他们认为他已经是个完全没有指望的废人了。"外面"，这个词的意思是家园之外，破晓后的森林之外！"外面"，这个词的意思是惊骇和恐惧，是被太阳晒，是被炙烤着的足以致命的荒芜。

库布怕得要命，只好远远地避开人群。当他发现每个人都在回避自己时，就把自己藏在了一根中空的树干里，伪造出自己已经失踪的假象。他没日没夜地躲藏着，心里要么充斥着对死亡的恐惧，要么就是想要反抗的信念，除此之外还有不确定，不确定那些人会不会过来调查这根树干，将他活活打死；不确定天上的太阳会不会突然冲破大森林的重重防护，用阳光将他包围起来，逮住他，然后干掉他。可是等到最后，既没有出现弓箭，也没有出现长矛；既没有太阳，也没有闪电，除了深深的懈怠感和饥肠辘辘之外，什么都没有来。

库布站起身，从树中间爬了出来。他感到前所未有的清醒，甚至生出一种近似于失望的感觉。

"牧师的诅咒根本就没有任何效果。"库布略有些吃惊地思忖着。思忖完之后，他就去找东西吃了。等到他吃饱喝足，便感觉到生命力再次开始在自己的体内流动、循环，心中的骄傲和憎恶之情也回来了。现在，库布已经不想再回到自己的族人当中去了。现在，库布只想当一个独行客、一个流放在外的森林人、一个被大伙儿痛恨的家伙，一个被族群的牧师——那个盲眼的老畜生——用完全没效果的诅咒撵得东躲西藏的可怜人。现在，库布希望能够独自一人生活，以后也要独自一人。不过在此之前，他要先去复仇。

于是，库布一边走，一边开始思考起来。他把之前发生过的所有事情都仔细考察了一遍：哪些细节当初引起了自己的怀疑？哪些内容看起来像是骗人的？首先想到的是牧师的牛皮鼓，还有他所订立的各种规矩和仪式。库布思考得越深入，独处的时间越长久，对于事实真相看得也就越发清楚。没错，那些就是骗人的，与老家伙相关的一切都是骗人的，只不过是谎言罢了。然后，既然已经想到这么远了，干脆再想得更远些，将不断增长的怀疑，扩展到所有自己曾经认为是真相、是神圣不可侵犯之事实的地方。比如，森林之神存在的依据是什么？那首神圣的森林之歌呢？噢，就连这些都是子虚乌有，都是骗人的把戏！库布克服了心中一直存在着的隐秘恐惧感，突然开始大声唱起那首大家耳熟能详的森林之歌来。不过，他这次唱的时候面色狰狞，咬牙切齿，声音里面满是讥讽，歌词也唱得颠三倒四。唱完森林之歌后，库布又高喊了三遍森林之神的名字——按照规矩，除了牧师之外，族群里的任何人都不允许喊这个名字，否则就会被处以极刑。周围依旧宁静祥和，什么都没有发生，天上并没有突然下起暴风雨，也没有出现直指大地的闪电！

一连好些天，一连好几个礼拜，这位独行客都在四处乱走，一路上他都眉头深锁，目光凝滞。月圆之夜，他去了大河的河岸边——之前还没有哪个森林人敢这样做。他先是看了看月亮在河水中的倒影，然后干脆直接抬头，直视圆月，还有那满天的繁星，它们鲜明的轮廓映照在他的双眼里，并没有对他造成任何伤害。一整个月明之夜，库布都坐在河岸旁，一边沉浸在这禁忌的光芒所营造的迷离氛围之中，一边整理自己的思绪。许许多多大胆又惊人的计划浮现在他的脑海里。"月亮是我的朋友，"库布心想，"繁星也是我的朋友，但那个老瞎子是我的敌人。也就是说，所谓的'外面'，或许比我们占据的这个'里面'更好。不仅如此,大森林的神圣很可能也只是说说而已!"

然后,某一天晚上,库布突然萌生出了一个大胆又绝妙的想法。这个想法十分超前,超出了他所在的这个时代好几十个世代之多,那就是,完全可以用树皮将一些粗壮的树枝捆绑到一起,如此一来,他就可以坐在一整排捆起来的树枝上,让大河载着自己,顺流而下了。此时此刻,库布的双眼闪闪发光,他的心脏狂跳不止。但这个想法眼下派不上任何用场:大河里满是鳄鱼。

既然如此,也就是说,倘若他以后复仇成功,除了从森林的边缘位置逃离之外,就再也没有其他任何可以选择的出路了。如果这座森林真有尽头,那么,走过尽头之后,就必须把自己托付给随之而来的炙热虚无,还有可怕的"外面"了。到时候,就必须去面对那个庞然大物——太阳,必须去经受它的考验了。因为——谁知道呢?——到了最后,他恐怕又会发现,就连那个关于太阳可怕之处的古老常识,也只不过是一句谎言罢了!

恰恰是这个念头,一连串离经叛道、令人激动不已的想法之后的这个最新想法,使库布全身上下禁不住战栗起来。因为,自最久远的时代以来,从来没有哪个森林人敢于主动离开森林,将自己置于那恐怖阳光的笼罩之下。接下来,库布又一连跋涉了好些天,这个想法始终如影随形。最后,他终于积聚了足够多的勇气,下定决心要去试一下了。于是,在一个阳光明媚的正午,他战战兢兢地摸索到河边,偷偷靠近波光粼粼的河岸,尝试用那双写满了惊恐的双眼,去注视水中倒映出来的太阳。耀眼的光辉照得库布双眼生疼,头晕目眩,不得不马上将眼睛再次闭上。不过,又过了不多一会儿,他就已经敢将同样的流程再来一遍了,接下来又一遍,然后就……成了!这是可以办得到的,是能够忍受的,不仅能够忍受,甚至还令人感到开心,还可以给人勇气。就这样,库布对太阳产生了信任。现在他很喜欢太阳,即便按照族群里的那些规矩，它本应该杀死他才对。与此同时，他开始痛恨起那古老、阴暗、腐臭的大森林来，讨厌的牧师在大森林里嘎嘎乱叫，大放厥词，而他这个年轻人——这个真正有勇气的人，却受到了人们的唾弃和排挤。

此时此刻，库布的决心已经成熟，他即将采摘行动的果实，就像采摘一颗甜美的浆果。他用硬木造了一把称手的新锤头，安装在一根打磨得又细又轻的握柄上，隔天一早就去找马塔·达拉姆了。他先是找到了他的足迹，然后又顺着足迹找到了他本人，用锤子照着他的脑袋击打，亲眼看着他的魂魄从那张扭曲变形的嘴巴里溜出来，飘走了。库布将自己使用的武器放在了马塔·达拉姆的胸口上，如此一来，大家就能够知道这个老家伙是被谁给杀死的了。除此之外，他还用贝壳在锤头的光滑一面拼命刻画出了这样一幅图景：一个圆圈，周围布满了很多笔直的射线——太阳的画像。

做完这一切之后，库布勇敢地朝着"外面"迈出了远征的第一步。他每天都从早上一直走到天黑，朝着同一个方向笔直前进；到了晚上，他就睡在树枝上，一大清早再度启程，很多天都是如此，循环往复。他沿途淌过无数条小河，穿过无数块黑漆漆的沼泽地，总算走到了一块高地上，脚下是布满苔藓的岩石——这样的地貌是库布之前从未见过的。继续走下去，地势变得越发陡峭，到处都是拦路的沟壑，人也遁入了群山之间。即便如此，周围也始终是亘久不变的大森林。最后他变得绝望又伤心，甚至产生了这样一种想法：大森林或许是某位神明的造物，在神明所创造的大森林里，人类离开自己的故乡是不被允许的。

库布一路向上攀爬了很长一段时间，周围的地势越来越高，空气也越来越干燥、越来越稀薄。直到某天傍晚时分，一切突然迎来了一个终结：森林的蔓延停止了，但他仍然站在坚实的土地上。在这尽头区域，森林突然往下一栽，隐没在了虚无之中，仿佛整个世界都在这个位置被一劈成了两半似的。眼前除了远方一片稀薄的红色晚霞，还有头顶些微的繁星之外，就什么都看不见了，因为夜晚已经开始了。

库布坐在旧世界的边缘位置，将自己紧紧绑在攀缘植物上，避免一不小心掉下去。他将身体蜷缩成一团，担惊受怕又激动万分地过了一整晚，连哪怕一只眼睛都没有合上过。第二天，天刚刚破晓，他就不耐烦地蹦跶起来，双脚着地，身体的一半伸向虚无之中，等待天明。

在远方，由美妙光线组成的一条条黄色光带逐渐散开。在无限的期待之中，天空似乎也在随着库布的身体一同颤抖。要知道，他还从来没有在如此广袤的空间里看到过白天降临时的景象呢。那些黄色的光束仿佛正在燃烧一般。然后，突然之间，从那边那条无比巨大、横贯整个世界的深谷里，又大又红的太阳突然蹦了出来，挂到了天空中。仔细看，太阳是从一片无边无际的灰色虚无中朝上蹦出来的，它刚蹦出来，那片虚无马上就变成了蓝黑色——大海。

就这样，在这个浑身发抖的森林人男人面前，"外面"揭开了自己神秘的面纱。在他的那双脚前面，山峰的走势开始朝下，一直延伸至雾气弥漫、一切都无从分辨的深谷。隔着深谷，正对面高高耸立着一座玫瑰色的如珠宝般秀丽的横断山岩。在山岩一侧，远方是气势恢宏的深色大海，海岸线洁白如带，浪潮涌起，卷起一层层浪花，仿佛联结成片的树木，些许低垂、摇曳。以及，凌驾于这一切之上，凌驾于这千万种崭新而陌生的强有力存在之上的，正是那扶摇直上的朝阳。炽热的光线涌动，如一条滚烫的河流，自朝阳中翻滚、喷薄而出，洒向整个世界，将它染上令人感到欢欣鼓舞的色彩。

库布始终不愿意直面太阳。但他看得到太阳的光芒，它如五彩斑斓的潮水一般，倾泻在山峦、磐石和海岸上，同时也涌向远方蓝色的岛群。他俯下身来，将自己的脸颊紧贴在大地上，匍匐在这光辉闪耀世界的众神面前。哎呀，他是谁，库布？不过是一只渺小又肮脏的小动物罢了，乏味无聊的生命中差不多全部的时间，都是在茂密大森林深处那晦暗潮湿如地洞般的环境里度过的,每天担惊受怕,情绪低落,不得不屈服于低劣无能的伪神。可是这里,这里已经是全新的世界。这个世界里至高无上的神明,就是太阳。此刻,那个在森林里挣扎求生的屈辱长梦已经过去了。在库布心中,如梦般的灰暗过去已经开始幻灭,恰如记忆中已死牧师那模糊不清的面容。他双手双脚并用,向着面前那陡峭的深渊爬了下去,朝着光明与大海所在的方向前行。神魂颠倒般的狂喜转瞬即逝,灵魂深处惘然若失,一个美妙的预感正战战兢兢地浮现出来:那里将会是一片光辉灿烂的由太阳亲自管辖的大地。在那里,每个人都能在阳光下自由自在地生活,太阳底下,人人平等。

(1914年)

来自另一个星球的奇异信息
Merkwürdige Nachricht von einem andern Stern

在我们这个美丽星球的某个南方省份，发生了一场骇人的灾祸。一场伴随着恐怖暴风雨和洪水的大地震袭来，三座规模颇大的村镇，以及它们所辖的全部园圃、农田、林地和植被损毁严重。一大批居民和动物失去了生命，而且，最令人感到难过的事情是，眼下这里连最基本的葬仪条件都无法满足了。原本需要用鲜花将死者全身上下都覆盖起来，相应的长眠之所也需要有相称的花朵来装点，现在却连必要数量的鲜花都没有。

至于其他一切事情，自然是马上就得到了妥善解决。灾害肆虐的恐怖时段刚刚过去，一大批信使就马上被派遣到邻近的各个地区，奔走相告，呼吁善良的人们奉献出爱心。遍布全省的所有教堂塔楼上，都能够听到唱诗班的领唱人在吟唱同一首感人肺腑、激动人心的圣歌。自古以来，这首圣歌就是被用来向慈悲女神献礼的，其音调凄婉动人，没有任何人能够抗拒。转眼之前，充满同情心的人，愿意随时提供帮助的人，便从所有城市和地区汇聚而来。那些遭遇不幸的灾民，原本可以为他们遮风挡雨的房屋，如今已荡然无存，但这里那里的亲戚、朋友，乃至素昧平生之人的居所，全都发出了诚挚友善的邀请，张开怀抱，接纳了他们。食物和衣物，车辆与马匹，以及工具、石料、木材，还有其他许多物资，从四面八方被源源不断地运送到此地，为人们提供援助。当老人、女性和孩童还在被一双双满怀善意的手搀扶帮助着，从废墟中被陆续救走时，当受伤的灾民得到小心仔细的清理和包扎，搜救队在断壁残垣间搜寻死者遗体时，其他救援者已经行动起来，开始清理坍塌下来的房顶，用木梁支撑摇摇欲坠的墙壁，为尽快进行灾后重建做好了一切必要的准备。尽管劫后余生的悲戚气息始终萦绕在空气中，尽管遍布四处的死者时刻提醒着人们，哀悼不可或缺，出于对逝去者的尊重，需要保持安静，但此处每一个人的脸上、每一个人说话时的语调中，都能够感受到一种愉快的笃定，以及宽松又温柔得如同过节般的气氛。那是因为大家勠力同心，都在努力完成同样一件事情，目标明确，使人的精神不知不觉就振奋了起来——从事着如此非比寻常、必不可少的救援工作，如此美好又有益的善举，自有一股暖流在每个人的心中激荡。刚开始时，大家做起事来还是拘谨又沉默的。但是，过了没多久，就已经能在各处听到人们用轻快的声音哼唱的小曲了。唱的是同一首歌，声音轻柔，是大家在一起劳作时经常哼唱的小曲。而且，正如我们所能预料到的，在所有那些四处传唱的歌词当中，最经常被人们唱起的是这样两句古老箴言："所谓极乐至福，就是为突然遭遇不幸的人提供及时的帮助。受帮助的人啊，他的心儿畅饮我们的暖心之举，岂不正像是久旱的花园里下了一场及时雨？岂不是要以感恩之花来予以回应？"另外一句是："神明之喜悦，自众志成城的善举中涌出。"

可是，正如之前提到过的那样，眼下鲜花短缺，实在是没办法不让人哀伤埋怨。最开始被找到的死者，总算还来得及用鲜花和树枝装饰妥当，完成得体的葬仪。用到的这些鲜花和树枝，都是从被灾害损毁的花园里搜集来的。这些地方已经找不到鲜花和树枝了之后，大家又开始到邻近的一些地方，去取了所有能够找到的花。不过，这次也是运气特别不好，被天灾毁掉的三座村镇所辖的区域，恰好就是种植花卉面积最大、花朵长得最美的那些花园的所在地。如果没有遭灾的话，现在这个时节，正是鲜花盛开之时。每年都有人到这里来观赏黄水仙和番红花，因为其他任何地方都没有跟这里一样的一眼望不到头的花海，也没有这里这么多受到细心呵护的颜色高雅又珍奇的花卉品种。可是如今，这一切都已毁灭，荡然无存。因此，大家很快便束手无策，不知道应该如何去满足所有这些逝去者在葬仪习俗上的基本要求。实际上，按照习俗，这里每位逝去的人、每个死掉的动物，都应该用当季的鲜花来施以葬仪。越是遇到遭遇横祸而死的生命，越是悲伤壮烈的缅怀，也就越需要华丽而隆重的葬仪来与之匹配。

全省年龄最大的长者，作为首批前来救灾的知名人士之一，坐着他的专车一路赶来，很快就发现自己已经彻底陷入疑问、请求和抱怨的重重包围中了，必须付出很大努力，才能保持住自己一如既往的平和与开朗。不过，他还是牢牢把握住了自己的内心。他的双眼始终明亮，眼神一直很友善，说话时声音清朗，彬彬有礼，白胡子下面的那对嘴唇，一刻都没有忘记露出那沉静又慈祥的微笑，以契合他作为一名智者及顾问的身份。

"我的朋友们，"他说，"眼下，一场不幸的灾祸降临到了我们身上，那是诸神想要来考验我们。在这里被上天所毁掉的一切，我们将很快为我们的兄弟重新建设起来，一切都能够复原如初，物归原主。而且，我还要感谢诸神，让我有机会在如此高龄的情况下亲身经历这样一起事件，看到你们所有人为了帮助自己的兄弟，将自己手头的事情义无反顾地抛下，齐聚于此。然而，我们现在究竟该去哪里找来鲜花，才能将这里这些死者的遗容装点得漂亮又得体，帮助他们完成葬仪，早登极乐呢？只要我们还存在于这世上，只要我们还活着，就不允许这些目前尚且游走在极乐世界之外的疲惫游魂，在得不到他们本应得的鲜花祭祀的情况下匆忙下葬，哪怕只有一位得不到也不行。这当然也是你们的看法。"

"没错。"众人高喊道，"也是我们的看法。"

"我就知道。"全省年龄最大的长者用他那如父亲一般的声音说道，"你们这些朋友啊，此时此刻，我想说出我们必须要做的事情——那些今时今日无法遵照葬仪顺利安葬的疲惫游魂，我们必须将他们的遗体运往群山之间，运到那高耸入云的夏庙里去，要知道，那里现在可还是积雪皑皑。唯有在那里，直到我们设法弄来葬仪所需的鲜花，遗体才可能得到妥善保存，不会起什么变化。不过话说回来，在眼下这个时节里，唯有一个人能够帮我们弄来如此之多的鲜花，唯有国王才办得到。因此，我们必须从我们当中派一个人去觐见国王，并向国王请求协助。"

大家再一次纷纷点头，齐声高呼道："没错，没错，去国王那儿！"

"那就这么办吧。"全省年龄最大的长者接着说了下去。在场的每个人都满怀欣喜地看到，长者的白胡须下方，此刻终于显露出他那标志性的引人注目的闪亮微笑。"不过，我们应该派谁去觐见国王呢？此人一定得是个年轻人，而且身体必须要足够强健，因为这趟路程很遥远。临行之前，我们必须将最好的马匹牵去供他使用。另外，此人还必须相貌堂堂、心地善良、眉清目亮，如此一来，当国王见到他时，内心就不会抗拒他的请求。言语方面，他不需要讲得太多，但他那双眼睛必须要会说话。照此看来，或许最好的办法是派一个孩子过去，方圆百里内长得最漂亮的孩子。可是，一个像这样的孩子又怎么可能独自完成如此漫长的旅程呢？你们必须帮帮我，我的朋友们，帮我找找。如果确实有这样一个符合条件的孩子，他又自愿担任信使，那就最好；或者有谁认识、知道这样的人选，那么我请求这位朋友不吝告知。"

说罢，年龄最大的长者便沉默了下来，用他那双明亮的眼眸扫视了一遍听他演讲的兄弟们。可是，并没有谁主动站出来，也没有哪个声音来回应他的请求。

于是，他将自己的请求重复了一遍，然后又重复了第三遍。这时，终于有个小伙子从人群当中走了出来，来到了他面前。小伙子时年十六岁，几乎还是个男孩。跟长者打招呼时，他的眼睛一直盯着地面，双颊通红。

年龄最大的长者打量了小伙子一番,马上就认定他是合适的信使人选。但他面露微笑地问道:"你主动请愿,要来当我们的使者,这是值得赞扬的行为。不过,这里有这么多人在场,为什么你偏偏要挺身而出呢?"

只见小伙子抬起头来,双眼正视着面前的老人,开口说道:"如果除了我之外,再没有其他人愿意去,那就干脆让我去吧。"

人群中有个声音喊道:"就派他去吧,长者,我们认识他。他就是来自本地已经被毁掉的村镇的,这场地震将他家的花园夷为了平地,那曾经是我们当地最美丽的一座花园。"

长者听罢,用和蔼的目光注视着男孩的眼睛,问道:"你应该很为自己的花儿感到伤心吧?"

小伙子用很轻的声音回答道:"这件事我确实是感到很难过,但刚才之所以毛遂自荐,并不是因为这件事。我曾经有一位关系很好的朋友,还有一匹年纪很轻、长得特别漂亮的小马驹,可是,他们两个全部在这次地震中死掉了,遗体就躺在我们的大厅里,必须得有鲜花,才能将他们好好安葬。"

年龄最大的长者将双手的手掌放在小伙子的脑袋上,为他施以祝福,旋即又为他找来了这里最好的一匹马。只见他眨眼就跳到了这匹骏马的马背上,拍了拍马儿的脖颈,向众人颔首道别,然后就风驰电掣一般地飞奔出了村子,横穿遍地废墟、破败不堪的潮湿田野,告别此地,去向远方。

小伙子骑了一整天马。为了更快地抵达遥远的首都,尽快到国王身边去,他选择了需要翻越崇山峻岭的那条险路。傍晚时分,当天开始渐渐变黑时,他牵起缰绳,引着自己的马驹走上了一条陡峭的山路,穿过山间的森林和岩壁。

一只他从来没有见过的大黑鸟在前面飞行,为他指引前进的方向,他一直跟随着大黑鸟，直到它落在了一座小小的大门敞开着的庙宇之上时才停下来。小伙子让马驹在森林草地上吃草歇息，自己从庙宇正门的两根木柱子之间走了进去，来到了这个质朴无华的神圣之地。在这里，小伙子只找得到一块作为牺牲石[42]来使用的巨大岩块。这岩块端端正正地摆放在那里，是由某种纯黑色石头构成的，附近是找不到这种石头的。岩块上雕刻着一个怪异的符号，象征着某位我们的使者并不认识的神明：一颗正在被一只野鸟啄食着的心脏。

他向这位神明施礼，以示敬畏，并将自己在山脚下采摘，然后插在自己衣服上的一朵蓝色风铃草呈献上去，作为祭品。做完这一切之后，小伙子就在一个角落里躺了下来，因为他实在是太累了，想要睡觉。

可是，睡神并没有来关照他。要知道，以往的每个夜晚，睡神都是不请自来，主动来到他的床榻前的。或许是放在岩块上的那朵风铃草，或许是黑色岩块本身，或者是除此之外的其他什么东西，此刻正涌生出某种十分特别的深邃而痛苦的气息；那个不同寻常，象征着某位神明的符号，也在昏暗的大厅内闪烁着如幽灵一般的微光；还有那只停在屋顶上的怪鸟，时不时地用力扇动自己那对无比巨大的翅膀，发出仿若风暴席卷过树丛般的呼啸声。

因此便发生了这样一件事：到了午夜时分，小伙子站起身来，从庙宇里走了出去，抬头望向屋顶上的那只大黑鸟。大黑鸟扇动了一下自己的翅膀，也低下头来回望小伙子。

"你为什么不睡觉？"大黑鸟问道。

"我不知道，"小伙子说，"或许，是因为我正在经受痛苦。"

"既然如此，那你经受的是怎样一种痛苦呢？"

"我的朋友和我的爱驹，两个都死掉了。"

"所以呢，死亡真有那么糟糕吗？"大黑鸟用讥讽的口吻反问道。

"哎呀，其实也没有。大鸟啊，死亡并没有那么糟糕，只是一次道别而已。可是，令我感到悲伤的并不在此。糟糕之处在于没办法为我的朋友和我美丽的马驹安葬，因为我们再也找不到更多的鲜花了。"

"还有比这糟糕得多的事情。"大黑鸟一边说着，一边不耐烦地将翅膀扇得呼呼作响。

"没有了，鸟儿，显然没有比这还要糟糕的事情了。那些没有鲜花作为祭品就草草下葬的人，是不允许按照自己的心愿来转世轮回的。至于那些没有用鲜花来为跟自己相关的死者举办葬礼的人，则会在睡梦中见到自己已经亡故的亲朋好友的幻影，挥之不去。你瞧瞧，我现在就已经睡不着觉了，因为跟我相关的死者还没有得到他们应得的鲜花。"

大黑鸟弯弯的鸟喙发出刺耳的嘎嘎怪叫声。"年轻小伙子啊，如果你除了这些之外，就再没有经历过其他了，那你根本不懂什么叫作痛苦。你恐怕还从来没有听人谈论过罪大恶极之事，对吧？关于仇恨，关于谋杀，关于忌妒，你听说过吗？"

因为听到了大黑鸟说出的这样一些词语，小伙子认为自己是在做梦。他兀自沉思了好一会儿，以少年郎特有的淳朴说道："有可能听过，好你个鸟儿，我现在已经记起来了，你说的这些词语，在古老的故事传说和童话里，曾经有人写过。不过，这些实在是远远超出了写实的范畴。当然，也有这样一种可能，或许在很久很久以前，在那个既没有鲜花，也没有善良的神明存在的年代里，世界确实是你所说的这个样子的。可谁又会去考虑那时候的事情呢？"

大黑鸟用它那尖锐刺耳的怪叫声表达了些许的笑意。随后，它坐直了身体，对男孩说道："所以，照现在的情况来考虑，你想要到国王那里去，而我倒是要负责给你指路？"

"噢，你知道得很清楚嘛。"小伙子开心地欢呼道，"没错，如果你愿意为我指路的话，那我就请求你帮帮我。"

于是，大黑鸟悄无声息地落到地面上，悄无声息地张开自己的翅膀，命令小伙子将马驹留在这里，跟他一起飞去找国王。

就这样，国王的信使坐到了大黑鸟的背上，就跟骑马一样。"闭上双眼！"大黑鸟下令道。他照着吩咐做了，他们一路飞越黑暗的天空，飞行的动作安静又轻柔，宛如猫头鹰在夜间飞行，信使只听得到冷风在自己耳边呼啸。他们飞啊，飞啊，飞过了一整个夜晚。

黎明破晓时分，他们终于停了下来。大黑鸟叫道："把你的眼睛睁开！"小伙子便将眼睛睁开。他看到自己此刻正站在某座森林的边缘位置，在他身下，清晨的第一缕晨曦笼罩着闪闪发光的平原，那光芒令他目眩神迷。

"你要找我的话，以后可以在森林这里找到我。"大黑鸟喊道。说罢，它就像一根离弦的箭一般，直冲云霄，转眼便消失在了蓝天中。

年轻的信使从森林走进了广阔的平原里，感到什么都很稀奇。自己周围的一切与之前如此不同，变化如此显著，乃至于他分不清楚自己究竟是醒着，还是在做梦。这里的草地和树木跟故乡那边的颇为相似，太阳同样发光发热，风儿在野花繁盛的草地上嬉戏。可是，这里看不到任何人，也看不到任何动物，既没有房子也没有花园，而且，似乎跟小伙子的故乡一样遭受了地震，将一切夷为了平地：这里随处可见建筑物的废墟，折断了的树枝和仿佛被连根拔起的树木、损毁的篱笆和弃置不用的劳作工具散落得到处都是。他突然发现，在田野间躺着一个死去的人，没有被埋葬，就躺在那里，样子凄惨，已经腐烂掉一半了。面对这样一番景象，小伙子内心深处升起一股深深的恐惧感，还有一阵阵恶心，因为他之前从来没有看到过类似这样的场面——死者的脸庞完全没有遮挡，面容看起来似乎已经被野鸟和腐坏毁掉了大半。于是，小伙子便四处采摘了一些绿叶和鲜花，将死者的面容给遮盖了起来。在这个过程中，小伙子的目光始终回避、抗拒着死者。

某种无可名状的气味弥漫在这整块平原上，令人感到恶心难受、心慌意乱，那气味温热又黏滞，久久萦绕，挥之不去。又发现了一名死者，躺在草丛里，被飞来蹦去的乌鸦包围着。还有一匹没有头的马、一些人或动物的尸骨，统统被弃置于此，暴露在阳光下，似乎没有任何人想到要用鲜花来举办葬仪，也没人想到应该去埋葬尸体。小伙子感到心惊胆战，这里恐怕发生了某种难以想象的巨大不幸，最终杀死了这块土地上的所有人，无一幸免。因为死者的数量实在是太多了，他不得不停下手来，不再继续采摘鲜花，不再继续去为死者遮盖面容了。他半闭着眼睛，小心翼翼地继续向前行走。尸的恶臭味和血腥味从四面八方朝着他涌过来，成千上万处瓦砾废墟，成千上万具尸体，卷起一股越来越强大的由悲恸和凄苦组成的惊涛骇浪，其凄惨程度无法用言语来形容。信使认为自己此刻是被一个可怕的梦魇给困住了，他觉得，这应该是上天发出的一个警告，因为和他有关系的死者至今还没有能够拿来举办葬礼的鲜花，没办法好好下葬。这时，他又想起今天凌晨时分那只大黑鸟在庙宇屋顶上说过的那些话，觉得自己仿佛再次听到了那刺耳的声音，听到了它说出的那句："还有比这糟糕得多的事情。"

现在他算是明白了，原来大黑鸟把他带到了另外一个星球上，如今他亲眼看见的这一切，都是切实存在着的，都是真事。他回想起了自己还是个小孩子时曾经听过几次的那些恐怖童话故事里所讲的内容，那些故事都是发生在远古时期的事情。现在的感觉就跟当年听那些故事时很相似，首先是令人战栗不止的恐惧，恐惧背后，心中又暗藏着某种安宁、庆幸的宽慰感，因为故事中所讲述的这一切已经是不知道多久远之前发生的了。此时此地所目睹的一切，就跟恐怖童话故事里讲过的一样。这是个全然怪异的世界，充斥着恐怖、尸体和以尸体为食的鸟类。这个世界似乎在恪守着某些无法理解的规则，毫无道理可言，毫无头绪可循，堪称疯狂的规则，依照这些规则，邪恶、愚蠢与丑陋永远压倒美与善。

想着这些的同时,他看到有个活人在田野上行走,是个农民或者佣工。于是,他便朝着此人快步跑了过去,并且呼喊他。当走到距离此人很近的位置时,小伙子结结实实地吃了一惊,心中瞬间充满了对此人的怜悯,因为这个农民的模样丑得吓人,简直不像是太阳的子民。他看起来像是个习惯于凡事只考虑到自己的人,像是个习惯于到处只有错谬、丑陋和邪恶的人,像是个长期不间断地生活在悚然噩梦中的人。在他的眼中,在他的整张脸上,在他的整个生命里,根本就没有任何喜悦或善良可言,根本就没有任何感恩和信任可言。人类所应具备的任何一种最简单又最理所当然的美德,这个不幸者身上似乎都不存在,统统缺失。

尽管如此,小伙子还是抖擞了精神,怀着莫大的友善,主动靠近了这个农民,将他视作一个命中注定会沉沦于不幸当中的可怜人,亲切和蔼如亲兄弟般地跟他打了招呼,面带微笑地同他攀谈起来。这个丑陋的家伙如同雕塑一般僵立在那里,污浊的眼睛睁得大大的,好奇地打量着小伙子。他说话时的声音粗糙难听,缺乏韵律,如同一只低等生物在嘶吼。他虽然是这么样的一个人,但在面对小伙子目光中饱含着的开朗,以及直率质朴的信任时,他始终还是有所触动。所以,在他死盯着眼前的陌生人看了好一会儿之后,那张皱纹纵横交错的粗糙脸庞上,竟然绽放出了某种类似微笑或者笑容的表情——看起来实在是很丑,但同时也满怀着温柔与惊讶,仿佛一个刚从地底最深处爬上来的重获新生的灵魂,展露出重生后的第一缕小小微笑似的。

"你希望从我这里得到些什么?"此人问这个来自异乡的小伙子。

小伙子依照自己家乡的对话礼仪作答:"我要感谢你,朋友,请你告诉我,我是否有什么可以帮到你。"

因为那农民沉吟不语,惊讶万分,脸上露出了尴尬的微笑,所以信使只好继续问他:"告诉我,朋友,这是哪里?这个恐怖又可怕的地方是哪里?"他一边问,一边伸出手来,指了指这四周。

农民努力想弄懂他这番话的意思,当信使将自己的问题又重复了一遍时,他终于开口说道:"你难道从来没有见过这样的景象吗?这里发生了战争。这里是战场。"他指着一堆焦黑色的废墟喊道,"那里曾经是我的家。"当异乡人用满怀着同情的目光望向他混浊的双眼时,他却将视线下移,望向了地面。

"你们没有国王吗?"小伙子继续向他问起问题来。听到农民肯定的回答之后,小伙子又追问道:"那么他现在在哪里呢?"只见此人抬起一只手来,指了指某个方向:在特别远的地方,有一片营帐,看上去只有很小的一点点,遥不可及。知道国王在哪里之后,信使伸出一只手来,在此人的额头上放了一会儿,以这种故乡的方式向对方道了别,然后便继续前行。农民将两只手都伸出来,抚摸着自己的额头,忧心忡忡地摇了摇沉重的脑袋,在原地伫立了好长一段时间,目送异乡人走远。

这位异乡人走啊走啊,穿过瓦砾废墟,穿过那些赤裸裸的暴行,一路走到了那片营帐跟前。营帐外面到处都是全副武装的男人,或站或走,没有任何人理会他,甚至连看都不打算看他一眼。于是,他便在军人与帐篷之间穿行,直到来到此处营地里最大也最漂亮的那顶帐篷前面——国王的帐篷。他走了进去。

帐篷里面,国王坐在一张朴素、低矮的床榻上,他的斗篷就放在自己身边,身后的阴影中蜷缩着一个仆人,已经睡着了。国王弯腰屈背地坐在那里,此刻正陷入沉思。他的脸庞英俊而哀伤,一缕花白头发从晒得黝黑的额间垂下来,佩剑放在了面前的地上。

小伙子一言不发,以深深的敬意向国王施礼,礼仪和规矩就跟对他自己国家的国王施礼一样。施礼完毕,他将双臂交叉在胸前,伫立等待,直到国王抬眼看他。

"你是谁?"国王用十分严厉的声音问道,黑色眉毛皱成了一团。不过,他的目光停在了异乡人那纯洁又开朗的表情上。小伙子投来的目光是如此笃信、如此友好，使国王说话的声音也变得温和了许多。

"我之前见过你。"国王若有所思地说道，"要么就是你长得跟我孩提时代认识的某个人很相似。"

"我是个异乡人。"信使说道。

"那么就是一个梦吧。"国王轻声说，"你的模样使我回忆起了自己的母亲。跟我说话。对我说点儿什么。"

于是小伙子就开始说了起来："一只大黑鸟带我来到了这里。在我的国家，发生了一场大地震，我们想要安葬属于我们国家的那些死者，但那里已经没有鲜花了。"

"没有鲜花？"国王说。

"是的，再也没有任何鲜花了。这可真是太糟糕了，难道不是如此吗？本应该好好安葬一位死者的时候，却没有办法为他用鲜花来举行葬礼。要知道，死者本应该风光下葬、极尽哀荣才是，唯有这样才能好好进入他的下一世轮回。"

说到这里，信使突然想起来，在外面那片骇人的田野上，还有那么多没有被安葬的死者呢，所以，他讲到一半就停了下来。国王注视着他，点了点头，然后又深深叹了一口气。

"我本来是想要到我们自己国家的国王那里去，向他请愿，请他赐予我们大量鲜花的。"信使继续说了下去，"可是，当我进到群山之间的一座庙宇里时，那只大黑鸟来找我了，并且还对我说，它要带我到国王那里去。于是，它就飞越长空，把我带到你这里来了。噢，敬爱的国王，那座庙宇属于一位无人知晓的神明，那只大黑鸟就坐在这座庙宇的屋顶上。象征这位神明的符号是极度怪异的，被雕刻在岩块之上：一颗心脏，正在被一只野鸟啄食。那天晚上，我跟之前提到的那只大黑鸟有过一番交谈，可是，直到现在我才能真正理解它当时说过的那番话。它说，在这世间，痛苦又糟糕的事情远比我所知道的要多得多。而现在，身处此地，路过那片广袤的田野时——到了这个时候，我总算是见识到了仿若无穷无尽的痛苦与不幸，哎呀呀，比我们国家最恐怖的童话故事里写得还要恐怖得多。于是我就辗转到了你这里……噢，国王，我想要问一下你，有没有什么事情，是我可以为你效劳的。"

国王专心致志地听完了他所讲的这番话，本打算向这名信使微笑示意，然而，国王那张英俊的脸庞实在是太过严肃，表情太过苦涩，乃至于根本就没办法展露笑颜。

"我很感谢你，"国王说，"有一件事，你是可以为我效劳的——你使我回忆起了自己的母亲，我要为此感谢你。"

国王没办法展露笑颜，小伙子因此感到消沉。"你看上去如此悲伤，"他对国王说，"是因为这场战争吗？"

"是的。"国王说。

小伙子再也按捺不住了，在这位尽管情绪上极度压抑，但明显能够感觉到是个高风亮节之人面前，他决定打破礼仪上的规矩，直截了当地质问他："既然如此，那不妨对我讲讲，我请你告诉我，为什么你们要在自己的星球上发动这种战争呢？谁应该为此承担罪责？你自己是不是也该对此负责呢？"

国王凝望着眼前这个信使，看了好一会儿，似乎是因为问题的粗鲁无理而感到不快。但他始终不愿意让自己阴郁的目光与异乡人那清澈无邪念的目光长久交汇。

"你是个孩子，"国王说，"那些都是你没办法理解的事情。没有任何人需要为战争负责，战争是自发产生的，正如暴风雨和闪电一般。我们所有人，所有不得不去打这场战争的人，我们都不是战争的煽动者，只是它的受害人。"

"既然如此，那你们应该都挺视死如归的，不是吗？"小伙子又问道，"对于我们而言，在我的故乡，尽管死亡同样不算是太值得去害怕的事情，尽管大多数人在面对死亡时都挺愿意离去的，尽管很多人在进入转世轮回的过程中都很高兴，但从来没有哪个人敢于去杀死另一个人。在你们的星球上，情况肯定完全不一样。"

国王摇了摇头。"在我们这里，杀死别人并不算是什么稀奇事。"他说，"不过呢，我们将杀人视为一种最严重的罪行。唯有在战争期间，这种行为才是被允许的，因为在战争期间，没有任何人是出于仇恨，或者纯粹为了满足一己私欲而杀人，所有人都只是在做集体要求他们去做的事情。不过话说回来，如果你认为他们统统视死如归，那也是个错误。只要你去看一看我们这个星球上的死者的面容，你就会发现，他们死得很艰难，他们死得既艰难又不情愿。"

小伙子听完所有这些话之后，对这个星球上的人类所过的生活之悲伤及艰难感到震惊。他还有很多问题想要提，但他已经很清楚地意识到，自己永远没办法弄明白这些黑暗、恐怖之事的根源。况且，与此同时，他也意识到自己并没有想要去理解这些的强烈意愿。要么是因为这个星球上生活着的这些值得为之扼腕兴叹的可怜生命，其文明尚且处在一个较低的发展水平上；要么就是还没有光明之神为他们指引方向，所以他们只好受恶魔驱使；又或许是因为他们这里存在着某种固有的厄运，某种不可调和的错误和疏失。在他看来，如果继续逼问国王这些问题，非要让他给自己一个答案，非要让他坦白真相，那就实在太强人所难，也太残酷了点儿。将心比心，这只会令人感到痛苦和屈辱。在这个星球上居住的这些人，他们一方面生活在死亡的阴影下，为此担惊受怕，另一方面却又要互相残杀；在这个星球上居住的这些人，他们的脸上既可以呈现出如先前那个农民一般毫无尊严可言的粗鄙，也能够显露出如眼前这位国王一般深切又可怕的哀伤。他觉得他们实在是很可怜，然而在他的心中，他们同时也是怪异的，甚至几乎可以说是可笑的——以一种可悲且羞耻的方式，令人觉得他们既可笑又愚蠢。

即便如此,他还是克制不住,想要再问出这样一个问题:即便这里这些可怜的生命果真是被文明抛下的后进者,如同一群迟到的孩子、一颗发展缓慢的不安定星球的子民;即便这些人的生命仅仅是一场战栗又徒劳的疲于奔命之旅,最终必将以你死我活的绝望争斗来终结;即便他们早已默许,要将与自己相关的死者弃尸荒野……对了,他们或许还会以尸体为食——在我们的星球上,从远古时代流传至今的一些恐怖童话故事里,也讲过类似这样的事情——即便如此,他们至少也对自己的未来有着某种念想,对于诸神有着某种憧憬,内心必定也存在着如同灵魂萌芽一般的东西。否则,这个一点儿也不美好的世界就只可能是创世者的疏失,没有任何存在的意义。

"请原谅,国王陛下。"小伙子用不揣冒昧的语气说道,"请原谅,因为我还要再问你一个问题,问完之后,我就离开你这个特立独行的国家。"

"只管问!"国王邀请道,这个异乡来的小伙子给了他一种很特别的感觉。在国王看来,小伙子身上的很多方面都令他显得像个体面、成熟、前途不可限量的人物。可是,在另外一些方面,他简直像个小孩子,必须照顾好他的情绪,沟通的时候也不必太过认真。

"你这异乡的国王啊,"于是,信使便开始说了起来,"你可真使我感到伤心。瞧瞧,我是从别的国家过来的人,那只坐在庙宇屋顶的大黑鸟说得很对,在你们这里有着大量的堪称无穷无尽的苦难,简直远超我的想象。你们的生活看起来就像是一个由恐惧构成的幻梦,我实在搞不清楚,你们究竟是被神明还是恶魔所统治。瞧瞧,国王,在我们那儿一直流传着这样一个传说,我一度认为那不过是童话故事,不过是子虚乌有的虚构罢了。这个传说里面提到,在我们的星球上,像是战争、谋杀和绝望这样的概念,曾经也是人所共知的。这些令人感到毛骨悚然的词语,在我们所使用的日常语言中,早就已经不复存在了,只能在古老的童话故事书里读到。这些词语令我们觉得很恐怖,除此之外,也有一点儿可笑。今时今日,我总算认识到,原来童话故事书里讲的全部都是真的,我见到了你,见到了你的那些人正在做的事情、正在承受的苦难,这些我都只在远古时代的恐怖传说里读到过。不过现在,我要你亲自告诉我,在灵魂深处,你们难道完全没有意识到,自己正在做的事情并不是正确的吗?你们的心中难道没有这样一种渴望,希望去追随光明又亲切的神明,接受合情合理的令人心生愉悦的领导和指挥?你们在睡觉时,难道从来没有梦想过一种全然不同的更加美好的生活?在那种梦想的生活中,只要不是所有人都愿意的事情,就不会有人去做;在那种梦想的生活中,理性和秩序占据着统治地位,人与人之间的交流从来都是心情愉快、相互体谅的——难道从来就没有这样梦想过吗?你们难道从来就没有产生过这样的想法:世界理应是个整体,是个幸福安康的好地方,人们会主动去尊敬这个整体,会用一颗怀着热爱的心去为它做出贡献?你们莫非对在我们那里被称作'音乐'的这个词语一无所知,还有'礼拜',以及'天堂极乐'?"

在听到这些词语的时候,国王的脑袋始终是低垂着的。当他重新抬起头来时,脸上的表情发生了转变,闪现出了一抹短暂的微笑,尽管泪珠已经在他的眼眶中回转了。

"英俊的少年啊,"国王说,"我完全没办法搞清楚你究竟是不是个孩子,又或者,你是一名充满智慧的贤者,甚至可能是一位神明。尽管如此,我还是可以给你一个回答:你方才说的那些,我们全都知道,我们的灵魂也都对其念念不忘。我们觉察得到幸福,我们意识得到自由,我们感知得到神明的存在。我们这边的人都听过这样一则传说,是关于某位远古时代的智者的,他将这一整个世界视作浩渺宇宙间产生的一种和谐共鸣。我所讲的这些,你觉得足够了吗?瞧瞧,或许你是从那个什么西方极乐世界里过来的人,可是,即便你就是神明本身,你心中也没有哪一种幸福、力量和意志，是我们这边的人没办法去感受的。那些远远看去朦朦胧胧的淡影，同样存在于我们的心里。"

讲完这句话后，国王突然站了起来。小伙子吃了一惊，也跟着站了起来。有那么一瞬间，国王的脸庞上浮现出了一个明朗的无忧无虑的微笑，就像沐浴在朝阳下一般。

"现在走吧，"他冲着信使吼道，"快走，只管让我们打仗去，只管让我们杀人去！你令我一度变得心软，令我回忆起了自己的母亲。够了，这些我可真是受够了，你这英俊的好小伙子。现在就走，逃得远远的，在我们新一轮的战斗开始之前！等到血流成河，城市燃烧起来的时候，我将会想起你。与此同时，我也会想到，世界是个整体，因此，我们的愚蠢，我们的愤怒，我们的狂暴，始终会与我们同在，无法分割。再会了，替我问候你的星球，替我问候那位以一颗被野鸟啄食的心脏为象征的神明！我知道那颗心脏是什么意思，也清楚那只野鸟是怎么回事。还有，你要记住，我这位来自远方的英俊朋友，如果你什么时候想起了你的朋友，想起了这个深陷战争之中的可怜国王，请你不要去想他坐在床榻上黯然神伤的模样，而是要想着他眼睛里面饱含着泪水，双手沾满了鲜血，正在冲你微笑的模样！"

国王没有叫醒仆人，亲自伸手掀开了帐篷的门帘，请这位异乡人出去了。小伙子从平原上顺着原路折返，脑袋里面全部都是些崭新的念想。夜幕降临时，他遥望天空的尽头，发现那里有一座巨大的城市正在熊熊燃烧。然后，他一路跨过那些死去的人，跨过马匹的腐尸，一直走到天完全黑透时，终于回到了森林的边缘位置。

那只大黑鸟也早已从云端降落到了那里。它把小伙子放在自己的翅膀上，飞越长夜，振翅返航。它飞行时的动作安静又轻柔，宛如一只猫头鹰。

小伙子从并不安稳的睡眠中醒来时，已经躺在群山之间的那座小小庙宇里了。庙宇前面那块湿漉漉的草地里,站着他的那匹马驹。天亮了,马儿正在嘶鸣。关于那只大黑鸟的一切,关于那趟前往陌生星球的旅程,关于那位国王和战场的种种,他已经完全不记得了。但是,那一切在他的灵魂深处留下了一小片阴霾、一种隐隐作痛的感觉,就像扎进去了一根细小的利刺,就像爱莫能助的同情所造成的痛苦,就像一个小小的无法满足的愿望。这一小片阴霾会一直在梦境当中折磨我们,直到我们最终与它相遇。要知道,向它展示我们的爱意,体会专属于它的喜悦,看见它所露出的微笑,正是我们所拥有的隐秘渴望。

信使上了马,骑了一整天,来到了国家的首都,去见了他们国家的国王。事实证明,他就是合适的信使人选。国王接见了他,并对他致以满怀恩宠的问候。国王一边抚摸着他的额头,一边对他说道:"你的眼睛已经跟我的心说过话了,我的心也已经答应了。你打算向我请求的事情,早在我听你开口说出它之前,就已经实现了。"

信使马上就拿到了国王颁发的一封特许状,根据特许状的内容,整个王国里的所有鲜花,只要是他认为需要的,都任由他调遣。另外国王还派遣了一大队随从和使者同他一起启程,一大批马匹和马车也各就其位。回程时,他绕过群山,走的是平整的大道,仅仅几天时间过后,他就已经回到了自己的省份,回到了自己的家乡。只见他引着许多马车、手推车和篓筐,由马匹和骡子牵引着,所有的载具里面都装满了从花园和温室里采摘来的最美丽的鲜花——在北方,是有很多这种温室的。如今,运来的鲜花数量完全够用,不仅能将逝去者的遗体全部覆盖上鲜花,用大量花朵来装饰他们的坟冢,还能依照当地风俗,为每位逝去者都种上一株花、一丛灌木和一棵果树幼苗,以此来作为对他们永久的纪念。小伙子也在朋友和爱驹的遗体上覆盖了满满的鲜花,将他们给安葬了,并且在他们的坟冢上栽种了两株花、两丛灌木和两棵果树苗。做完这一切之后,小伙子失去挚友和爱驹的痛苦消退,在静谧恬淡的怀念之中渐渐隐却。

夙愿得偿，职责已尽，关于那天晚上异星之旅的记忆又开始撩拨起他的心弦。于是，他请求自己最亲近的家人，请他们准许自己独处一天。随后，他来到智慧树下，端坐了一天一夜。之前在另一个星球上亲眼看见过的一切，那些图景又逐一在他的脑海中复现，清晰具体，没有任何遗漏。小伙子为此专程去拜访长者，请求他跟自己进行一次秘密面谈。在谈话中，他将这一切讲给长者听了。

长者听罢，坐在那里思索了好一会儿，然后提问道："你所说的这些——我的朋友——所有一切是你亲眼所见的吗？或者仅仅是你做过的一个梦呢？"

"我不能确定。"小伙子说，"照我看来，它恐怕应该是一个梦。但与此同时，请你允许我使用这样一种说法——对我而言，既然这一切是以完全真实的形态感知到的，那么，无论获得的途径如何，实质上看都没什么区别。它在我心中留下了一小片悲伤的阴霾，如同在日常生活的幸福中，朝着我吹来了一阵来自那个星球的凉风。所以我要问你，尊者，我究竟应该怎么做？"

"明天你就走，"长者说，"再次进入那群山之间，再到你发现那座庙宇的地方去一次。照我看来，象征那位神明的符号极为罕见，我从来没有听说过像那样的一种符号。或许存在着这样一种可能性——庙宇里供奉着的那位神明，其实是来自另一个星球的。要么就是那座庙宇和它对应的神明实在是太古早了——这也是有可能的——可以上溯至我们最早的那一批祖先生活着的时代，属于上古时代的遗留物。在那个时代，我们的祖先应该还留存着武器、恐慌，以及对死亡的恐惧。你应该到那座庙宇去，亲爱的孩子，带着鲜花、蜂蜜和颂歌过去。"

小伙子向长者致了谢，并且遵照长者提出的建议去办了。他带了一碗上好的蜂蜜，就跟初夏时节举办第一场蜂收节时为受尊敬的贵宾最先端上的那碗蜂蜜一样好,还带上了自己的那把六弦琴。转眼到了群山之间,他找到了自己之前采摘蓝色风铃草的位置,也找到了那条陡峭的山路——自森林中朝着上坡的方向走。不久之前,他曾经牵着缰绳,引着自己的马驹走过这条路。可是,那座庙宇所在的区域,包括那座庙宇本身、黑色的牺牲石、木柱子、屋顶,以及屋顶上的大黑鸟,都没有办法再一次寻得了。不只是当天没办法找到,隔天也没办法找到。而且,无论小伙子向谁描述并打听关于庙宇的情况,都没有任何人能够讲出同它相关的哪怕一丁点儿信息。

如此这般,他只得再次折返回家乡。因为途中正好路过慈爱缅怀圣殿,他便走了进去,将蜂蜜呈献给神明,弹起六弦琴,唱了一首颂歌,然后又向慈爱缅怀的神明细细讲述起自己曾经的那个梦,讲了关于林中庙宇和大黑鸟的事情,讲了可怜的农民和战场上的死者,讲得最多的还是那个住在营帐里的国王。讲完后,他的内心轻松了些,便回到自己的住所,在卧室里挂上了象征世界整体的符号,从这些天以来的经历中放松下来,沉沉睡去了。隔天一早,他就开始去给邻居们帮忙,一边唱着歌,一边努力在花园和田野里清除地震留下的最后的痕迹。

(1915年)

法尔多
Faldum

年度集市

  通往法尔多市的这条道路，需要通过一个丘陵起伏的地带。在这条路上前进时，有时候会深入森林之中，或者经过绿油油、连绵起伏的草地，有时候会经过成片的麦田。越接近法尔多城，道路两旁农场、牧场、花园和乡间别墅的数量也越来越多。海洋位于很远的地方，这里是看不到的，因此，世界仿佛完全是由小型丘陵、狭窄秀丽的山谷，由草地、森林、农田和果园所构成。这是一块富足的土地，水果和木材、牛奶和肉类、苹果和坚果，样样不缺。这里的村庄座座干净又漂亮，这里的居民大体上都是规矩又勤奋的，不怎么喜欢危险或过激的行为，只要邻居过得不比自己更好，就会感到心满意足，每个人都是如此。法尔多这块土地上的情况就是如此，只要没有什么特别的事情发生，跟这世界上大多数地方的情况也挺类似。

  这天早上，在通往法尔多市（这个城市和这片区域的名字是一样的）的这条美丽道路上，自打公鸡第一声打鸣时起就已经是车水马龙，热闹非凡，因为今天法尔多市市内将要举办一年只办一次的大型集市，方圆二十里内，没有哪个农民或农妇，没有哪位师傅，也没有哪个伙计或者学徒，没有哪个男仆或女仆，没有哪个男孩或女孩——没有哪一个不是早在几周之前就开始朝思暮想着，打算参加这次大型集市的。可是，显然也不可能所有人都过去，为了看管牲畜和小孩子，为了照顾病人和老人，也必须要有人留下来。至于那些抽签输掉，不得不留下来看家护院的人，他们个个都觉得自己这一整年几乎算是白过了。他们遥望着一大清早便已高高悬挂在天空中的灿烂朝阳，晚夏时节，天空呈现出蔚蓝色，尽管阳光和煦，洋溢着节庆的气氛，他们心中却感到难过万分。

女人和女孩子们胳膊上挎着小提篮来了，小伙子们特地刮干净了面颊上的胡茬儿，每个人的衣服扣眼里都别了一支康乃馨或者紫菀花，全身上下穿的都是礼拜日才会穿的盛装。还在上学的女孩们头上编的辫子精致又漂亮，还没有完全晾干，在阳光底下看起来油光发亮。驾马车的人会在自己的马鞭握柄上绑一朵鲜花，或者一根红色的缎带，只要愿意，还可以在马驹身体两侧宽宽的皮饰旁边挂上擦得铮亮的黄铜片，一直垂下到膝盖部分。不远处驶来了好几辆两侧装有栅栏的马车，山毛榉树枝被弯曲成拱状，捆在马车上，打造成一方绿色的顶棚，棚子下面密密麻麻、挤挤攘攘地坐满了人。他们的怀里抱着篮子或者孩子，大部分人都在大声唱着同一首歌。马车旁边，时不时地会有庆典花车驶过。这种花车的装饰十分独特，由彩旗和红、蓝、白色的纸花组成，配以大量的山毛榉绿叶。花车的车厢里传出响亮的民乐，透过树枝之间的缝隙，在那半明半暗的阴翳中，可以看到金光灿灿的喇叭和小号，隐隐约约闪烁着夺目的光彩。那些自今天太阳刚升起时起就被迫一直赶路的小孩子，现在终于忍不住，开始哭了起来。已经走得浑身是汗的孩子母亲安抚着他们，其中有些运气好的，被好心肠的车夫看到，也就让他们上车了。一位老妈妈用婴儿车推着一对双胞胎孩子赶路，双胞胎都睡着了。在两个睡着了的孩子脑袋之间，枕头上面，放着两个衣着光鲜亮丽、浑身容光焕发的玩偶娃娃，玩偶娃娃的脸颊胖乎乎、红彤彤的，一点儿也不输给睡着了的两个孩子。

那些居住在这条路的路边，自己今天并不会前往年度集市的人，也因此拥有了一个妙趣横生的上午——能够看的东西太多，简直是目不暇接。不过话说回来，这样的人终归还是少数。在某一座花园的台阶上，有个十岁的男孩坐在那儿哭泣，因为他需要独自留下来，跟祖母一起待在家里。当他在那里坐够了，也哭够了之后，刚好看到有几个村里的小男孩从自己面前走过，便马上喊了他们一声，同时一跃而起，跳到路上，加入他们的小团体中去了。距离这里不远处，住着一个年纪很大的单身汉，压根儿不想知道任何关于年度集市的消息，因为去年度集市会折损他的钱财。他早就已经盘算好了，打算在今天这个到处都在欢腾庆祝的日子里，独自一人，安安静静地在自家花园里修剪高高的山楂树篱墙，因为那道山楂树篱墙也确实早就需要修剪了。况且，今天一大早，朝露还没来得及消退哪怕一点点时，他就已经干劲十足地拿起自己那把大大的篱墙剪，开始干起活儿来了。哪里知道，才干了不到一个小时的活儿，他又停了下来，怒气冲冲地躲回屋子里去了，因为每一个走过或者坐车经过这里的小伙子，都会无比好奇地打量起专程选在这种时候修剪篱墙的他，将他这种不合时宜的勤奋行为随口当成一个笑话来讲，随行的女孩子们听了之后，全都哈哈大笑。当他因此发起火来，举起手中的长剪刀威胁他们时，人们的态度却又发生了一百八十度的大转变，开始笑着朝他挥手致意。此刻，他虽然还坐在房间里面关起来的百叶窗后面，但心生羡慕地透过窗条之间的缝隙朝外张望。随着时间的流逝，他的怒气渐渐平息，眼睁睁看着最后一批已经迟到的年度集市访客从自己面前经过。眼看着他们急匆匆地赶着路，仿佛马上就要去往极乐世界时，他终于坐不住了，马上穿起自己的长靴，在钱袋里装了一塔勒，带上手杖就要出发。这时，他脑筋飞转，觉得一塔勒已经是很大一笔钱了，所以又统统取出来，将皮质钱袋里所装钱的数量换成半塔勒，并且将袋口给系上了。做完这一切之后，他便把钱袋放进随身的口袋里，锁好屋子和花园门，朝着年度集市飞奔而去。他奔跑的速度是如此之快，以至于在到达城市之前，已经一连追上了好些徒步的访客，甚至还追上了两驾马车。

他已远远离去，他住的屋子和花园此刻空空荡荡的，街道上纷纷扬扬的尘灰开始逐渐落下来，马蹄声和奏乐声慢慢远去、消逝。已经有麻雀从收割完毕的农田那边飞过来，沐浴在白蒙蒙的尘灰里，四处寻找人群骚乱喧哗过后留下的残余食物。街道上空无一人，仿佛死掉了一般，而且十分闷热，间或会从极为遥远的地方隐隐约约传来一声欢呼，以及一种听起来似乎是管乐的声响。

这时，从森林里走出来一个男人，宽宽的帽檐压得很低，一直压到与眼睛上方平齐。只见他一点儿也不赶时间地在杳无人烟的公路上踱步，慢悠悠地朝前走着。他的身材魁梧，脚步很稳，走起路来很安定，给人的感觉像是个徒步旅人，即那种以长距离走路的方式进行旅行的人。身上穿的是灰色的衣物，看起来很不显眼。在阳光被帽檐遮住而形成的阴影下面，那双眼睛正在谨慎而沉稳地四处观望着，那种眼神就跟一个对世界没有过多要求，但会对每一样事物都报以专注而审慎的目光来进行观察，不会错过任何细节的人一样。他什么都看得见，看得见马路上无数条杂乱无章的车辙印运行的轨迹；看得见其中某一匹马驹留下的马蹄印，只因为这匹马的左后腿不太灵光，留下的印记有些拖曳；看得见远方一片灰蒙蒙的污浊空气笼罩下，那些小小的隐约有微光闪耀的屋顶，那正是法尔多城，位于一座隆起的丘陵之上；看得见附近的一座花园里，有个身材娇小的女士正在惊恐万分地寻找逃出去的路，听得到她正在大声向人呼救，但没有得到任何回应。他看到马路边缘有一点点类似金属的光芒在闪烁，便弯下腰去将它给捡了起来。那是一块闪闪发亮的圆形黄铜片，是从不知道哪匹马身上拴着的项圈上遗落下来的。他将这玩意儿塞进了自己的口袋里。接下来，他又看到街边有一道山楂树篱墙，这道篱墙上有大概几步长的部分是新鲜修剪过的，最开始位置的修剪工作看上去细致而准确，剪得颇为干净利落，明显是在饶有兴致的状态下完成的。可是，后面的情况每况愈下，每前进半步就变得更糟糕一点儿：忽而一刀下去剪得太深了，忽而将散乱且多刺的枝条忘掉，任其突兀地延伸出来。再然后，这位异乡人又在路上发现了一个玩偶娃娃，是小孩子的玩具，看那玩偶娃娃的脑袋，肯定曾经被马车的车轮给碾压过；还有一块黑麦面包，抹过之后融化了的黄油尚且在上面闪闪发亮；最后，他找到了一只做工相当扎实的皮质钱袋，钱袋里面装着半塔勒。他把玩偶娃娃放在路边，靠在一块路缘石上；那块面包被他掰碎之后喂了麻雀；至于装了半塔勒的钱袋，则直接被他装进了口袋。

被遗弃的街道寂静到难以言说，道路两旁的草坪边缘积满了扬起的尘灰，此刻已被烈日烤得枯黄。紧挨着旁边的一家农庄里，母鸡跑来跑去，里里外外看不到一个人影。那些母鸡被太阳晒得头晕脑涨，像是在梦游似的，叽叽嘎嘎叫个不停。在一座放眼望去满眼天青色的卷心菜园里，有一位老妇人弯着腰，正在干涸的田地里拔除野草。徒步漫游的旅人朝着她喊话，问她到城市还有多远。哪里知道，老妇人是个聋子，尽管他喊话的声音越来越大，她最终也只是茫然无助地朝着他这边望了望，摇了摇满是白发的脑袋。

继续往前走，他开始时不时地听到从城市那边传来的音乐声，有时声音变得很强劲，有时又沉寂下去。走着走着，音乐声出现的频率越来越高，每次演奏的时间也越来越长，最后终于变成持续不断的演奏，就像一道在远处流淌不停的瀑布一般。音乐声和嘈杂人声混杂在一起，听起来仿佛那上面的全部人都在尽情享乐狂欢似的。现在，走着走着，有一条河开始沿着道路一侧流淌了，那条河宽阔又恬静，如湛蓝色镜子般的水面上有鸭子在游泳，水面下则长满了棕绿色的水草。这时候，脚下的道路开始向上爬升，那条河转了个弯，扭向了旁边，河面上方出现了一座石头砌成的小桥。石桥的围栏建得很低，上面坐着一个男人——身形跟裁缝差不多单薄的男人，脑袋歪向一边，已经睡熟了，连头上原本戴着的帽子都掉到了尘土里。男人旁边坐着一只样子滑稽的小狗，正在守护着他。异乡人本打算喊醒这个睡着的男人——如果不喊醒他,恐怕他很快就会在睡梦中掉落到桥下面去。不过,当异乡人往桥下望了一眼之后,才发现桥的高度其实很矮,而且桥下的河水也很浅,于是,他便任由那裁缝坐在那里继续睡下去了。

现在,走过一段又窄又陡的阶梯之后,我们就正式来到了法尔多城的大门口。城门大开,门边连一个人都看不到。男人从城门里面通过,脚步踏在一条石板铺就的小路上,突然发出一阵响亮的回声。沿着这条小路两侧,所有的房子前面,都停着放空了人、卸下了马的双驾及单驾马车,在两边各排成满满当当的一列。从其他一些小路上依稀传来各种噪声,以及沉闷的喧哗声,但是在这里看不到任何人——这条小路完全被阴影所遮蔽,只有上面的窗户才能照进些许金色的日光。旅者便选择在此处稍事休息,坐在了其中一辆马车的车辕上。在继续自己的旅程之前,他将在城外捡到的黄铜项圈片顺手放在了车夫长凳上。

还没来得及走过一条小巷的距离呢,各种各样的噪声,以及年度集市所特有的那种震耳欲聋喧嚣声,已经开始在他周围萦绕、回响。上百个摊位上,摊主们全都在大声叫卖,推销自己摊上的货品;孩子们吹着镀银的小号;肉贩们从煮沸了的大汤锅里捞出整串整串的香肠,新鲜出锅,肠皮上还湿漉漉的。临时搭起的讲坛上,江湖医生站得高高的,他的目光透过一副厚厚的牛角框眼镜,急切地朝着人群中张望,医生的脖子上面挂着一块招牌,上面写有人类可能患有的所有疾病和残疾。正对着医生的那个摊位上,有个蓄着黑色长发的男人,这家伙手里牵着的缰绳后面有一只骆驼。这只巨大的动物高傲地挺直自己那长长的脖颈,摆出睥睨众生的架势,打量着下方行走的众人,豁开来的两片嘴唇来来回回地咂摸着。

从森林里来的男人仔细观察着这里所有的人,任由拥挤的人群将自己推来挤去。他这里瞅瞅出租连环画的行商摆出的摊位,那里读读姜饼上用糖写下的名言警句，但不在任何一个地方多做停留，看起来似乎正在寻找某样东西，然而还没有找到。他就这样慢悠悠地向前走着，来到了巨大的主广场，在这里的一个角落里，有个鸟贩子占了一方位置。他在鸟贩子这里聆听了一段时间从许许多多小鸟笼里发出来的各种声音——红雀、鹌鹑、金丝雀和莺鸟——男人逐一回应它们的鸣叫，还冲着它们吹起了口哨。

突然之间，他发现距离自己不远处有什么东西正在闪闪发亮，发出令人炫目的光芒，仿佛全部的阳光都被聚集在了这道光芒上似的。当他走近了之后再看时，才发现那原来是一面大镜子，挂在一间铺面里。在这面大镜子的旁边，还挂着其他许多镜子，十几面、上百面，甚至比上百面还要多。这些镜子有大有小，有方的、圆的和椭圆形的，有挂在墙上用的，也有放在台面上用的，还有手持镜和又小又薄的随身镜，可以直接收进口袋里带着走，以免镜子的主人忘记自己的脸长什么样。贩卖镜子的商人站在那里，手里拿着一面光芒闪耀的手持镜，将太阳光反射到自己的铺面里，让闪动的光线在镜子与镜子之间恣意跳舞，同时不知疲惫地高声叫卖道："镜子，我的先生们，到这里来买镜子！法尔多最好的镜子、最便宜的镜子！镜子，我的女士们，华丽非凡的镜子！您只管到店里来瞧瞧看，全部货真价实，全部是最好的水晶！"

异乡人在镜子铺前站住了，看他那样子，就像是个终于找到了自己想要的东西的人。在那些围观镜子的人之中，有三个来自当地的年轻女孩。他在这三个女孩身边找了个位置站定，开始打量起她们来。三个都是朝气蓬勃又健康的农家女孩，不算漂亮，也不难看，穿着鞋底钉得很厚实的鞋子和雪白的袜子，梳着金色的被太阳晒得稍有些褪色的辫子，有一双热情的年轻人的眼睛。三个女孩，每一个手里都拿着一面镜子，不过，这三面镜子里没有哪一面是大的、贵的。她们一边犹豫不决，考虑到底要不要买，感受着挑挑拣拣所带来的迷人烦恼；一边各自瞧着光辉明亮的镜中深处，她们各自的形象所映照出的肖像，惘然若失，如同做梦一般：嘴巴和眼睛，脖子上戴着的小首饰，鼻梁上三三两两的小雀斑，梳得光滑又平整的头顶，还有粉嫩的耳朵。在做这件事的时候，她们很安静，神情严肃。站在女孩们身后的异乡人，通过那三面镜子的反射，观察着她们大睁着眼睛、几乎称得上是"煞有介事"的模样。

"哎呀呀，"他听到第一个女孩这样说道，"我可真希望自己能够有一头泛着金光的红头发，而且还要蓄得很长，能够碰到我的膝盖才好！"

在听过自己闺蜜的心愿之后，第二个女孩轻轻叹了一口气，满怀热忱地望向自己手中的那面镜子。随后，她也羞红着脸，讲出了自己心中的梦想。只听见她用拘谨又腼腆的声音说道："我啊，如果我也可以许一个愿的话，那么我希望能够拥有这个世界上最美丽的一双手：特别白净，特别粉嫩，有着修长的手指，还有粉红色的指甲盖。"说着说着，她看了看自己拿着椭圆形镜子的那只手。那只手并不难看，但稍微有些短小，有点儿肥厚；而且，由于劳作，皮肤变得又粗又硬。

第三个女孩——三个女孩当中身材最娇小，也最无忧无虑的——听了第二个女孩许下的愿望之后，开怀大笑，开心地喊道："这可真是个不坏的愿望。不过，你知道吗，双手长什么样，其实并不是太重要。我最想要实现的愿望是，就在今天，能够成为整个法尔多所辖区域内最杰出、最灵巧的舞者。"

说着说着，女孩突然被吓了一跳，赶紧转过身来往后瞧。原来，她从手中的那面镜子里看到，除了自己的脸庞之外，后面居然还有一张陌生人的脸，一双黑漆漆的眼眸闪闪发光。那正是来自异乡的那个男人的脸，他就站在她们身后，但她们三个人直到之前为止，完全就没有注意到他。此刻，她们全都讶异地注视着他的脸，他则对着她们点了点头，说道："你们这几个少女啊，你们刚刚许下的，可真是三个美好的愿望啊。不过，对于这些愿望，你们确实是真心的吗？"

小个子女孩把镜子放到一边，双手背到身后。她一时兴起，想要报复一下这个刚刚给了自己一个小惊吓的男人，所以此刻脑子里已经开始琢磨起来，看是不是能够说出什么厉害的词来作答。哪里知道，当她望向他的脸时，却意外发现他的目光炯炯有神，蕴含着太多的力量，反而令她自己感到窘迫了。"我许什么愿望，跟你有任何关系吗？"她硬生生地挤出这样一句话来，脸瞬间就红透了。

不过，另一个女孩——许愿想要一双玉手的那个女孩——对面前这个身材高大的男人产生了些许信任，因为这个人身上存在着某种如父亲般亲切又有威严的感觉。于是她说："说得没错，我们确实是真心对待自己许下的这些愿望的。难道还有比这些更美好的愿望可以许吗？"

镜子商人走了过来，围观的其他人也在听他们说话。这时，异乡人把帽檐给推了上去，露出下面白皙、高耸的额头，还有那双眼睛，眼神凌厉，仿佛能够压倒一切。只见他对三个女孩友好地点了点头，微笑着喊道："瞧瞧，你们刚才许下的愿望，现在已经完全实现了！"

女孩们先是面面相觑，然后马上又各自看向一面镜子。一转眼间，三个人都因为惊讶和狂喜而变得面无血色——第一个女孩马上长出了一头浓密的泛着金光的卷发，垂下来碰到了她的膝盖；第二个女孩，此刻正用一双最洁白、最修长、如公主一般的玉手拿着自己的那面镜子；第三个女孩突然挺立在那里，脚上穿着一双用红色皮革制成的舞鞋，她的脚踝如此纤细，就跟一只小鹿一样。眼下，她们虽然还没弄明白到底是怎么回事，但那个长出了一双玉手的女孩已经流下了幸福的眼泪，靠在自己朋友的肩膀上，抽泣不停，眼泪落在朋友泛着金光的长发上。

这下子，亲眼见证奇迹的人们开始交头接耳，尖声怪叫，转眼便将这里发生的事情传到了这间铺面周围其他的地方。有个年轻的工匠学徒将整件事情从头看到尾，此刻双眼圆睁，呆站在那里，目光直勾勾地瞧着那异乡人，仿佛被石化了一般。

"你难道不想也来许个愿？"异乡人突然开口对他说道。

学徒吓了一大跳，异乡人的这番话把他给完全弄懵了。于是，他开始漫无目的地扫视四周，希望找到某样能够拿来许愿的东西。这时，他看到卖猪肉的铺子外面挂着一大串肥美、通红的脆皮香肠，便指了指那些香肠，吞吞吐吐地说道："像那样的一大串脆皮香肠，就是我想要的。"瞧瞧，转眼之间，一大串香肠就挂在了他的脖子上。所有见到这一幕的人，纷纷开始大笑大嚷起来。此时此刻，在场的每个人都在拼命朝着异乡人所在的位置凑，每个人都想要许下一个属于自己的愿望。而且，他们的请求也得到了异乡人的恩准。相比前面几个人，接下来许愿的那个人已经变得大胆多了。他许愿要一套崭新的纯布料缝制成的礼拜用套服，要全套，从头到脚一样配件都不能少。话声未落，一整套精致、崭新的衣服已经套在了他身上，连法尔多市的市长都不会有比这更好的衣服了。然后又来了个乡下女人，她横下一条心，直截了当地向异乡人许愿要十个塔勒，结果塔勒转眼就在她的口袋里叮当作响了。

这下子，人们算是能够确证了。千真万确，奇迹真的发生了，消息马上席卷了年度集市，进而席卷了整个城市。自四面八方而来的人迅速聚拢，形成了一道道巨大的人墙，将镜子商人的铺面层层包围了起来。有很多人在讪笑，拿这件事开玩笑，另有一些人说什么也不相信，怀抱着猜疑的态度，彼此谈论着。不过，也有很多人早已经陷入许愿狂热当中去了。他们两眼发光，脸上发烫，被欲望和忧愁搅得心绪难平。因为他们每个人都担心，眼前这活生生的许愿池，会在自己来得及分上一杯羹之前便宣告枯竭。男孩子们许愿要蛋糕、弹弓、小狗、装满坚果的袋子、书籍和玩具保龄球，女孩们开开心心地带走了新衣服、发带、手套和遮阳伞。有个从自己祖母那里一路跑过来的十岁小男孩，因为眼前琳琅满目的好东西和年度集市的光彩而激动不已，当即用清朗的声音向异乡人许愿，说自己想要一匹活蹦乱跳的小马驹，而且必须是一匹黑色的。眨眼之间，就有一匹黑色的小马在他身后嘶鸣，并且用脑袋在他的肩膀上很亲密地蹭来蹭去。

有个年纪很大的单身汉，手里拿着一根散步用的手杖，从被魔法迷得五迷三道的人群当中一路挤到异乡人面前。此刻，单身汉全身上下都在颤抖，因为太过激动，嘴唇上连一个完整的词都蹦不出来。

"我许愿，"他结结巴巴地说道，"我许——许愿要两百——"

异乡人仔细打量了他一番，然后从自己的口袋里拿出一只皮质钱袋，举到这个激动的小个子男人眼前。"稍等一下！"他说，"这只钱袋恐怕是您掉的，里面有半塔勒。"

"是的，我有这个钱袋。"单身汉叫道，"钱袋是我的。"

"您想要拿回它吗？"

"是的，是的，把它给我！"

于是，单身汉拿回了自己的钱袋，也因此用掉了许愿的机会。当他意识到这点之后，顿时火冒三丈，当即用随身的手杖朝着异乡人挥去，但并没有打中他，只是将一面镜子给扫了下来。镜子粉碎的声音还没来得及完全消失，镜子商人已经站在旁边，向单身汉要求赔付了。单身汉不得不为此赔钱。

现在，又有一个长得很胖的房主来到了异乡人面前，并且许下了一个与众不同的宏伟愿望——给自己家的房子换个新屋顶。刚说完，他那条小巷所在的方向就已经看得到崭新的瓦片和石灰砌的雪白烟囱在反光了。这马上就在人群中引发了又一次骚动，他们许愿的标准也随之水涨船高。过了没多久，已经能见到完全不知羞耻地开口索要集市广场旁边一栋崭新四层楼房的人了，大概一刻钟过后，此人已经躺在自家新楼的外窗台上，从那里俯瞰年度集市的盛况了。

实际上，如今在这里举办的活动，已经完全不能再被称为年度集市了。整个城市里所有的活人统统拥向卖镜子的那个摊位，就像所有河流都要汇向大海这个源头一般，因为那里有个异乡人，那里能够实现人们许下的任何愿望。每一次许愿灵验后，人群中都会响起一阵讶异的叫喊声，有人羡慕，也有人讪笑。某个饥饿的小家伙来许愿，说他想要能够装满一顶帽子的李子，别的什么都不想要。这个愿望实现之后，马上就有另一个人过来，此人可没小家伙那么容易满足，他想要能够装满一顶帽子的金币。这愿望也实现了。如此这般，接下来赢得大量欢呼和掌声的是一个胖胖的摆摊女，她许愿去掉身上长着的一个很沉的囊肿。哪里知道，在这件事上却展现出了愤怒和妒忌所拥有的本事。因为这位摆摊女的丈夫对于同她在一起的生活并不满意，而且，他刚刚才跟她大吵了一架，所以，他主动放弃了能够令自己变得富有的许愿，竟要求异乡人将他妻子许愿去掉的那个囊肿，重新长回它原来的位置上。这愿望也实现了。虽然两次许愿之后什么都没改变，但起到了向众人给出先例的作用——人们陆续带来了一大批残疾人和病患，当看到瘸子们开始跳舞，盲人们目光如炬之后，人群陷入了新一轮的狂喜。

　　年轻人们早就将这里发生的辉煌奇迹传遍了各处。有一位忠心耿耿的老厨娘身上发生的故事，也得到了人们的口耳相传。当时，这位老厨娘正在炉灶边忙活着，为自己的主人烹制一整只烤鹅，外面此起彼伏的呼喊声透过窗户传到了她的耳中。她经受不住诱惑，抛下了手头的活儿，跑出了厨房，朝着集市广场前进，希望能够通过许愿，让自己快速过上富裕而幸福的生活。哪里知道，她在人群中往前挤得越多，心里就越过意不去。等到队伍轮到她了，可以任由她许愿的时候，她却表示，自己愿意付出一切代价，只要那只鹅在她回去之前不要烤煳就好。

　　骚乱无休无止。保姆们从各自的房子里跌跌撞撞地跑出来，手里还拖着自己本应照顾的小家伙的手臂；原本卧病在床的病人，个个激动万分，穿着病号服在小巷里狂奔。还有一位从乡下一路晃悠到城里来的小个子妇女，完全搞不清楚这里的状况，而且看样子十分绝望。当她听说了关于许愿的事情之后，马上前去许愿，语带哽咽地请求异乡人，请他将自己跑丢了的孙子平平安安地找回来。瞧瞧，须臾之间，那个十岁小男孩就出现了，他骑在一匹黑色小马驹上，笑个不停，一下子扑进了她的怀里。

最后，整个城市里的人都过来了，而且，每个人都陷入了一种神魂颠倒的狂热状态之中。一对对的恋人手挽着手，潇洒漫步——他们许下的愿望都已经实现了。出身贫苦的一大家人乘坐着豪华马车招摇过市，身上穿的却还是今天早上的破衣烂衫。有很多人现在已经开始为自己之前许下的愚蠢愿望感到追悔莫及，这些人要么悲伤地离开了这个是非地，要么就聚集在集市广场的古老喷泉旁边，借酒浇愁，希望忘记发生过的一切——有个爱开玩笑的家伙通过他的许愿，将那喷泉里的水全都变成了最上等的葡萄酒。

最终，法尔多城里只剩下两个人完全没有听说过年度集市上发生的奇迹，没有许过任何愿望了。那是两个年轻小伙子，他们住在市郊一栋老房子那高高的阁楼里，阁楼窗户关得紧紧的。其中一个小伙子站在阁楼房间的正中央，下巴底下撑住一把小提琴，正在全神贯注地演奏；另一个小伙子坐在角落里，双手托腮，忘我地倾听着，整个人都陶醉在了音乐之中。夕阳斜照，傍晚时分的光线透过阁楼小窗的窗玻璃照进来，将桌上摆着的一束花映得通红，在裂开了的壁纸上玩耍嬉闹。此时此刻，阁楼房间内漫溢着温暖的阳光和炽热的小提琴弦音，就仿佛一间秘密的珍宝室内，成堆的宝石闪耀着光辉。演奏中的小提琴手轻轻摇晃身体，来来回回，双目紧闭。唯一的听众目光静如止水，直勾勾地盯着地面，一动不动地坐在角落里，浑然忘我，体内仿佛已经没有生命存在的痕迹。

就在这时，小巷里传来了一阵响亮的脚步声。房子的大门被推开了，只听见那沉重的脚步声蹬蹬蹬地踏上了一层一层的楼梯，最后停在了阁楼房间的前面。来者是这栋老房子的屋主，他一下子拉开了门，笑着朝房间里面喊话，小提琴的琴声戛然而止。沉默不语的听众感到愤怒又难受，气得一蹦三尺高。就连小提琴演奏者本人，也因为演奏受到了干扰，觉得郁闷而生气，眼睛死盯住这个突然闯入的男人，盯着他满是笑容的脸，眼神里写满了责备。不过，那男人并没有注意到气氛有异，只见他像个醉汉一样挥舞着手臂，冲着他们大声叫道："你们这两个傻瓜，竟然还坐在这儿拉小提琴呢，外面整个世界都已经大变样了。快醒醒，跑起来，这样你们才不会太迟。集市广场那边有个异乡人，他正在为每个人实现一个愿望。只要实现了愿望，你们就不需要继续住在阁楼里了，不需要连这么一丁点儿房租也要欠着了。动起来吧，快出发吧，否则一切就太晚了！今天，就连我都变成了一个有钱人。"

小提琴手讶异地听着他说完了这番话，然后，因为此人不依不饶，非要他去许愿，所以他就将小提琴放在一边，把帽子戴到脑袋上出门了。他的朋友一言不发地跟在他的身后。他们刚走出这栋老房子，就发现至少半座城市已经变得怪异至极了。他们怀着忐忑不安的心情，如同做梦一般地从一栋栋房屋旁边走过，这些房屋昨天还是灰头土脸、低矮难看的样子，现在却已经变成如宫殿一般富丽堂皇的模样了。他们知道是乞丐的那些人，现在正乘着四匹马拉的豪华马车到处跑，要么就是从一座座漂亮宅邸的窗户后面朝外张望，看上去阔气又骄傲。有个身材瘦削的男人，外表看上去像是个裁缝，身后跟着一只样子滑稽的小狗。男人累得满头大汗，正费力拖着一只又大又沉的麻袋朝前走，麻袋上面破开的一个小洞在往外一枚枚地漏金币。至于那些已经漏出来的金币，就这样随便散落在了石板路上。

恍惚之间，两个小伙子已经来到了集市广场，走到了摆满镜子的铺面前。没有任何人认识的异乡人就站在那里，开口对他们说道："你们在许愿这件事情上倒是不怎么着急。我正打算离开这里呢。既然如此,那就直说吧,你们想要什么?不要有什么心理负担,只管向我许愿就好。"

小提琴手摇了摇头,对异乡人说道:"哎呀呀,你就消停消停,让我一个人安静待着吧!我什么都不需要。"

"不需要吗?你可好好想清楚!"异乡人喊道,"你可以许愿要任何东西,只要是你能够想得出来的,都可以办到。"

小提琴手闭上眼,想了好一会儿。随后,他对异乡人轻声说道:"我许愿要一把小提琴,用这把小提琴演奏出来的音乐如此美妙,乃至于可以隔绝开这整个世界上所有的不和谐音,让这些声音不再烦扰到我。"

瞧瞧,他手里此刻已经拿着一把漂亮的小提琴,以及一柄琴弓了。于是,小提琴手便将那把小提琴抵在自己身上,开始演奏起来,琴声甜美而有力,仿佛来自天堂的曲子。无论是谁,只要是听到这首乐曲的人,都会伫立在那里,侧耳倾听,眼睛里显露出最严肃的目光。哪里知道,当小提琴手演奏得越来越热忱、越来越绝妙时,他竟被某种不可窥看之物高高托起,最终消失在高空中了。尽管人已消失,他所演奏的音乐依旧从邈远处传来,如余晖夕照一般,散发出熠熠光辉。

"那么你呢?你想许愿要些什么?"异乡人问另一个小伙子。

"现在您甚至把小提琴手从我这里抢走了!"小伙子说道,"我这一生,除了想要多听多看,以及思考那些永不磨灭的事情之外,其他就无欲无求了。因此,我要这样许愿,我许愿成为一座高山,要跟法尔多所辖的区域一样大,我的顶峰要高到能够刺破云层,睥睨众生。"

说罢,地底深处便开始传来如雷霆轰鸣般的巨响声,周遭一切开始摇晃起来。玻璃哐啷作响的声音纷纷响起,镜子一面接一面地掉落在地,摔得粉碎。集市广场摇摇晃晃地向上爬升,就好像一块下面藏着一只睡猫的布料:猫咪突然醒来,伸个懒腰,将背部高高拱起。一种巨大的恐惧感袭来,笼罩在众人头上,成千上万的人尖叫着逃出了城市,逃进了田野里。那些留在集市广场上的人,眼看到城市后面有一座高山朝着天空隆起,一直到山峰冲破傍晚的浮云之后才停下来。在这座高山脚下,他们看到那条原本宁静的河流变成了一道狂野奔袭的银白色山泉,卷着数不清的泡沫从那高高的山峰位置层层叠叠地倾泻下来,一路汇入山谷。

不过一转眼工夫,法尔多所辖全境就已经变成了一座巨大的高山,法尔多城就位于山脚下,邈远之处隐约可以看到大海。尽管发生了如此翻天覆地的变化,却没有任何一个人受伤。

有这样一位老先生,他一直待在卖镜子的铺面旁边,所以亲眼看见了所发生的一切。此刻,他对自己的邻居说道:"这世界已趋向疯狂。我感到很高兴,因为我已经活不了多久了。唯独感到遗憾的是那个小提琴手,我还想再听他演奏一次。"

"确实如此。"另一位回应道,"不过你说,那个异乡人究竟是从哪里来的?"

他们环顾四周,异乡人已经消失不见了。随后,当他们抬起头来,朝着新出现的山峰张望时,发现异乡人就在山上高高的位置,正在逐渐走远,身上穿的大衣被风吹得不停摆动。他们盯着他看,有那么一小会儿,在傍晚天空的映衬下,他的身影显得尤其巨大,接着便消失在了一块山岩后面。

高 山

一切都将逝去,一切新的都会变老。转眼之间,那一次的年度集市已经过去很久了,当时许愿成为富人的那些人,其中许多早就变回了穷人。那个得到了一头泛着金光红发的女孩早已有了丈夫,也有了自己的孩子,而且孩子们已经长大,能够在每年夏末时节,独自去城里参加年度集市了。那个得到了灵巧舞步的女孩成了城里一名工匠师傅的妻子，她依旧能够跳出华丽非凡的舞蹈，甚至比一些年轻人跳得都好。尽管她的丈夫当年也许愿要了很大一笔钱，不过，按照目前的迹象来看，这对生活过得颇富情趣的夫妇在有生之年就能够把这笔钱给花完。至于那第三个女孩，即得到了一对纤纤玉手的那个女孩，她是所有人当中最经常怀念当年在卖镜子的铺面出现的异乡人的。这个女孩没有结婚，没有变得多么富有，但始终保有那对纤纤玉手。而且，正是因为拥有这样的一双手，她不再干任何农活儿，转而到自己所住的村子里从事看护儿童的工作，这种工作也是很需要人手的。她给孩子们讲童话和故事，所有孩子都知道的当年那次神奇年度集市上的种种故事——穷人怎样变富，法尔多所辖地界怎样变成了一条山脉——就是从她那里听来的。每当她讲起这些故事来时，总是会微笑着端详自己那双修长纤细如公主般的玉手。瞧她那副模样，如此感动，满怀着情意，人们只要看到她就会相信，当年在那许许多多镜子之间，再没有任何人比她更幸运了，尽管她始终贫穷，也没有丈夫，不得不一遍又一遍地给别人的孩子讲自己这些动人的故事。

当年还很年轻的人，如今已经老了；当年就是老人的人，如今早已亡故。没有任何变化也没有丝毫老去的，唯有那座高山。当那高山顶峰的积雪透过云层熠熠发光时，看上去就仿佛是高山正在露出微笑，对于自己不再是人类，不再需要依照人类的尺度去计算时间这件事表达出喜悦之情。高山的岩壁在这整座城市、整片土地之上闪耀着光芒，它那巨大的阴影每天都会从这片土地上掠过，流经它的河流和溪水宣布着寒来暑往、季节更替。就这样，高山逐渐成为万事万物的庇护者，成为一切的父辈先祖。森林在它身上生长，还有长满了摇曳青草与鲜花的绿地；泉水自它体内涌出，雪、冰与岩石亦如是，从那些岩石上又生出各种颜色的苔藓，河岸边则生长着勿忘草。在它的内部有不少洞穴，在这些洞穴里面，水滴就像银线一般，年复一年地从这块石头滴到那块石头上，演奏着单调无变化的音乐。在它身体的缝隙之间，藏有不少隐蔽的暗穴，这些暗穴里的水晶以千年为计量标准，耐心地生长着。这座高山的山峰从来就没有任何人去过。不过总有些人在传说，在那最高峰上有一汪小小的圆形的湖泊，湖泊之中除了太阳、月亮、云雾与星辰之外，就再没有映入过其他任何事物了。没有任何人、没有任何动物曾经窥视过高山递向天空的这"一杯酒"，因为就连老鹰都没办法飞这么高。

法尔多的人民开心地生活在法尔多城和众多的山谷里，他们给自己的孩子施行洗礼，他们举办集市，从事着各种各样的行当，他们负责为亲朋好友送葬。关于那座高山的一切认知与幻想，从父辈传到孙子辈，代代相传，从未间断过。牧羊人、在山间猎羚羊的猎手、割野草为生的人、搜集鲜花为生的人、高山牧场的牧民，还有旅者，他们的存在大大地丰富了这一文明的宝藏。而吟游诗人和说书人则负责将这份宝藏分发给更多的人。他们知道那些伸手不见五指的洞穴，知道暗藏的裂隙之间有阳光完全照不到的瀑布，知道那些深处已经裂开来了的冰川，他们学会了辨认雪崩槽[43]和窗口期[44]。在这片土地上，无论温暖还是霜冻，无论水体流向还是植物生长，无论暴雨还是刮风，一切都是源自高山的。

早先那些时代发生的事情，已经没有人再了解了。似乎是有着这样一个美丽传说，其内容是关于某次奇妙的年度集市的，在那次年度集市上，住在法尔多的每个居民都可以随心所欲地许愿，索要自己想要的一切。不过，对于"这座高山也是在年度集市那天诞生的"这件事，没有人愿意再去相信了。这座高山显然是自万物伊始时起，便已矗立在它现在的这个位置上了，而且还将永远矗立于此。高山即家乡，高山即法尔多。那三个女孩的故事，还有小提琴手的故事，是人们最喜欢听的，也得以口耳相传。长久以来，总是会时不时地冒出这样一个小伙子，他会把自己锁在房间里，如痴如醉地沉浸到小提琴的演奏当中，幻想着有朝一日，当自己拉出前所未有的最优美旋律时，也能够如传说中那个飞升上天的小提琴手一般，超脱凡世，羽化登仙。

高山依旧如此巍峨，一言不发地在那里生活着。每天白天，它都会看着那一轮红日自远方浩渺的大海中缓缓升起，围绕着它的山峰以圆形的轨迹运行半圈，由东边去往西边；每天夜晚，星星也同样会沿着那条静默无声的轨迹运行。每年冬天，它的身上都会覆盖上厚厚的一层积雪和寒冰。每年，到了该雪崩的时候，积雪都会找寻属于它们的那条槽道，一泻千里。雪崩过后，在残余下来的积雪旁欢笑的，是蓝色和黄色的夏花，是充盈跃动的溪流，是在光明照耀下暖暖泛蓝的湖水。那些不可见裂隙的内部，无人知晓的水流发出沉闷的轰鸣。最高峰上那一汪小小的圆形湖泊，此时结上了厚厚的一层冰盖。它已等待了一整年，只为了在盛夏季节的一小段时间里，有机会张开自己那只波光粼粼的眼睛，在为数不多的几个白天里，反射出太阳的光华；在为数不多的几个夜晚里，掩映出繁星的光辉。伸手不见五指的积水洞穴里，水滴永不停歇地落到岩石上，发出永无止尽的鸣响。暗穴里那些以千年为计量标准生长的水晶，忠诚地遵循着生长的规律，朝着独属于它们的完美稳步前行。

高山脚下，比法尔多城所在位置略高些的地方有一条河谷。在那里，一道宽阔的河流从桤木林与柳树丛之间穿行而过，水面平整如镜。彼此相爱的年轻人会到河谷里去，向高山与森林领略四季胜景。另外一条山谷里，男人集结起来，一同接受骑马打仗的训练。在一座侧壁陡峭、顶端高耸的岩峰上，每年夏至的那天晚上都会燃起一堆熊熊燃烧的火焰。

时间流逝不停，高山一直守护着爱情河谷与练兵山谷，它给牧民提供在山上放牧用的土地，为伐木工、猎人和摆渡人提供职业所需的环境；它为建筑提供石材，为冶炼提供铁矿。它以淡泊的态度观望芸芸众生，任由他们为所欲为，恰如它允许第一堆夏日之火在岩峰上熊熊燃烧一般。点火燃烧的过程，它转眼便已看了上百次，然后又重复了好几百次。它见证着下方的城市缓缓伸出那双笨拙又迟钝的小胳膊，越过古老的城墙，向外拓展自己的身躯；它见证着猎人们忘掉了自己的弓弩，开始用火枪射击。世纪更迭对它而言，就仿佛四季流转；年年岁岁对它而言，就仿佛时时刻刻。

在年岁的漫长更迭之中，某一年的夏至夜晚，那座岩峰上没有燃起火焰。自那一年起，夏至的晚上再也没有火焰了，而高山对此也并不关心。在年代的漫长更迭之中，原本一直被用来练兵的那座山谷逐渐被弃置，以往用来训练的跑道成了车前草与翼蓟的美好家园，但高山对此也并不在意。在世纪的漫长更迭之中，一场山崩改变了高山以往的形貌，从山上滚落下来的岩石将半座法尔多城化作一片废墟，可高山对此也并不阻止。它几乎不会往下面看，因此也就没有发现，那座被摧毁的城市已遭遗弃，从此以后都维持着废墟的模样，并没有得以重建。

上述这一切，它丝毫不关心。可是，其他一些事情开始令它在意起来。时光流逝不停，瞧瞧，现在连高山都变老了。如今，当它看到太阳每天升起、运行、落下时，太阳的模样都跟过去迥然不同；当繁星辉映在它苍白的冰川上时，也不再与它曾经的感觉相仿。对于如今的高山而言，太阳如何，繁星如何，已经没有那么重要了。现在最重要的是它自己，是那些正在它内部发生着的变化。因为它能够感觉到，在自己的那些岩石和洞穴之下，在体内极深的地方，有一只陌生的手正在付出辛劳，令那些坚硬的母岩变得脆弱，剥落腐蚀为不堪重负的页岩。河流和瀑布不停吞噬它的身体，侵入得越来越深。冰川消失了，湖泊越来越多，森林变成了石滩，草地化为黑沼泽。自无穷远处朝着这边侵袭而来的由冰碛岩和鹅卵石组成的荒蛮石脉，如一条条尖细的舌头一般，舔舐着这片土地。下面这片土地的模样逐渐变得怪异，跟原来完全不一样了：怪异的石块，怪异的焦土与死寂。高山的注意力越来越内敛，越来越集中到自己的身上。太阳和众多天体星辰，跟自己其实并不是同类。对于这个发现，高山感到很欣慰。风与雪，水和冰，这些跟高山才是同类。那些乍看之下永恒不朽，实际上会慢慢减损、慢慢消逝之物，才是高山的同类。

于是，它便以与以往相比显得更热忱些的态度，将流经自己的河流引入山谷，更加小心地让自己身上发生的雪崩朝着山下滚落，更加细致地呵护草场上生长的鲜花，将它们以更美好的姿态奉献给太阳。而且，居然还发生了这样的事——在高山已届如此高龄的当下，它竟然重新回忆起了当初的那些人类。当然，这并不表示高山将那些人类也视作自己的同类，但它终究还是开始想要去找寻他们了。如今，它开始感觉到自己已经被抛下了，它开始怀念起过去的时光了。然而，法尔多城已经不复存在，爱情河谷里不再传来歌声，高山牧场里也不再看得到棚屋。此地再也没有任何人类存在了，他们也已成为过往。万籁俱寂，万物凋零，空中徒留一道阴影。

当真切感受到"消逝"是怎么一回事时，高山浑身上下不由得战栗起来。高山战栗着，山峰朝着一个方向倾覆下去，最终轰然坍塌。山岩的碎块从它身上滚下来，途径爱情河谷——这里早就已经被乱石填满，早已面目全非了——一路滚落到了大海里。

没错，时代已大不相同。可是，现在这个情况究竟是怎么回事？为什么它总是会回想起那些人类？为什么不得不去想着他们？当夏至日的夜晚来临时，岩峰上燃起熊熊火焰，年轻人成双成对，在爱情河谷里漫步……那些曾经的画面难道不美妙吗？噢，他们当时的歌声，听起来是多么甜蜜、多么温暖啊！

苍老的高山完全陷入了回忆之中。眨眼又是数个世纪的时光流逝，它身体上的洞穴一个接一个地发出沉闷的轰鸣声，一个接一个地坍塌崩毁，对此它几乎没有任何的感觉。每当它回忆起人类的时候，就会有某种来自远古年代的钝响由它体内响起，某种无法理解的感动与爱意在它体内涌动，某个暗无天日又飘忽不定的梦境自它体内蒸腾，令它感到黯然神伤，依稀觉得自己曾经也是个人类，要么就是跟人类相仿的某种生灵，也曾引吭高歌，也曾安静聆听。如今对于"消逝"的那些体悟，似乎在它生命中最早的那些日子里，就已经在它心中扎根了。

时光如梭，一去不回。如今，躯体早已分崩离析，被粗糙的石块荒漠重重包围的高山，虽临濒死之境，却沉溺于幻想之中。"过去"究竟是什么模样？莫非存在着某种声音、某根纤细的银线，能够将它跟过去的世界联结在一起？就这样，它开始在由腐朽记忆构成的漆黑夜晚中奋力挖掘，怀着躁动不安的心情，四处摸索、找寻那些断掉的银线，反复躬身窥探由陈年往事堆积而成的深渊。在距今已很遥远的那个年代里，它自己不是也曾经对人与人之间的某种联系、某种爱意怀抱着莫大的激情吗？它自己——这位孤独者，这只庞然巨物——不也曾经是他们的同类吗？在这条生命刚开始的时候，不也曾有一位母亲为之哼唱过歌谣吗？

它思考了又思考，它的那只眼睛，即那一汪蓝色的湖泊，逐渐变得浑浊又沉重，逐渐从原本的湖泊变成了沼泽和泥潭；一片片的草地，还有小簇小簇的鲜花，也逐渐被碎石蚕食殆尽。它正思考着，忽而从不可想象的遥远之处传来一阵声响。它听到了这一阵声响，感受到了音节的律动，是一首曲子，一首人类的曲子。在满怀着痛苦的好奇支配下，高山全身颤抖，希望能够回忆起当年发生的事情。它聆听着那段乐曲声，听着听着，它看到了一个人，一个小伙子，被乐曲声重重包围着，正在天空中漂浮，正在朝着阳光普照的高处飞升。霎时间，一直以来被埋藏着的数以百千计的记忆片段开始骚动起来，如涓涓细流般涌现，在高山的脑海中翻滚。它看到了一张属于人类的面容，那张面容上长有一对乌黑的眼珠。只见那对眼珠眨了眨，问它道："你难道不想许个愿吗？"

于是,它便许了一个愿。那是个无声的愿望,许过愿之后,它所受的折磨便骤然终止了,再也不必去费力思考那些久远又莫名的往事了,曾经令它痛心的一切转眼之间便烟消云散。高山轰然倒下,这片土地陷落了,曾经是法尔多的地方如今已是无边无际的大海,波涛汹涌,雷鸣电闪,绵延不绝。在这片海洋上方,太阳与繁星永恒更替。

(1915年)

难走的路
Der schwere Weg

在那道深谷的入口处，在那道黑色的岩门前，我犹豫不决地伫立，然后回过头来，看了看自己的身后。

阳光普照在这个绿色的令人倍感愉快的世界上，草地上随风摇曳不停的棕色野花正在星星点点地闪着光。那边可真是美好啊，那边是温暖的，是惬意得可爱的，那边能够让人的灵魂得到深深的共鸣，到那边去，就跟一只充分享受着大自然芬芳和阳光的毛茸茸的蜜蜂一样心满意足。而我现在竟然想要抛弃这一切，竟然想要去攀山越岭，我恐怕真是个傻瓜吧。

领路人轻轻触碰了一下我的手臂。我只好将自己的目光从身后那惹人喜爱的风景上强行挪开，就像一个人强迫自己从温暖的浴池中突然起身一般。此刻，我的眼前是一道淹没在完全没有阳光的阴翳当中的深谷，一条促狭的黑色河流自其缝隙之间蠕行而过，苍白的野草在河边一小丛一小丛地生长着。这条河的河底布满了自山上冲刷下来的各种颜色的石头，那些石头看上去死气沉沉，暗淡无光，简直就像是一堆曾经存活于世的生灵的骸骨。

"我们不妨先歇息一会儿。"我对领路人说道。

他耐心地冲着我笑了笑，于是，我们便就地坐了下来。天很凉，从那岩门中朝着这边微微涌出了一股阴暗的如岩石般寒冷的冷冽气流。

讨厌，真是讨厌，竟然要去走这样一条路！讨厌，竟然要为穿过这道令人不快的岩门、蹚过这条冰冷的河流、在黑暗中攀爬这道狭窄又陡峭的深谷而费心劳力！

"这条路看起来真是难走。"我以犹疑的口吻说道。

在我心中闪烁着这样一种强烈、难以置信又缺乏理性的期冀，如同一缕行将熄灭的烛火一般，期待着我们或许还有机会调头离开，或许还有机会去说服领路人改变主意，或许我们能够免受这一切的折磨。是啊，为什么就不能这样呢？我们来时所经过的地方，难道不比这里美好千万倍吗？在那里生活，难道不比这里更加丰富、温馨、富有情趣吗？至于我本人，我难道就不是天真幼稚、生命短暂的肉体凡胎？难道就没有要求得到一小点儿幸福、一小缕阳光、一小瞥蓝天和鲜花的权利吗？

不要，我打算留在这里。扮演英雄和烈士，我可没有任何兴趣！只要我可以留在身后的山谷里，留在阳光底下，我这一辈子都会感到心满意足。

眼下，我已经开始冷得发抖了，根本就不可能在这里逗留很长时间。

"你很冷，"领路人说，"我们最好还是走起来。"

说罢，他便站了起来，眨眼之间便站直了身体，面露微笑，注视着我。那微笑中既没有显示出嘲讽，也没有展露出同情；既没有强人所难，也没有丝毫体恤。除了理解和智慧外，那微笑中就再没有其他任何东西存在了。那微笑是在说："我知道你是怎么一回事。我很清楚你现在感受到的那种恐惧，至于你昨天和前天说过的那些大话，我也绝对不会忘记。此时此刻，你心中因为怯懦而做出的如受到惊吓的兔子般的每一次绝望闪躲，以及对身后美好阳光抛去的每一个媚眼，我都一清二楚，也都烂熟于心，甚至在你想要那样去做之前，我就已经预知到了。"

领路人一边注视着我，一边跨出了第一步，踏入了那道黑色岩门所辖的领域。他在做这一切时，脸上始终带着那种微笑。我可真讨厌他，也真是喜爱他，就跟一个马上要被执行死刑的犯人，对自己脖子上高悬着的斩首斧既恨又爱一般。不过，首当其冲的当然还是讨厌兼鄙视——

对他的智慧，对他的领导力和镇定自若的态度，对他缺乏惹人喜爱的缺点的状况，皆是如此。除了上述这些之外，还有我自己内心对他的肯定、对他的认同、对他所产生的归属感，以及想要跟随他的意愿——这一切都令我感到讨厌。

他已经接连向前走出好几步，已经在踩着石头蹚过那条黑色河流了。与此同时，他也正打算着要在前方岩壁的第一个拐弯处甩掉我，消失在我的视野之外。

"停下！"我满怀恐惧地冲着他大声喊道。喊的声音是如此之大，以至于我不得不马上联想到，如果眼下正经历着的这一切仅仅只是个梦的话，那么按理来讲，这个梦在我喊出"停下！"的这一刻，就会被我的惊骇给撕扯得四分五裂，而我也应该马上醒来。"停下。"我继续呼喊道，"我办不到，我还没有准备好。"

领路人停下了，站在那里，静静地注视着我，目光中没有责备，但饱含着他之前显露出的那种令人感到害怕的理解，那种令人难以承受的智慧、洞察力，以及"在事情发生之前就已预知到"的能力。

"我们最好还是回去吧？"他开口问道。这句话最后的"回去"两个字还没说出口呢，我就已经满心不情愿地料到自己将会说出"不要"这个回答。肯定是要说"不要"的嘛。然而，与此同时，我内心所藏的一切过往、习惯、喜好、信念，都在充满绝望地冲着我叫嚷："说'好的'，说'好的'。"外面的整个世界和故乡，就跟一只脚镣铁球似的，限制住了我的双脚。

我很想大声喊出一句"好的"，尽管我心里其实知道得很清楚，我是没办法那样做的。

这时，领路人伸出一只手来，指了指我们身后的山谷，于是我再一次回过头来，环视了一番位于深谷外的美好区域。哪里知道，这次我竟看见了自己所能遇见的最痛心的一幕。我看见方才还是万般美好的山谷和平原，此时已笼罩在苍白无血色、仿佛被抽掉了气力一般的阳光底下，显得既惨淡又乏味。万事万物的色彩仿佛错了位，看起来统统很扎眼。至于那些没有被照到阳光的阴影位置，则呈现出如烟熏火燎一般的煤黑色，毫无吸引力可言。而且，眼前这一切，这一切的灵魂都被抽走了，夺去了魅力，夺去了芬芳，这一切闻起来、尝起来都像是那种因为吃得太多太久而早已生厌到呕吐的美食。噢，会发生这样的情况，我也早就料到了。领路人这种糟糕透顶的行事方式，我是既害怕又厌恶——贬低我所喜爱的一切，贬低令我感到愉快的一切，让这一切精华尽失、魂飞魄散，让原本的芬芳变味，让原本的缤纷失真！哎呀呀，我早就料到了：昨天的美酒佳酿，今天转眼就变成了醋。而醋，永远不会变回酒。永远不会。

我沉默不语，很伤心地跟着领路人一起向前走了。他确实是对的，现在是对的，永远都是对的。好吧，至少他还是与我同行，至少我还能看得到他的身影，而不是——就像经常出现的那种情况——他转眼之间就决定抛下我，突然离去，让我变成孤身一人。孤身一人，只有心中回响着的那个陌生的声音与我相伴，而那声音也是由他幻化而来的。

我沉默不语，但我的内心已在热情地呼唤："等一下，我马上就跟过来！"

河流里的每一块石头都滑溜得令人生厌，像这样一脚一脚地踩在这些窄小、湿乎乎的石头上行走——不仅如此，这些石头还会在鞋底突然变小，甚至一下子溜走——真是一件累人的事情，而且还很容易使人感到头晕目眩。走着走着，河里的这条小道突然开始以很陡峭的角度向上攀升，黑色的岩壁也一下子凑近了过来，就像是因为心情不好，突然变得气鼓鼓了似的。岩壁的每一处弯折都显露出阴险的意图，打算将我们卡住，将我们的后路彻底断绝。在如疣子般凸出的黄色岩石上，浮动着一层黏稠又滑腻的水膜。我们上方不再有天空，不再有云朵，也没有蓝天了。

我走啊，走啊，紧跟着领路人，在前行的过程中，经常会因为恐惧和抗拒而闭上自己的双眼。路边有一株黑色的花，通体乌黑，黑色的花蕊如同一只眼睛一般，看上去颇显哀伤。这朵花很美，似乎正在以亲密的态度向我倾诉着什么。可是这时，领路人突然走得更急促了些，我也只好跟上。此刻，我的心中产生了这样一种感觉：一旦我在这朵黑花的旁边再多待哪怕一小会儿，一旦我再多看那只哀伤的花蕊眼睛哪怕一眼，它的悲戚、它那令人绝望的忧郁，对我而言就会变得过于沉重，再也无法忍受。到了那时，我的整个精神状态便会遁入由荒诞不经和胡思乱想构成的只知道冷嘲热讽的世界里，再也出不来了。

于是，我便继续在这潮湿又肮脏的环境下继续向前爬行。当我们上方那些湿乎乎的岩壁变得越来越近，从各个方向一齐朝着我们挤压过来时，领路人终于开始唱起他那首古老的行军曲了。每走一步，他都会用自己嘹亮又坚定的小伙子声音配合着节拍唱一声："我希望，我希望，我希望！"他希望借此来鼓励、鞭策我，希望借此来将这趟地狱远行的艰辛与无望给蒙混过去——对此我清楚得很。我知道，他现在正等着我开口跟他一起哼唱。不过，我并不打算这样做，我并不打算让他在这件小事上得逞。我像是有心情唱歌的样子吗？况且，我这肉体凡胎，我这可怜又单纯的家伙，难道不是身不由己地被卷入了一堆连上帝都无法开口要求任何人去完成的麻烦事里了吗？每一株丁香花和每一朵勿忘我，岂不是都可以选择留在自己本来就应该常驻的河岸边，在那里盛放和凋谢，这岂不是完全符合它们的本性吗？

"我希望，我希望，我希望。"领路人坚定不移地继续哼唱着。噢，要是我现在还能折返就好了！可惜，在领路人令人惊叹不已的协助下，我早已攀越了数不清的岩壁和陡坡，事到如今，根本就没有，完全没有任何退路了。想要大哭一场的冲动扼住了我的咽喉，可我不能哭，哭泣是最不能做的事情。因此,我干脆也倔强又大声地跟着领路人哼唱起来。同样的节拍,同样的调子,但我唱出口的并不是他所唱的那些词,而是持续不断地重复着:"我被迫,我被迫,我被迫!"然而,在向上攀爬时像这样哼唱并不容易,我很快就失去了原本的呼吸节奏,不得不沉默下来,大口喘气。可他依旧不知疲惫地继续哼唱着:"我希望,我希望,我希望。"他就这样持续哼唱了好一段时间,最终迫使我也不得不跟着哼起他所唱的那些词来。如此一来,攀爬就变得没那么难了,我也不再是"被迫",而是货真价实地"希望"自己能够爬上去了;如此一来,本来应该因为唱歌而导致的疲累,也就完全感觉不到了。

现在就连我的内心也变得明快起来,而且,当内心明快起来之后,就连那些光滑的岩石也仿佛向我主动缴械投降了。它们开始变得比之前干燥,变得比之前仁慈,经常出手帮忙,稳住我已经打滑的脚。在我们上方,蔚蓝天空出现的频率也越来越高了,看上去就像是在由岩石组成的两侧河岸之间,出现了一条蓝色小河似的。过了没多久,看上去又像是一汪蓝色的小湖了,而且,湖面还在不断扩大、拓宽。

我试着让自己变得更强大些、更热情些,与此同时,上方那一汪由天空所组成的湖泊进一步扩大,脚下的路似乎也变得好走些了。没错,我现在甚至可以时不时地怀着轻松愉快、无忧无虑的心情,在领路人身边跟他并排走上很长一段路了。然后,猝不及防之间,我发现山顶竟然就在我们上方不远处:崖壁陡峭,沐浴在普照四周的阳光下,看上去闪闪发亮。

我们在离山顶没有多少距离的地方爬出了那条狭窄的深谷,闪耀的阳光晃得我睁不开眼睛。当我终于能够再次睁开眼时,一阵突如其来的恐惧感马上令我的膝盖开始抖个不停:我看清了周遭的环境,发现自己此刻正站在陡峭的山脊上,整个人几乎腾空,连个可以抓手的地方都没有。在我周围的是无边无际的广阔天空,以及可怕的蓝色深渊,除了这些之外,只有那狭窄的山顶,跟一架梯子一样单薄,高高地耸立在我们面前。不过话说回来,总算是再次见到天空和太阳了,因此,我们也就咬紧牙关,眉头深锁,一步挨着一步,一举登上了最后这段令人感到心惊胆寒的陡坡。终于,我们站在了山顶上,站在那洒满阳光的狭窄石崖上,寒风凛冽,空气稀薄得像个玩笑。

这是一座特别的高山!这是一座特别的山顶!在这个我们翻越了不计其数的光秃秃的岩壁之后才最终抵达的山顶上,居然从石头里面长出了一棵树,一棵矮壮敦实的小树,长有好几根短而粗的树枝。这棵树居然生长在这种位置,硬生生地长在了岩石里,枝杈之间一眼看过去,全是冰冷冷的蓝天,简直孤独、古怪到了不可想象的地步。而且,在小树的树梢上还坐着一只黑色的鸟儿,正在哼唱一首粗糙的歌谣。

眼下,身处这世界之巅,就仿佛某次短暂休憩时所做的平静幻梦一般。太阳高悬在天空上,岩壁被照得闪闪发光,空气肃杀得仿佛凝固了似的,鸟儿鸣唱,声音粗糙。鸟儿那首粗糙的歌谣,它的歌词是这样的:"永恒,永恒!"黑色鸟儿一边唱个不停,一边用它那只明亮又坚毅的眼睛注视着我们——那眼睛看起来就像一枚纯黑色的水晶。承受住它的目光注视是很困难的,忍受它的歌声也是很困难的。与此同时,这个地方本身也令人感到恐惧,首当其冲的便是这里的孤独和虚无:天空无边无际,犹如太古洪荒,使人头晕目眩。此时此地,死亡反而能给人带来不可想象的狂喜,因为继续留在这里需要面对无可名状的痛苦。必须发生些什么事情来冲破这一切,马上发生,立即发生,否则,我们和这整个世界都会被这种恐怖肃杀给石化掉。我感觉到有某件事情正在发生,就像暴风雨来临之前刮来的阵风一般,飘忽不定,时隐时现,逐渐逼近;我感觉得到它正在发生,就像一场烈火焚身般的高烧,同时凌驾于我的身体与灵魂之上。它咄咄逼人,它呼啸而来,它悄然而至。

鸟儿冷不防地从枝头一跃而起,以风驰电掣般的速度遁入虚无。

我的领路人来了个飞跃，猛一下扎入那一片蔚蓝之间，坠落到闪烁不停的天空中，飞远了。

眼下，命运的巨浪翻腾到了最高点；眼下，这巨浪将我的心也给卷走了；眼下，这巨浪又悄无声息地消弭于无形。

我也坠落了，我横冲直撞，跳跃翻转，我在飞。我像一支离弦的箭，裹挟在冰冷的气旋之间，疾速飞行，如登极乐。巨大的幸福感折磨着我，使我浑身颤抖不停，一路下坠，穿越无尽的虚无，直奔母亲的怀抱。

（1916年）

一长串的梦境
Eine Traumfolge

在我的意识中看来，我已经在这间蓝色的会客厅内消磨了很长一段完全无用的近乎黏滞的时间。从会客厅朝北的那扇窗户望出去，望见的是一片假造的湖泊，以及同样不真的峡湾。除了面前这位美丽的令人心生疑窦的夫人之外，没有哪里值得让我的目光多做停留。我认为她是一名罪人。对于我而言，真正看清她的脸庞是一个无法实现的热望。她的脸庞在披散着的黑色秀发间浮动，脸上的一切都模糊不清，简直像是由一大片甜蜜的苍白所组成的——除了苍白，什么都没有。或许双眼是深棕色的，我觉得自己有一些理由这样去期待，可是，如果真是那样的话，这双眼睛跟那张脸又不般配了。我的目光还是希望能够从那一大片不确定的苍白中辨认出脸庞的形貌来，而且我很清楚，那张脸的形貌实际上就潜藏在我自己的内心深处，潜藏在触不可及的记忆断层之间。

现在终于有些事情发生了。两位年轻男士走了进来。他们以非常高雅的礼仪向那位夫人致以问候，并且向我进行了自我介绍。装腔作势，我在心里默默想着，与此同时，也对自己的表现感到十分生气，因为其中一位男士身上穿着一件红棕色的外套，样式剪裁漂亮得无懈可击，使我自惭形秽，又羡慕无比。对无可挑剔者、无拘无束者、笑口常开者的忌妒，是多么恐怖啊！"你可要好好控制住自己！"我轻声提醒自己道。那两名年轻人以十分无所谓的态度握了握我主动伸出来的手，脸上露出嘲讽的神情。我为什么要主动对他们伸手啊？！

这时，我开始感到自己身上似乎有什么地方不太对劲，有一股讨厌的寒意正顺着我的身体朝上升。低头往下一看，我顿时被吓得脸色发白。原来我没有穿鞋子，仅仅穿着一双袜子站在这里。这种无聊透顶、可怜兮兮又悲催寒酸的难堪事，这种跟我对着来的状况为什么总在不停发生?! 别人身上从来不会发生这样的事，他们不会光着身子或者衣衫不整地站在会客厅里，站在一群无可挑剔又不讲情面的人面前！我悲伤地尝试着至少用自己的右脚来遮住左脚，做这件事的时候，我的目光落到了窗外。我看到外面陡峭的蓝色海崖峻险荒蛮，呈现虚假的阴郁的色调，其形貌咄咄逼人，简直如同地狱中恶魔的造物。我情绪低落、软弱无助地望着眼前的陌生人，心里对这些人充满了厌恶，对自己的厌恶却更甚于此——我无所依凭，我一事无成。而且，我为什么会觉得自己对眼前这片愚蠢的湖泊怀有责任呢？是啊，一旦我产生了这种感觉，那同时也意味着这就是事实。此刻，我注视着那个穿红棕色外套的人的脸，目光恳切，主动示弱，我看到他的双颊散发着健康的光泽，保养得很嫩滑。我的心里知道得很清楚，自己的示弱是没有任何用处的，因为他根本就无法被我的示弱打动。

哪里知道，就在这时，他留意到了我那双只穿了深绿色毛糙长袜的脚——哎呀呀，我想必还应该感到高兴才是，因为这双袜子上毕竟没有破洞——并且露出了丑恶的笑容。他用手肘捅了捅自己的伙伴，然后又指了指我的那双脚。于是，另一个人也满怀嘲讽地露出了幸灾乐祸的笑容。

"您倒是去看湖啊！"我一边大声喊叫，一边指了指窗外。

穿红棕色外套的那个人耸了耸肩膀，甚至连朝窗户所在的方向稍微转一转头的打算都没有。他对另一个人说了些什么，我只听明白了其中一半内容，那些内容都是针对我的，大概意思是说，像这样的一间会客厅，只穿长袜的那种家伙，根本就不应该容许他们混进来。在我听到的这些话语当中，"会客厅"这个词多多少少地勾起了似乎是存在于我的孩提时期的某种共鸣，因为这个词本身，或多或少地带有一些关于贵族生活和广阔世界的兼具美好与虚伪的况味。

我几乎快要当场哭出来了，同时弯下腰去看自己的那双脚，想要看看是不是还有什么可以挽回。这时我才发现，自己原来是穿着宽大的家用拖鞋，一路拖拽着过来的：至少还看得见有一只极其巨大、松软的暗红色拖鞋落在我身后的地板上。我犹犹豫豫地拎起那只拖鞋的后跟，将它抓到自己手里，在这整个过程中，我还是很想哭。一不小心，拖鞋从我手上滑脱了，它还没来得及掉到地上，我就赶紧伸出手来，一把将它给重新抓住。在此期间，拖鞋已经变得比之前还要大了。现在，我抓住的是鞋子的前端。

手里稳稳地抓住了鞋子，我的内心突然松了一口气。这只尚在我手中如簧片般微微弹动的被沉重的鞋跟拉坠得有些往下沉的拖鞋，我现在已经感受到了它的深层价值。了不起，这样一只松垮的红色鞋子，如此柔软又如此沉重！我抱着试试看的心情，将它稍微挥舞了一下，那感觉真是太棒了，幸福感如同过电一般通达全身，一直延伸到头发上。无论是一根大棒，还是一根长橡胶管，全都没办法跟我的大鞋子相提并论。伽斯底里奥内，这是我给它起的名字，是意大利语。

当我用伽斯底里奥内对穿红棕色衣服的那个人进行了如同玩游戏一般的第一下敲打之后，这个看似完美的小伙子马上就跟跟跄跄地跌坐到了长沙发上。其他所有人，以及这个房间本身，还有那可怕的湖泊，瞬间便失去了凌驾于我之上的一切力量。我人高马大，身强力壮，我可以率性而为。在对穿红棕色衣服的那人的脑袋进行第二下敲打时，我所施予的已经完全不再是反抗，完全不再是那种只会在自己家里进行的可怜兮兮的正当防卫，而是响亮的欢呼声，是获得解放、当家做主的畅快感。而且，我现在也丝毫不讨厌眼前这个已经被我击败的敌人了。在我看来，他很有趣，对我也挺有价值，还很可爱，我现在就是他的主人，是他的创造者。因为我用自己的这根外国鞋棒对他这颗不成熟的装腔作势的脑袋瓜实施的每一次痛快敲打，实际上都是在锻炼他、建构他、造就他。每一次有着改头换面之效的打击，都能够令他变得更讨人喜欢，他将会变得更英俊，也更体面，变成令我心满意足、爱不释手的创造物和工艺品。伴随着最后一次温柔的敲打，我总算把他那尖突的后脑勺充分地敲回到里面去了。他顺利完成了。他向我郑重道谢，并且反复抚摸我的手。"行了行了。"我摆手示意他停下。只见他将双手交叉在自己胸前，畏畏缩缩地说道："我名叫保罗。"

拥有力量的喜悦感真是太美好了，这种喜悦感在我胸中滋长膨胀，并且从我体内一路膨胀到外面，令这个房间——原本的"会客厅"早已面目全非！——羞愧难当地萎缩了下去，最后干脆直接躲了起来，再也看不见它了。现在我站在湖边。湖泊是蓝黑色的，厚重的云层如钢铁一般，重重地压在远方昏暗的山峦上；峡湾中的黑水像煮沸了似的，接连不断地泛起泡沫；摇摇晃晃的热风拘谨又胆怯地打着旋儿，跟迷路了一样，四处乱刮。我朝着上方望去，伸出一只手来，比画了一个手势，示意"暴风雨可以开始了"。于是，一道闪电从硬邦邦的蓝天上嘎吱一声劈下来，那光芒明亮又冰冷。一阵热烘烘的飓风呼啸着从天而降，空中原本被吹刮得聚拢成团的灰蒙蒙尘土，一下子又被吹散，分布成如大理石花纹一般的纹理。浑圆的巨大波涛以令人不安的态势从被飓风反复击打的湖泊中扬起，暴风雨从巨大波涛的背后扯下由大量泡沫组成的须发，以及噼啪作响的水花，将它们统统甩到我的脸上。远方已呈黑色的山峦早已被吓得目瞪口呆，层层叠叠地挤到了一起，发出无声的声音，听起来像是在求饶。

暴风雨骑在幽灵巨马上，长驱直入，威风凛凛。这时，我身边传来一个踌躇的声音。噢，我可并没有忘记你，苍白的女人，一头黑色的长发。我将脸转向她，她满怀天真地说道："那湖泊过来了，不能继续待在这里了。"这番话对我有所触动，我的目光没有移开，还是继续看着眼前这位温柔的罪人。她的脸庞，真的就是头发所组成的宽大薄暮后面藏着的一抹静默的苍白，除此之外，什么也不是。一浪盖过一浪的波涛，此时已拍打在我的膝盖上了，已经拍打在我的胸口上了。至于那位罪人，她也早已毫不抗拒地随着逐渐上涨的波涛，任由自己的身体安静地起伏摆动了。我稍微笑了笑，伸出手臂，环住她的膝盖，将她朝上一举，抱进了我的怀里。就连这件事也是十分美好且放松的。这个女人非常轻，体态极其娇小——这十分罕见——她的身上有着令人感觉很新奇的暖意，那双眼眸看起来相当热忱，交织着信赖与惊恐。我总算看清楚了，她绝非罪人，也并非哪位遥不可及、看不明晰的夫人，她只不过是个孩子罢了。

离开波涛起伏的水面，我抱着她攀上了山岩，横穿阴雨绵绵、庄严肃穆的公园。暴风雨是无法染指这座公园的，园中古老树木那些垂下来的树冠讲述着温柔人性的美好之处，讲述着那些诗歌与交响乐，讲述着由令人着迷的念想以及可爱文明社会的种种消遣所构成的美妙世界。由柯罗[45]所绘制的惹人喜爱的树木，舒伯特那些田园诗画般优美的木管乐，它们令我生出稍纵即逝的乡愁，以温和的态度吸引我前往属于它们的那座亲爱圣殿。然而，这一切却是徒劳无功的，因为这美妙世界上有许多种不同的声音，灵魂早已为一切事物设置好了属于它们的时与刻。

上帝知道，那位罪人、那苍白的女人、那个孩子——她是什么时候离去的，我是什么时候失去了她的。一道门前的台阶以砖石砌成，有一道进入房屋的大门，用人侍立一旁。此处的一切都是朦朦胧胧的，如同隔着一块起了雾的玻璃一般，泛着奶白色。至于此处之外的其他事物，它们的存在感更加稀薄、更加朦胧，其全部形貌仿佛只需要被风轻轻一吹便会飘散而去。有个不断抱怨、谴责我的声音在耳边徘徊，令我失去了对那场如梦似幻般的暴风雨的兴趣。关于之前的一切已荡然无存，除了"保罗"这个人物——我的朋友保罗、我的儿子保罗。而且，他脸上五官的形态与组合方式，似是而非地展现出了我眼下虽然没办法叫出具体名字但无比熟悉的一副面容：一副学生时代同学的面容，一副早在产生自我认知之前就已出现过的活在家人的闲谈话语之中的幼时保姆的面容，从那带有传说般色彩、隶属于出生第一年、半是记忆的混沌当中得到了良好滋养而生出的一副面容。

善良的内心深处的黑暗，那温暖的心灵摇篮，以及遗失已久的故乡徐徐展开。在自我尚未真正成型的时期，犹疑之间的第一次情绪起伏，发生在蛮荒的起源地上，前意识与关于远古丛林的梦境，在其下深深沉睡着。只管去探索吧，心灵啊，只管去犯错吧，在那如黎明曙光般的原初动力作用下，只管在那满溢的池中尽情而盲目地翻寻吧！那样做是毫无过错可言的！焦虑的心灵啊，我是知道你的，对于你而言，没有任何事情比返回你的起源地更加迫切。对于你而言，这件事就跟吃饭一样重要，就跟喝水和睡觉一样重要。瞧啊，波涛汹涌在你身旁，然后你就是波涛了。瞧那森林，接下来你就是森林了，再也没有外界与内心的分别。你是鸟，天高任鸟飞；你是鱼，海阔凭鱼跃。你吸收了光芒，你就是光芒；你品尝黑暗，你就是黑暗。我们一同跋涉，心灵啊，我们一起遨游，我们一道飞翔，我们微笑。我们用灵魂柔嫩灵巧的手指，将早已被扯断的弦重新联结，奏起如登极乐的弦音，令那原已分崩离析的演奏，一曲渐终。我们不再去探寻上帝了。我们就是上帝。我们就是全世界。我们杀戮，我们因杀戮而死；我们创造，我们又带着自己的梦境一起复活了。在我们最美好的那个梦境里——那个梦境是蔚蓝的天空；在我们最美好的那个梦境里——那个梦境是大海；在我们最美好的那个梦境里——那个梦境是星光灿烂的黑夜；以及那梦境是鱼，是轻快且满怀喜悦的声响，是明亮且满怀喜悦的光芒。万事万物皆是我们的梦境，每一样都是我们最美好的梦境。我们刚刚死去，我们化作了泥土。我们刚刚创造出了"笑"这种行为。我们刚刚排列出了一个星座。

有说话声响起了,每个说话声都是母亲的声音。树木沙沙作响,每一棵树都在我们的摇篮上沙沙作响。街道如繁星一般延伸开去,每一条街道都是回家的道路。

那个人,那个自称保罗的人,我的创造物和朋友,他再一次出现在我的眼前,并且变得跟我同龄了。现在,他跟我少年时期的一个朋友长得一模一样,但我不知道具体是哪个朋友、叫什么名字。正因为如此,我在面对他的时候多少有些不自信,并且向他显露出了些许礼貌。与此同时,他也从我的这种行为当中获得了力量。世界不再听从我的摆布了,转而开始顺从起他来。如此这般,之前的一切因为在现在的统治者面前感到羞愧难当,也就一举消失,在我的谦卑所造成的不真实当中烟消云散了。

我们此刻正在一座广场之上,所在地点名为巴黎[46]。在我面前有一方用钢铁铸成的看台,高高在上。看台下方有一架梯子,梯子两边有窄窄的铁横条,伸手可以抓牢,伸脚可以踩稳。因为保罗提出了要求,我便顺着梯子爬了上去,他也在我旁边爬另一架一模一样的梯子。当我们爬到跟一栋房子一样高时,当我们爬到跟一棵很高的树一样高时,我开始感到不安了。这时,我朝保罗所在的方向看了看。那家伙并不感到不安,但他猜到了我的不安,并且露出了微笑。

当保罗脸上露出微笑时,大约呼吸一次那么长的时间里,我一直注视着他,已经差不多快要辨认出他那张面容,快要想起他究竟姓甚名谁了。过去裂开了一条缝隙,缝隙越裂越大,一直回溯到上学那时候,回溯到我十二岁时,到那里就停止了。那是我生命中最美好的年代,一切都充满着芬芳,一切都奥妙非凡,一切都带有刚出炉的面包所具有的那种可以供人大快朵颐的香气,一切都镀上了一层冒险与英雄主义的醉人金光。当耶稣十二岁时,他在圣殿里令犹太文士们蒙羞[47];当我们十二岁时，我们也让所有教我们的学者和老师蒙羞。因为我们比他们更聪明，比他们更有创造力，比他们更无所畏惧。来自过去的声音与画面交织成团状，层层叠叠地朝着我涌来：忘带作业本，午休时间被禁足，一只用弹弓射杀的鸟儿、装满了偷来的黏糊糊李子的那侧上衣口袋、游泳池里男孩子们活力十足的哄闹、扯烂了的节日皮短裤以及内心深处的自责、关于尘世烦忧的热情晚祷、阅读席勒诗句时油然而生的了不起的英雄自豪感……

以上这些都只是在一闪念之间掠过的蜂拥而至的一长串画面，速度极快，没有焦点。然后，在紧接着的下一个瞬间，画面消散，眼前又是保罗的那张脸在看着我了，还是那似曾相识的模样，令人内心饱受折磨。此刻，我对自己的年龄不再确定了。有这样一种可能：我们其实都还是小孩子。从我们手边那又细又薄的梯子横条往下面看，那个叫"巴黎"的地方所拥有的星罗棋布的街道，陷落得越来越深，越来越深。当爬到比任何一座教堂塔楼都还要高的位置时，我们赖以攀爬的铁横条终于到了头，每架梯子的顶端都是一块水平放置的搁板，构成了一方面积极其之小的看台。乍看起来似乎不可能爬到看台上面去，但保罗镇静自若地上去了，因此，我也不得不照做。

到了上面之后，我整个人躺平在搁板上，从搁板的边缘位置朝下面张望，简直就像躺在一朵飘得很高的小云朵上似的。我的目光犹如一块石头一般，投入虚无之中，没有触碰到任何目标。就在这时，我的同伴冲着我做了个手势，指明了方向，我顺着他指的方向望过去，目光落在了一个漂浮在半空中的奇异景观上。我看到，在一条宽阔的街道上空，比附近最高的屋顶还要更高些的地方——不过，相对于我们此刻所在的高度，那里还是低得不可想象——在那里，有一群看起来很古怪的人高悬在空中，这群人看起来似乎是钢丝舞者，而且，这些人物当中的其中一个确实正在一根钢索或者一条长杆上行走。然后，我进一步发现，这群人的数量非常之多,而且几乎全部都是年轻女孩。在我看来,她们有点儿像是那种吉卜赛人,要么就是游牧民族。她们或走或躺,或者坐在那里,在像屋顶那么高的地方的一个悬在空中的脚手架装置上自由活动。那个脚手架是用最细的板条和跟叶子一样轻薄的传动杆拼搭而成的,她们就住在那里,对这块区域就跟自己家里一样熟悉。可以判断得出来,那条街道就在她们正下方:有一缕纤巧的薄雾漂浮在街道上,自下而上,缓缓上升,一直浮动到接近她们脚踏的位置才停止。

保罗对此评价了一句什么。"对的。"我回应道,"真是打动人心啊,所有这些女孩子。"

当然,我所在的位置比那些女孩要高得多,但我仿佛黏在了自己所在的这个搁板上似的,心中满是害怕。反观她们,却能够既轻快又无所畏惧地在高空中游走。而且,在我看来,这里实在是太高了——我来到了错误的地方。那些女孩的高度才是合适的,既没有在地面上,也不像我这里见了鬼一样又高又远;既不在人群当中,也不至于完全与世隔绝。不仅如此,她们人还很多呢。我很清楚地意识到,她们展现出了一种我从未达到过的理想生活。

我想改变,然而我也知道,无论自己之后再想做些什么,都必须再次攀着那架奇长无比的梯子,从那上面爬下去。光是这个想法就已经足够恐怖,乃至于令我感到一阵恶心,连一分钟都没有办法再在这上面坚持下去了。我的心中充满了绝望,全身上下因为眩晕而颤抖不停。在这种状况下,我将双脚从搁板上伸了出去,往下试探梯子上铁横条的具体位置——我从搁板上根本就没办法看见梯子——在那个恶劣至极的高度,整个人恐怖地悬空了几分钟,像得了痉挛病一样,紧紧抓住不放开。没有任何人来帮我,保罗已经走了。

在深深的恐惧笼罩之下,我冒着巨大的危险,一脚一脚地踏着横条,双手一下一下地抓牢。整个过程当中,有一种感觉自始至终像一团雾气似的围绕着我。那是这样一种感觉：实际上，我注定要去承担和忍受的，并不是这架高高的梯子，也不是发自本能的眩晕。转眼之间，竟然连周围的一切事物都变得模糊不清，失去了原本的形状。一切都成了雾气，一切都不确定了。我时而悬挂在铁横条上感到眩晕无比，时而谨小慎微又心惊胆战地爬过恐怖且狭窄的地下矿井和地下室通道，时而毫无希望地蹚过沼泽地和泥淖，那些来自蛮荒的淤泥似乎已经一路淹到了我的嘴边。到处都是黑乎乎的，到处都是阻碍物。我似乎肩负着很可怕的任务，这些任务统统有重大意义，但语焉不详，晦涩难解。恐惧夹杂着汗水，四肢麻痹而又寒冷。死亡困难重重，降生困难重重。

我们周围的黑夜还有多少?! 艰难困苦、令人胆寒的烦恼之路还有多少?! 我们走在这些路上，深入掩埋着我们心灵秘密的坑道之中，永远受苦的英雄，永恒的奥德修斯[48]！然而我们还是在继续前行，我们前行，我们躬下身来，奋力跋涉，我们在淤泥中游泳，几乎窒息而死，我们反复攀爬光滑的充满恶意的岩壁。我们哭泣，我们失去了信心，我们因担惊受怕而哭诉，我们因遭罪受苦而哀号。但我们始终是在砥砺前行着啊。我们前行并且受苦，我们前行，我们咬紧牙关熬下去。

浑浊如地狱般的浓烟中，又开始有画面浮现了，一小段昏暗的路径再一次被记忆之光赋予了形貌，心灵自太古蛮荒中脱出，涌入时光的故乡领域。

这是哪里？各种熟悉的物什正在注视着我，我呼吸着的空气又变成我所熟知的那种了。一个房间，面积很大，半明半暗。一盏石油灯摆在桌上，那是属于我本人的油灯。一张大圆桌，以及某件有些像是一架钢琴的东西。我的妹妹在，还有我的妹夫，有可能是专程来拜访我的，或者也可能是我在拜访他们。他们沉默不语，看起来忧心忡忡，满满的担忧，都是为了我。而我此刻正站在这又大又昏暗的房间里，来回踱步，走走停停，周围萦绕着一种愁云惨淡的气氛，涌动着一股苦涩的令人窒息的哀愁。眼下我正开始寻找某样物什，并不是什么重要的物什，大概是一本书，或者一把剪刀，或者类似的什么，反正，没有办法找到它。我将油灯提在手上，它很重，我整个人也是处于累得精疲力竭的状态，因此，我很快便把它放了下来，但旋即又将它拿起，想要好好找那样物什，好好寻找，尽管我本身很清楚，这样做只是徒劳。我不会找到任何东西，恰恰相反，我只会将一切弄得比之前还乱。油灯几乎快要从我的手中脱落，因为它实在是太沉重了，沉重到令人感觉很痛苦。我会像这样继续尝试，继续寻找下去，在这整个房间里胡乱摸索。我这一辈子的时间，都要像这样凄惨可怜地耗下去。

此刻，我的妹夫正注视着我，他看起来挺担忧的，也多少有些责备的意思。他们已经注意到我快要发疯了——我很快便想到了这点，并且再一次拿起了刚刚放下的油灯。我的妹妹走到了我的身边，一言不发，眼神似在乞求着什么，满是恐惧与怜爱，几乎令我心碎。我什么话都说不出来，只能伸出一只手来，做了个表示拒绝的手势，以手的动作来抗拒她。与此同时，我在心里想着："就让我自生自灭吧！就让我自生自灭！你们是绝对没办法搞清楚我究竟是怎么一回事的！没办法搞清楚我有多么痛苦！没办法搞清楚那痛苦究竟有多么可怕！"然后又是新一轮的"就让我自生自灭吧！就让我自生自灭"。

泛红的油灯灯光微微映照在整个大房间里，树木在外面的风中悲叹呻吟。有那么一小会儿，我觉得自己从内心最深处看到并且感受到了外面的夜晚：风与湿气，秋天，苦涩的树叶气味，榆树的落叶四散飞舞，秋天，秋天！然后，又有那么一小会儿，我变得不再是我自己，而是像在注视一幅画那样，从外界看着我自己：我是个面色苍白、身材瘦削的音乐家，有着一双目光闪烁不定的眼睛，名字是胡戈·沃尔夫[49]，将要在今天晚上进入精神错乱的状态。

在此期间，我不得不再次开始寻找，毫无希望地寻找着，举起那盏沉重的油灯，放到圆桌上，放到扶手椅上，放到一堆书上。当我的妹妹再一次用她那悲伤又谨慎的目光打量我时，当她打算安抚我时，当她想要向我靠近，责无旁贷地帮助我时，我却不得不又一次用近乎乞求的态度，向她摆出了表示拒绝的手势。我内心暗藏着的悲戚不断生长，将我整个人都给填满了，满到快要炸裂开来。围绕在我周围的图景有着足以震撼人心的清晰程度，分毫毕现，比寻常人眼中看到的任何真实画面都要清晰得多：一两朵秋天的花卉，装在水杯里，下面还有一朵深红棕色的大丽花，在那凄美到痛彻心扉的孤独中绽放。每一样事物都是如此，也包括油灯那闪闪发亮的黄铜制灯座，看上去美不胜收，简直如同施了魔法一般——它被如命中注定般的孤独所环绕着，就跟那些伟大画家创作的画作呈现出来的一样。

  我清楚地觉察到了自己的命运。眼下这种悲戚，倘若再多上那么一点点，倘若再多看妹妹一眼，倘若再多看那些花儿一眼——那些美丽的充满生机的花儿啊——倘若如此，悲戚就会满溢出来，我也会就此沉入精神错乱的状态之中。"就让我自生自灭！你们根本就不明白！"在那光滑如镜的钢琴外壁上，自那乌黑色的木料深处，反射出一束来自油灯的光芒，那光芒如此美丽，饱含着如斯神秘，满满的全是忧郁！

  这时，我的妹妹又站起了身，她朝着钢琴走过去了。我想要向她乞求，发自内心地想要拒绝她，但是我办不到，从我这势单力薄的孤独之躯中，再也找不出哪怕一丝力量，再也没办法抗拒她了。噢，我已经知道眼下必然会发生的事情是什么了。眼下正在将前因后果娓娓道来的这段旋律，这段将要坦承一切的旋律，这段必定会毁灭一切的旋律，我是知道它的。无比巨大的压力，将我的整颗心都给抽紧了。当最初的几滴热泪从我的眼睛里蹦出来时，我突然猛冲向那张圆桌，将脑袋和双手架在圆桌的边缘上，用自己全部的感官、用自己全新的感官[50]同时聆听并接收这段文字与旋律。这是沃尔夫谱写的旋律，诗句如下：

你们知道些什么，漆黑的树梢啊，
知道那古早而美好的年代吗？
崇山峻岭背后的故乡，
为何如此之远，如此之远！

伴随着这首诗，全世界在我面前、在我内心同时分崩离析，碎片沉没到泪水和声音里，没什么好说的，就这样一泻如注，如一道洪流，如此美好又痛苦！噢，哭泣啊，噢，甜蜜的坍塌，至福的消融。世界上全部充满了思想和诗歌的书籍加在一起，对于区区一分钟的呜咽抽泣而言，根本就不值一提。这一分钟的呜咽抽泣寄托着如洪流般奔涌的情感，象征着自内心深处深切感受到自我、找到自我的过程。泪水是逐渐消融的心灵坚冰，所有的天使都愿意亲近哭泣的人。

我抽泣着，动机和原因统统忘却，从无法承受的高度紧张的状态，跌落到日常情感的温和曦光之中，没有任何看法，没有任何念头。在曦光中不时地能见到一些漂浮着的图景：一具棺材，里面躺着一位对我而言如此亲近、如此重要的人，但我并不知道具体是谁。或许就是你自己，我暗想。这时，又有另一幅图景从广阔而轻柔的远方飘到了我的面前。我难道不是已经见过这幅美妙的图景了吗？在许多年前，或者是在更早些的某一次生命轮回当中？那是一群居住在高空中的年轻女孩，如云朵一般，仿佛自身没有任何重量似的，美丽又幸福。她们轻盈自在，就跟空气一样。她们的动作行云流水，难道不像是弦乐？

在此期间，时间又过去了好些年，年月以温柔却又有力量的方式，将我从那幅图景旁边推开挤远。哎呀，或许我的整个人生仅仅只有这样一种意义，那就是发现这些可爱的浮在空中的女孩，来到她们身边，变得跟她们一样！此刻，她们已经沉入远方了，遥不可及，不可理解，无法解脱。令人绝望的眷恋在她们周围疲惫地飘舞着。

年月如雪花般纷纷扬扬地坠下，这个世界又发生了改变。我正心情低落地朝着一栋小房子漫步。这时，我的嘴里突然生出一种恐怖异样的感觉，那感觉扼住了我。于是，我便怀着一种颇为凄惨的情绪，心惊胆战地用舌头舔舐了一下嘴里状况存疑的某颗牙齿。哪里知道，刚碰到这颗牙齿，它就已经歪向一边，从嘴里脱落了下来。接下来的那颗牙齿也是如此！那边恰巧有一位十分年轻的医生，我便拿出恳求的姿态，用手指捏住一颗脱落下来的牙齿，到他面前去诉苦。他漫不经心地笑了笑，用医生惯用的讨厌的职业手势对我的行为表示了否定，并且摇了摇那颗年轻的脑袋——无关紧要的，对身体完全无害，这样的事情每天都会发生。我的老天爷，我不由得在心里感叹。可他还是喋喋不休，并且还伸手指了指我的左边膝盖——要紧的是这里，这里反而不是闹着玩的。我当即用极快的速度向下伸手摸了摸膝盖。果然是这里！膝盖上有一个大洞，大到我能够直接将手指伸进去的程度。手指在那里触碰到的并不是皮肤和血肉，而是某种没有任何触觉、软绵绵、松散的物质。这种物质很轻，呈现出纤维状，就跟已经枯萎了的植物组织一样。除此之外，就什么也没有了。噢，我的上帝啊，这就是朽坏，这就是死亡和腐败啊！"这种情况下，已经再没有什么可以做的了吗？"我以努力表达出来的亲切态度问道。"再没什么可以做的了。"年轻的医生说完就离开了。

我竭尽全力，朝着那栋小房子走去，心中并没有感觉到本来必定会感觉到的那种绝望，甚至还有点儿无所谓。我现在就必须进到那栋小房子里面去，我的母亲正在那里面等待着我。我岂不是已经听到她说话的声音了吗？我岂不是已经看到她的面容了吗？台阶一路向上，发了疯的台阶又高又滑，没有扶手，每一级台阶都是一段山脉、一座高峰、一道冰川。显而易见，我已经来得太迟了，她恐怕早已离去了，或许已经死了？可我刚刚不是又一次听见有人在喊叫了吗？我沉默不语，与由台阶组成的陡峭群山展开了搏斗。我不停摔倒，不断受伤。我变得狂乱，啜泣不止。我坚持登攀，强迫自己。我步履蹒跚，拖着已经折断了的胳膊和膝盖爬了上去，到了上面，到了那道大门前。这时，台阶又变小了，变得漂亮了，还是用黄杨木包边的。我的每一次跨步都极为缓慢，极为艰辛，简直就像是在污泥和黏胶里跋涉，完全没办法往前挪动哪怕一丁点儿距离。大门敞开，里面穿着一件灰色的连衣裙来回踱步的，正是母亲。她的胳膊上挽着一只小提篮，一言不发，陷入沉思。噢，她那头稍微有些显露出灰白色的黑发，收拢在了盘发网兜里！还有她踱步时的姿势，她那瘦弱的身形！以及那件连衣裙，那件灰色的连衣裙……我岂不是早已将她的样貌完全遗忘了吗?！岂不是将这一切忘记了很多很多年吗?！岂不是再也不曾真正想起过她了吗?！她就在那里，她就站在那里，在那里踱步，但只能看到她的背影——完全就是她的模样，完全清晰，完全美丽，充满了爱，充满着爱意！

我拖着瘫软残缺的步履，在绵密黏滞的空气中愤怒地跋涉着，植物藤蔓就像纤细而强韧的绳索一般缠住我，将我越缠越紧，满怀敌意的障碍物到处都是，根本没办法前进！"母亲！"我高喊道，但发不出任何声音……什么声响也没有。她和我之间隔着一层玻璃。

我的母亲继续走着，走得很慢，没有朝后看，整个人沉浸在美好、细密的沉思当中，并且用她那只我很熟悉的手，拂去了连衣裙上沾着的一条看不见的线，然后又弯下腰来，看了看自己那只小提篮里放着的针线活儿。噢，那只小提篮！曾经有一次，她还在里面为我藏过一次复活节彩蛋呢。我绝望地尖叫，但发不出一点儿声音。我奋力前行，却始终停留在原地！任柔情与愤怒反复撕扯着我。

至于她，已经慢慢在继续朝前走，直直穿过这栋花园洋房，站在对面那道敞开的大门前了。她还在继续前进，踏入外界的虚无当中去了。只见她低下头来，稍微偏向一侧，模样很温柔，似在聆听，其实是再一次陷入了自己的沉思之中，小提篮提起又放下。这时，我突然回忆起了一段往事，与一张小纸条有关。当我还是个小男孩时，曾经在她的这只小提篮里找到过一张小纸条，上面用她那娟秀的字迹写着这一天里需要去做的事情，以及那些尚在酝酿中的计划——"赫尔曼[51]的裤子磨破了——收衣服——借狄更斯的一本书——赫尔曼昨天没有做祷告。"——回忆的洪流，爱的负累！

我站在那道大门前，被藤蔓绑得严严实实，动弹不得。在我对面，那位穿着灰色连衣裙的妇人正在慢慢离去，她进到了花园里，然后就不见了。

（1916年）

欧洲人
Der Europäer

地球上的好日子因为那场血腥的世界大战而宣告结束,老天有眼,以降下大洪水的方式,亲手为人类的好日子画上了句号。滚滚洪涛满怀着同情心,将亵渎败坏这颗逐渐衰颓星球的一切冲刷殆尽:沾染了鲜血的雪原,以及密密麻麻布满了火炮的山脉;腐烂的尸体,以及围在这些尸体旁哭泣的人群;义愤填膺者和嗜血成性者,还有一贫如洗者、忍饥挨饿者,再加上那些精神错乱者。

覆盖全球的蓝色天空,友善地俯瞰着自己所包围着的贫瘠球体。

顺带一提,欧洲的科技直到最后一刻都十分可靠。在对抗那缓缓上升的大水的行动中,欧洲周到又顽强地坚持了长达数周。数以百万计的战俘通过日以继夜的劳动修筑了巨型堤坝,最开始时,就是用它来进行对抗的;接下来又用人造的无数座高台来抵御大洪水,这些高台向上攀升的速度快得如同传说故事一般。刚开始建造这些高台时,它们看起来就跟巨大的露天观景阳台一样,不过随后,当建到高得不能再高时,它们就变得越来越像是高塔了。伴随着震撼人心的忠诚,人类的英雄主义在这些高塔上坚持到了最后一天。当欧洲和世界上其他地方已经统统陷落、沉没的时候,最后剩下的这些铁塔依旧挺立不倒,还在持续不断地向外界发出探照灯光束,那些光束穿透了正在沉没的大地上所弥漫的潮湿暮光,明亮耀眼,毫不动摇。从那些火炮里呼啸着射出一颗颗炮弹,炮弹在空中来来回回,描绘出一道道优美的弧线。末日之前两天,同盟国[52]的首脑终于达成一致,通过探照灯打出的信号向敌人提出了议和请求。然而，敌人却要求即刻拆毁那些依然挺立着的如堡垒般坚固的高塔。对于这样的条件，就连最坚定的和平主义者都没有办法认同。因此，英勇的炮击一直持续到了末日之前的最后一个小时。

此时此刻，世界上的全部地方都已经被淹没了。唯一一位幸存下来的欧洲人，眼下正套着一只救生圈，在大洪水中随波逐流，并且还在用他最后剩下来的一点儿力气，努力将最近几天发生的种种事件给记录下来。他的记录可以让下一批出现的人类获知，祖国的陷落比最后剩下来的那批敌人还要晚几个小时，如此一来，就能够确保祖国的胜利千秋万代、永世传扬了。

这时，在灰蒙蒙的海平线上出现了一艘行驶起来迟缓又笨重的载具，通体黑色，体量十分巨大，正在慢慢靠近他这个疲乏虚弱的幸存者。他发现，那是一艘无比巨大的方舟。对于这个发现，他感到颇为欣慰。而且，在陷入昏迷之前，他还看到这艘能够在水中航行的巨大房屋的甲板上，站着一位年事已高的大族长[53]，此人身材高大，银白色的长须随风飘舞。一个如巨人般魁梧的黑人将方舟行驶过来搭救的目标——这位欧洲人——像一条鱼似的给捞了起来，他还活着，并且很快就重新恢复了意识。大族长的脸上露出了祥和友善的微笑，因为他的任务总算是圆满完成了，地球上的全部生灵、每个种类都救出了一份样本。

当方舟从容缓慢地随着风的方向前行，耐心等待浑浊灰暗的大水退去时，方舟上的生灵已经放松下来，过上了丰富多彩的生活。大鱼成群结队，跟随着方舟一同遨游；鸟儿和昆虫组成了五颜六色、如梦似幻的飞行联队，在方舟敞开的船顶上空自由飞翔。方舟上的每一只动物、每一个人类的内心都满怀着喜悦，因为他们有幸获救，并且有机会去开启一种全新的生活。五彩斑斓的孔雀在水面上发出嘹亮刺耳的鸣叫，这是它每天早上都会进行一次的晨鸣；快乐的大象笑着将自己的长鼻子高高抬起，喷出水柱，给自己和妻子洗澡；壁虎坐在洒满阳光的船梁上，身体闪闪发亮。印第安人手中的鱼叉以极快的速度刺出，从一眼望不到尽头的大水中叉出泛着银光的小鱼；黑人在炉灶旁，尝试用快速摩擦干燥木材的方式来取火，火生起来了，他开心得拍打起自己的胖老婆的大腿，发出一连串颇有韵律的声响；瘦骨嶙峋的印度土著站得笔直，双手手臂交叉，叠放在胸前，口中呢喃着上古时代流传下来的诗句——那些诗句出自印度教中有关创世传说的歌谣，是专门讲给自己听的；爱斯基摩人正在躺着晒太阳，身上不停流汗，毛孔不住地冒油，汗气自他身体周围蒸腾上升，那双小眼睛笑得眯成了一条缝，一只脾气很好的貘在他身上嗅来嗅去；还有那个五短身材的日本人，自顾自地雕凿出了一根细长的小木杖，时而将它放在自己的鼻子上，时而让它在自己的下巴上取得平衡。欧洲人拿起那套书写用的玩意儿，奋笔疾书，忙着为方舟上已有的生物列一份目录清单。

小团体和友好关系逐渐形成，一旦哪里快要爆发纠纷，大族长就会出面，稍一示意便能将矛盾化解。大家彼此之间都很乐于交往，也很开心，唯独欧洲人忙于自己的书写记录工作，特立独行，不跟任何人来往。

所有这些千奇百怪的人类和动物现在又想出了一种全新的游戏，每个生灵都来当众展示自己的能力和技艺，比赛看看谁最有能耐。所有生灵都想要争夺第一的宝座，大族长不得不亲自上阵，主持这场游戏，创建规则，维持秩序。他将大型动物归为一类，小型动物归为一类，人类则单独作为一类。每名参赛选手必须先报上名号，然后说出自认为能够光耀自己族群的能耐，按照前后顺序，依次表演。

这个了不起的游戏一连持续了很多天，因为过程中总是会有一群家伙突然跑开，中断自己这边正在进行的较量，跑去看另外一群家伙的表演。每一种绝妙的能耐都能赢来大家的满堂喝彩。究竟存在着多少种妙不可言的能耐，能够让大家驻足围观啊！上帝的每一样造物，竟然都在展示自己暗藏的天赋！那笑声是多么嘹亮！鼓掌喝彩声是多么震撼！大呼大叫、嘶鸣尖啸、拍手称快、死命跺脚,听听那嘶叫声!

黄鼠狼跑步时的样子真是异常美好,云雀鸣唱时的声音如同被施了魔法般美妙,趾高气扬的火鸡迈出华丽的步伐,一往无前。还有,别忘了松鼠,它向上攀爬时的动作简直敏捷得不可思议。山魈[54]模仿马来人[55]的动作,狒狒又来跟着模仿山魈!会跑的和会爬的,会游泳的和会飞的,彼此之间都在不知疲倦地进行着比赛,斗志高昂。每种生物在自己所擅长的领域内都是没办法被其他生物超越的,天赋确实是见成效的。有这样一些动物,它们看起来似乎会使用魔法,还有一些动物可以令自己变得谁也看不见。有很多动物凭着自己的力量取得优势,也有很多是通过奸诈狡猾的手段来获胜;有些擅长进攻,有些着重于防守。昆虫能够有效地保护自己,它们可以让自己看起来像草、像木头、像苔藓、像岩石。还有其他一些弱小的动物,在面对敌人攻击时会释放出恐怖的臭气,它们以此来赢得掌声,并将那些嘲笑不停的观众吓得抱头鼠窜。没有任何一种生物躲在后面不敢上前,没有任何一种生物是完全没有天赋才能的。鸟巢需要经过缠绕、黏结、编织、堆砌方能造成。掠食的猛禽可以在难以置信的高度辨认出最微小的物什。

就连人类都能够将自己的那些本领颇为出色地展现出来。瞧那个身材魁梧的黑人,他可以轻松自在、毫不费力地在高空中的横梁上行走;瞧那马来人,只需要摆弄三下,就能够用一张芭蕉叶做成一把桨;瞧那印第安人,用一根轻飘飘的小箭就能够射中最小的目标,他的妻子则用两种不同类型的树皮编织成了一张垫子,大家佩服得五体投地。这时,印度土著走上前来,表演了几套魔法般的把戏,大家看得目瞪口呆,很长时间都没有发出一点儿声响。中国人独辟蹊径,向大家展示了通过辛勤劳作将小麦产量提高到原来的三倍的秘诀:将第一次播种后长得过于瘦弱的幼苗拔出来,种到旁边专门空出来的田垄里。

欧洲人这个家伙,喜欢他的人本来就少得可怜,眼下又激起了人类同胞的不满与憎恶,因为他对其他人的表演不停指手画脚,言语刻薄,态度轻蔑。当印第安人从高高的蓝天上射落他那只猎物鸟儿的时候,这个白皮肤的男人耸了耸肩膀,在众人面前宣称,只需要区区二十克炸药,就可以射得比这个高上三倍!可是,当大伙儿对他提出请求,让他亲手展示一下具体是怎么一回事时,他根本没办法做到,反而振振有词地说,如果他手头有这个那个,还有那什么,以及其他十来种东西的话,他就可以轻而易举地做展示了。中国人也被他讥笑了,他口口声声地向大家表示,尽管这种对小麦幼苗进行移栽的方式,确实需要不得了的勤劳苦干才能完成,但是,这是一种如同奴隶劳工般艰苦的工作,一个民族是没办法通过这样的苦劳过上幸福生活的。对此,中国人回应道,一个民族只要能够吃上饱饭,懂得敬重神明,就能过上幸福生活。这一回应得到了全场喝彩,但欧洲人就连这个回应也要专门拿来讥讽、嘲笑一番。

兴高采烈的比赛继续进行,到了最后,方舟上全部的生灵——全部动物和人类——都已经展现过自己的天赋技艺了。大家彼此之间收获了很深的印象,其乐融融,就连大族长本人也从自己的雪白胡须底下发出了爽朗的笑声,并以满怀赞许的态度对众人说道:"如今,大洪水总算可以老老实实退下去了,已经可以在这个地球上开始全新的生活了,因为上帝身上所穿衣服的每一根彩线都还保全着,想要在地球上为未来无尽的幸福生活奠基,什么也不缺。"

唯独欧洲人还没有展露出任何本领。现在,除了他本人之外,所有人都在强烈要求他赶紧行动起来,走到众人面前,展示独属于他的能耐。唯有这样,才能弄清楚他是不是也有着和大家同等的权利,可以自由呼吸上帝所创造的甜美空气,可以乘坐大族长这座会游泳的房子。

男人反复推辞,拒绝展示,甚至想要搪塞糊弄过去。可是,此时此刻,挪亚[56]将手指摁在了他的胸膛上,亲自规劝他,要他按照大家的要求来。

"就连我这个人,"对于自己的能耐,这个白皮肤男人是这样开始讲述的,"就连我,也是有着一门出类拔萃的本事的。这门本事相当出色,我掌握得也十分熟练。我所说的并非眼力——我的视力并不比其他生物更优秀些——也并非听力或者嗅觉,或者双手的灵巧程度,或者与这些类似的什么能力。相比之下,我的天赋的层次要高得多。我的天赋可是智识。"

"展示一下!"黑人喊道,转眼之间,所有人都聚拢了过来。

"这可没有什么好展示的。"白皮肤的家伙态度温和地回应道,"你们看来并没有好好理解我所说的这番话的意思。我这个人的与众不同之处,在于理解力。"

听到这个回答,黑人开怀大笑,露出雪白的牙齿;印度土著面露嘲讽,薄薄的嘴唇噘得老高;中国人的脸上露出微笑,笑中同时带有机敏与善意。

"理解力?"挪亚慢悠悠地说道,"既然如此,那就请向我们展示一下你的理解力吧。直到目前为止,还完全没有看到你展露过呢。"

"理解力这种东西,本身就没什么可以展露的。"欧洲人有些怏怏不乐地回应道,"我的天赋和特征,实际上是这么一回事:将外面的世界以图像记忆的形式储存在自己的脑袋里,然后,仅凭这些图像记忆,我就能够创造出崭新的图像、事物运转的全新规律。我能够在自己的大脑中思考整个世界,也就是说,我能够创造出一个新的世界来。"

挪亚伸出一只手来,捂在了自己的眼睛上——他实在看不下去了。

"请允许我插句话,"他慢悠悠地说道,"你这样做又有什么好的呢?再去创造一次上帝早已创造出来了的世界,而且还是完全只为你自己,只在你那颗小脑袋瓜里,这样做又有什么用处呢?"

这下子,所有人都热烈鼓掌了,并且纷纷向欧洲人抛出类似的问题。

"等等！"欧洲人喊道，"你们没有正确理解我说的话。智识的功效没有那么方便展示，这可跟展示某项手艺活不一样。"

印度土著的嘴角露出了微笑。"噢，事实并非如此，白皮肤的老兄，你的智识还是可以被展示出来的。现在就给我们展示一下智识的其中一项功效吧，比如心算。让我们来比试心算！那么，问题如下：一对夫妻有三个孩子，这些孩子每一个都组建了属于自己的家庭。新组成家庭的这三对夫妻，每年都会诞下一个孩子。试问，这个大家族的总人数达到一百人，需要经过多少年？"

所有人都满怀好奇地聆听着，听完问题之后，他们开始用手指计数，像犯了痉挛病似的，双眼死盯住自己手指所表示的数字。欧洲人也开始了心算，可中国人转眼之间就举手了——他已经算完了。

"干得很漂亮，"白皮肤的家伙不得不承认，"但这不过是一种小伎俩罢了。我的智识并不是拿来完成这种小杂技的，它是用来解决事关人类福祉的重大问题的。"

"噢，这我倒挺中意的，"挪亚鼓励道，"追寻福祉，这种能力显然比其他所有的技艺都重要。关于这点，你确实是正确的。那么，赶紧告诉我们，你在事关人类福祉的重大问题上，究竟有什么可以拿来传授给大家的？说出来吧，我们都会对你感激不尽。"

这下子，所有人都屏住了呼吸，死盯住那个白皮肤男人的两片嘴唇，只等他开口了。终于来了。他可真是了不起啊，竟然能够给我们展示全人类的福祉应该如何建立！先前的恶语相向，还请他尽数原谅吧，这可是真正的大魔法师啊！既然他拥有这样的大能，那还需要眼睛、耳朵、双手上的天赋跟技巧吗？还需要勤劳、心算这样的雕虫小技吗？

在此之前，欧洲人的脸上一直挂着高高在上的骄傲表情。但是此刻，在众人所表现出的这种充满崇敬的好奇心面前，他的脸上渐渐开始挂不住了。

"这可不能算是我的过错!"他犹疑不决地说道,"你们一直理解错了我想要表达的意思!我可从来没说自己真知道关于福祉的什么秘密。我之前只是说,我的智识正在致力于处理一些问题,这些问题的答案能够对人类福祉有所帮助。通往人类福祉的道路是漫长的,无论是我本人,还是你们,实际上都看不到这条道路的尽头。尚且需要世世代代共同的努力,共同为这些困难的问题出谋划策!"

人们呆站在原地,脸上写满怀疑,不敢妄下定论。这个男人究竟在讲些什么?就连挪亚都将脸转向一侧,眉头皱成了一团。

印度土著朝着中国人露出了微笑,在其他所有人都显得难堪且不知所措,唯有保持沉默的这个节骨眼上,中国人开口了。他很友善地对大家说道:"亲爱的兄弟们,这位白皮肤的老兄,其实是个爱打趣的家伙。他想要告诉我们,在他的脑袋里正在进行这样一种劳作,这种劳作的成果,要等到我们曾孙子的曾孙子那一辈才有可能看得到,也有可能到那时候都看不到。我建议,我们眼下姑且承认他为笑话大王。因为虽然他所讲的那些东西,我们所有人都没办法正确理解,但我们所有人心里其实也很清楚,一旦我们真正弄清楚了他所讲的那些东西,恐怕就会因此爆发出无休无止的大笑。难道你们心里不也正是这样想的吗?那么,很好,一起向我们的笑话大王致以崇高的敬意吧!"

在场的大多数人都很赞同中国人的发言,并且感到十分欣慰,因为如此一来,这段黑暗的历史终于可以迎来一个正式的终结了。[57]不过,仍然有几个人恼羞成怒,情绪很差。至于欧洲人,还是兀自待在角落里,对于这番发言不置可否。

当天傍晚,黑人跟爱斯基摩人、印第安人和马来人一道,去了大族长那里,说了如下这番话:"备受尊敬的长者啊,我们有个问题需要向你请教。那个白皮肤的小伙子今天当众拿我们寻开心,这件事令我们感到很不开心。我请求你考虑一下,所有的人类和动物——每一只熊和跳蚤，每一只雄鸡与蟋蟀，包括我们人类，一切生灵都是有东西可以拿来展示的。我们可以通过这些独有的天赋和技艺，来向上帝献上敬意，来保护我们自己的生命，提高生活质量，或者免于承受灾祸。我们见识到了不少堪称奇迹的天赋，也看过一些令人捧腹大笑的技艺，甚至连每一只最小的动物，都给我们带来了些许喜悦和美好。唯独那个肤色苍白的男人，他是我们从大洪水里捞上来的最后一个生灵，除了特立独行又高高在上的空话、暗话和笑话之外，他什么都没有展示。至于那些话呢，既没有任何人能够弄明白是什么意思，也不能够令任何人感到开心。因此，我们才会过来问你，亲爱的长者啊，让这样一个人物参与进来，在这个美好的地球上跟我们一道建设崭新的生活，这样的决定是否合适？这样做难道不会招致灾祸吗？瞧瞧他那个鬼样子吧！他的双眼晦暗无神，他的额头满是皱纹，他的双手苍白羸弱，他的面容看起来满怀着恶意，又满溢着悲伤。他这个人，嘴巴里就说不出哪怕一句好话！他这个人太不对劲，这是显而易见的。究竟是谁把这个小伙子派到我们的方舟上来的，只有上帝本人才知道！"

年纪已经很大的长者[58]，抬起自己那双明亮的眼睛，注视着这群发问者。

"孩子们啊，"他用很轻的声音满怀善意地说道，刚一开口，他的脸上立即就显得容光焕发，"亲爱的孩子们啊！你们方才所说的这番话，确实有些道理，但里面也有不对的地方！而且，关于这个问题，上帝早在你们发问之前，就已经给出了他的回答。对于你们的说法，我不得不表示赞同，那个来自战地的男人，称不上是一位多么招人喜欢的客人，而且，也很难看出这样一个怪人有什么存在的必要性。可是话说回来，创造出这样一种人的上帝，显然很清楚自己为什么要做这件事。你们所有人都应该多体谅一下这些白皮肤的人，正是他们又一次毁灭了可怜的地球，并且令我们再一次面临天罚。你们瞧瞧看，在这件事情上，上帝早已给出了一个启示，明确说明了自己安排那个白皮肤男人上船的用意：你们所有人，包括你这个黑人，你这爱斯基摩人，为了那希望能够尽快在地球上展开的崭新人生，你们的身边都是安排了亲爱的妻子相伴的，比如你跟你的黑人妻子，你跟你的印第安人老婆，你和你的爱斯基摩爱人也一样。唯独那个来自欧洲的男人，他是孑然一身。当初，我还因为这件事难过了很长一段时间，不过现在，我觉得自己已经了解了这种安排的真正含义。这个男人之所以驻留在我们身边，实际上是作为一种警告、一种驱动力而存在的，或许他就是个幽灵。他只凭自己一个人，是没办法开枝散叶的。因此，他唯一能做的，就是选择再一次投奔到由各种有色人类所组成的洪流之中。你们即将在崭新的天地里开展的新生活，是不可能因为这个人而被打乱的。放宽心吧！"

夜色已沉，随后，到了第二天清晨，在东方，神圣群山的顶峰自大水中逐渐显露端倪[59]。

（1918年）

帝 国
Das Reich

很久以前,有个领土面积广大、风景秀丽如画但并不怎么富庶的国家,在这个国家里居住着一群勇敢的人民,他们性格上谦逊质朴,身体孔武有力,对于自己的命运甘之若饴。大量的财富和优越的生活,高雅与华丽,这些在这个国家并不多见。相对富裕些的邻国人民,时不时地就会以不无讥讽的态度,或者一种带着嘲讽的同情,端详这个大国里谦逊的人民。

但是,仍然有这么几样东西——这几样东西用钱是买不到的,而且是人类依旧视若瑰宝的——在这个其他大部分领域一概籍籍无名的国家里,是发展得很兴旺的。它们发展得如此兴旺,乃至于随着时间推移,连这个穷匮的国家都逐渐变得闻名遐迩、备受世人尊敬了,尽管它整体上始终是势单力薄。这个国家着重发展的是音乐、诗歌和哲学这类领域,人们也并不要求一位伟大的智者、隐士或者诗人必须得富有、优雅且擅于交际。恰恰相反,这类人按照自己独有的方式行事,这本身就是值得尊敬的。那些有权有势的国家,也是如此看待这个特立独行的穷国的。对于该国的穷匮,对于它在国际舞台上表现出的迟钝和笨拙,强国们无非是耸一耸肩膀,一带而过,但它们都乐于谈论这个国家的思想家、诗人和音乐家,而且是真心叹服,并不会因此生出忌妒心。

长此以往,这个思想的国度尽管依旧穷匮,尽管还是常常受它的邻居们压迫,但开始向邻国和全世界倾注一股历久弥新、若即若离、互促互进的思想暖流,达成了一种和谐的境界。

但这个国家也存在着一个无法被忽视的问题：一种由来已久且引人注意的状况。正是这种状况的存在，使得这个国家不只被外人嘲笑，甚至连它自己的人民都感到痛苦和难堪。在这片美丽的土地上，有着许多不同的部落。自古以来，这些部落之间的关系就很不融洽。它们一直在互相争斗，互相忌妒。尽管时不时地就会冒出这样一个想法，并且由民众当中最优秀的那群人公之于众——各个部落之间应该联合起来，友好相待，共襄盛举；可是，另一个对应的想法总是如影随形——倘使真那样去做了，如此一来，在那许多部落之中，总有一个会力拔头筹。这个部落的首领也会自抬身价，认为自己比其他首领更优越些，并且希望能够取得所有部落的领导权。大部分部落都极力反对这个想法，因此，这个国家也就一直没办法成为一个真正统一的国家。

曾经有这样一位外族领袖和征服者，他对这个国家压迫得十分厉害。因此，当这个国家终于战胜了征服者之后——借助这次胜利，似乎总算有机会给国家带来真正的统一了。哪里知道，人们很快又吵翻了，许许多多的小部落首领起来反对统一。因为战争获胜，这些首领的部下刚刚从他们的主子那里得到了大批恩赐，这些恩赐包括官职、贵族头衔和五颜六色的勋章绶带等。因此，他们整体上很满意，安于现状，不愿意冒险去搞什么新东西。

与此同时，全世界正在发生那场众人皆知的重大变革，那个以人与机器为主题的罕见变化。它就像一个幽灵，或者一种疾病，从最初几台蒸汽机所产生的烟气当中冉冉升起，令人类的日常生活发生了翻天覆地的变化。工作与勤奋充满了整个世界，机器占领了整个世界，常做常新的工作驱动了整个世界。巨大的财富形成了，发明机器的那部分世界对全世界的统治比以往更加深入，它们以强权瓜分了地球上剩余的土地，那些不够强势的国家则一无所获。

我们之前提到过的那个国家，也被席卷到了这一浪潮之中，但它所拥有的份额还是那么渺小，这也跟它在此次浪潮中所扮演的角色相匹配。看来，全世界的所有资源又被重新分配了一次，这个穷国也又一次铩羽而归。

在这个节骨眼上，一切事情突然进入了与以往截然不同的发展轨道。那个持续已久的呼声，即将这个国家的所有部落全部统一起来的想法，本身就从来没有断绝过。如今，一位手段强硬的伟大政治家横空出世，这个国家对一个强大的邻国发起了战争，并且取得了幸运且全面的光辉胜利。这场胜利显著增强了国力，并且实现了国家的真正统一。眼下，所有的部落全部联合了起来，一个伟大的帝国得以建立。这个由空想家、思想家和音乐家组成的穷国终于觉醒了，它富强，它伟大，它已经实现了大一统，作为一股不遑多让的力量，步入了世界强国之林，跻身于往日的列强之中。外面更广阔的世界中，已经再没有更多东西可以被掠夺、被获取的了。年轻的强国发现，离自己很遥远的那部分世界里的各种份额，早已被瓜分完毕。可是现如今，机器之魂在这个国家的发展，已经可以用狂飙猛进来形容了。要知道，在之前很长一段时间里，机器也只是慢慢在生产中取得了统治地位而已。如今，整个国家和民族发生着日新月异的变化，越来越强大，越来越富裕，越来越有权力，令人望而生畏。这个国家积聚了大量的财富，它开始用由士兵、加农炮和堡垒所构成的三重防御网将自己给包围起来。对新晋强国感到不安的邻国很快就产生了猜疑和畏惧，于是，就连它们也开始修筑寨栅，并且准备起大炮和战舰来。

这些尚且不算是最坏的情况。大家都有足够的钱，可以拿来支付这些巨大无比的防御铁壁所产生的费用，但没有任何人想到将会发生一场战争。大家把自己武装到牙齿，只不过是为了防患于未然，因为富有的人总是希望能够造起铜墙铁壁来守护自己的钱财。

相比之下，糟糕得多的情况反倒来自这个年轻帝国内部所发生的悄然转变。长久以来，帝国的民众在这个世界上都是半受嘲讽、半被尊崇的状态，那是因为他们的精神生活太过富足，而占有的钱财又如此匮乏。如今，帝国的民众却突然认识到，拥有金钱和权力竟然是一件如此美妙的事情。他们修楼盖屋，储蓄钱物，他们推动商贸发展，并且对外放贷。没有任何人对自己发家致富的速度感到满意，无论钱财来得有多快，他们都觉得还不够快：原本拥有一座磨坊或者一家铁匠铺的人，现在却一定要马上拥有一座工厂；手下原本管着三个学徒工的人，现在却一定要掌管十个或者二十个学徒工；甚至还有很多人，已经飞速让在自己手底下干活儿的工人数量变成了成百上千个。有那么多双手，那么多台机器，这些手和机器干活儿的速度越快，金钱就积累得越快——对于那些拥有积累财富能力的少数人而言，情况确实就是这样的。但是，大批大批的劳动者，他们的身份不再是某位师傅的学徒和同事，反而一举沦落为徭役和奴工。

在其他的一些国家，情况也与此类似。那里的作坊也变成了工厂，那里的师傅也变成了掌权者，那里的劳动者也成了奴隶。这个世界上再没有哪个国家能够摆脱这种命运。但是，年轻的帝国独独遭遇了这样一种天命，那就是，世界上正在流行的这种全新的精神与趋势，其脉络刚好跟帝国的形成历程相重合。这个全新的帝国不存在旧日历史，不占有旧日财富，它就跟一个缺乏耐心的孩子似的，在这个狂飙猛进的新时代里飞奔，双手捧满了工作，捧满了黄金。

有人善意提醒，有人谆谆告诫，说这个国家已经误入歧途。他们请大家回忆已经逝去的那个年代，回忆这片土地上曾经存在过的恬静而隐秘的名声，回忆它在人类文明之中一度肩负着的历史使命，回忆那一股由哲思、音乐和诗歌汇聚而成的持久不变的高贵思想暖流，那曾经是这个国家馈赠给整个世界的宝物。哪里知道，在新兴财富所带来幸福感的强烈冲击下，新贵们对这样的说法只是一笑置之。世界是圆的，世界在不停转动，祖父辈们当年创作诗歌，撰写哲学典籍，那确实是一段十分美好的过往，可是现在，孙子辈打算向世人展示，在这同一片土地上，他们也可以并且希望做出一些与以往不同的成就。因此，他们在属于自己的成千上万家工厂里持续不断地锻打锤炼，制造新的机器、新的铁路、新的商品；与此同时，为了应对所有可能发生的状况，也在制造新的步枪和火炮。富人们纷纷将自己与普罗大众隔绝开来，穷困潦倒的劳动者眼睁睁地看着自己被抛下、被遗弃，也不再认为自己是这个国家万千民众当中的一员，尽管他们始终是人民的一分子。如今，劳动者反而也要去担心、谋划、争取自己的利益了。如此一来，那些为了预防外敌而制造了大批火炮和步枪的富人与权贵，倒是为自己之前的卓绝远见感到开心了，因为现在国家内部确实出现了敌人，而且，对于他们而言，这些来自内部的敌人恐怕比外敌还要危险。

上述的一切都在那场大战中迎来了终结，持续数年之久的大战将世界摧残成了如此可怕的模样。如今，在大战残留下来的废墟之间，我们尚可兀然伫立。可是，我们的双耳早已被战斗发出的巨响震聋，内心因战争本身的无意义而悔恨莫及，战场血流成河，那鲜血淋漓的场景洞穿了我们所有的梦境，令我们灵魂染病。

原本蒸蒸日上的年轻帝国覆灭了，那场大战的结局便是如此。当初，它的子民心潮澎湃、目空一切地奔赴战场，但帝国被打败了，而且是一败涂地。还没等到正式宣布停战呢，胜利者就开始向这个被打败了的国家索要沉重的战争赔款。然后就发生了这样的事情：当那些被打败了的军队朝着祖国撤退时，一列又一列的火车在日复一日地向着与家乡相反的方向运输过去用权势积累下来的象征物，将它们统统移交给了胜利的敌人。机器和金钱汇成一条巨流，从这个被打败的国家涌出，流入敌人的手中。

在这危急存亡的重要关头，这个被打败了的民族终于开始了反思。

人民将国家的统治者和达官贵人赶下了台[60]，自己当家作主，对外宣称民众已经成熟了起来。人民内部自发组织了各种各样的党派和联盟，将民众的真实意愿公之于众，希望能够凭借自身的力量，依靠自身的信念，在当下的苦难中找寻到这个民族真正的自我。

在如此艰难的考验之下，这个国家的人民总算变得成熟了起来。直到今天，他们甚至都还不知道，脚下的这条路将会去往何方，谁可以做他们的领袖，谁能够当他们的救主。可是，上天是知道答案的。不仅如此，上天也知道自己为什么要对这个民族、要对整个世界降下战争之灾。

如今，自这些日子以来的阴霾当中，有这样一条道路正在发光，那正是这个战败的民族必须要踏上的一条路。

已经成熟了的民众没办法再变回孩童。没有任何人能那样做。这个国家不能就这样简简单单地将自己的火炮、机器和金钱拱手相送，送完之后就躲进和平安宁的小城镇里，像过去那样，继续靠创作诗歌、演奏奏鸣曲过活了。当一个人的生活方式将他引入了歧途，使他陷入深切的痛苦当中时，那么，这个人尚且还有一条路可以走，这也是他不得不去走的唯一的一条路——回忆自己曾经走过的路，回忆自己的出身与童年，回忆自己成长的历程，回忆往昔的种种光荣与失败。国家也一样。漫步在这条回忆之路上，这个国家就可以找回那些本属于自己的永不磨灭的力量。它必须"深入自我"，就跟那些虔信者口中常说的一样。深入自我，深入自我的最深处，在那里，它将会找到自己尚未被摧毁的本真。这份本真在面对自己的命运时，不会去选择逃避，而是会坦然地接受它。接下来，它会以失而复得的至善至真为根本，重新开始。

如果事情真的能够如此发展，如果眼下这个垂头丧气的民族能够主动并真诚地踏上这条命运之路，那么，昔日保有的那些便能复现。一股持续不断的宁静的暖流，将再一次从这里潺潺流出，流向全世界。至于那些今天还是它的敌人的人，将会在未来再一次聆听这股宁静的暖流，再一次感受到心灵的触动。

（1918年）

画 家
Der Maler

一位名叫阿尔贝特[61]的画家，他在自己还年轻的时候，没能通过创作的画作获得成功和影响力，尽管这些正是当年的他所渴望的。于是，他选择了归隐田园，下决心要过遗世独立的生活。就这样，他尝试了好些年遗世独立的生活。可是，事实越来越显著地证明，他根本就不是能够过遗世独立生活的那类人。此刻，他坐在画布前，正在用心绘制一幅英雄肖像。在绘制的过程中，他反反复复地陷入这样一个想法当中："你现在正在做的这件事情，是否确实有去做的必要呢？这样的一幅画，真的必须要绘制出来吗？假使你现在并不是在画画，而是简单地出门散个步，或者喝上一点儿葡萄酒，这些对每个人而言都会觉得挺不错的事情，难道对你来说不是一样好吗？你之所以要去画画，要驱使自己去做这样一件事，岂不就是为了稍微麻醉一下自己，稍微忘却一些往事，稍微消磨一下时间，除此之外，再无其他吗？"

上述这些想法，对于绘画这项劳作而言，显然是毫无益处的。随着时间推移，阿尔贝特的绘画创作几乎已经完全停摆。他外出散步，他啜饮葡萄酒，他阅读大量书籍，他进行了长途旅行。然而，做这些事情也并不能令他感到内心的安宁。

他不得不经常去思索这样一个问题：自己当初究竟是出于怎样的心态和冀望，才会选择开始绘画生涯的。他尚且能够回忆起来的是，在决定选择绘画生涯时的那种感觉和期冀，仿佛在他与世界之间，瞬间构筑起了一种美好的强有力的联系，一种流动的情感；仿佛在他与世界之间，有某种坚定而真挚的东西开始了持久不断的往复运动，发出如乐器奏鸣般的轻微声响。通过描绘自己心目中的英雄形象，以及那些恢宏雄壮的风景，他得以展现出自己的内心世界；与此同时，他也希望能够取得内心的安宁。这种安宁是需要借助外界来获取的，借助观众对自己画作的评判和感谢。内心安宁之后，他就会重新对外呈现活力四射、心怀感恩的状态，变得容光焕发。

没错，他恰恰就是没找到这种内心的安宁。对于当年的他而言，内心的安宁就只是个梦想而已，而且，随着时间的推移，就连这个梦想也在逐渐减弱、消褪。可是如今，当阿尔贝特出门远游，跨越半个地球，在千里之外的某个国家漫步时，或者当他来到某些十分偏僻、无人知晓的地点儿，独自一人隐居时；当他乘坐轮船在海河之上航行时，或者在远山峡路上跋涉时，关于内心安宁的梦想反倒越来越经常、越来越频繁地出现了。相比之下，这个梦想跟过去那个梦想给人的感觉有些不太一样，但它也同样美好，同样饱含着力量、充满了吸引力，同样惹人神往、令人渴望，迸射出青春特有的欲望活力。

噢，他是多么渴望着想要去实现这一梦想啊！他的渴望是多么频繁啊！向内感受自身，向外感受这个世界上的万事万物，在这南辕北辙的两个方向上，他的立场是多么摇摆不定啊！去感受吧，感受自身的呼吸，同时也要感受狂风与大海的吐息，体会它们之间的相同之处；感受手足情谊与亲戚关系，感受爱意和亲近，感受孑然一身与外界的一切所产生的共鸣和回响吧！

如今，他不再渴望着要在自己的绘画作品中表达出自我和欲求了，要知道，这些本该给他带来对创作本身的理解与爱意，本该为他的创作赋予意义，本该不辜负他的努力，本该令他收获赞扬与名望才对。如今，他不再费心去构思那些画中的英雄，不再去考虑他们身上穿的锦缎华服了。如今，他费心思虑的对象，已经变成了内心本真的反映。他向内捕捉那些具象和抽象，将它们在想象的图景中表达出来，或者令它们改头换面，创造出全新的形象。如今，他唯一还渴望着的，就是去感受内省与入世之间的摇摆，去感受那仿佛被闪电击中般的畅快，去感受那个隐秘的心灵世界。在那里，他可以化作虚无，他可以沉沦、死去，然后涅槃重生。变化带来了全新的梦想，带来了全新的强化过的渴望，如此的梦想和渴望令生活变得可堪忍受了。它们将某种称得上是"意义"的东西赋予了生活，使其焕发出光辉，使苦海中的人儿得到了拯救。

不过，阿尔贝特的朋友们——截至目前，他还算是有些朋友的——没办法好好理解他的这一系列想象。在他们眼中只能看到一连串的表象，那就是阿尔贝特这个人变得越来越内向，越来越遁入自己的内心世界去了；他变得越来越沉默，讲出的话越来越难以捉摸，越来越可笑；他实在太曲高和寡了，其他所有人都喜欢、都觉得很重要的东西，他根本毫不在意——既不在意政治，也不在意商贸，不关心打靶比赛和球类运动，不关注艺术界那些妙语连珠的对谈。总之，在他们眼中看来，作为一个朋友而言应该去在乎的东西，阿尔贝特一样也不在乎。如今，他就是个怪胎，变成了一个半傻不傻的低能儿。他明明在灰蒙蒙一片的冬日寒风中行走，却给人一种如沐春风的错觉，仿佛那空气看起来五彩缤纷，闻起来香味扑鼻；他居然跟在一个小孩儿的身后，跟着他一起走，那孩子刚学会说话，嘴里哼哼叽叽唱着不知道什么旋律的歌谣；他时常一言不发地凝望碧绿的水面、长满鲜花的苗圃，长达数个小时之久，要不就是全神贯注地盯着一些大自然中的线条——这些线条很可能是他在一小块被直直劈开的木头、一块树根，或者一根萝卜上发现的——那模样就像一位读者正在阅读自己手中的书，读得如痴如醉。

任何人都不愿意再去搭理他了。在这一时期，阿尔贝特生活在海外的一座小城镇里，在那里，他每天早上都会从一条林荫道上走过，每次都能看到一条慵懒而缓慢的溪流，在连绵不断的树干之间蜿蜒穿行。溪流两边是陡峭的主要由黏土构成的黄色河岸。河岸上如同山体滑坡所形成的断层一般光秃秃的富含矿物质的横断面上，横七竖八地长着灰头土脸的灌木和带刺的野花。此情此景，令他内心深处产生了某种共鸣。于是，他停下了脚步，站在那里，感觉到了自己心中那首来自传说年代的古老歌谣——那首歌谣再一次被奏响了。黏土的黄色，蒙上了尘灰的绿色，抑或是溪流那蜿蜒曲折的线条、河岸那突兀而陡峭的形貌：种种色彩、种种线条之间存在着的某种关联、某种共鸣，在这状似偶得的自然图景当中所暗藏着的某个特别之处，实在是太美了，美不胜收，难以置信，扣人心弦又感天动地。它在向他倾诉，它和他实际上是一本同源。此时此刻，他又产生了那种在内心与外界之间摇摆不定的感觉，感受到了森林与溪流、溪流与他自己、天空大地与植物之间最隐秘的内在联系。眼前的一切看起来似乎都是独一无二的，似乎都是专门分割、孤立出来的存在，只为了在这一刻集中起来，融为一体，映入他的眼帘、他的心中，与他相遇，向他问好。现在，他的内心变成了这样一个地方，溪流与野生的花草，树木和林间的空气，统统聚集到了这里，成为一体，彼此之间相互呼应，相互簇拥，同迎庆典，大爱无疆。

当这种非凡的体验重复了好几次之后，画家本人也被一种非凡的幸福感给包围住了。这种感觉如此绵密、如此饱满，就仿佛是被金色的晚霞洒遍全身，或者被花园里的芬芳香气所围绕着一般。他细细品味着这幸福感，它令他感到甜蜜且深沉。可是，他并不能长久维持住这种幸福的感觉，因为这感觉实在是太过丰腴，令他的内心感到过于充盈、过分紧张，进而衍生出一股躁动不安的情绪，甚至都快要感觉到恐惧和愤怒了。这幸福感盖过了他自身，将他呼来唤去，对他颐指气使，他感到害怕，担心自己会就此沉沦，一蹶不振——他并不想这样。他想要好好活下去，想要获得永恒的生命！之前从来没有过这种感觉，从来没有像现在这样，如此发自内心地想要好好活下去！

就这样，直到某一天，就像大醉初醒一般，他发现自己悄然无声、独自一人地坐在某个小房间里。他的面前摆着一只放满了各种颜料的画箱，一小块画布也已经铺开了。此刻，在过了好些年之后，他再一次坐了下来，拿起画笔，开始创作了。

而且，之后就一直是这样的状态了。那个"我为什么要去做这样一件事？"的想法再也没有来烦他了。他画个不停。除了看和画之外，他再也不去做其他任何事情了：要么就是出门去，迷失在世界本身所塑造的壮丽图景之中；要么就是端坐在自己的小房间里，让满溢的精神宣泄出来。他在自己那一块块小画布上创作了一幅又一幅的作品：一片烟雨迷蒙的天空笼罩在草场上，一道花园篱墙，林间的一条长凳，乡间的一条道路……他也画人，也画动物，还画那些他从来没有亲眼见过的人物，比如历史上的英雄或者传说中的天使，不过，这些人物在他的画中所表现出来的举止神态跟篱墙和森林颇为相似。

当他再次来到世人面前时，消息已经传开，说阿尔贝特重新开始画画了。大家发现他现在变得相当古怪，不过与此同时，他们也挺好奇，很想观摩一下他的画作。可是，他不愿意将自己的画作展示给任何人看。哪里知道，好奇的人搅得他不得安宁，他们不断折磨他、逼迫他。最终，他只好将自己画室的钥匙交给了一位熟人，他本人选择了出门远行，因为当其他人观摩自己的画作时，他不打算在场。

人群蜂拥而至，喧哗议论声也随之响起，阿尔贝特的画作引起了一连串广泛的讨论。人们在这样一位画家的身上，发现了简直可以要人命的不凡才气。尽管他本人的性格很古怪，但他显然是得到了上帝垂青的天才：各路行家、专家和评论家言之凿凿，一致肯定。

与此同时，画家阿尔贝特到了一个村子里，在当地农民那里租了一间房，将自己随身带着的颜料和画笔从行李里拿了出来。在这里，他再一次自河谷与群山之间体会到了幸福感，回到房间里之后，他又将自己体验到、感受到的一切，挥洒进了自己新创作的画作里。

过了一段时间之后，他从一份报纸上得知，在故乡，全世界的人都已经看过他的画作了。此时此刻，他坐在一间小酒馆里，手里拿着一杯葡萄酒，开始细细品读这份来自故乡首都的报纸，读上面刊登着的一篇文笔优美的长文。这篇文章的标题位置印有他的名字，粗体大字，十分显眼。字里行间，到处都看得到对他的赞美之词，行文精致高雅，无出其右。然而，他越往下读这篇文章，心里就觉得越奇怪。

"在背景黄色的映衬下，画中这位以蓝色为主调的夫人仿佛在向外散发着光芒，这是多么美妙的创作手法啊——一次全新的闻所未闻的大胆尝试，令人着迷的协调感！"

"玫瑰花卉静物画的造型表达同样妙不可言，更不必说那一系列的自画像了！我们完全可以将这些自画像归入心理分析型肖像画大师级杰作的行列。"

太奇怪了，太奇怪了！他根本想不起来自己画过这样一幅玫瑰花卉静物画，"以蓝色为主调的夫人"自然也没有。而且，就他本人所知的范围内而言，他也从来没有画过哪怕一张自画像。另一方面，他完全没有在这篇文章里找到关于黏土构成的河岸、关于自己所画的那些天使的只言片语。它既没有提及那片烟雨迷蒙的天空，也没有谈到其他任何一张他本人十分喜爱的作品。

阿尔贝特重新踏上旅程，回到了属于自己的那个城市。他身上穿着外出旅行的衣物，回到了自己的住所，发现人们不断在那里进进出出。有个男人守在住所的大门口，阿尔贝特不得不在他那里买了一张门票，才得以进入自己的屋子。

屋子里挂着他的画作，每张都很熟悉。不过，不知道是谁给这些画作每张都加了一个小标签，标签上所写的内容连阿尔贝特本人都一无所知。有些画作上标着"自画像"，其余画作上则标着各不相同的名称。他若有所思地站在那些画作前,端详那些他自己都不知道的名称,端详了好一会儿。他发现,原来人们在观赏这些画作时,他们眼中所看到的东西,其实是可以跟他本人所表达出来的东西完全两样的;他发现,自己在画作中展现出来的花园篱墙,在其他人眼里看来,竟然是一朵云彩;他笔下所描绘出的乱石嶙峋的场景、石头与石头之间的罅隙,在其他人眼里竟然代表着一张人脸。

人潮终于渐渐散去,屋子里没有太多人在了。但阿尔贝特宁愿选择安安静静地转身离开,再次开启自己的旅程。从今以后,他再也不打算回到这座城市了。后来,他又画了很多画,并且为这些画作取了许许多多不同的名字。做这些事情的时候,他感到十分幸福。不过,除了自己之外,他从来不把这些画给任何人看。

(1918年)

关于藤椅的童话
Märchen vom Korbstuhl

有个年纪很轻的人,此刻正端坐在自己那间寂寞的阁楼房间里。他有心想去当一名画家,眼下却有一些近在眼前的难关需要他去克服。首先,他是独自一人安安静静地居住在自己这间阁楼房间里的。他一直住在这里,年岁渐长,而且也已经习惯了独坐在一块小镜子前面,一坐就是好几个小时,端详自己的模样,尝试创作自画像。他已经画了满满一本类似这样的自画像了,而且,这些已经画好的自画像当中,有几张的水准令他感到十分满意。

"毕竟我现在还是一个完全没有接受过绘画技能学习的状态,"他自言自语道,"因此,这幅自画像的水准,可算得上是相当不错的了。挨着鼻子的这条皱纹,看起来是多么有趣啊。大家在欣赏这幅自画像时想必会觉得,我身上多少有些思想家的气质,或者至少是与之相类似的某些东西。我只需要将嘴角再往下稍微塌下去一点儿,只需要这样一弄,我的面容就会变得极具个人特点,简直可以称得上是悲天悯人了。"

然而,过了一段时间之后,当他再去审视这些画作时,又对其中的大部分作品感到不甚满意了。这种状况令他感到很不愉快,但他由此得出的结论是,自己的绘画水平已经取得了长足的进步,因此,他对自己所提出的要求也越来越严苛了。

这个年轻男人对自己的阁楼房间,以及房间里陈设和摆放着的各类物什并不怎么上心,可以说是完全达不到最理想、最亲近的状态,但也无论如何称不上糟糕。可以说,他对待它们并没有多公正,也不算是不公平，就跟大多数人的态度差不多——几乎不会特意去看一看它们，而且对它们普遍缺乏了解。

当他一次又一次地觉得自己新创作出来的自画像不怎么成功时，有时会选择去读读书，他能够从这些书中读到其他很多人曾经经历过的人生。这些人当初的境遇跟他完全一样，都是人微言轻、籍籍无名的年轻人，后来他们都变得非常有名了。他喜欢读这样一类书，仿佛在这些书中读到的就是自己的未来。

他的生活就是这样子的。有一天，他又感到有些闷闷不乐，枯坐家中，情绪萎靡不振。于是，他便开始读一本关于一位极为有名的荷兰画家的书。通过阅读，他了解到，这位画家的身上有着那种货真价实的激情，甚至可以说是满怀狂热，整个人都被成为一位杰出画家的渴求所支配。读着读着，年轻人发现，自己跟这位荷兰画家之间，在某些方面也可以说是颇为相似的。可是，等他再继续读下去，又发现其实还是有一些不同之处。比如，在所有这些他读到的不同之处当中，有这样一条：每当遇到天气不好、无法外出写生的情况时，那个荷兰人都会换一种方式，以坚定不渝、满怀着热情的态度去画下自己眼皮底下所看到的一切事物，哪怕看到的东西再不起眼也不例外。如此这般，有一次他画下了一双老旧的木屐；另有一次，他画了一把同样老旧的歪斜破烂的椅子——一把用很常见的木材粗制滥造出来的农夫椅，是在农村的厨房里使用的，椅子的椅面部分用稻草编织而成，看上去残破不堪。寻常情况下，这是一把显然不会有任何人愿意去多瞧一眼的椅子，但画家为这把椅子投入了如此之多的爱意与诚意，投入了如此之多的热情，全心全意地去画它。最终，这幅描绘一把破椅子的绘画，成了他最美丽的画作之一。这本书的作者使用了大量简直可以称得上是触动人心的美好话语，来描述这把被画家画下来的稻草椅。

读到这里时，这位读者停了下来，陷入了思考。这段内容中还是有些新东西的，荷兰画家的这种方法，他必须去尝试一下，看看效果。于是，他当即决定——没办法，他就是那种下决定快得出奇的年轻人——马上照着这位大师的例子行动起来，试着走一下这条通往伟大的道路。

现在，他开始环顾起自己的阁楼房间了。直到这时他才意识到，尽管自己在这些物什之间生活居住着，实际上却并没有正眼瞧过它们，对它们关注得太少了。现如今，不仅带有稻草编织座席的歪斜椅子哪儿都找不到，连木屐都没有一双。因此，他感受到了片刻的沮丧和挫败感，几乎再一次陷入阅读那些大人物生平时经常会产生的对自己丧失信心的状态中：他总是在阅读时发现，在这些人物的生命历程中扮演着美丽且重要角色的细节与暗示，那些了不起的机缘巧合，在他这里统统没有，无论怎样耐心地去等待它们的降临，其结果永远都是徒劳的。不过，他很快就重新振作起来，心中有了觉悟——现在恰恰应该咬紧牙关，踏上那条无比艰辛的成名之路，努力跟随前人的步伐继续走下去。这正是此刻他应该去完成的使命。于是，他仔细检阅了一遍自己小房间里所有的物什家具，最后发现了一把藤椅。在他看来，这把藤椅应该很适合拿来当自己练习绘画的模特儿。

他用脚将那把藤椅往自己坐的位置推近了些，并且削尖了自己的那支艺术家专用铅笔，拿起速写本，放到自己的膝盖上，这就开始画了起来。先是让笔头轻轻拂过纸面，寥寥数笔，勾勒出足够提示出素描对象整体轮廓的线条。随后，他又用快速有力的笔触一连画了好几笔，令外围的轮廓线变得更加清晰。藤椅一旁的角落里，有一块颜色看起来很深的三角形阴影，这块阴影成功地吸引了他的注意力。于是，他便用很厚重的笔触将它在纸面上描绘了出来。他就像这样持续不断地画啊、画啊，直到画面中开始出现一些不太对劲的地方了，他还坚持着继续画了一小会儿。终于，他停下了笔头，将速写本放到离自己比较远的位置上，开始仔细端详起自己的这张画来。这时候他才发现，那把藤椅被他画得完全走形了。

他愤怒地往已经完成的画面上多加了一笔，然后又盯着现实中的藤椅瞧了好一会儿，眼神凶狠。画得就是不对，无可辩驳的事实令他恼羞成怒。

"你这把藤椅，可真是藤椅中的撒旦啊。"他怒吼道，"好一个爱耍脾气的畜牲，我还从来没见过像你这样的玩意儿！"

藤椅吱吱嘎嘎地响了两声，然后冷淡地开口说起话来："行啊，你可把我看清楚了！我可从来都是这个样子，过去如此，以后也不可能会变样。"

画家用脚尖踢了它一下，藤椅马上朝后歪了歪。于是，它现在的样子已经跟刚才完全不一样了。

"你这把藤椅啊，可真是个蠢家伙。"小伙子喊道，"瞧瞧，你身上所有地方都是歪歪斜斜的，就没个正形。"

藤椅微微一笑，温和地回应道："大家管这个叫透视法[62]，年轻的主人。"

小伙子气得一蹦三尺高。"透视法！"他暴跳如雷地吼道，"你这把藤椅啊，可真是藤椅中的捣蛋鬼！现在居然还敢来对我指手画脚了！透不透视法，那是我要操心的事情，不关你的事，你可给我记清楚了！"

藤椅不再多说什么了。画家情绪激动地在房间里走了几个来回，直到楼下用一根拐杖愤怒地敲打他脚下踩着的地板了，他才停下来。楼下住着一位年纪挺大的男人，是一位学者，忍受不了任何噪声。

他坐了下来，再一次将自己所画的最后一张自画像取出来，摆在自己面前。然而，他并不喜欢这幅画。他发现自己在现实中看起来更英俊一些，也更有趣些——这确实是事实。

现在，他又想继续读自己之前没读完的那本书了。他开始读了起来，但是书里面又出现了更多关于荷兰稻草椅的叙述，把他给搞烦了。

这时他才发现,关于那把椅子,书里真的唠叨了很多,甚至这整本书就是在唠叨个没完……

这位年轻的男士找出自己的那顶艺术家帽,决定稍微外出走走。眼下他已经回忆起来了,早在很久以前,他就已经注意到了画画这件事的令人介怀之处。除了折磨人的身心,使人接连感觉到失望外,画画根本就不可能给人带来任何东西。而且,即便是世界上最优秀的画家,也只能够用画笔来描绘事物的简单表象。对于一个喜欢探究内在深度的人而言,终究还是不能以画家作为自己毕生追求的事业。正如之前已经想到过许多次的那样,这次他又产生了同一个念头:还是应该严肃考虑一下,重拾自己早先的喜好,去当个作家或许更好些。就这样,他出门了,只剩下那把藤椅被单独留在阁楼房间里。眼看年轻的主人已经离开,藤椅感到颇为难过。它刚才还怀有期待,指望着他们两个之间,总算能够建立起一段像样的关系来呢。它本来还很高兴,觉得自己能够时不时地对主人说上几句话呢。而且,它很清楚,自己是可以教会一个年轻人一些宝贵东西的。可惜现在,这一切想法都是竹篮打水一场空了。

(1918年)

伊里斯
Iris

　　童年时代的春天里，安塞尔姆总是会走过那座满溢着绿色的花园。在母亲所栽种的全部花朵之中，有一种花叫作鸢尾花，这种花令他感到由衷喜爱。他会将自己的脸颊贴在鸢尾花那一丛丛长得很高的浅绿色的叶片上，伸出手指，试探性地触碰叶片锋利的尖端，如呼吸一般深嗅那些开得饱满又美丽的花朵的芬芳，花费很长时间去看花朵内部。在那里，自苍蓝色的花托底部朝上生长出一排排细长细长的黄色"手指"，这些黄色手指之间那一条条状似发光的小路，往下通往花萼，同时还朝着更远的地方发散，遁入那一大片关于盛开的蓝色秘地之中。他实在是太爱这鸢尾花了，所以才花费很长时间去注视花朵内部，所以才能看到那些黄色的纤细的花丝，时而像一道金黄色的篱墙，守护着那座国王的花园；时而像两排唯有在梦中才会出现的美丽金色大树，就算起风也撼动不了它们半分。在花丝中间，有一条闪亮的通往花蕊内部的秘密通道，这条通道是由一根如玻璃丝般纤细脆弱、满载着生机的脉管牵引而成。在如此尺度下，朝外伸张成拱形的花瓣简直是庞然大物。金色大树之间的空隙构成一条条虚空的小径，一直朝后延伸，最终消失在那不可想象的无底深渊[63]里。小径上方，紫色的花瓣如国王般庄严地屈下身来，仿佛施展魔法似的，为这个安静等候着的奇迹[64]施予一小块淡淡的阴翳。安塞尔姆知道，这里就是花朵的嘴巴——在那片华丽又茂盛的黄色之下，在那蓝色的深渊之中，居住着花朵的心脏、花朵的思想；花朵的呼吸、花朵的梦想，就是通过这个妩媚、亮丽、遍布着如玻璃般脉管的通道进进出出的。

在那朵怒放的大鸢尾花旁边，挺立着几朵相对较小的鸢尾花，眼下还处于含苞欲放的状态。几根结实又丰腴的叶柄上长着小小的花萼，托起这几朵鸢尾花的花苞。花萼的外表皮尚未转入全绿，目前还是棕绿色的。幼嫩的花苞以花萼为基座，正在努力向上攀升，过程安静而有力。花苞外围一层层地紧裹着呈现出亮绿色和浅紫色的萼片，不过，最上端已经可以看到打着卷儿的花瓣开始冒尖。露出来的花瓣是鲜艳的深紫色，绷得很紧，格外娇嫩，盘旋成细小的尖顶。就连这种紧紧卷在一起的幼嫩花瓣上，都已经可以清晰地看出其间的脉络，以及各种千奇百怪的纹理。

每天早上，当他从自己家里出来、从睡眠与梦境中出来、从种种陌生的世界中出来，再一次来到这里时，花园始终在这里。它不会消失不见，而且永远面目一新。在这里，昨天尚且被绿色萼片紧紧包裹着的那个硬硬的蓝色花苞尖，现在已经伸展出了一小片薄如蝉翼的幼嫩蓝色花瓣，看上去就像一根舌头，就像一片嘴唇，正在摸索尝试着，想要找到自己长久以来梦寐以求的形状和朝外伸张时的弧度。至于那花萼中最末端的位置，始终还在跟萼片进行着无声战斗的地方，也已经可以感觉到那些柔弱的黄色花丝、轻快明亮的脉管通道，还有那持续散发着芬芳的暗藏着花朵灵魂的深渊。它们全都已经准备好了，或许今天中午就会开放，也许到了傍晚时分才会开。这顶蓝色的丝绸帐篷正在金黄色的梦之森林里渐渐撑起，那妙不可言的深渊底部即将悄无声息地呼出属于鸢尾花的第一轮梦境、想象和歌声。

然后，那一天到来了，在这一天，花园的草地上倏地长满了蓝色的风铃草。接下来，又是一天到来了，在这一天，花园里突然出现了一种崭新的声音和香气——在那一片微微泛红的洒满了阳光的叶子上方，花园里第一朵盛开的金背大红月季低垂了下来。又一天到来了，在这一天，花园里再也看不见鸢尾花了，它们全部凋谢了，再也没有被金色篱墙围绕着的一条条小径，再也不会幽幽地将人们引向深渊中那芬芳的秘地。只余下那些坚硬的叶片，尖利而冷酷，令人望而生畏。不过，灌木丛之间藏着的红色莓果已经成熟了。紫菀花丛上方，刚刚破茧而出的不知道名字的蝴蝶正在翩然飞舞，姿势自由自在。除了蝴蝶之外，还有一大群透翅蛾科的飞蛾，红棕色身体上闪着珠光，嗡嗡地飞来飞去。

安塞尔姆跟飞蛾和鹅卵石对话，跟甲虫和蜥蜴交了朋友。鸟儿们给他讲与鸟相关的故事，蕨类植物私底下向他展示了在自己巨大叶片的遮蔽下四处收集来的棕色种子。绿色的玻璃碎片和水晶玻璃片为他捕来太阳的光线，摇身一变，成了无数个宫殿、无数座花园，以及闪闪发光的珍宝库。百合花纷纷凋谢，于是旱金莲开始盛放；月季花枯萎了，于是黑莓变成了褐色。花园里的一切运转不停，它们永远存在也永远不在，会消失不见，也会在合适的时节归来。即便在那些令人深感不安的奇妙日子里，情况也是如此。彼时寒风呼啸，在冷杉树丛间鼓噪，整座花园里遍布着凋零干枯的落叶，被风一刮，枯叶之间彼此推挤磕撞，发出噼噼啪啪的脆响，听起来是多么萧瑟肃杀！它们也带来了一首歌、一种体验、一段故事，直到这里的一切再度发生天翻地覆的变化：窗外大雪纷飞，窗玻璃上逐渐生长出一丛丛棕榈树林，带着银铃铛的天使从傍晚的天空中飞过，屋子里的走廊和地板散发出干果的香气。友谊和信任永远不会在这个良善的世界里销声匿迹，当小小的雪滴花再一次在黑色的常春藤叶子旁神不知鬼不觉地开放时，当第一批候鸟高高地飞过晴朗的蓝色天空时，就会给人这样的一种感觉，仿佛眼前的一切都在那里，亘古不变地长存着。直到有一天——这一天从来都在意料之外，但又永远那么及时，简直就像是在企盼一件必定会发生的事情一样——鸢尾花的叶片顶端，又一次显露出最初的那一小点淡蓝色花尖。

眼前的一切都很美丽，对于安塞尔姆而言，这一切都在对他表示欢迎,这一切都是亲切而熟悉的。不过,在这少年的心里,每一年的四季流转当中,那个堪比神奇魔法、堪比上天恩典的最伟大时刻,始终还是初夏时节第一朵鸢尾花绽放的时刻。在安塞尔姆现在还能回忆起来的时间最早的那个童年梦境里,因为某种机缘巧合,他在窥探鸢尾花的花萼时第一次读到了奇迹之书。在他看来,梦中那朵鸢尾花所散发出的香气,还有那多姿多彩、飘忽不定的蓝色花瓣,是某种神秘之物对他的召唤,是解开世间万物秘密的关键所在。如此这般,鸢尾花一路陪伴他走过了童真年代的全部岁月,在每个新出现的夏天,它也会焕然一新地出现,变得更加富于神秘感、更加动人。其他那些花卉同样长着一张嘴巴,其他那些花卉同样会向外界传播自身的芬芳与思想,其他那些花卉同样会去吸引蜜蜂和甲虫过来,让它们进入自己那间小小的充满柔情蜜意的闺房[65]。但是,对这个少年而言,这种蓝色的花比其他任何一种花卉都更可爱,也更重要。它已然成了他眼中一切值得思索之物与美妙绝伦之物的譬喻,成了它们的榜样。当他朝鸢尾花的花萼里面窥探时,脑海中的想象也随着那条光亮的如梦似幻的通道一路下行,身处那些奇异的黄色花丝之间,眼前的花蕊逐渐消失不见。花蕊完全消失之后,他的灵魂终于可以继续朝着那道隐秘之门的内部窥探了。在那道门里面,现象化作了谜语,看见变成了想见。夜深人静之时,他偶尔也会梦到鸢尾花的花萼,那花萼成了庞然大物,在他面前敞开着,就跟一座天国宫殿的大门似的,他骑乘在马匹上,驾驭着一大群天鹅飞了进去,整个世界也随着他一道轻轻地飞行、骑乘、滑翔,被一股魔术力量牵引着,一起朝下进入了那个可爱的深渊里。在那里,每一种期许都必将得以实现,每一种想象都必将化作真实。

世界上的每一种表象,都是一个譬喻,而每一个譬喻呢,又都是一道敞开着的大门。通过这一道道大门,那些已经准备妥当了的灵魂,是可以进入这个世界的内心深处的。在那里,你、我、日、夜,我们同为一体。世间的每一个人，都会在自己漫漫人生路的这里或者那里，偶遇这道敞开着的大门。每一个人都会在某次心念电转之间觉悟到，一切可见的都是譬喻，唯有藏在这些譬喻后面的，才是精神领域，才是永恒的生命。然而，愿意通过这道大门交出美好的人间幻象，来换取感知世界、内心深处之真实的能力的人，却是寥寥无几。

因此，在少年安塞尔姆眼中看来，梦中出现的鸢尾花花萼，就像是一个在无意之间发现的寂静无声的问题。面对这个问题时，他的内心灵感突发，针锋相对地给出了一个非常幸运的回答。于是，在给出了回答之后，周围涌现出的各种各样可爱物什又马上将他给带走，生拉硬拽地安插到与青草和石头、树根、灌木丛、小动物，以及属于他那个世界里的所有友好小伙伴的交谈与嬉戏当中去了。现实中的安塞尔姆常常会仔细观察自己的身体，沉迷其中，不可自拔。他全神贯注地观察自己这具躯体上的那些引人注目之处，紧闭双眼，感受吞咽、歌唱和呼吸时，嘴巴和喉咙内部产生的那些古怪的反应、感觉及印象，与此同时，也在相同的位置感受可以让心灵与心灵之间相互沟通的那条通道，以及那道大门。[66]闭起眼睛来的时候，他常常能够看到一些呈现紫红色的暗沉色块、一些蓝色与深红色交织的斑点状色块和半圆形色块，这些色块之间，分布着一些如玻璃管道般明亮的线条。[67]有些时候，安塞尔姆能够清楚地感觉到，眼睛与耳朵、嗅觉和触觉之间，存在着细致入微、百般精密的联系。在一些美好的转瞬即逝的短暂时刻里，他还感觉到了音乐声、话语声、眼睛里看到的字母之间彼此也有关联，而且它们跟红色与蓝色、硬与软的概念之间也是相通的；要么就是在用鼻子闻一株野草或者一块剥落下来的绿色树皮的味道时，又会惊讶地发现，嗅觉和味觉这两种感觉竟然如此接近，而且经常可以相互转化，乃至融为一体，这是多么怪异的事情啊！这一系列发现令他在震惊之余感到万分喜悦，受到了很大的触动。

实际上，所有的孩子都曾有过上述感觉。尽管如此，并不是每一个孩子的感觉都跟安塞尔姆一样强烈，他们的感官也没有安塞尔姆那样敏感。而且，早在学会念第一个字母之前，有许多孩子就已经将这些给忘得一干二净了，仿佛这一系列感觉从来就不曾存在过一般。除了他们之外，剩下的少数孩子还是会长久保存这些属于自己童年的秘密。直到他们变得满头白发，到了风烛残年的年纪，当年这一系列感觉的一点点残余和回响，还是会深藏在他们的脑海中。所有的孩子，只要他们还身处这个秘密漩涡当中，那么，在他们的内心深处，永远只会存着唯一的一项重要事务，永不断绝——致力于对自身存在进行思考，致力于寻找他们本人和周遭世界之间的神秘联系。那些有着孜孜探求精神的人、富于智慧之人，他们会在心智成熟之后，再一次回到这种探索中来。不过，大多数人早已永远忘记并且彻底离弃了这一真正重要的内心世界。也正因为如此，他们的整个一生都迷失在由忧虑、愿景和目标所组成的缤纷迷宫当中，没有任何东西居住在他们的内心最深处，那里空空如也，因此，也就没有任何信标能够引导他们重新回到自己的内心最深处，再也没办法回家了。

安塞尔姆童年时代的那些夏天和秋天，它们到来时总是很温柔，离去时也是悄无声息，雪滴花、紫罗兰、桂竹香、百合花、长春花和玫瑰，一轮又一轮地怒放、凋谢，永远美丽，永远丰饶，一如既往。跟他交谈的是花卉与鸟儿，聆听他讲话的是树木和泉水，安塞尔姆的生活由它们来负责长相陪伴。而且，他也依照自己长久以来的行事方式，将亲笔写下的第一行文字，亲身经历的第一次友情上的烦恼，都带进这座花园里来，带到母亲身边，带给苗圃旁各种各样的小石头。

可是，有一次，来了这样的一个春天，这个春天听起来、闻起来跟安塞尔姆曾经经历的那些春天不一样，跟他曾经咏唱的所有春天不一样。这个春天不再是那首老歌了，蓝色的鸢尾花依旧盛开，但它的花萼里面被金色篱墙围绕着的一条条小径之间，再也没有梦境，没有童话里的角色鱼贯而出，再漫步而入了。草莓们悄悄从属于自己的那片绿色阴翳中出来，展露笑颜；蝴蝶在伞形花那高高在上的花幕之中翩翩飞舞，舞姿光鲜耀眼。一切都不再跟过去一样了，其他一些事情逐渐渗透了少年的生活，他跟母亲之间有了许多次争吵。就连他自己也不清楚那些情绪究竟意味着什么，为什么会令他多多少少感觉到痛苦，为什么总有东西令他心烦意乱。他只看得到一件事，那就是世界变了，在此之前积累下来的深厚友谊抛弃了他，使他变成了孤家寡人。

就这样过了一年，接下来又过了一年，此时的安塞尔姆已经不再是孩子了，苗圃周围的小石头很是无聊，花儿们静默无声，还有甲虫们——他把甲虫们别在大头针上，插到了一只木盒子里。他的灵魂踏上了一条漫长又艰辛的歧路，过去的喜悦已经干涸了，枯萎了。

这个年轻人以雷霆万钧之势进入了人类生活之中，他甚至觉得，属于自己的生活现在才刚刚开始。充满譬喻的世界已经烟消云散了，已经被他给遗忘掉了，种种崭新的愿望和道路吸引着他，使他离过去越来越远。童真还在，它就像是一缕悬置在讶异的目光里、藏身于软塌的头发内的芬芳香气，但他并不喜欢它，不愿意回想起它。于是，他把自己的头发剪短，并且尽己所能地在目光里多多展现出勇气和知识。他在这些令人不安的悬而未决的年月中狂飙猛进，情绪变化无常，有时是一名优秀的学生，扮演众人心目中的好朋友角色；有时又选择离群索居，畏缩不前；在刚开始参加那些十几岁青年的聚会狂欢时，他又表现得放肆任性，喧哗闹腾。到了一定年纪之后，他不得不离开自己的故乡，外出求学。求学期间，他回家拜访的次数特别少，时间也很短，唯有在这种时候，才会匆匆再看一眼故乡。回家探望母亲的这段时间里，可以看到安塞尔姆的样貌已经发生了改变，他长大了，身上穿着精致的衣服。他带着朋友一起回来，带着书本一起回来，每次回来的时候，带的朋友和书本都不一样。当他再一次走过孩提时代常走的那座老旧花园时，花园在他犹疑散乱的目光注视下,也已变得促狭、沉默起来。他再也没办法像过去那样,从石头和叶子那丰富多彩的脉络里读出各种各样的故事;他再也没办法像过去那样,从蓝色鸢尾花盛放的秘密之中窥见上帝和永恒。

安塞尔姆先是普通学生,然后又是大学生;他返回故乡时先是戴着红帽子,后来又戴黄帽子[68];他的嘴唇边开始长出柔软的绒毛,随后又变成年轻人蓄的那种胡子。他带着那些用其他国家语言出版的书籍返回故乡,有一次还带回来一只狗。在他跨在胸前的那个牛皮书包里面,有时候放的是描写寂寞的诗句,有时候是誊抄下来的源自古代的智慧箴言,有时候又是某个美丽女孩的照片和信笺。当他再一次回到故乡时,已经去过很远的国度,已经在横跨大洋的巨轮上居住过了;当他再一次回到故乡时,已经成了一位年轻的学者,戴着黑色的大礼帽、深色的皮手套,曾经的那些邻居纷纷向他脱帽致敬,称呼他为"教授先生",尽管他当时还没有拿到教授头衔;当他再一次回到故乡时,身上穿着黑色的礼服,形容枯槁、表情肃穆地跟在一辆缓慢前行的车后面朝前走,那辆车上装着的是他年迈的母亲,母亲躺在一口装饰精美的棺材里。自那以后,他就几乎不回故乡了。

如今,安塞尔姆在一座大城市里给大学生上课,他已经成了一位赫赫有名的学者。在这里,他走起路来,散起步来,坐着的时候,站着的时候,跟这个世界里的其他人相比,根本就没有任何区别。他身穿做工考究的外套和礼帽,神情要么严肃,要么温和,那双眼睛看上去颇为热诚,有时也多少显得有些疲惫。安塞尔姆现在是一位绅士、一名学者,这也跟他长期以来渴望达成的身份保持了一致。如今,安塞尔姆心中的感受,就跟当初他的童年时光行将结束时有些类似。他觉得,许多年的时光突然之间就被抛诸脑后,只剩下自己一个人,异常孤独且极为不满地站在整个世界的中心位置。而且,这个位置还是他一直以来孜孜以求的。教授这个身份,对于他而言并不是真正的幸福;每次见到他时,城市里的居民和大学生都会朝他深深鞠躬致意，这件事也并不令他感到开心。他身边的一切似乎都了无生趣，仿佛蒙上了一层尘灰，幸福再次变得遥不可及，通往幸福的道路看起来炙热又肮脏，而且还很平淡无趣。

在这段时期内，安塞尔姆经常会到自己一位朋友的家里去，因为这位朋友的姐姐对他很有吸引力。他现在已经不再像过去那样，很容易就会对美丽的容颜趋之若鹜了，就连这一点也发生了变化。如今的他认为，独属于自己的那份幸福，必然会以一种与众不同的方式来临。而且，这份幸福是不可能在每户人家的窗户后面都可以找到的。安塞尔姆挺喜欢自己这位朋友的姐姐，不仅仅是喜欢，他心中也时常涌生出自己确实很爱她的念头。但她是个很特别的女孩，脚下走的每一个步子、嘴里说的每一个词语都具有很强烈的个人特色，仿佛打上了独属于她的烙印一般。与她同行，找到跟她相同的步调，并不是一件多么简单的事情。傍晚时分，当安塞尔姆在自己那间孤独的寓所里来回踱步，若有所思地聆听脚步声在空空荡荡的房间里所发出的回响时，他偶尔会因为这个女性朋友的事情，自己跟自己在脑袋里面争吵起来。相比较于安塞尔姆主观上对未来妻子的想象，她的年纪要更大一些。她很特立独行，有她在身边共同生活的同时，如果还想要保持住自己作为一名学者的那种争强好胜的虚荣心，那将会是一件很困难的事情，因为她完全不想听他讲哪怕任何一点儿学术相关的内容。除此之外，她的身体也不算很强韧，也谈不上有多健康，而且对于社交活动和仪式庆典的耐受力很差。她的生活最好就是只让花卉和音乐在自己身边围绕，大概还要再加上一本书，保持这样一种孤僻沉静的状态，等待着，看是否有人会主动到她这里来，让世界按照她独有的节奏来运转。有些时候她表现得实在太过脆弱、太过敏感了一点儿，一切陌生的东西都会对她造成伤害，很容易就会把她给弄哭。可是哭过之后，她又会变得容光焕发，安静而优雅地沉浸在孤独的幸福感当中。无论是谁，只要是看过她上述这种由哭转笑的模样,都会产生这样一种感觉,那就是,想要给这样一位美丽又稀罕的女人送上一件她认为很有意义的东西作为礼物,可实在是太难了!安塞尔姆时常认为她对他是有爱意的,但与此同时,他也时常觉得她谁也不爱,只不过是对所有人都很温柔友善罢了。她并不渴求这个世界给予她任何东西,因为她唯一的愿望就是遗世独立,不被任何人打扰。但安塞尔姆对于生活的要求并不一样,一旦他打算娶一位妻子,家里就必须活力十足、热闹非凡、客似云来。

"伊里斯啊,"他对她说道,"亲爱的伊里斯,如果这个世界所奉行的是另一套规则就好了!如果世界上再也没有其他纷扰,就只留下美丽、温柔的世界本身,只有花卉、思想和音乐,如果是那样的话,那我就别无所求了。我要用一生的时间,陪伴在你左右,聆听你所讲的故事,依照你的想法,恣意自在地生活。光是听到你的名字,就已经令我感到开心了。伊里斯可真是个奇迹满满的名字啊,它令我回忆起了些什么,但具体是什么,我完全不知道。"

"不,你其实是知道的,"她说,"蓝色鸢尾花就叫这个名字。"

"是的,"他大声回答道,心中隐隐约约有种不安的感觉,"这我很清楚,光是这样一种对应就已经十分美妙了。但是,每当我喊出你的名字来的时候,这名字除了跟蓝色鸢尾花相同之外,它似乎还在提醒着我些什么。我不知道那具体是什么,仿佛这个名字是跟我内心深处所藏着的某些极深、极远、极重要的回忆紧密相连的。尽管如此,我依然不知道它究竟是什么,也找不出一个答案来。"

伊里斯对安塞尔姆微微一笑。此时此刻,他正不知所措地站在那儿,伸出一只手来,摩挲自己的前额。

"在我身上,每次都会发生这样的事,"她用她那如鸟儿般轻盈的声音对安塞尔姆说道,"我本来是在闻一朵花的香味,可是然后呢,每一次深嗅花香时,我的心中都会产生一种感觉,觉得这阵芬芳是某种格外美丽、格外珍贵的东西所遗留下来的纪念物，与我紧密相连。很久以前，我也拥有过那美丽又珍贵的东西，可是不知为何，我失去了它。与音乐相伴时也会出现这样的情况，与诗歌相伴时偶尔也会这样——突然之间，灵光一闪，就只有那么一小会儿，仿佛有一个被我遗落下来的故乡，突然在深藏于自我意识之下的河谷里浮现，然后又马上离开，马上就被遗忘掉了……亲爱的安塞尔姆，在我看来，这才是我们来到这个世界上的真正意义——去思考它，寻找它，聆听那失落已久的遥不可及的声音，我们真正的故乡就藏在这层意义之后。"

"你讲的这番话可真美好！"安塞尔姆不由得称赞连连。此刻，在他自己的胸中，充斥着一种几乎会带来疼痛的感动，仿佛胸腔里藏有一只隐蔽的指南针，确凿无误地指出了他遥不可及的目的地。但是，指出来的这个目的地跟他为自己的人生所做的规划南辕北辙。这个发现令他感到尤为痛心，难道要为了一个美好的童话故事，让自己的尊严、自己梦想中的生活统统付诸东流吗？

然而，终究到了这一天。在这一天里，安塞尔姆先生自一次孤独的旅行中归来，发现自己所住的这间学者寓所家徒四壁，如此寒冷，如此压抑，简直没有办法忍受。于是，他马上跑到那位朋友的家里，心里盘算着，要向美丽的伊里斯求婚。

"伊里斯啊，"他对她说道，"我不愿意再像这样继续生活下去了。你一直是我最要好的女性朋友，而现在，我必须向你坦承心中所想的一切：我必须要娶个妻子，若不如此，我就觉得自己的生活空洞无物，毫无意义可言。既然如此，那么，除了你以外，除了你这朵可爱的花儿之外，我哪还有可能想去娶其他人呢？你愿意嫁给我吗，伊里斯？只要是这世间能够找得到的花儿，我都要献给你，还有这世界上最美丽的花园，也应该归你所有。你愿意跟我一起生活吗？"

伊里斯长久且安静地注视着他的眼睛，她的脸上没有露出笑容，她的脸颊上也没有泛起红晕，但用坚定的声音给了他一个回答："安塞尔姆，你所提出的这个问题，并不令我感到吃惊。我一直爱着你，尽管我从来没有想过，有朝一日将会成为你的妻子。话虽如此，你倒是好好想想看啊，我的挚友，对于想要我当他未来妻子的那个人，我对他是有着极高要求的。我所提出的要求，比大多数女人提出的要求都高。你向我许诺了花卉，你觉得自己这样去做，对我而言是一件好事。可是我明明不需要花也可以活下去的，也可以没有音乐。像这样一类东西，以及其他很多东西，如果不得不舍弃掉的话，我都可以不要。但是，有一样东西我绝对不能，也不情愿去舍弃掉：那首在我心中奏响的乐章。一旦这首乐章不能够成为我生命的主旋律，那我就绝对活不下去，哪怕连一天都过不下去。所以，如果要让我跟一个男人结伴生活，首当其冲的条件就是，他心中奏响的乐章必须跟我的乐章相协调、相配合、相融洽。而且，他自己的乐章听起来理应纯洁无瑕，理应跟我的乐章达到琴瑟和鸣的境界，这必须是他本人唯一真正渴求的事情。你可以达到这样的要求吗，朋友？要知道，如此一来，你大概就无法继续保持现今所拥有的名望，也没办法再得到他人的尊敬，你的家里将会变得很安静。对了，还有那些皱纹。从好几年前开始，我就已经在你的额头上发现那些皱纹了。如果我们要在一起，那些皱纹必须全部消失。哎呀呀，安塞尔姆，这些肯定是办不到的。瞧瞧，你就是这样子的，总是不得不去努力钻研、学习，学到额头上总是有新皱纹冒出来，总是不得不去平添烦扰，增加新的忧患。至于我所思考的那些东西，还有我本身，你或许挺喜欢的，你认为那些都挺美的。可是，那些对你而言，其实就跟对大多数人而言一样，只不过是个精美的玩具罢了。哎呀呀，听清楚我的这番话吧：一切被此刻的你视作玩具的东西，对我而言就是生命本身，所以，你也必须将自己视作玩具的这些东西，统统视作生命才行；另一方面，此刻的你费尽心力，以谨小慎微的态度去追求的一切，在我看来也不过只是玩具而已，一点儿也不值得为了它们而生活。我是不会再去变成其他样子的了，安塞尔姆，因为我是完全遵照自己内心的规则来生活的那种人。可是，你还会变成其他样子吗？你必须变成一个跟现在的你完全不一样的人，唯有那样，我才可能成为你的妻子。"

面对伊里斯如此坚定的意志，安塞尔姆的内心颇受震动。他曾经以为她的内心是薄弱的，是轻率如儿戏的，现在他沉默了。沉默之间，因为情绪激动，他不经意地将自己方才从桌上取了攥在手里的一朵鲜花给捏扁了。

伊里斯见状，十分温柔地从他手里取过了那朵已经被捏扁的花。伊里斯的这番举动，对安塞尔姆而言，就仿佛一声严厉的呵斥，直指他的内心深处。哪里知道，这时伊里斯的脸上反倒突然露出了明媚和蔼的微笑，看起来就像是不经意间在黑暗中找到了一条出路似的。

"我突然有了个想法，"她轻声说道，脸颊也同时变得绯红，"你恐怕会觉得这个想法很怪异，在你眼中看来，恐怕只会认为我是在耍脾气。不过，这个想法其实也并非是一时兴起。你想要听听看吗？你愿意接受这个想法，让它来左右你跟我的命运吗？"

安塞尔姆完全不明白她在讲些什么，他注视着自己的这位女性朋友，苍白的脸上浮现出忧虑的神情。此时此刻，她的微笑正胁迫着他，促使他给予信任，并对这个提议表示赞同。

"我想给你布置一项任务。"伊里斯说道，转眼之间，她脸上的表情又变得严肃起来。

"按你的想法来吧，这本来就是你的权利。"这位男性朋友只得缴械投降。

"我是以很严肃的态度向你讲出这番话来的，而且，这些话本身也是没得商量的：一言既出，便不可更改。"她说道，"你愿意容忍如此苛刻的条件，完全依照我发自肺腑的要求去执行这项任务，不对它的细节讨价还价、斤斤计较吗？即便你并不能马上理解这项任务的目的，也能谨遵照办？"

安塞尔姆对此做出了许诺。于是她便站了起来，握住他的手，继续说了下去："有件事情你跟我提到过许多次，那就是每当你在对话中听到我的名字时，都会产生一种感觉，觉得自己似乎想起了某些被遗忘了的东西，具体是什么记不起来，只知道那些对你而言曾经是极度重要、极为神圣的存在。这种情况实际上是一种征兆，安塞尔姆，这么多年以来，正是由于有这种征兆在，我才始终能够将你吸引到我身边来。与此同时，我也认为你已经失去并且忘掉了自己内心深处那极度重要、极为神圣的存在。因此，你必须首先将它重新唤醒，唯有那样，你才能真正找到属于自己的幸福，并且达成你这一生注定将要去达成的目标。——再见了，安塞尔姆！我答应你的求婚，并且请求你，开始行动起来吧，开始寻觅吧，让自己回忆当中已然失去了的东西失而复得，让你每次听见我的名字时都会隐约回忆起来的东西失而复得。等失而复得的那一天真正来临，我就会成为你的妻子，跟你去你想去的地方，自那以后，夫唱妇随。"

听完这番话的安塞尔姆找不到一点儿头绪，他感到错愕，想要说些针锋相对的话来反驳她，想要批评这个要求只不过是在耍脾气，但她用不容置喙的眼神提醒他，要他信守自己刚刚许下的诺言。眼见她态度如此坚定，他便安静了下来，沉默不语。最后，他的目光低垂下来，牵起她的手，将那只手引到自己的唇边，轻吻了一下，随后便走了出去。

在迄今为止的人生历程中，他已经接受过好些艰巨任务，并且这些任务最终也都圆满完成了。但是，之前的那些任务里面，从来没有哪个任务像现在这个任务一样，如此古怪，如此重要，同时还如此令人感到沮丧。为了完成这个任务，他日复一日地四处打探，努力思考解决任务的方案，把自己给弄得疲惫不堪。而且，在此过程当中，总是会周而复始地迎来对这项任务感到绝望且愤怒的时刻，总是忍不住要去责骂它,说它不过是一番疯言疯语,说它不过是女人的一时兴起,想要将它从自己的脑海里完全抛离。可是,每当这时候,内心深处又总是有某些东西在向他提出反对意见——一种十分纤细、隐秘的痛感,一种极度温柔、轻到几乎听不见的提醒。正是内心深处这个渺小细微的声音,在肯定着伊里斯的说法,并且向他提出同样的要求。

可是问题在于,伊里斯的任务对于这个博学多才的男人而言,实在是太过困难了。按照她的要求,他理应回忆起那些自己早就忘掉的东西;他理应从那张由一去不返的岁月编织而成的蜘蛛网里,重新找回那根独一无二的金线;他理应伸出双手,努力抓住些什么,将抓住的东西献给自己所爱的人。可是,要抓住的东西本身无足轻重,仅仅是一阵随风飘逝的鸟叫,是聆听音乐时偶然掠过心头的一丝喜悦或者哀伤。要抓住的东西甚至比脑袋里的区区一个念头还要缥缈虚无、转瞬即逝,甚至比深夜里偶然发过的一场梦还要不值一提,甚至比清晨泛起的一团雾气还要暧昧不清。

有时候,当他怀着沮丧的心情,将一切统统抛下,心情坏到极致,打算彻底放弃这项任务时——每当这时候,总会有某种东西在不知不觉间翩然而至,仿佛是从极遥远的某座花园里飘忽而来的一缕气息。于是,他开始低声念出"伊里斯"这个名字,念十次,念很多次,声音很轻,仿若游戏,仿佛在一根绷紧的弦上反复测试同一个音阶。"伊里斯,"他呢喃着,"伊里斯。"念着念着,伴随着一阵纤细的痛感,他感到自己的内心深处似乎有什么地方被牵动了一下,就像一座被遗弃的老宅无缘无故地敞开了一道门,有一扇窗板正在嘎吱作响。因此,他马上试着仔细回顾、检查了一下自己的记忆。他曾经以为自己将过去的记忆整理得足够好,保存得十分妥当,哪里知道,在回顾检查的过程中,却出现了一些颇为奇异的令他感到极为震惊的发现:原来他脑海中的记忆宝藏,比自己曾经以为的规模要小得多,小到了不可思议的地步。当他将记忆往前回溯时，才发现了整年整年的空白，那些年发生的事情一点儿都不记得，简直就像是从未写过字的白纸。他发现，哪怕拼尽全力去回想，也很难清晰具体地回忆起母亲的音容笑貌。如今，他已经完全忘记了自己年少轻狂时曾经怀抱着极大的热忱追求了整整一年之久的那个女孩，忘记了她叫什么名字。他想起了一只狗，那是他还是个大学生时，一时冲动买下来的。那只狗跟他一起住过一段时间，一起生活过一阵子，他却需要花费好几天时间，才能重新回忆起那只狗的名字来。

这个可怜的男人啊，如今才满怀痛苦地发现，自己过去的人生竟然化为了乌有，空空如也，不再存在了！不再归他本人所有了！回忆与自己形同陌路，不再有任何关系，就好比那些在刻苦研习时曾经烂熟于心的内容，现在哪怕再怎么努力，也只能勉强拼凑出乏味的残片。这个发现令他心中的悲伤与恐惧与日俱增。于是，他开始动笔写了起来，他希望能够通过一年接一年地向前仔细回溯的方式，将自己那些最重要的经历逐一书写下来，以便重新将它们牢牢抓在手中。可是，他那些所谓"最重要的经历"具体又在哪里呢？是他当年成功当上教授的时候吗？是他当博士的时候吗？是他上小学、中学、大学的时候吗？要么就是在那早已不知远近的某个时间段里，他曾经喜欢过一阵子这个还是那个女孩的时候？他万分惊恐地仰起头来：莫非人生就是这样了吗？这些就是一切吗？他拍打着自己的额头，失声狂笑。

当他做这些事情的时候，时间也在飞速流逝，它流逝的速度从未如此迅猛，简直毫不留情！一年眨眼过去，在他看来，自己似乎还站在当初离开伊里斯时的那个出发点上，一切都没有发生任何改变。可事实上，这个时候的他，已经跟过去大不相同了——除了他自己之外，每个人都看在眼里，每个人都一清二楚。他变得更老也更年轻了。曾经与他相熟的人觉得他几乎变成了一个陌生人，他们发现如今的他总是心不在焉，情绪变化无常，行为举止古怪。于是，他逐渐积累起了作为一个乖僻怪男人的名气。对于他这样的一个人而言啊，这可真是一件遗憾的事情，不过话说回来，他当单身汉也当得太久了，难免如此。曾经发生过这样的事：他完全忘掉了自己在大学里上课的职责，让学生们徒劳地等待他来教室。也发生过这样的事：有人看到他满怀心事地在大街上偷偷摸摸、蹑手蹑脚地挪动，以房屋墙壁为掩护，一栋房子接一栋房子地向前摸索，久未打理、缺乏养护的外套直接抹过脏兮兮的墙角，弄得到处都是灰尘污渍。有些人认为他是因为开始酗酒了，才会变成现在这样。还有那么一次，当他正在学生们面前进行学术报告演讲的时候，突然就中断了演讲，沉默不语，好像是突然想起了什么东西似的，脸上不由自主地露出了天真烂漫的微笑，那模样从来没有任何人见过。随后，他又将演讲继续了下去，用的却是一种充满了温暖与情感的声音，那声音极富感染力，说进了很多人的心里。

长久以来，在毫无希望地追逐来自遥远过去的芬芳以及种种虚无缥缈的痕迹的过程中，他逐渐获得了一种全新的感知，但他本人对此一无所知。就他所知的部分来讲，有这样一种现象正在越来越频繁地出现，那就是，在那些迄今为止一概而论地被称作"记忆"的东西后面，还存在着其他的一些记忆，这就好比在一堵画满了画的古老墙壁上，在那些旧画作的下方，有时也还藏着更古老的被掩藏在下面的画作。他挺希望自己能够借此回想起什么来，比如当年他以游客的身份去游玩过一段日子的那座城市的名字，要么就是某位朋友的生日，要么就是其他类似这样的信息。不仅如此，当他在发掘一小块关于过去某段特定回忆的记忆碎片时，那感觉就像是在一大片废墟里搜寻、翻找一小块瓦砾一般，太多的回忆来来去去，突然之间就会想起某件与原本打算搜寻的回忆完全不相干的事情来。那是一股在猝不及防之间前来拜访的气息，就像四月的一缕晨风，或者九月大雾弥漫的日子。他闻到了一阵芬芳，嘴里尝到了一种味道，身上某些地方感受到了一阵若隐若现、细腻温柔的感觉，那感觉在皮肤上,在眼睛里,在他的心里。他慢慢弄明白了一件事:自己肯定经历过这样的一天,天是蓝色的,很温暖;或者是有些凉爽的天气,天是灰色的;或者是其他样子,总之就是有过这样的一天。关键之处在于,这一天的本质必定早已卷入了他的内心深处,成了一段被遮蔽的记忆,始终悬置在某处。他可以很清晰地闻到并感觉到那个春日或者冬日,但在自己现存的关于过去的记忆当中遍寻不着。那段记忆没有任何名字,也没有特定的相关的数字,有可能是他还在上大学时发生的事,也可能当时的他还是个婴儿,还躺在摇篮里。无论如何,那股芬芳的气息是确实存在的。他感到自己内心深处还暗藏着某些东西,那东西至今仍保持着鲜活的状态。他并不知道那东西具体是什么,叫不出名字来,也无法断定它真的存在。有时候他会产生这样一种感觉,觉得这些记忆甚至可能会一路回溯至自己这个生命状态存在之前的那个生命状态,回溯到过去的那段人生里,尽管他总是对这种感觉付诸一笑。

安塞尔姆茫然不知所踪地在自己的记忆深渊中漫步,一路上找到了大量东西。其中很多都令他深受触动、深深感动,还有很多令他吃惊又害怕。但是,有一样东西他始终没有找到,那就是"伊里斯"这个名字对他的意义。

在遍寻不着的痛苦折磨之下,他也试过返回故乡,重新看一看那片森林和草地、那些小径和篱墙,站在属于自己孩提时代的那座旧花园里,感受内心深处情绪的起伏澎湃。往事将他重重包围起来,如同一场大梦。最终,他悲伤又沉默地从那里回来,回到了城市里。随后,他对外宣称自己生了重病,把每一个过来嘘寒问暖的人都给打发走了。

尽管如此,有个人还是专程过来找他了。此人恰恰就是他的那位好朋友,自从那次他向伊里斯求婚之后,他就再也没有见过他了。他来拜访,发现安塞尔姆阴郁颓然地坐在自己那间毫无生气、与世隔绝的小房间里。

"站起来！"他对他说，"马上跟我来，伊里斯想要见你。"

安塞尔姆一下子跳了起来，站得笔直。

"伊里斯！她怎么样了？——噢，我知道，我知道！"

"没错，"朋友说道，"快跟我来！她就要死了，她卧病在床，已经很久了。"

就这样，他们赶紧去了伊里斯身边。她躺在病床上，身体看起来轻飘飘的，形销骨立，跟个小女孩没两样，那双因为消瘦而变大了一圈的眼眸里面，透露出清朗的笑意。她将自己白皙轻巧如小女孩般的手递向安塞尔姆，那只手放在他的手心里，看起来就像是一朵花儿。此时此刻，她的脸上浮现出一种近似羽化登仙的表情。

"安塞尔姆，"她说道，"你生我的气了吗？我给你布置的是一项如此困难的任务，而且，我也看得出来，你一直在忠实地履行这项职责。继续寻觅下去吧，在这条道路上继续走下去，直到你最终达成目标！你以为你是因为我才走这条路的吗？实际上，你之所以会走这条路，完全就是为了你自己。你知道吗？"

"我早就意识到这点了，"安塞尔姆说，"现在我当然也知道了。这是一条很长的路啊，伊里斯，我走在这条路上，其实很早之前就想往回走了，但我已经找不到回去的路了。我不知道自己继续这样走下去，最终会变成个什么样子。"

她注视着他悲伤的眼眸，脸上露出了微笑，那微笑灿烂明媚，令人颇感宽慰。他弯下腰来，整张脸都贴在他手心里放着的她那只纤弱细小的手上，抽泣了起来。他保持着这个姿势，哭了很长时间，连她的手都被他的眼泪给浸湿了。

"你最终会变成什么样子——"她用一种听起来仿佛只在遥远记忆里出现的声音说道，"你最终会变成什么样子这个问题，其实根本就没必要问。你曾经在自己的生命中追求过许多东西。你追求过荣誉，还有幸福,以及知识。你也追求过我,你的小伊里斯。然而这一切都只是漂亮的表象罢了,它们最终都会离开你的,诚如我此刻不得不离开你一样。就连我自己,也是这样过来的。当年的我一直在寻觅,然而找到的永远只有美丽、美好的表象,这些表象无法长存,它们接连不断地分崩离析、凋零枯萎。我现在已经不在意任何表象了,再也不去寻觅任何东西了。此刻的我正走在归家的道路上,只需要再迈出一小步,我就回到故乡。你也是能够回到那里去的,安塞尔姆,等到那个时候,你的额头上就不会再有皱纹了。"

她此时的脸色如此苍白,苍白到安塞尔姆不由得发出绝望的呼喊:"噢,还要再等一下,伊里斯,先不要离开!给我留下一份念想,有了这份念想,我就能够知道,你并没有完全离弃我!"

她点了点头,从身旁放着的一只玻璃杯里取出一朵新鲜绽放的蓝色鸢尾花,递给了他。

"这儿,拿着我的花,伊里斯——花就是我,我就是花,不要忘记我。找我,找伊里斯,找到了伊里斯,你就来到了我的身边。"

安塞尔姆哭泣不停,伸出双手,捧过那朵鸢尾花,在哭泣中挥别了伊里斯。过了一段时间之后,那位朋友托人给他捎来了不幸的消息。于是,他又回到了那里,帮忙用鲜花装点她的棺木,帮忙将棺木葬入了大地。

自此以后,他的人生便彻底分崩离析,过去与现在分道扬镳,他觉得自己已经不可能再在之前的人生轨迹上继续走下去了。于是,他抛弃了一切,离开了这座城市,离开了自己工作的单位,人间蒸发,下落不明了。不过,他倒总是在这里或者那里被人偶然撞见。接下来,有人看到他在自己的故乡露面了,看到他靠在那座旧花园的篱墙上。可是,当人们开始交头接耳地议论他,打算过去找他问话时,他离开了那里,再度消失不见了。

至于鸢尾花,他还是很喜欢的。只要看到有鸢尾花在某处傲然挺立，他都会走过去，选择其中一朵，躬下身去，细细打量。每当他花费很长时间专心致志地注视鸢尾花的花萼时，都会产生这样一种感觉：花萼的那片浅蓝色底座，正在朝着他散发出芬芳，散发出一种完全知晓过去一切发生过的事情，以及未来一切即将发生的事情的气息。他长久地等待在那里，直到不得不继续悲伤地走下去，因为他所期盼着的那种终于完成任务的感觉并没有到来。他感觉自己站在一道开启了一半的大门前，正在偷听着些什么，他听到大门后面有个最妩媚、最动人的秘密，那个秘密的呼吸声，已经从门背后传了过来。然而，当他自认为现在一切都必然要真相大白，自己向伊里斯许诺的那个任务即将圆满达成时，那道大门却重重地合上了。来自现实世界的冷风拂面而过，撩拨着他的孤独。

在他的一连串梦境之中，母亲都会跟他讲话。如今，他觉得她的形象和容貌如此清晰、如此亲近，这种感觉很多年来都不曾有过了。不仅如此，连伊里斯都过来跟他讲话了。当他从梦中醒来之后，脑海中依旧还有一些来自她们的话语在回响，于是，他一整天都在冥思苦想，想要知道她们讲的究竟是什么。他没有任何固定居所，像个异乡客似的，在故乡的各处穿行，有时在别人家的屋子里过夜求宿，有时在森林里风餐露宿，吃面包或者野生莓果，喝葡萄酒，或者喝灌木叶片上积累的露水——对于衣食住行这方面的条件，他根本毫不在意。有很多人认为他是个傻瓜，有很多人认为他是个巫师，有很多人害怕他，有很多人嘲笑他，有很多人喜欢他。他学会了怎样跟小孩子一起玩——在过去，他一向不太会跟小孩子相处。他加入小孩子的行列，跟他们一起玩各种稀奇古怪的游戏，与一根被折断了的树枝、一枚小石子交谈。冬天和夏天在他身边飞驰而过，他永远在注视花萼，凝望河水与湖水。

"表象，"有时候，他会自言自语，"一切都只是表象罢了。"

但他分明感到，在自己内心深处，存在着一种本质的东西，那种东西不是表象。他在追随它的踪迹，他内心深处的本质部分，它偶尔也会对他说一些话。本质所拥有的是伊里斯的声音，是母亲的声音，那声音令他感到宽慰，给予了他希望。

奇迹终于在他身上发生了，不过，对于发生的一连串事情，他也并不感到有多么惊讶。有一次，当他在大雪纷飞的天气里，徒步穿越一片冬季冻土时，这件事突然就发生了。当时很冷，连他露在外面的胡须上都结满了冰。他看到风雪之中，有一株鸢尾花孑然挺立，在这株鸢尾的顶端，一朵凄美、孤寂的花儿正在怒放。于是，他走到这株鸢尾花前，朝着盛开的花朵躬下身来。就在这时，他的脸上露出了微笑，因为现在他真的想起来了，他知道鸢尾花反反复复提醒着自己、让自己去回忆的究竟是什么了。他再一次看到了自己孩提时代的那个梦境，看到了挺立在那里的一根根金色细棍，在这些金色细棍中间，藏着一条条如玻璃丝般纤细的浅蓝色脉管，这些脉管就是一条条的通道，通往花朵的秘地、花朵的心脏。他很清楚，自己一直在寻觅的东西就在那里，那里就是本质，那里藏着的不再是表象了。

这时候，他又遇到了新的启示。他进入了梦境，梦引领着他，带他来到了一座小木屋前。那里有一群小孩子，他们见他来了，就给他喝牛奶。于是，他便陪着他们一同玩耍，让他们给他讲故事。他们告诉他，在那片森林里，有一群烧火工，他们那里最近发生了一场奇迹——有人见到幽灵之门敞开了。要知道，那道幽灵之门可是整整一千年才会开启一次的。他认真听他们讲完这个故事，朝着这群可爱的表象点了点头，然后便继续朝前走了。有一只小鸟在他前方的桤木林里歌唱，那歌声奇异而甜美，跟已经去世的伊里斯的声音一模一样。于是，他便选择跟着这只小鸟一起走。小鸟飞来飞去，扑腾着翅膀，越过一条河，飞进了密林深处。

当小鸟停止歌唱，既听不见它的声响，也看不到它的踪影时，安塞尔姆回过神来，停下脚步，环视四周。此时此刻，他正站在密林深处的一道河谷里，层层叠叠的绿叶之下，有条溪流正在轻轻流淌，发出些微的流水声。除了这一点点声音之外，周遭一切都在屏息静听，仿佛在静静等待着什么。但是此刻，在他的胸腔里，方才那只小鸟的歌声始终还在回响，在用那可爱的声音引领着他继续前进。他跟随着心中的歌声向前走，直到来到一大块岩壁前，才停下了脚步。这块岩壁上长满了苔藓，岩壁的正中间位置裂开了一道缝隙，又窄又挤，一路通往大山的内部。

有一位年纪很大的男人坐在缝隙前面，他看到安塞尔姆朝着缝隙走过来时，马上站起身来，冲着他喊道："快回去！你这家伙，回去！这是幽灵之门。进去的那些人里面，还从来没有哪个能够再回到这里来的。"

安塞尔姆抬起头来，望向这道由岩石组成的大门，窥看里面的情形。他看到，在这座大山的内核深处，隐隐约约显露出一条蓝色小径，小径的两旁矗立着成排的金色柱子。那条小径盘旋向下，没入内核深处，那种感觉就仿佛是在进入一朵巨大无比的鸢尾花的花萼。

在安塞尔姆的胸腔里，那只小鸟的歌声依旧清亮。于是，他又开始走了起来，从门卫身边走过，走进那条巨大的裂缝里，走过那一排排的金色柱子，一直走进那最深处的蓝色秘地里。那是伊里斯，他闯入了她的心里。那是母亲那座花园里的鸢尾花，他飘进了它蓝色的花萼里。当他安静地朝着那金色的暮光前行时，一切曾经的记忆、一切曾经知晓的事情转眼就回到了他的身边，依稀间，他摸了摸自己的手，那只手又小又软。满怀爱意的声音在自己耳边响起，那声音亲切又熟悉——聆听那声音的起伏鸣响，目睹那些金色柱子的光辉。这一切，就跟那年那日，在那些孩提时代的春天里，他耳朵里所听过的声音、眼眸里所映射过的光线完全一样。

当他还是个小男孩时做过的梦，那个梦境也回来了，在梦中，他一步一步地朝着花萼深处挺进。在他身后，由表象所组成的整个世界也亦步亦趋地跟了上来。他们共同沉没在一切表象之下暗藏着的秘地里。

安塞尔姆开始轻声哼唱，属于他的那条小径缓缓下沉，陷入故乡。

（1918年）

围炉夜话

Gespräch mit einem Ofen

它就这样出现在我的面前：肥胖、宽大，大大的嘴巴里充斥着火焰。

"我叫富兰克林，"它说。

"你莫非是本杰明·富兰克林[69]？"我问道。

"不，就只叫富兰克林，或者富兰克利诺。我是一台意大利产的火炉，一项杰出的发明。尽管如此，我发热的本事却不算很特别——"

"是这样的。"我说道，"你说的这些我也很清楚。每一台拥有漂亮名字的火炉，肯定都是一项杰出的发明，但在供暖发热这方面就表现得普普通通了。我很喜欢这种有名字的火炉，它们值得人们去啧啧称奇。不过话说回来，富兰克林，你不妨跟我讲讲看，像你这样一台意大利产的火炉，为什么要起一个美国人的名字呢？这样做难道不会很奇怪吗？"

"奇怪？没有的事。你知道吗，这其实是一条潜规则，是一条专门用来拉关系、壮声势的潜规则。在你们人类的世界里，可到处充斥着这样的潜规则。比如，那些生性胆小的民族，拥有独属于他们的民谣，这些民谣的内容全是在歌颂勇气的；那些日常缺爱的民族，创造出属于他们的戏剧，而那些戏剧呢，却都是在歌颂爱情的。在我们的世界里——我们火炉的世界里，也是如此。意大利产的火炉，大部分取的都是美国名字，这就好比德国产的火炉，大部分会取希腊名字一样。虽然是希腊名字，但它们是实打实的德国货，而且，请相信我，它们发热的本事并不比我更好些。不过，它们叫的名字可是赫乌瑞卡[70]，或者菲利克斯[71]，或者赫克托耳[72]的道别。总之，起这些名字能够勾起人类的很多历史回忆。

所以，依照同样的道理，我也就起名叫富兰克林了[73]。我是一台火炉，但是，依照我身上所具备的一些特点来看，我也完全符合当一位公民的条件：我有一张大嘴巴，需要给我很多，发光发热却很少，通过一根管子把烟给排出去[74]，有个响当当的名字，能够唤起其他人的不少回忆。瞧瞧，我就是这个样子的。"

"显然如此。"我说道，"那么，我要向您致以最深切的敬意。对了，鉴于您是一台意大利产的火炉，那么我们显然也可以在您的身体里面烤栗子吃了，对吗？"

"确实可以，显而易见。毕竟这也是一种消磨时间的方式嘛。很多人都喜欢的。你看，有些人也会选择吟诗作对或者对弈下棋来消磨时间。所以，显然也可以在我里面烤栗子，为什么不呢？栗子烤得焦焦的，时间花得多多的。人类就是喜欢消磨时间，而我又是人类创造出来的，我们按照人类的喜好去行事，也是在尽我们本身该尽的义务。我们这些纪念碑，既不会多干，也不会少做。"

"您等等！'纪念碑'，您刚刚是这样说的吗？在您看来，自己实际上是一座纪念碑？"

"当然是。我们所有的火炉，都是纪念碑。我们这些通过工业生产制造出来的产品，从根本上来讲，全部都是人类天性或者道德的纪念碑。要知道，那可是一种特别的天性，在自然界是极为罕见的，唯有人类在较高的文明发展水平下才能达到。"

"所以，那具体是一种怎样的天性呢？请您讲讲看。"

"这种天性的核心在于，无用之用，也是有其意义的。在其他很多无关的意义之外，就连我本身，也是这种意义的纪念碑。我名叫富兰克林，我是一台火炉，我有一张大嘴巴，这张嘴巴能够吞下柴薪；还有一根大烟管，透过这根烟管，我内部所发出的热量就能够找到通往外界空间的最迅捷的路径。除此之外，我身上也有一整套的装饰花纹。对了，我还有两个气阀，可以开也可以关，操控自如。就连这两个气阀都是一种十分美妙的消磨时间的方式。人们可以用它们来演奏一曲，就跟用一根笛子来表演一样。"

"您可真令我感到开心，富兰克林。在我曾经见过的所有火炉里面，您当真是最聪明的。不过，您刚才说的究竟是怎么一回事呢？按照您的说法，您究竟是一台火炉，还是一座纪念碑？"

"您问得可真多啊！大千世界里，人类是唯一能够给事物赋予'意义'的生灵，关于这点，您又怎么可能会不知道呢？对于整个大自然而言，一棵橡树就是一棵橡树，一缕风就是一缕风，一团火焰就是一团火焰。但是，对于人类而言，一切可就统统变了样，因为一切都是充满着意义的，一切都是紧密联系着的！对于你们，一切都是神圣的，一切都具有象征意义。一次杀人行为，可以是英雄壮举；一场瘟疫，可以是上帝旨意；一场战争，可以是革命起义。照此看来，一台火炉怎么可能仅仅只是一台火炉呢？当然不啦，就连火炉也具有象征意义——火炉是一座纪念碑，是一位传道者。恰恰因此，人类才会这么喜爱火炉；恰恰因此，人类才会对火炉表示关注；恰恰因此，才会在火炉上安装装饰用的花纹和气阀；恰恰因此，火炉才不会把区区的发热供暖视作自己唯一的使命；恰恰因此，我这座火炉才会被命名为富兰克林。"

（1919年）

皮克托尔的变化
Piktors Verwandlungen

皮克托尔刚刚踏入天堂的领域，就站在了一棵大树前，这棵大树是雌雄同体的[75]，既能化作男人，也能化作女人。于是，皮克托尔便怀着极大的敬意，向这棵大树致以问候，并且问它道："你就是生命之树[76]吗？"可是，当那条蛇想要代替这棵大树，向皮克托尔给出回答时，皮克托尔已经转身走开了。这里的一切令他目不暇接，他实在太喜欢这里了，眼中看到的每一样事物他都喜欢。他很清楚地意识到，自己已经来到了人类共同的故乡，来到了生命的发源地。

这时他又看到了一棵大树，这棵大树与日月同辉，既能化作太阳，也能化作月亮。

皮克托尔开口道："你就是生命之树吗？"

太阳点了点头，开怀大笑；月亮点了点头，露出微笑。

最美丽也最神奇的那些花儿，此刻正注视着他。那些花儿拥有数不清的色彩，散发出无尽的光芒，长着许多双眼睛，显露出许多张面容。有些面容点了点头，开怀大笑；有些面容点了点头，露出微笑；其余的面容既不点头，也不微笑：它们沉默不语，如同喝醉了酒一般，自顾自地陷入了沉思，自顾自地在自己散发出的芬芳中醉生梦死。那些花儿的其中一朵唱起了《薰衣草之歌》[77]，其中一朵唱起了《深蓝色的摇篮曲》。那些花儿的其中一朵长着蓝色的大眼睛，另一朵则令皮克托尔回忆起了自己的初恋。其中一朵的香味闻起来有些像孩提时代的那座花园，那甜美的芬芳如同母亲说话时发出的声响。另一朵对着他哈哈大笑，并且朝他所在的方向伸出了一根卷曲的红色舌头。这根舌头伸得很长，一路伸到了他的面前。于是，他便舔了舔伸到面前来的舌头：味道挺浓烈，野性奔放，有些像松脂，有些像蜂蜜，也有些像是某个女人的香吻。

皮克托尔站在所有这些花儿的正中央，心中充满了渴望，充满了不安的喜悦感。此时此刻，他胸腔内的这颗心脏就仿佛一台座钟一般，正在沉沉地敲响，敲打得十分用力。这颗心脏眼下所渴望着的乃是未知的空间，乃是漫溢着魔法力量的世界，他心中的热望此刻如同烈火一般，正在熊熊燃烧。

皮克托尔看到有只鸟儿坐在那里，看到它坐在草地上，浑身上下闪动着各种各样的色彩——这只美丽的鸟儿，仿佛拥有世间所有的色彩。于是，他便向这只美丽的五彩缤纷的鸟儿询问道："噢，鸟儿啊，幸福它究竟在哪里？"

"幸福啊，幸福，"美丽的鸟儿，它那双金色的鸟喙一张一合，一边向皮克托尔回着话，一边咯咯欢笑，"噢，朋友啊，幸福无所不在，它在高山上，它在河谷间，它在花儿和水晶里。"

快乐的鸟儿一边说着这样的一番话，一边抖动身上的羽毛，舒展了一下脖颈，尾巴左右晃了晃，眼睛眨来眨去，然后又咯咯欢笑了两声，身体突然像被咒语给定住了似的，一动不动地坐回到了草地上。瞧瞧看啊，现在鸟儿变成了一朵五颜六色的花儿，身上的羽毛全部变成叶子，两只爪子抓进地里，变成了根茎。在各种色彩的闪动之间，在方才那一连串如舞蹈般的动作之间，鸟儿竟然变成了植物。皮克托尔亲眼看见了这一切，不由得连连称奇。

才刚刚变成一朵花儿呢，那朵鸟之花又马上开始舞动起自己的叶子与花柱了——它已经厌烦，不想继续当花儿了。于是，它转眼又变得没有根了，整个身体开始慢慢向上飘起，变成了一只美丽非凡的蝴蝶。蝴蝶在空中飘舞，轻若无物，渺若无形，那张独属于它的面容却熠熠生辉。此情此景，皮克托尔看得目瞪口呆。

瞧瞧这只新变出来的蝴蝶，瞧瞧这只快乐的五彩缤纷的鸟之花蝶，瞧瞧那张熠熠生辉、五彩斑斓的面容，它围绕着已经被惊呆了的皮克托尔盘旋飞舞，它的身体辉映在阳光下闪闪发亮，如同一大片雪花缓缓地飘落到地面上，刚好就落在皮克托尔的脚边。鸟之花蝶轻柔地呼吸着，闪亮的翅膀微微颤动，摇身一变，又变成了一大块多彩的水晶，这块水晶的每一条棱边都在朝外放射出红色的光芒。这一大块红色的珍贵宝石啊，它的红光照耀在绿色草坪与灌木丛之间，反射出奇美无比的光彩，辉煌明亮，如节日庆典上阵阵敲响的钟声。哪里知道，深埋在大地内部的那块红色宝石的故乡似乎正在呼唤着它。皮克托尔眼看着它在迅速变小，恐怕马上就要彻底沉没到大地之中了。

说时迟那时快，皮克托尔被某种无比强大的渴望所驱使，一把抓住那块正在逐渐消失不见的宝石，将它揽入了自己手中。现在，他如同着魔了一般，直勾勾地注视着宝石迸射出的魔光。那道魔光仿佛直接照进了他的心里，仿佛赐予了他能够感知到极乐世界一切秘密的神力。

这时，盘旋在枯树上的一条蛇突然开口了。它在他耳边发出嘶嘶声，说道："这块宝石能够把你变成你想要变成的任何东西。在一切变得无可挽回之前，快将你变化的心愿告诉它！"

皮克托尔吓了一跳，生怕此刻把握在自己手中的幸福转眼就会化为泡影。于是，他用最快的速度说出了心里想着的那个词，然后自己就变成了一棵大树。他有时确实希望自己能够变成一棵大树，在他的想象中，只要变成一棵大树，似乎就能让自己的内心充满平静，拥有了不得的力量与体面。

就这样，皮克托尔变成了一棵大树。他的根须深深扎进大地里，他的身体朝着高处尽情伸展，树干上接连不断地长出叶子与枝丫。对于在自己身上发生的这一切变化，他感到十分满意。他操纵着自己干渴的根须，将它们深深探入清凉的土壤之中，从那里汲取水分，他将自己身上的叶子伸向高高的蓝天，任它们在空中飘舞。甲虫们栖身在他这棵大树的韧皮里，兔子和刺猬们住在他的脚下，鸟儿们在他的树枝间筑巢。

大树皮克托尔感到很幸福，不再去细数年月的流逝。当他意识到自己的幸福并非完满时，已经过去了很多很多年。他花了很长时间，才慢慢学会用大树的眼睛去看。等到他终于能够看得见时，却又感到无比伤心。

因为他现在已经可以看见，就在自己的周围，天堂里大部分的生灵实际上都变化得相当频繁，没错，周遭一切仿佛都在一条永远变化不停的魔力洪流中涌动。他看到花朵们变成宝石，或者变成翅膀飞速闪动的蜂鸟，眨眼之间就飞走了。他看到自己旁边的其中几棵大树，突然之间就消失得无影无踪：有一棵大树变成了水流，很快就流走了；另一棵大树变成了鳄鱼；还有一棵大树变成了一条鱼儿，游来游去，开心又凉爽，以崭新的模样开始了全新的游戏。大象和岩石交换了衣裳，长颈鹿与花朵更替了形象。

再反过来瞧瞧他自己，大树皮克托尔，永远保持着相同的形貌——他已经不能够再变化成别的样子了。自从他认识到这一点，他的幸福日子就过到头了。他开始衰老，越来越容易显露出那种疲惫、严肃又凄惨的姿态——在很多衰老的大树上都可以观察到这种现象。不仅仅是大树，这种现象也会出现在马儿身上，出现在鸟儿身上，出现在人类身上。所有生灵都无法幸免，这样的现象每天都能看见：当它们不再具备变化的能力之后，就会随着时间的流逝，陷入悲伤与枯萎之中，原本的美貌也随之消耗殆尽。

直到有一天，有个年轻的女孩一不小心走错了路，来到了天堂里的这个区域。这是一个金色头发的女孩，身上穿着蓝色的连衣裙。金发女孩走到皮克托尔大树下，又是唱歌，又是跳舞。照此情况看来，在来到这里之前，她大概从来就不曾想到过，可以通过许愿这种方式，赋予自己变化的能力。

几只聪明的猴子在她身后偷笑，几簇灌木用自己伸出的藤蔓，温柔地拂过她的身体，几棵大树趁着她不注意，向她抛去一朵花、一颗坚果、一个苹果。

当树木皮克托尔看清楚这个女孩时，一股强烈的渴望侵袭了他的全身，那是一种他之前从来未曾体会过的对于幸福的渴求。此刻，他不由自主地陷入了深深的思索当中，因为他突然就产生了这样一种感觉，觉得体内流淌着的血液正在冲着自己大喊道："你可要想清楚了！在这样一个关键时刻，你之前度过的整个人生，都会在脑海中放起回忆的走马灯。赶紧找到其中暗藏着的玄机，否则一切就太迟了，从今往后，幸福再也不会降临到你身上了。"他听从了这个建议，开始反思，好好回顾了一遍自己身上发生过的种种前尘往事，当初生活在人世间的日子，还有前往天堂的旅程，尤其是他变成大树的那个时刻，即他用双手捧着魔法石的那个神奇时刻。在那个时刻，每一种可能的变化方式都为他敞开了大门，生命力在他体内熊熊燃烧，之前可从来不曾这样过！他想起了当初咯咯直笑的那只鸟儿，想起了那棵与日月同辉的大树。这些回忆突然令他意识到当时的他都错过了些什么，忘记了些什么。与此同时，他也借此了解到，那条蛇的建议绝非善意。

女孩听到大树皮克托尔的叶子发出了一阵响动，于是，她便抬起头来去看他。当她注视着大树皮克托尔时，突然涌生出一股痛彻心扉的感觉，全新的想法、全新的渴求、全新的梦想，纷纷从她内心深处激荡而出。受到这股未知力量的牵引，她坐到了大树底下。这时，她察觉到大树皮克托尔是多么孤独啊，孤独又悲戚，不过，在他那静默无声的悲戚感中又暗藏着美，暗藏着打动人心的因素，暗藏着高贵的情怀。眼下，这棵大树的树梢正在沙沙作响，那响动很轻微，如歌如诉，令她心驰神往。她斜靠在外皮粗韧的树干上,感觉到大树的内心深处正在发生剧烈的震颤,与此同时,她还感觉到,自己的内心深处也在经历同样的震颤。此时此刻,她胸腔里的那颗心脏感受到了一种奇异的痛楚,她觉得,自己心灵的天空中霎时间卷入了层层叠叠的乌云,自己的眼眸里慢慢流淌出沉重的泪水。这一切究竟是怎么回事?为什么必须要如此受苦?为什么自己的那颗心脏竟渴望着跃出胸腔,同他融为一体,融进他的身体,融入这美丽的孤独中去?

大树全身上下轻微地颤抖着,从树梢一直到树根,都在抖个不停,他将自己体内的全部生命力都汇聚了起来,汇聚到跟女孩的身体相接触的那个位置,以此来表达自己炽烈的心愿——想要与她融为一体。哎呀呀,自己当年果然是被那条蛇给欺骗了,竟然许愿永远孤独地当一棵大树,永远被死死地固定在这里!噢,那是多么盲目的决定啊!噢,他当初是多么愚蠢啊!不过,他当时难道真的对将要发生的事情完全不知情吗?难道真的对生命的秘密一无所知吗?不是的,实际上,当年的他早就已经隐隐约约地感觉到、意识到了。哎呀呀,如今的他,借助着哀伤的心情和深刻理解力的帮助,一下子就想到了自己当年看到的那第一棵大树,那棵树可不就是雌雄同体的!

这时候,有一只鸟儿飞了过来。那是一只红色中夹杂着绿色的鸟儿,一只漂亮又勇敢的鸟儿。它朝着这边飞过来了,飞行的轨迹拉伸成一道长长的弧线。女孩看着它飞,看见有某样东西从它的鸟喙里掉落了下来。那东西闪闪发光,发出的是红色的光,跟血一样红,跟炽烈的火焰一样红,它掉进了绿色的草丛中。它在绿色草丛中发光的样子,像极了大树记忆深处曾经映下的那幅图景。它所发出的红光如此吸引人,女孩不由得弯下腰去,将这红色的玩意儿给捡了起来。那是一小块水晶,是一小块红榴石,只要是有它在的地方,就不可能黯淡无光。

女孩刚将这块魔法石放入自己白皙的手掌心,那个如此充盈地占据着她内心世界的愿望就立刻实现了。美丽的人儿烟消云散,她瞬间就陷入了大树之中,与大树融为一体,就像一根刚刚从树干中分发出来的强健枝丫,生长速度极快,朝着大树树梢所在的高度不断爬升。

如此一来,可说是皆大欢喜了,世界回归了完满,天堂才算是真正降临。皮克托尔已经不再是之前那棵衰弱不堪、凄惨无助的大树了,他现在可是正在高唱着"皮克托利亚,维克托里亚"[78]了。

他又在变化了。而且,因为他这一次完成了正确的永久性的转变,因为他从半个存在变成了一个完满的整体,所以,从成功融合的这一刻开始,他已经可以变化不停,想变成什么就变成什么了。掌管着变化能力的魔力洪流,持续不断地流淌在他的血液里。天堂里每时每刻都在生出新的造物,如今,他也成了这种永恒变化的其中一部分。

他变成过小鹿,他变成过鱼儿,他既变成过人类也变成过蛇,既变成云朵也变成鸟儿。每一种形态下的他都是一体,都是一对,既有月亮也有太阳,既是男人也是女性,以孪生河[79]的姿态流经各地,以双子星[80]的形象高悬夜空。

(1922年)

魔法师的童年时代
Kindheit des Zauberers

> 我又一次攀登至此,并且又一次
> 遁入属于你的深泉里。那个来自往昔岁月的可爱传说,
> 遥遥地聆听着,聆听你那首金灿灿的歌谣。
> 你可是在欢笑着啊,你在做梦,你在轻声啜泣。
> 从你的自身深处,持续不断传来的警告,
> 魔法师的咒语,低声呢喃。
> 我啊,我已沉醉,我已入睡,
> 而你,你却没完没了地呼唤着我……

在我的童年时代,教导我成长的不仅是父母和师长,还存在着一系列更加高等、更为隐蔽、更显奇妙的力量。在这些力量当中也包括潘神[81],它是以一只跳着舞的矮个子印度铜铸神偶[82]的形象出现的,当年就站在我外公的玻璃柜里。潘神这位神祇,还有其他一些神祇,它们早在我开始学习读书写字之前就已经接管了我的童年,并且用独属于它们的古老东方形象与观念,如此丰富地填满了我的心灵,以至于在后来,每当我遇到来自印度和中国的贤者故事或传说,总有一种似曾相识、久别重逢的感觉,是那种仿佛回到故乡的亲切感。然而,我实质上依旧是欧洲人,甚至还是在代表着积极活跃的射手座所辖的日期内出生的,因此,我的人生中难免充斥着冲动狂热、沉湎欲望与难以抑制的好奇心等典型的西方人品质。幸运的是——就跟大部分孩子一样——早在开始

自己的求学生涯之前，我就已经学到了人生中不可或缺的最为宝贵的东西。给我上课的是苹果树，是雨和太阳、河流与森林、蜜蜂与甲虫，给我上课的是潘神，给我上课的是外公宝藏库里跳舞的神偶。我熟知关于这个世界的一切，我毫不畏惧地跟动物和繁星交流，我精通果园里的各项事务，对水里的种种都了如指掌，跟鱼儿们在一起玩耍也是轻松自如。而且，我也已经能够唱出相当数量的歌谣。除此之外，我还会变魔术。可惜过了没多久，我就将这些手段统统还给了老师，直到年纪相当大了之后，因为某个契机，才不得不重新学起。总而言之，当时的我，掌握着一个人的童年时代可能拥有的全部传奇智慧。

在上述的基础上，我终于开始接受正式的学校教育了。这种体系化的教育对我而言是轻而易举，在学习的过程中也为我带来了不少乐趣。学校在课程安排上颇具匠心，并不去传授那些对于生活而言不可或缺的专业技能，反而侧重于进行各种如游戏一般的美好消遣，上这些等同于消遣的课程时，我常常感到十分开心。除此之外，学校传授的还有各种知识，其中有些知识，我甚至一辈子都记得很清楚。比如说，我至今还记得许多优美又风趣的拉丁语词汇、诗句和箴言，以及世界各大洲许多城市的居民数量——当然不是眼下的居民数量，而是（十九世纪）八十年代[83]的居民数量。

直到满十三岁之前，我都没有认真考虑过，自己将来想要成为怎样的人，想要从事什么样的职业，打算为了这种职业学习什么具体技能。就跟所有男孩子一样，我十分喜爱并且倾向于从事如下的一些职业：猎人、摆渡人、马车夫、钢丝舞者、北极探险家。不过，我当时最喜欢、最想要成为的始终还是魔法师。这是我所有天性当中能够使自己的内心产生最深切、最炽烈情感的方向，它表达了我对人们称之为"现实"的那种玩意儿的显著不满。在当时的我看来，"现实"简直就像是大人彼此认同的一项愚蠢协定。我从很早以前开始，就对这种所谓的"现实"报以时而畏惧、时而嘲讽着拒绝的明确态度。不仅如此，我心中还始终存在着这样一种雄心壮志，那就是想要对"现实"施以魔法，这样就可以把它变成别的模样，可以把它变得更好些。在我的童年时代，种种与魔法相关的愿望，其诉求完全是针对外界的，全部怀着幼稚天真的目的。我希望能够让苹果在冬天生长，希望通过魔法让我的钱袋里装满黄金和白银。我梦想能够借助魔法的力量，令自己的敌人瘫痪在地，然后再大度地饶恕他们，使他们自惭形秽、良心发现，并让我如愿以偿地成为游戏的获胜者，成为孩子王。我想要寻获埋藏在地底的宝藏，想要令死人复生，想要让自己隐身，任何人都看不见。在以上列举出来的这些愿望当中，尤其要提到隐身术——我个人十分看重且最渴望能够成真的一门魔法技艺。在我漫长的一生当中，对于魔法的种种渴望，一直在以各种各样的形式陪伴着我，尽管我本人在当时往往没能及时意识到，不能立即辨认出它的真实面目。即便到了再后来，当我早已长大成人，把写作者作为自己的职业之后，也多次试图在自己的作品当中隐身，完全隐匿掉身形，消失不见。我会给自己换名字，将自己隐藏在那些蕴意丰富、如恶作剧一般的名字后面。这样一类尝试，时常令我的同行感到恼怒，而且，他们还时常曲解我原本想要表达的意思，对我而言，这可真是咄咄怪事。此刻转头回望，我才发现，这种对于魔法力量的渴望，如同一个时刻存在着的暗示一般，影响到了我的整个人生。瞧啊，我那些想要学会魔法的心愿，它们的目标是如何随着我所处人生阶段的不同而发生着转变！瞧啊，我是如何将它们逐渐从外部世界抽离出来，又是如何将它们放入自己内心深处的！瞧啊，我是如何变得不再致力于用魔法来转变万事万物，而是仅仅致力于用魔法来改变我自己！瞧啊，我是如何通过孜孜不倦的探求，将那种"戴上隐形帽[84]就能隐身"的笨拙隐身术，替换为拥有智慧的人独有的隐身术的！掌握这种隐身术的人，恰恰因为洞悉了一切，才能够保持不被任何人觉察的状态。实际上，这正是我所经历的整个人生当中最根本的内容。

那时的我是个充满活力、生活过得极其幸福的男孩子，乐于在美丽又丰富多彩的世界中遨游，无论身在何处，都跟在自己家里一样自在。跟现实存在的动物和植物相处自然不坏，跟由我自身的种种幻想与美梦、力量和能力所构筑而成的原始丛林相处，也同样开心。至于我对魔法那一直持续不断的热爱，也并非煎熬，反而更令我感到幸福。当时的我确实也使出过一些魔法把戏，尽管自己当年并不知情。多年以后，当我在人生较晚些的阶段再次玩出这些把戏时，已经完全不如童年时代玩得那么圆满娴熟了。比如，我可以轻而易举地赢得他人的喜爱，轻而易举地对他人的行为加以影响，轻而易举地扮演一个领导者的角色或者众星捧月型的人物，要么就是那种充满神秘感的奇人。对那些年纪比我小的玩伴和亲戚，我曾经运用自己的本事，让他们充满敬畏地相信我真的懂魔法，相信我真能驱使、控制恶魔，相信我真的拥有一大笔隐藏起来的宝藏，以及那属于王者的皇冠。他们对此深信不疑，长达数年之久。我在这样的天堂里生活了好长一段时间，尽管我的父母在我还很小的时候就已经告诉过我，天堂里是有一条蛇的。我的童年之梦持续了许久，世界是属于我的，一切都只存在于当下，所有事情都是美好的游戏，规规矩矩地环绕在我的周围。有些时候，一旦我心中显露出某些不满、某种渴求时，这个友好又愉快的世界便会蒙上一层阴影，变得多少有些可疑。不过话说回来，每当出现这样一种情况时，我通常都能够轻而易举地找到另外一条出路，可以前往另一个相对而言更多自由、更少阻碍的幻想世界。随后，当我从幻想世界回来时，通常就会发现，外部世界已经焕然一新，再度变得可爱迷人，再度值得我去喜爱了。总之，我在这样的天堂里生活了好长一段时间。

在我父亲的小花园里，有一座用板条隔出来的木棚子[85]，我在那里面养了几只小兔子，还有一只十分听话的乌鸦。我在那座木棚子里不知道消磨掉了多少个小时，沉浸在浓浓暖意和作为占有者的狂喜之中，所耗费的时间简直无穷无尽，比地球的寿命都长。小兔子们的身上散发出鲜活生命的芬芳，散发出青草和牛奶的香味，散发出鲜血与繁衍的气息。至于那只乌鸦，在它那乌黑、坚毅的眼珠里，闪耀着象征永恒生命的灯光。除了专程陪伴小兔子和乌鸦的时间外，我也在这里，在同样一个地方消磨其他的同样无穷无尽的时间，那就是晚上。守在一支快要燃尽的蜡烛头旁边，身旁是通体温暖的昏昏欲睡的小动物们，我独自一人，或者在一个小伙伴的陪伴下，制定各种各样的计划：发掘数量庞大的财宝，寻获曼德拉草的根茎，乔装成常胜的十字军前往需要被拯救的世界。在那里，我将斩杀盗贼，解救不幸的人群，释放囚犯，攻陷强盗的据点，将其夷为平地，把叛徒钉死在十字架上，宽恕背信弃义的随从，赢得国王女儿的芳心，并且还要理解动物之间所说的言语。

在我外公的大书房里，收藏着一本奇大无比、极其厚重的巨书，我经常翻阅这本巨书，在里面寻找自己想读的内容。这本内容包罗万象、页码无穷无尽的巨书里面，包含着很多奇妙而古老的图画。有时候，当你第一次打开、翻动书页时，就已经能够看到它们当中的一幅，那古老的图画就摆在你眼前，耀眼夺目，十分诱人。有时候，你花费很长时间去寻找，却始终找不到它们，古老的图画统统不见了，仿佛施展了隐身魔法，仿佛它们从来就不曾存在于这本巨书中一般。除此之外，这本巨书中还记载着一个故事，这个故事美好到不可想象，但又极端晦涩难懂，我经常会去读读它。就连这个故事也不是想找就能找得到的，如果花费几个小时就找到了的话，那绝对是赚到了，因为它常常会消失得无影无踪，并且保持一个躲藏起来的状态。有时候，那种感觉就好像是它连自己在这本巨书中的居住地址和门牌号都自行更换了一般。另一方面，当你真正读到它时，它有时又显得格外友善，让你觉得自己几乎真的快要读懂它了。但是，在另外一些时候，它的内容又彻底改变，变得晦暗不明，完全封闭了自身，就像通往阁楼的那道紧锁着的门一般：暮气沉沉之时，偶尔会听到门后传来鬼魂发出的怪声，听到它们是如何窃笑或者呻吟的。总而言之，一切都是完完全全的现实，一切又都是完完全全的魔法，两者之间互相纠缠、生长、繁茂，两者都属于我。

在我外公那宝贝多多的玻璃柜里站着的摆出跳舞姿势的印度神偶，就连它也不总是同一只神偶，就连它也不总是固定摆出同一副面容，也不是所有时间都跳着同一种舞蹈。有时候，它确实是一只神偶，一只怪异且看起来多少有些滑稽的造像，是由当时的我根本无从了解的那些陌生国度里面的根本无从了解的陌生民族所制造出来的，那里的那些人会对这样一只神偶顶礼膜拜。在另外一些时候，它却是一只由魔法创造出来的魔物。它的存在饱含着深意，神秘到了无可名状的地步。它对献给自己的牺牲祭品极为贪婪，它时刻怀抱着恶意，它待人严厉又苛刻，它满嘴谎言、不可信赖，它对一切都是嘲讽的态度，它似乎总是想方设法地想要诱惑我，诱惑我去嘲笑它，然后它就可以以此为由头，对我加以报复。它虽然是用黄铜铸成的雕像，却可以随意变换自己的视线，有时甚至会斜着眼睛窥视我。可是在另外一些时候，它完全只是个象征物，既不能说它丑陋，也不能说它美丽；既不能说它邪恶，也不能说它善良；既不能说它好笑，也不能认为它可怕，而且一种质朴无华、老旧又难解的存在，就像一道古老的符文，像岩石上的苔藓斑迹，像一枚鹅卵石上的花纹。在它的外表之下，在它的那副面容和轮廓之下，栖居着神明，蕴藏着无限。对于当时的我而言，对于还是个小男孩的我而言，虽然叫不出这只神偶的名字，但<u>丝毫不减损我对它的崇拜和尊敬，丝毫不逊色</u>于我后来对各路神明的认知——后来的我知道了许多名字，我称呼它为湿婆[86]、毗湿奴[87]，我称呼它为上帝、永生、梵天[88]、阿特曼[89]、道[90]或者永恒之母[91]。它是父亲，是母亲，它既是女性也是男人，既是太阳也是月亮。

在那只放在玻璃柜里的神偶附近，以及属于我外公的其他一些柜子里，尚且放着、挂着、摆设其他许多物件和摆设，有那种用木头珠子一颗颗穿起来的类似《玫瑰经》念珠[92]的珠串[93]；有以棕榈叶制成的卷轴，上面刻满了古老的印度文字[94]；有用绿色皂石雕成的乌龟；有各种用木头、玻璃、石英和陶土制成的小神像、以繁复刺绣为装饰的丝绸和亚麻桌布；还有一些由黄铜铸造而成的杯子和碗。所有这些物什全部来自印度，来自锡兰[95]，来自那个拥有高大的蕨类树木和棕榈海滩以及目光清澈如小鹿一般的温柔僧伽罗人[96]的天堂岛[97]，来自暹罗[98]，也有些来自缅甸。所有这些物什无一例外地散发出大海、香料与远方的气味，散发出肉桂和檀木味。所有这些物什都是经由褐色和黄色的巧手打造完成的，都曾经被热带的雨水、被恒河的河水浸润，被赤道的烈日曝晒，被原始森林遮蔽。所有这些物件都属于我的外公，而他呢，又是这样一位长者、尊者、位高权重之人，蓄着一大把宽宽长长的白胡子。他什么都知道，比父亲和母亲都更有力量。除了上述这些物什之外，他还拥有其他一些完全不同的东西和本事——不只是来自印度的神像和小玩意，所有这些雕刻出来的工艺品、画出来的艺术品、施了魔法的宝贝，所有这些用椰子壳制成的杯子、用老檀木制作的大木箱、陈列间和藏书房——他还是一位巫师、一个百事通、一名智者。他懂得人类使用的所有语言，加起来超过三十种，或许连神明使用的语言都会说，或许连繁星使用的语言他也了解。他能用巴利语[99]和梵文写作、交谈，能够唱出用卡纳达语[100]、孟加拉语、印度斯坦语[101]、僧伽罗语撰写歌词的歌曲，能够听懂穆斯林信徒和佛教徒的祷告和诵经，尽管他本身是一名基督徒，信仰三位一体的上帝。他在那些炎热、危险的东方国度待了很多年——长达数十年之久，他曾经乘坐小舟和牛车远行，也骑过不少马匹和骡子。在我们周围的这些人当中，没有任何人比他更清楚，我们所居住的这个城市，乃至我们生活的这个国家，只是这个地球上很小的一个部分而已；没有任何人比他更清楚，在这世界上，还有数以千百万计的人跟我们有着不同的信仰，以及不同的风俗、语言、肤色，乃至不同的上帝、不同的美德与恶习。他是我喜爱的人，是我尊敬的人，是我畏惧的人。我对他有着所有的期待、全部的信任。我持续不断地向他，同时也向乔装成印度教神祇的潘神学习各种东西。这个男人，他是我母亲的父亲，长期居住在一座由各种秘密组成的大森林里，就像他的那张脸，也是居住在一大片白色的胡须森林中一样。从他的那双眼睛里，流露出悲天悯人的情怀，流露出欢快的智慧，除此之外，也蕴含着孤高的知识和神性的戏谑。来自五湖四海的各色人等都认识他、仰慕他，他们千里迢迢地过来拜访他，跟他用英语、法语、印度语、意大利语、马来西亚语交谈。在经过一番长谈之后，他们又重新踏上旅程，不留下一点儿来过的痕迹。他们或许是他的朋友，或许是专程过来给他捎信的人，或许是他的仆人和代理人。从他这个人身上，从这个高深莫测的人身上，我总算能够得知围绕在我母亲周围的神秘感究竟来源于哪里——那种隐秘、古老的感觉——她也在印度待过很长一段时间，她也会用马拉雅拉姆语[102]和卡纳达语交谈和歌唱，能够跟自己白发苍苍的父亲用我完全听不懂的如同魔法咒语一般的语言彼此交换词句。有时候，她的脸上也会浮现出那种来自异乡的微笑，那种晦暗不明的智慧微笑就跟他一样。

不同的是我的父亲。他选择孑然独立，既不隶属于神偶和外公的那个世界，也不融于这座城市的日常生活。他哪一边都不掺和，孤独地坚守着，过着一名苦行僧兼问道者的日子。他学识渊博，内心善良，去伪存真，全心全意地追求着真理。不过，他离上述的那种微笑很遥远。他高贵又温和，但同时也是非分明，不隐瞒任何秘密。他的一生从来不曾背弃过善良，从来不曾背弃过聪颖。但是话说回来，他也从来没有消失在外公所营造出的这一大片属于魔法世界的云山雾罩之中，他的面容从来没有迷失在这样一种天真和神性之间。他所玩的游戏，经常表现得像是某种悲伤，经常表现得像是某种高雅又体面的嘲讽，经常表现得像是一张沉默且内敛、醉心于自己内心世界的神明的假面具。我的父亲在跟我的母亲交谈时,是从来不会使用印度语的,而是讲英语,讲一口纯正、清晰、优美、稍微带着些波罗的海口音的德语[103]。他所使用的这种语言,正是他特别吸引我的一样本领,这种语言赢得了我,教导了我。我常常满怀着敬意与热忱,努力地学习他这种说话的方式。我当时的热忱实在是有些过了头,尽管我心里其实十分清楚,那就是,我始终还是深深扎根在属于母亲的那片土壤之中,在那片土壤上茁壮成长,在由黑色眼珠和各种秘密组成的世界[104]里茁壮成长。我母亲的生活中充满了音乐,我父亲却不是,他连唱歌都不会。

跟我一起长大的还有姐妹,还有两个年纪比我大的兄弟。人高马大的哥哥们受到很多人羡慕和崇拜。环绕在童年时代的我们周围的,是一座小城镇[105],这座城镇十分古老,地势起伏不平。围绕在城镇周围的,是遍布森林的山脉,看上去严峻而压抑,而且多少有些阴森。一条美丽的河流[106]从城镇中间穿行而过,流势蜿蜒曲折,流速犹疑和缓。这一切我都十分喜爱,我将这一切称为"故乡"。在这片森林、这条河流之间,我认识了生长在此的万物,认识了这片土地,熟悉这里的岩石和洞穴,熟悉这里的鸟儿、松鼠、狐狸和鱼类。这一切都属于我,是我的所有物,是故乡。不过,除了这些之外,还有玻璃柜和大书房,还有外公通晓一切的脸上浮现出的善意嘲讽,还有母亲深邃又温暖的眼神,还有那些乌龟和神偶、印度歌曲和箴言,这些向我诉说了一个更加遥远的世界,一个更显广大的故乡,一种更趋古早的起源,一类更为宏大的联系。还有,瞧那上面,那只高高在上的鸟笼里,端坐着我们那只灰红色的金刚鹦鹉。它的年纪很大了,极其聪明,长着一张博学多才的鸟脸,生有一对尖锐锋利的鸟喙。它会唱歌,也会说话。而且,就连它也是来自某个遥远的地方、某个未知的场所,嘴里飘出的是热带雨林里的语言,身上散发出来自赤道的气息。许多个他方世界,地球上的许多个地点,它们统统伸出极长的臂膊，迸射出耀眼的光芒，在我们居住的这栋房子里相聚、交汇。我们家的这栋房子，它的面积很大，历史悠久，有很多房间，其中部分房间是空置着的。房子有地下室，还有大到足以传出回声的长廊，长廊里飘散出岩石与寒意混杂在一起的味道。除此之外，还有无数间装满了木材和水果、充斥着穿堂风和空无一物的漆黑空间的阁楼。许多个他方世界在这栋房子里交汇，将它们的光芒散播到这里的每个角落。有人专程到这里来祈祷，诵读《圣经》里的段落；有人来这里钻研学术，研究印度语言学。在这里，曾经有许多美妙的音乐被奏响；在这里，许多人了解到了关于佛陀和老子的故事。这栋房子的客人来自五湖四海，他们身上穿的衣服上面，沾染着来自异国他乡的气息。他们拿的旅行箱颇为奇异，有用真皮制造的，也有用坚韧的树皮编织而成的。他们口中说的，全是陌生的语言。穷人在这里能够吃上饱饭，各种节日庆典都选择在这里庆祝，科学和童话在这里走得很近，同栖共生。这里也住着外婆，我们都有些忌惮她，对她并不怎么熟悉，因为她不说德语，平时读的也是法语版《圣经》。总而言之，这栋房子里的生活是多样化的、无法被所有人理解的。在这里，光线总是能折射出五彩缤纷的色彩，生活总是在奏响丰富有趣、百家争鸣的乐章。这里的一切都很美好，我很喜欢这里。不过，更美好的始终还是由我的心愿、念想构筑而成的那个世界。现实从来都嫌不足，唯有魔法方可弥补。

魔法在我们这栋房子里是无处不在的，在我的生命里也是无处不在的。除了外公的柜子之外，还有我母亲的柜子，那些柜子里放满了来自亚洲的布料、衣物和遮脸用的面纱。神偶斜着眼睛瞥人的目光里同样蕴藏着魔法。房子里的一些古老房间、好几个楼梯的拐角处——在这些地方也弥漫着神秘的气息。不仅如此，在我的心里，有很多地方也是跟我所处的这一外界环境相呼应的。有这样一些物什、一些联系，它们是只存在于我一个人心中的，是只为我本人而存在的。没有任何东西能够比它们还要神秘感满满，没有任何东西能够比它们还要难以琢磨，没有任何东西能够比它们还要脱离日常生活了。可是，与此相对应的，也没有任何东西能够比它们更真实。比如，那本巨书里的图画和故事情绪变化无常，总是突然消失不见，然后又再次出现，这件事就很真实；再比如，当我选择各个不同的时间点，跑去端详那些物什时，它们的面容会发生变化这件事，同样也很真实。家中大门、花园小屋、外面的街道——星期天傍晚看到的它们，跟星期一大清早看到的它们，那模样可是大不相同！比如，在外公的精神力起主导作用的那一天里，去看起居室墙上的挂钟跟基督像的面容，当然跟父亲的精神力起主导作用的那一天里看到的完全不同。又比如，在除了我本人之外，完全没有其他任何人的精神力作祟的时候。换句话说，再也没有别人给这些物什下达指示，只有我的心灵在跟它们玩耍，给它们起新名字，赋予它们新的意义。想也知道，在这样一种特定的状态下，它们所展现出来的面容，又会发生多么天翻地覆的变化！一把熟悉得不能再熟悉的椅子或者小板凳，炉火旁边的一小块阴影，某份报纸上印刷出来的大标题，这些都是有可能变得好看、变得丑陋，甚至变得邪恶的。变得充满各种意义，或者平淡如水；变得令人一看就心驰神往，或者胆战心惊；变得可笑，或者悲伤——无论变成什么样子，都是有可能的。保持着固定的形貌、稳定的形态、自始至终都是一成不变的东西可真是少得可怜啊！一切正在经历着改变、渴求着变化、随时准备去瓦解和重生的东西，又是多么富于生命力啊！

不过，在我童年时代所有的魔法现象当中，最重要又最奇妙的始终还是"小矮人"。我已经不记得自己第一次遇见他具体是在什么时候了。在我看来，他其实一直都在，是跟我一道来到这个世界上的。所谓的"小矮人"，实际上是个身形特别矮小、通体灰色、形象难以描述的生灵，是个小家伙，有可能是幽灵或者地精、天使或者恶魔。他有时会出现在我附近，走在我前面，指引我前行的方向。无论是在梦中，还是醒着的时候，他都会出现。而且，一旦他现身了，我就不得不服从他的指引。我对他的服从更甚于对自己父亲的服从，更甚于对自己母亲的服从，更甚于对自身理智的服从，甚至也经常更甚于对恐惧的服从。一旦这个小家伙在我面前现身，我的世界里就变得只有他存在了，无论他去哪里，无论他做些什么，我都必须效仿、照做。当我遭遇危险时，他会现身；当我被哪只恶犬或者哪个被激怒了的大块头玩伴撵着跑，处境极其不妙时，他会现身。就是这样，每逢最困难的时候，每逢紧要关头，小小的矮人都会在我面前出现，给我领路，为我指出该走的方向，及时拯救我。向我指出花园篱墙上那块已经松动了的木板位置的人是他，多亏了他，我才能在千钧一发的惊险时刻，成功找到逃生的通道。每一次都是他在我前面做示范，演示一遍我接下来应该做的事情，演示一遍那些可以成功帮助我脱离险境的选项：假装跌倒、赶紧调头、逃之夭夭、高声尖叫、保持沉默。除了紧急救援之外，他有时也会从我这里取走一些东西，比如从我手里拿走那些我正打算吃掉的食物；他也会指引我去到一些特定地点，在那些地方，我总是能够找回自己丢失已久的财物。曾经有这样一段时期，我每天都会看见他；也有那样一段时期，他从来不露头。他不露头的那段时间可不好过，一切都显得温暾又无聊，一切都停滞不前、暧昧不清，没有任何值得一提的事情发生。

有一次，在集市广场上，小矮人在我前面走，我跟在他的身后。他走啊，走啊，一路走到集市广场上那个巨大的喷泉旁边去了。喷泉所在的池子里面，有一方用石头砌成的蓄水缸，这蓄水缸的深度跟一个成年男人的身高相仿，喷泉里的四道水柱高高跃起，全部落到池子正中间的蓄水缸里。小矮人顺着石头往上爬，一直爬到蓄水缸的边缘位置，我也跟着他爬了上去。接下来，他使出一个敏捷麻利的跳跃，在空中划出一道漂亮的弧线，跳进蓄水缸那深深的水中去了。我也只好马上跟着他跳了下去，除此之外，没有别的选择。水面很快就没过了我的头顶，但我并没有溺死，因为马上就有人把我从水里给拽了出来。拽我出来的是一位年轻又漂亮的邻居家的女子，直到她来救我之前，我跟她之间几乎没什么交集。不过，自从这起事件之后，我跟她之间迎来了一份美好的友情、一段嬉闹玩耍的缘分，幸福感持续了很长一段时间。

又有一次，因为做了错事，我的父亲专门找我谈话。我竭尽全力地为自己辩解，又一次体会到了让大人理解小孩想要表达的意思有多难，这令我感到十分遭罪。谈话现场诞生了几滴眼泪，以及一次相对轻微的惩罚，最后，父亲送了我一样东西，借此让我不要忘记这次的教训：一本很漂亮的小台历，可以装进口袋里。我感到羞耻，对于整件事情的处理方式也多少有些不满。在这样一种心理状况下，我离开了家，走过那座横跨小河的桥梁。就在这时候，小矮人突然出现，走在我的前面，一下子跳到了桥栏上，以他特有的手势，命令我将父亲送的小礼物扔掉，扔进河水里。我马上照做了，既没有怀疑，也没有犹豫。只要小矮人在那儿，我都是这样的。唯有当他不在场时，唯有当他抛下我一个人，将我弃之不顾时，我才会怀疑，才可能犹豫。我还记得有这么一天，自己跟父母一道出门散步，走着走着，小矮人现身了，在街道的左边行走，于是，我也跟着他，有样学样地走在街道左边。父亲多次命令我走回街道的另外一边，我也多次照做了，但小矮人并没有跟着我一起过来，他始终坚定不移地走在左边。因此，我也不得不马上返回街道左边，反反复复许多次，听话地跟在小矮人身后。当时，父亲已经对我的不听话感到厌倦了，最后干脆任由我选择，想走哪边就走哪边了。尽管如此，他心里还是感到很不高兴。后来，直到我们走回家之后，他才认认真真地问我，为什么我当时如此倔强，无论如何都不肯听他的话，非要走街道的另一边。在这样一类情况下，我总是感觉特别窘迫，甚至可以说是绝望，因为在这世上，再也没有任何事情比向一个普通人提起小矮人更困难、更加不可能办到的了，哪怕说出一个字也不行。在这世界上，再也没有任何事情比背叛小矮人，说出"小矮人"这个名字，说出关于他的这些那些更为禁忌、更加恶劣、更罪无可恕的了。要知道，我从来不能通过想他来让他现身，从来不能通过呼唤他来让他现身，从来不能通过虔心许愿来让他现身。所以，如果他在，那当然就很好，当然就应该听从他的吩咐。如果他不在，那就干脆假装他从未存在过好了。小矮人连一个具体的名字都没有，但是，对于童年时代的我而言，世界上最不可能发生的事情，就是当小矮人出现在我面前时，我不去跟随他的步伐，不去跟着做他做过的那些事。他去哪里，我就跟着他到哪里，即便要到水里去，即便要到火中去，赴汤蹈火，也在所不辞。客观地讲，他其实也并没有指挥或者劝说我去做这件事或者那件事，不是这样的。他只是简简单单地做了这个，或者做了那个，被我看到了，于是也就跟着他去做了。实际上，他所做的那些事，要我不去跟着做，这同样也不可能办到，这就好比我所投下的影子，竟然不跟随着我的动作来完成它的动作一样，根本就是不可能的。照此看来，或许我只是小矮人的影子，要不就是他在镜中投下的倒影，要不就是反过来，他实际上是我的影子或者倒影。或许我自以为在跟着他所做过的动作完成自己的动作，但其实我的动作是比他先做出来的，反而是他在模仿我；要么就是一起做的，我跟他同步。无论如何，唯有一点最让我介怀，那就是他并不是一直都在，这点可真是太遗憾了。当他不在场时，无论我做些什么，似乎都失去了做这件事的理由，失去了必要性。也正因为如此，一切也变得跟他在的时候不一样了。我的每一步行动，都分裂成了两种可能性，一种是当真去做，另一种是马上放弃。正是因为上述的这种分裂，犹豫、考虑也随之而来。可是，值得注意的是，我当年生活中那些好的快乐的幸福的行动，全都是在不假思索的前提下展开的。由此看来，由"自由"掌管的领域，恐怕其实也是由"错觉"掌管的领域吧。

那位当时把我从喷泉里面拽出来的邻家女子，那个有意思的女邻居，我们之间建立的友谊是多么美好啊！她富有活力，年轻漂亮，同时也有些愚钝天真，不过话说回来，那也是一种特别可爱的简直称得上妙不可言的愚钝天真。她让我讲那个强盗和魔法的故事给她听。有时候，她对我所讲所做的一切都太轻信了；有时候，她对我又极端不信任，无论我讲什么、做什么，她都不相信。不过，无论如何，她至少相信我是来自东方的一名智者，光凭这一点相信，就已经深得我心了。她十分崇拜我。每当我跟她讲一些笑话时，她都会在自己根本没有弄明白笑点的情况下大笑出声，把气氛炒得很热烈。我为此责备过她，当时我是这样问她的："听着，安娜小姐，在你还没办法完全理解一个笑话的笑点所在时，怎么可能因为这个笑话而笑出声来呢？这样做实在是太傻了。不仅如此，你这样做，对我而言也是一种足以造成心灵伤害的恶劣行为。你要么是真正理解了我所讲的笑话，并且因为这个笑话的笑点而发出笑声，要么就是没有明白过来。在没有明白过来的情况下，你是不需要笑的，也不需要费力假装出你已经理解了的模样来。"听到我讲出这番话之后，她还继续笑个不停。"不是这么回事。"她大声喊道，"你是我见过的所有男孩子里面最聪明的那个，你真是太了不起了。你将会成为一名教授，或者当上大臣，或者做医生。至于我的笑，你应该清楚，那根本就没有什么好见怪的。我之所以会笑，那是因为你使我感到由衷欢喜，因为你是我们这里能够找得到的最有意思的人。不过现在呢，我们还是言归正传，你给我具体解释解释刚才讲的那个笑话吧！"所以，我就又把那个笑话很详细地解释给她听了，在解释的过程中，她还是没办法很快理解，不得不继续问问这个、提提那个，不过最后，她总算是真正理解了这个笑话的笑点。如果说，她之前不懂的时候笑得发自肺腑、相当夸张的话，那么现在的她简直可以说是笑得几近癫狂了。不仅如此，她现在的笑声也极富感染力，连我都被她给逗笑了。我们常常彼此笑成一团，笑得多开心啊！她是多么宠溺我、多么崇拜我啊！她被我逗得多么开心啊！有时候，我被她缠得没办法，不得不给她讲一些念起来颇为困难的绕口令。每当遇上这种时候，我都需要用非常快的速度，在她面前连续重复三遍。举例来讲，"维也纳卫洗工会洗白维也纳外衣"，或者科特布斯邮政马车厢的那个小故事。我坚持表示，她也必须尝试着去念这些绕口令，可她还没有开始就已经大笑起来，就算真念起来之后，也没办法连续念出三个以上正确的词。当然，她实际上也并不是真想去念这些绕口令。每一次，这些绕口令句子刚开始念出声，她就会爆发出一阵笑声。安娜小姐是我认识的人当中最快乐的人。当年，凭着我那独属于少年郎的小聪明，我断定她是个愚钝天真到无可名状地步的女人，当然，最后事实也确实证明她就是如此。但是话说回来，她也确实是一个很幸福的人。实际上，我有时也倾向于认为，幸福的人都有着隐秘的智慧，即便他们表面上看起来很蠢笨，这就是所谓的大智若愚。敢问这世间还有什么比聪颖更愚蠢、更令人不幸福的呢！

时间一年年流逝，我跟安娜小姐之间的交往早已进入了冬眠状态。眼下的我已经是个天天都要去上学的大孩子了，已经因为聪颖所带来的诱惑、痛苦和危险而倍感压力。然后，终于到了这样的一天，我再一次需要她帮忙了。而且，这一次又是小矮人引导我去找她的。这件事情发生之前的颇长一段时间里，我一直在绝望地思考如下两个问题：男女两性之间的区别是怎样的？小孩子是从哪里变出来的？因为始终找不到答案，这两个问题越来越令我感到心急如焚，从早到晚地折磨着我。直到有一天，它们把我折磨、压迫得如此厉害，以至于我终于下定决心，如果这两个令人心焦的谜题再不能得到解决，那我干脆就不要活了。那一天，在放学回家的路上，我整个人都变得极为狂躁，心中愤懑不已。走过集市广场时，我的目光死盯着地面，觉得自己真是太不幸了，心里特别沮丧。就在这时候，小矮人突然出现在我的面前！对于那个时期的我而言，小矮人已经成了稀客。他背弃了我，而且已经背弃了很长时间；要么就是反过来，我背弃了他，背弃了这么长的时间。此时此刻，我突然与他重逢，他的身形还是那么小巧，他的动作还是那么灵活。他就在我前面的路面上走着，我的视线只跟随了他一小会儿，因为他转眼就走进了安娜小姐家的那栋房子里。他消失不见了，不过在此之前，我已经跟着他进到了房子里面，而且，这时候我已经知道小矮人为什么要引我进去了。当我猝不及防地闯入安娜小姐的房间里时，她不由自主地发出了尖叫声，因为她当时正在换衣服。不过她并没有把我给赶出去……于是，我很快就知道了当时的我迫切想要去了解的几乎全部问题的答案。不仅如此，如果不是因为我当时年纪实在太小的话，这一切还很有可能会发展为一桩风流韵事。

这个风趣幽默又愚钝天真的女人，她跟其他大多数成年人都不太一样，因为她虽然愚钝，却率性自然，开放而不拘束，永远活在当下，绝对不会说谎，绝对不会犹疑。可是，大多数成年人的表现跟她大不相同。当然也有例外，还是有我母亲这样的成年人，她是活力满满的化身，是神秘的无所不能者的缩影；还是有我父亲这样的成年人，他是正直正义的化身，是人类智识的缩影；还有我的外公，他几乎已经不能算是寻常人类了，他深藏不露，他面面俱到，他的脸上始终保持着微笑，他的才智深不见底，永不枯竭。可是，对于绝大多数成年人而言，情况并非如此。他们很像是那种用陶土捏成的神偶，尽管得到人们的尊敬，尽管被人们所畏惧着，终究也不过是陶土捏成的罢了。瞧瞧，当他们跟小孩子们交谈时，那种假模假式、漏洞百出、装腔作势的态度是多么滑稽！他们说话时的声音，听起来是多么虚假啊！他们脸上露出的笑容是多么虚伪啊！他们居然那么高看自己，不只高看自己，还高估了自己的工作、自己的生意，认为它们有多么重要！瞧瞧，瞧他们在大街小巷上穿行时的那副模样吧，保持着不苟言笑的态度，严肃得也太过分了一点儿！他们全身上下的行头，他们手里的公文包，他们夹在胳膊底下的那几本书——他们是有多么盼望自己能够被别人认出来啊！盼望着众人给自己鞠躬敬礼，盼望着众人对自己顶礼膜拜！有时，人们会在礼拜天专程过来见我的父母，为了他们口中所谓的"登门拜访"。造访的男士用不太灵活的插在僵硬白皮鞣革[107]手套里的双手擎着自己的高礼帽，瞧瞧这些重要的受到众人尊敬景仰的人吧，瞧瞧他们为了维持所谓的"尊严"而表现出来的窘态吧，这些律师和法官、传教士和教师、负责人和督导员。他们每个人都带着自己的夫人——这些夫人看起来都显得有些畏畏缩缩，有些刻意压抑住自己情绪的感觉。他们身体僵硬地坐在椅子上，无论做什么事情，都必须有人提前去向他们反复请示要求；无论做什么事情，都必须有人从旁协助：脱下外套时、进入宅邸时、屈身就坐时、提出问题以及给出回答时，乃至于告辞离开时，无一例外。对于这个由小市民主宰的世界，他们具体说了些什么、做了些什么，是不需要太过认真对待的。这件事对我而言很容易做到，因为我的父母本就不属于他们这帮人所在的这个世界。实际上，就连我父母也觉得这帮人挺可笑的。不过话说回来，在当时的我眼中看来，即便他们不把自己的一举一动搞得跟在戏院里演戏一样，即便他们不戴那种手套，即便他们不"登门拜访"，大多数成年人也是十足滑稽又好笑的。他们居然会觉得自己的工作特别重要，居然会认为自己上班做的事情、自己所工作的部门很了不起，这些虚妄之物在他们心中是多么伟大、多么神圣不可侵犯啊！比如说，当一名马车夫、警察或者铺路工人封锁道路时，封锁道路这件事就属于所谓"神圣不可侵犯"的事务，是理所当然的。道路被他们这帮人封锁了之后，人们就必须避开这里，为他们的工作腾出空间，有时候甚至还要协助他们进行封锁。但是，如果是一帮小孩子在忙着做自己的事情，在忙着玩耍，那他们无论在做什么，都是不重要的。孩子们随时可以被赶到一旁，随时可以被大人们斥责辱骂。照此看来，莫非孩子们所做的事情，注定没有大人[108]要干的事情正当、良善、重要吗？噢，不是这样的，情况恰恰相反。但大人始终还是比孩子的权力更大一些，所以才轮到他们来下命令，所以他们才会在这种较量中占据上风。而且，就跟小孩子一样，大人也有属于他们自己的游戏要玩。他们玩的是消防演习，玩的是士兵突袭，他们会加入各种协会跟俱乐部，他们会结伴去酒馆。不同之处在于，他们无论玩些什么，脸上都会摆出一副"这件事很重要"的表情，装得颇为理直气壮地去参与，仿佛这个世界上的一切本该如此，仿佛再没有比他们的游戏更加美好、更加神圣不可侵犯的事情存在了。

他们当中也有些聪明人，这点我承认，毕竟老师当中也有很聪明的。但是，在成年人的世界中，有这样一项难以被忽视的客观事实，它简直太古怪，太值得人们去怀疑一下了，那就是所有这些所谓的"大"人，他们在或多或少的一段时间之前，岂不都曾经是个孩子吗？然而，在这些大人当中，尚且没有完全忘记自己也曾经是孩子的人，他们的数量是多么稀少啊！尚且没有完全忘记应该怎样作为一个孩子来生活、来行事、来玩耍、来思考的人，没有完全忘记孩子喜欢什么、痛恨什么的人，他们的数量是多么稀少啊！只有少数——极少数的大人，还记得上述这些！要知道，并不是只有暴君和恶徒才会用满怀恶意的讨厌手段来对付孩子们，并不是只有他们才会不分场合地撵走他们，并不是只有他们才会用充满蔑视和厌恶的目光来看待他们，也并不是只有他们，才会在某些时候，不知不觉地显露出一丝对他们的恐惧。情况并非如此，实际上，其他大人也是如此，甚至也包括那些心怀善意，偶尔会很愿意降低自己的身份跟孩子们促膝长谈的大人。就连他们多半也不知道，在跟孩子们交谈时具体应该聊些什么；就连他们在打算跟我们沟通时，也差不多都得费尽心思、勉为其难地将自己的思路"下降"到跟我们相同的高度，伪装自己也是一个孩子。即便他们这样去做了，也没办法货真价实地假造出孩子的感觉,他们最终伪装出来的不过是他们自己臆想出来的愚不可及的漫画中的孩童形象罢了。

所有这些成年人——差不多所有吧——他们是生活在另一个世界里的,呼吸的是另一种空气,跟我们这些孩子呼吸的空气截然不同。他们通常都不比我们更聪明些,除了之前提到过的那种神秘莫测的"权力"之外,他们几乎没有任何地方是强过我们的。确实,他们的身体比我们要强壮,一旦我们不肯自愿服从他们的指挥,他们就能凭着这一点来强迫我们、痛打我们。可是,身体强壮算得上一项真正的优势吗?如果真是这样,那岂不是任何一头公牛、任何一头大象都比一个成年人类强大得多?但他们拥有权力,他们发号施令,他们将自己的世界体系与行事方针视为"正确"的标准。尽管如此,有一件事却经常令我感到极为怪异,有那么几次,甚至都快要觉得不寒而栗了,那就是,虽然成年人掌握着权力,但许多成年人看起来似乎很羡慕我们这些小孩子。有时候,他们也会特别天真、坦率地将这样的想法脱口而出,大概同时还会伴有一声叹息:"唉,没错,你们这些小孩子才是真正幸福的!"如果这番感叹并不是在说谎——不得不说,这番感叹确实不是在说谎,因为像这样的一类话语,有时候别人只要一说出口,我就能够明确感觉到它并非说谎了——那也就意味着,这些成年人、这些拥有权力的人、这些自恃高贵的人、这些发号施令的人,他们实际上并不比我们更幸福,尽管我们不得不听从他们的命令,不得不向他们表示敬畏。在一本音乐课本里,我曾经学到过这样的一首歌,这首歌的歌词里有一段反复呼号的唱段,刚好也印证了这个观点:"噢,多么幸福啊,噢,多么幸福,还能继续当个孩子!"[109]这一切的奥妙之处就在这里。有些东西只有我们小孩子才有,大人却没有,他们也只不过比我们年纪大些、强壮一些而已,在某些方面,他们其实是比我们要可怜些的!瞧瞧他们,虽然我们时常因为他们高大修长的身材、他们所享有的成年人尊严,还有他们浮于表面的自由与自主性而感到羡慕不已；因为他们可以随便蓄胡须，可以穿长裤而感到羡慕不已，但他们偶尔也是会羡慕我们这些小家伙的，他们甚至将这种羡慕写进了歌词里，并且还要由他们亲口唱出来！

好吧，在我的童年时代，尽管发生了上述种种事情，可我始终还是很幸福的。当时当日，世界上的许多事情，我都曾希望能够呈现出另外一副模样，也包括在学校里发生的那些事情。不过话说回来，我始终还是很幸福的。虽然当时各个方面的人与事都在向我赌咒发誓，都在向我强行灌输这样一种观念，那就是，人类并不是为了满足自己的一己私欲才来到这个世界上的，真正的幸福唯有经受住了各种考验之后才能获得。我在学校里学到的很多名言警句、诗歌词赋都在描述这种观念，我常常觉得这些文字美不胜收，内心深受触动，但文字之下所描述的内容并不太能打动我的心，尽管它们倒是常常能打动我父亲的心。每当我遇到什么糟糕的事情，比如生了病，或者提出的愿望没能得到满足，要么就是跟父母吵了架，正在闹别扭的时候，我几乎不会跟别人一样，逃到上帝那里去寻求庇护，而是选择了其他的逃避方式，这种方式能够令我的心情重新恢复到光辉灿烂的状态。一旦寻常的游戏再也无法引起我的兴趣，一旦玩具轨道车、零食小卖部和童话故事书都对我没辙、令我感到无聊了，那么，在这样一个时候，我经常就会沉迷到自己那个最最美好的崭新游戏当中去。具体而言，这个游戏是这样玩的：傍晚时分，只要我心无旁骛地躺在床上，紧闭双眼，眼前就会浮现出许许多多的彩色圆圈，勾勒出一幅如童话般美丽的图景，我马上就会陷入这幅图景当中。每当这时候，幸福和神秘之光便会瞬间在我心中重新燃起，简直如同闪电划过天空一般！每当这时候，世界霎时间就具备了千万种意义，变得充满希望，大有可为！

头一个阶段的上学时光很快就过去了，那些在学校里的时光，并没有怎么改变我。在学校里的我获得了这样一种经验，那就是，信任和坦诚会对我们自身造成伤害。于是，我从某几位抱持着漠不关心态度的老师那里学会了最基本的欺骗和隐瞒技巧，自那以后，我在这世间就通行无阻了。可是与此同时，我人生盛开的第一个阶段也随之慢慢凋谢了。就连我也在不知不觉之间，慢慢学会了那首漫漫人生的虚伪之歌，学会了面对所谓"真相"，面对成年人世界运转规则时不得不给予的妥协，学会了那种"得过且过"地适应这个世界的方式。到了那个时期，我才真正懂得，为什么成年人手中拿着的歌剧唱本里，会有像这样的一类唱词："噢，多么幸福啊，还能继续当个孩子。"到了那个时期，就连我也经常对"还能继续当个孩子"这件事流露出羡慕之情了。

当我长到十二岁时，需要面临一个抉择：是不是应该开始学习希腊语了。他们问我的时候，我毫不迟疑地说了要学，因为当时的我已经意识到，假以时日，自己绝对有必要成为像父亲那样，最好是像我外公那样博学多才的人。可是，自做出决定的那一天起，我就自动拥有了一份人生规划：我以后应该要上大学，在大学里学习，未来要么成为一名传教士，要么当一个语言学家，因为那样能够拿到奖学金。外公也是从这条路走过来的。

从表面上讲，上述这些并不算坏。唯一的问题在于，我现在突然就多出来了一个未来，我所走的人生道路上，现在突然就多出来了一块指路牌。当下的每一天、每一个月都在引领着我，让我跟指路牌上白纸黑字写下来的那个"目的地"更为接近。一切都在指向那个"目的地"，一切都在为我指路，然而这条路却与我迄今为止所过的日子，与那些曾经的游戏和生活渐行渐远，与那些并非全无意义但缺乏目标、没有未来可言的时光渐行渐远。成年人的生活逮住了我，刚开始时只是抓住了我的一缕头发或者一根手指，然而过了没多久，它就完全擒住了我，再也不会放开了。按照各种目标、各种数字来安排的生活，听从各种秩序、各个部门要求来进行的生活，以职业和考核为路径的生活……不久之后，我也会迎来这样的时刻，我将成为大学生，成为博士候选人[110]，成为一名神职人员，成为一名大学教授。有朝一日，我也会戴上一顶高礼帽去"登门拜访"，也会套上皮手套。我不再能够理解和孩子们有关的一切，而且，没准儿也会开始羡慕他们……好吧，我其实并不愿意离开自己所拥有的这个美好且有趣的世界。与此同时，对于自己的未来，我却有着一个非常秘密的目标，一个我心中满怀着热忱、希望能够顺利实现的目标，那就是成为一名魔法师。

成为魔法师的愿望和梦想，被我坚守了很长一段时间。但它后来也渐渐开始褪色，渐渐失却了神通。它有了敌人——那些长期反对它的事与物，那些真实、严肃、无从抵赖的事与物。原本盛开着的花，它慢慢、慢慢地枯萎了，我慢慢脱离无拘无束的世界，周围渐渐出现各种限制，那是真实的世界，是成年人的世界。我那成为一名魔法师的愿望——尽管我始终还是在热忱期盼着它的实现——在我心中也渐渐变得没有那么无可替代了，连我自己都开始觉得那很幼稚了。出现了这样一些领域，当我身处其中时，已经没有办法被视作孩子了。那个原本充满着无穷无尽、千变万化的可能性的世界，已然对我添加了种种限制，被分割成了大大小小的区域，彼此之间竖起了高高的篱墙。至于那座由我童年日子的种种所构筑而成的原始丛林，它也慢慢变了形貌。环绕在我周围的天堂凝滞住了，我不再是过去的那个自己了，不再是由千万种可能性所组成的那个世界的王子和国王了。我已经不可能再去当一名魔法师了，我正在学习希腊文，从这个时间点算起，再过两年，还要再加上希伯来文。六年之后，我就会成为一名大学生了。

不知不觉之间，路已经越走越窄了；不知不觉之间，周围的魔法早已烟消云散。外公那本巨书里的神奇故事，始终还是很美好，但它如今出现在一个固定的页面上，那一页的页码我也已经知道了。那个故事，它今天在那里，明天在那里，每时每刻都在那里，再没有奇迹发生了。至于那只摆出跳舞姿势的神偶，它的脸上挂着冷漠的微笑，印度制造，黄铜铸成，我已经鲜少看见它了，而且，我再也没有见过它斜着眼睛窥探我的样子。还有——这也是最糟糕的——看见那灰色的小矮人的情况，也是少之又少了。四面八方，我被祛魅现象重重包围，曾经宽广的事物，如今很多都已变得促狭；曾经珍贵的事物，如今很多都已显得寒酸。

好在当时的我也只是隐隐约约地察觉到了这些变化，肤浅得很。我仍旧十分开心，野心勃勃。我学会了游泳和溜冰，我的希腊文考试拿了第一。表面上看来，一切事情都运行得十分完美，唯独这一切呈现出了一种跟过去相比显得有点儿褪色的色感，唯独这一切都在发出多少有些空洞的声音，唯独我已经不想再去安娜小姐那里登门拜访——我已经对她感到兴味索然了。时间的流逝极为和缓，在这样的一个过程当中，我经历过的一切，有一些已经慢慢失去了。失去的是那些我未曾留意到也不太惦记的东西，可它们终究还是不见了，缺失了。如今，如果我想跟过去一样，再一次完整而炽烈地感受到自我，那就得用上比过去更强烈些的刺激方式。我必须先不停晃动身体，然后再来上一段助跑。我开始爱上调味比较重的菜肴了，除此之外，我还经常吃甜食。有时，我会偷拿一点儿小钱，只为了出去找些与众不同的乐子——对我而言，其他事情已经不够有意思，不够美好了。另外，女孩子们也开始吸引我了。这一现象是在小矮人再次现身，并且再次将我引到安娜小姐那里去之后，才开始出现的。

（1923年）

梦的踪迹
Traumfährte

从前有个男人,他选择了通俗文学作家这个不怎么受人待见的职业作为自己的工作。话说回来,尽管他的身份是通俗文学作家,但他本人始终严于律己,尽可能以严肃文学的态度来对待自己的这一职业,这一态度也令他跻身于数量相对较少的那一类文学作家当中,并且在若干读者群体里受到了近似于严肃作家的崇拜。这种崇拜就跟过去的那些年月里——那些尚且还有诗歌和诗人存在的年月里——真正的诗人所受到的崇拜颇为相似。这位文学作家笔下写出来的是各种类型的漂亮内容:他写长篇小说、短篇故事,同时也写诗歌。在写作的时候,他总是绞尽脑汁,尽最大的努力将自己笔下的内容写好。尽管如此,他作为作家的虚荣心,却鲜少有能够得到满足的时候。这是因为他犯下了这样一个错误:虽然他本身性格上颇为谦逊,但在职业领域内,他狂妄到不愿意去跟自己的同侪和同时代人,不愿意跟其他的通俗文学作家相互比较,不打算拿他们作为标准,反而要去跟那些已然远去的时代的诗人展开较量。要知道,那些诗人可是经过了好几个世代的读者大浪淘沙般的严苛考验之后,流传至今的硕果。其水准之高,使他不得不在痛心疾首之间一而再、再而三地意识到,即便是自己迄今为止写过的最优秀、最自鸣得意的篇章,实际上也远远落后于随便哪个真正诗人流传下来的句子或诗行。因此,他一直对自己的创作感到很不满意,与此同时,也失去了对自己这份职业的全部乐趣。在这样一种状况下,如果他还是跟长久以来一样,一篇接一篇地去写一些难成大器的文章,那他也不过是在以对自己所处年代、对自己本身进行严厉控诉的形式，给那发自内心的不满意，给自己创作才思之枯竭，提供一道发泄怨气的阀门、一种表达的渠道罢了，这当然不会对任何事情造成哪怕丝毫改善。有时候，他也试图再次进入那座魔法花园，试着在里面找回失落已久的纯粹诗意，并让自己沉湎于佳美词句构筑而成的美好之中。在那里，他小心翼翼地为大自然、为女性、为友谊树立起一座座纪念碑。而这些诗句也确实在他内心深处奏响了某种动听的旋律，为他和来自过去的真正诗人所创作的真正诗篇之间，找到了某种相似性。这些诗句令他忆起了某些东西，大概类似于某种转瞬即逝的热爱，或者感春悲秋之情，类似于那种生意人和社交家偶尔会从自己失落已久的灵魂中感受到的情感。

在冬季和春季之间的某一天，这位作家又坐在了自己的书桌前。他如此渴望能够成为一名诗人，甚至渴望着能够被部分人承认自己拥有"诗人"这一身份。这天，他就跟往常一样，一直睡到很晚才起床——前一天晚上读书读到半夜之后，他今天一觉睡到了中午时分。现在，他端坐在书桌前，一动不动，目光死盯着桌上放着的一摞稿纸，死盯着自己昨天暂时搁笔的那个位置。没错，这张稿纸上已经写下来的那些内容确实挺精妙的，遣词造句上用的是一气呵成、高雅别致的语言，字里行间，到处都承载着苦心孤诣的构思、充满艺术感的描述。一簇簇美妙的灵感火花，在这一行行文字、一页页篇章之间蒸腾、迸发、绽放，一缕缕细腻的情感在其间回响。然而，这位写作者读着读着，却对自己在稿纸上写下的内容感到无比失望、如坐针毡。他怀着梦想破灭之心坐在那里，面对着昨天傍晚时分，自己凭着一股欢欣愉悦、一腔热忱冲劲起笔的文字。没错，这些文字在昨天那个暮色四合、华灯初上的时间点上，读起来确实有些像是诗歌。可是此刻，经过了一夜时间的酝酿发酵，再读起来时，又变成了如文献一般枯燥无聊的文字，变成了写满可憎文字的纸张。对于他而言，围绕着这些文字的只有悔恨。

在这多少令人觉得可悲可叹的中午时光，他再一次意识到、思忖起自己之前早已想到并已思考过多次的那个问题，即他自身所处的这一位置所导致的特殊悲喜剧：他一直在创作中秘密地追求着纯粹的诗人旨趣，这一行为本身就是愚不可及的（毕竟在今日现实之中，纯粹的诗人旨趣并不存在，也不可能存在）。除此之外，还有自己所抱持着的那种童真、那种孜孜不倦于徒劳无功之事的蠢笨，竟然试图通过自己对古老诗歌的喜爱，通过自己受过的高等教育，通过自己对遣词造句这门本事所拥有的细腻感受——竟然试图凭着区区这么些东西，去催生出一位货真价实的诗人，去催生出能够与货真价实的诗歌相等同的一些内容，或者至少是乍一看去能够起到鱼目混珠效果的内容（对此他其实早已心知肚明，因为仅仅通过教育和模仿，是绝对无法创造出任何新东西来的）。

如今，他也隐隐约约地了解、明白了这样一项事实，那就是，自己的这一切努力，这一系列毫无希望的追逐与天真幼稚的幻想，绝对不可能是仅属于他一个人的独一无二的个人事务，而是属于每一位人类个体的集体事务，即便是那些明显很平凡的人也一样，即便是那些明显过得相当幸福、事业上相当成功的人也一样。在内心貌似坚硬的保护壳里面，每一位人类个体都有着同样的蠢笨、同样毫无希望的自欺欺人，每一位人类个体都会持之以恒、持续不断地去追求一些绝无可能实现的梦想，诚如阿多尼斯[111]也会怀抱着去当一个最不引人注目之人的梦想，伟大智者也会怀抱着去当一个最蠢笨之人的梦想，克洛伊索斯[112]的一系列理想里面也有去当一个一贫如洗之人的打算一样。没错，他甚至已经隐隐约约地觉察到，就连自己一度如此推崇的"货真价实的诗歌"这一理念，恐怕也只是虚妄。从歌德到荷马，或者莎士比亚，这些古往今来的大文豪，同样也是毫无希望地做着类似的事情，自始至终都在仰望着那些完全无法企及的目标，诚如今日的文学家大概也会去仰望如歌德这样的大文豪一般——大家都是完全一样的。因此，所谓"诗人"这样的概念，说到底也不过是个可爱的抽象罢了，哪怕是荷马和莎士比亚这样的大文豪，他们在世时，岂不也只是一些文学家，只是一些颇具天赋的专业人士？他们终其一生所达成的成就，无非是让自己的作品得以流芳百世，赋予了这些文字一种超越人类个体极限的貌似永恒的假象罢了。他隐隐约约地察觉到了上述的这一切，恰如那些聪明的习惯于思考的人或迟或早都会了解一样：这样一类事实是不言自明的，也是颇为可怕的。他现在已经知道，或者已经预料到，自己所创作出来的一些带有实验性质的作品和片段，只要能够一直存在下去，那么到了未来的某个时间点上，其中的一部分或许也能够给更晚时代的读者造成一种"货真价实的诗歌"的印象。未来的文学家们或许也会想方设法地去回溯他，去回溯他所身处的这个时代，心中满怀着渴望之情，将他所处的时代视作一个文学史上的黄金时代，认定在他的这个时代里，还存在着货真价实的诗人，还保有真实不做作的情感，还留存着真正的人类——他们拥有真正的人性、真正的心灵。实际上，他早就想到过这样的一种情况：如果将一个来自毕德麦雅时期[113]的过得舒舒服服的小镇居民，跟一个中世纪小城市里的矮胖小市民放在一起，那么，这两个人想必早就以同样带有批判性、同样多愁善感的视角，将自己本身所处的那个世风日下、道德败坏的时代，跟某个纯洁无瑕、天真烂漫、富于神性的往昔进行过比较了。而且，这两个人想必也早已怀抱着完全相同的交织着妒忌和艳羡的心情，去审视、对比过自己祖父辈那一代人跟自己这一代人生活方式的异同了，这就跟如今的人们总是会怀着忌妒的心情，去审视、对比蒸汽机发明之前的那个至福时代一般。

所有这些想法，这位文学家都很熟悉；所有这些事实，他也是一清二楚。他知道大家玩的都是相同的游戏，都在竭尽全力地付出炽烈、高贵、毫无希望可言的努力，只为了创作出一些希望能够拥有传世价值的状似永恒但实际上只是敝帚自珍的文字。这股驱使着他在稿纸上奋笔疾书的力量，同样也在驱使着其他所有人：将军、大臣、代理人、穿着讲究的贵妇人，乃至商人手下的小学徒。所有的人类个体，都在以某种方式进行着追逐游戏，无论是如何聪明的人，或是如何愚笨之人，都会去追逐一些超越自身、超越可能性的东西。他们受内心隐秘的夙愿所鼓舞，榜样的光芒蒙蔽了他们，令他们心醉神迷、神魂颠倒。他们因为理想而沉迷，不可自拔。没有哪个少尉军官不曾怀揣着想要成为下一个拿破仑的思想去打仗，不过与此同时，也没有哪个拿破仑不会偶尔认为自己实际上就跟一只猴子差不多；自己所获得的战功，不过是靠如掷硬币猜正反般的赌运气游戏而得来的；自己所定下的战略目标，说到底也只是些幻象罢了。没有任何人有本事拒绝这种全人类共同参与的舞蹈，只能跟着大家一起跳；也没有任何人可以担保自己不会在某个特定的时候，借由感知上出现的某条缝隙，觉察出这一切之下所暗藏着的令人感到失望透顶的真相。诚然，人类历史上也不乏完满之人，道成肉身，于古有征：其一名唤佛陀，其一名唤耶稣，其一名唤苏格拉底。即便是像他们这样的人，也只能在人生中那个独一无二的瞬间，即他们死亡的那一瞬间，真正进入圆熟之境界，真正参透万事万物的真理。他们的死亡是对智识海洋的最后一次穿越，是他们的最后一次全心奉献，并且最终如愿以偿。除此之外，死亡对他们而言，再没有任何其他的含义。或许存在着这样的一种可能性，或许每个人的死亡，其实都具有上述的意义。或许每个将死之人，最后都会踏入属于自己的圆熟之境，放下一切愚妄的渴求，在无欲无求的状态下，奉献自我。

上述这类想法，极大地干扰了人类个体对自身理想的追求，极大地打击了他们的行动力，磨灭了他们继续玩这样一种游戏的斗志。当然，这类想法本身并没有多少复杂难懂之处，因此，也是很容易自内心深处浮现出来的。此时此刻，这位怀有雄心壮志的诗人同样受到了这类想法的滋扰，他所追求的写作事业，同样因此变得停滞不前。再没有哪个词语值得被写下，再没有哪种思想值得被记录。不必了，没必要浪费纸张，不让这些文字留存下来，反而更好。

带着如此的一种情绪，文学家放下了自己的羽毛笔，然后又将自己的那摞稿纸塞进了书桌的抽屉里。如果手边碰巧有火炉的话，那他想必就直接将稿纸给塞到炉腔里去了。对他而言，这样一种状况并不是第一次出现，实际上，他在创作与创作之间，经常品味到这样一番滋味，那是一种仿佛已经被驯服、已经能够加以忍受的绝望感。他洗了手，戴上帽子，穿好大衣，然后就出了门。换个地方，换个心情，这是他长久以来已经习惯去使用且运作良好的辅助手段。他很清楚，在如此糟糕的情绪影响下，如果还是选择继续驻留在自己的那个小空间里，驻留在所有那些已经写满和尚未写过的稿纸的包围之下，并不是什么好事。更好些的选择是出门去，出去呼吸一下新鲜空气，让自己的那双眼睛离开稿纸，转而去捕捉街道上那些生动鲜活的图景。走在街道上，是有可能偶遇几位美丽女士的，要么就是偶遇一位老朋友……如果遇上一大群小学童，或者看到哪扇敞开着的窗子里面上演起了一出滑稽的家庭闹剧，大概也会激发起他的又一波灵感……事情的发展也有可能会是这样的：他走在街道上，突然之间，这个大千世界里生活着的某位绅士，他的汽车在拐角的位置停了下来。这位绅士没准儿是掌控着某家报馆的出版商，要么就是一位十分富有的面包师傅，总而言之，汽车停了下来，并且愿意主动捎他一脚。瞧瞧，世间总有大把的机会，能够改变人的境遇，创造出种种焕然一新的心理状态。

他在早春的气息之间游走，慢悠悠地闲逛着，看到那些出租屋外面小得可怜的草坪上，已经长出了雪滴花，花簇被压得沉沉的，在风中不住地点头。他的口中呼吸着潮湿又温暖的三月的空气，空气里的某种东西牵引着他，让他不知不觉地拐了个弯，走进了一座公园里。和煦阳光的照耀下，他在光秃秃的树木之间放着的一张公园长凳上坐了下来，闭上双眼,将自己完全交给了这个提前来到的春光灿烂的美妙时刻,任由自己的意识陪伴着春光去嬉闹。春风拂过双颊,那感觉是多么轻柔啊!阳光已经很晒人了,这种仿佛被炙烤着的灼热,来得是多么浑然不觉啊!土地所散发出来的气味,是多么浓烈、多么惊人啊!孩子脚上穿着的小童鞋啪嗒啪嗒地踩在石子路上的声音,像是在玩捉迷藏游戏,那声音偶尔传入耳中,听起来是多么令人开心啊!不知何处的一片光秃秃的树丛间,有一只乌鸫正在鸣唱,那歌声听起来是多么可爱啊!简直甜腻到无可名状!确实,周围的这一切都十分美丽,可是春天、阳光、孩子、乌鸫都是自古以来就有的事物,好几千年前的人就已经表达过对这些事物的喜爱之情了。如此这般,令人感到完全无法理解之处则在于,为什么如今的人们没办法像五十年前乃至一百年前的人们那样,写出同等绝妙的盛赞春天的诗句呢?要知道,如今已经完全看不到这样的诗句了。只需要最低限度地回忆一下乌兰德[114]的《春之歌》[115](当然要跟舒伯特对应的那首乐曲[116]一起回忆,前奏部分就已经美妙到如梦似幻的地步,使人在早春的滋味中陶醉不已、兴奋不已)就已经足够了,足够让随便哪一位生活在今日的所谓"诗人",见识到最具说服力的实例,以此来告诉他,在这世间广泛存在着的那些令人感到心醉神迷的事物,其实是会在历史的某一段时期,被人用诗歌描绘到登峰造极的地步的。而这些已经被创造出来了的仿佛吞吐着天国极乐气息的描绘,后人无论如何去追赶、去模仿,都只不过是哗众取宠罢了,简直错得离谱。

在眼下这个时刻,眼看着诗人的思绪又要兜兜转转地折回到之前那条历史悠久、徒劳无益的轨道上时,他突然眯了眯眼睛:在已经闭紧的眼皮后方,在那条狭窄的开合线上,突然亮起了耀目的光芒。他看见了某些东西,不只是用眼睛本身来看,准确一点儿说,他感知到了一种飘忽不定且不停闪烁着的明亮耀眼的存在,如同阳光普照的岛群,如同湖面上耀眼的光斑,如同树荫下那种由光明组成的漏网之鱼,如同那道刺穿蔚蓝天空的白色光线。仿佛一大群不断舞动的光源，正在一闪一闪地跳着轮舞。他所感知到的那幅图景，就跟任何一个人眯着眼睛直视太阳时所看到的差不多，但他那幅图景相比之下显得更浓墨重彩一些，仿佛使用了某种极为珍贵且独一无二的秘法，通过在现实中增加一剂秘密成分的方式，使原本苍白无力的感知变得鲜活无比了。那边那一系列似乎正在不停闪烁、飘舞、弥散、波动之物，那些似乎正在扇动翅膀的东西，它们不仅仅是来自外界的光之洪流，它们跃动的舞台也不仅仅只有眼睛，同时也包括生命自身。那股汹涌澎湃的驱动力是由内向外产生的，跃动的舞台是他的灵魂，是他本人独一无二的命运。就是这种方式！那些诗人，那些"见证者"，他们就是以这样一种令人感到心醉神迷、饱受震撼的方式去观看的，他们就如同被厄洛斯[117]的箭矢击中了一般，霎时间醍醐灌顶，茅塞顿开！方才那些关于乌兰德、舒伯特和《春之歌》的想法，转眼之间便烟消云散。再没有什么乌兰德了，再没有诗歌，再没有任何过去的时光，一切都是恒久不变的当下，一切都是体验，一切都是内心最深处的真实。

他打算向真正的奇迹献身。实际上，这已经不是他第一次产生这样的想法了。但是，在这一次之前，他一直因为自身所抱持着的轻忽态度，对奇迹所催生出的感召和怜悯视若无睹。眼下，他身陷于这个时间已成虚幻之地，悬浮在这永无止尽的瞬间里，悬浮在灵魂与世界的和谐共鸣之间，感觉到自己的呼吸正在为云彩指路，感觉到温暖的太阳在自己的胸腔内旋转。

他任由自己深入这奇异的体验之中，闪烁的双眼朝着自身内部凝望，每一道感官的大门都保持着半敞半闭的状态，因为他相当明白，这股亲切可爱的洪流，实际上来自自己的内心深处。万事万物皆为虚幻，唯有他旁边的土地上还残存着少许真实，恰恰是这少许的真实，目前正在牵绊着他。现在的他只能缓慢地一点一点去辨认那少许的真实究竟是什么。最后他终于认出来了，那是一只不知来自哪个女孩的小脚丫，脚丫的主人明显还是个小孩子。它的外面穿着一只褐色的低帮皮鞋，坚实而快乐地在小路上的一个沙土坑里踩来踩去，重量全部落在鞋子的脚后跟上。这只属于小女孩的鞋子，这种褐色的皮革，这小小鞋跟天真烂漫的踏步，这一小截包裹在女孩娇嫩踝骨上的丝袜——这一切都令诗人回忆起了某些东西。突然之间，相关的回忆令他的内心洋溢沸腾了起来，那是关于过去某段重要经历的相关回忆，只是到目前为止，他尚且没有找到能够牵引出那段特定回忆的线头。孩子穿的一只鞋、属于孩童的一只小脚丫、孩子的一只袜子，这些跟他之间又有什么关系呢？解开这个谜题的钥匙在哪里？这一切又指向自己灵魂中的哪个源头？为什么灵魂要在数百万幅不同的图景当中，挑选出这样的一幅图景，来作为给自己的回应？为什么独独是这幅图景吸引着他，受他喜爱，让他感觉可爱又重要呢？想到这里，他把自己的眼睛短暂睁大了片刻，在心脏跳动半下的时间内，他努力看清了这个孩子的全貌：一个长得很漂亮的孩子。可是，在看清了全貌之后，他马上就意识到，这幅图景已经不再是刚才那幅了，它已经不再能够令他的内心感到洋溢沸腾，已经不再让他觉得很重要了。于是，他又用闪电般的速度，飞快地闭紧了自己的双眼。可是，即便如此，他也只能够在短短的一瞬间里，再次看到之前那只属于孩子的小脚丫的残影，而且，就连那残影也很快消失不见了。接下来，他干脆完全闭紧了眼睛，什么也不去看，专心思索起关于这只小脚丫的事情来。他尝试着去探寻这只小脚丫对他个人而言所存在着的具体含义，却怎么也没办法弄清楚。徒劳无功的尝试令他感到颇为痛苦，要知道，这幅图景所拥有的力量，刚才甚至一度让他的灵魂充满了幸福感。现在他已经确切知道，恐怕就是在自己漫长人生中的某一个地点、某一个时间段里，曾经亲眼见过这样一幅小小的图景，亲眼看到过这只穿着褐色皮鞋的小脚丫。这起事件对于他而言，究竟具有怎样的一种价值，竟然能够令他被那段回忆渗透得如此之深？这起事件究竟是什么时候发生的呢？噢，肯定是在很长一段时间以前了，是在那记忆长河的远古时期，似乎是被安放在很遥远的某个地方了。那么遥远，在那不可想象的记忆深渊里，从那深渊里向上窥视着他。关于这起事件的记忆沉没了，沉没在他记忆的深井里。或许他一直肩负着那段回忆，承担着它的重量，但完全想不起来。那段回忆失落已久，直至今时今日，从来不曾被重新记起。或许，早在他刚开始拥有记忆的童年时期，那段回忆就已经围绕在他身边了，并且还自那充满着神话色彩的时代，一路追索至今。关于这起事件的记忆一概十分模糊，看不清具体的形貌。不仅如此，想要唤起那段记忆也十分困难。不过话说回来，相比所有后来留存下来的记忆，那段记忆的色彩反而更加鲜明、浓烈，反而更显温暖、亲切，反而更为饱满、完整。他长久地摇晃着自己的脑袋，双眼紧闭着，冥思苦想，反复思量。他隐隐约约地看到了这一段、那一段回忆所露出的线头，它们在他的脑海中闪现又消失。瞧这一连串的记忆，它们共同组成了他人生经历的链条，一环扣一环。可是，无论在哪一环中都找不到那个孩子，找不到那只褐色的儿童皮鞋。找不到，什么都找不到，将这样的搜寻继续进行下去也是徒劳的，因为根本就不存在任何找到的希望。

此刻，他仍在继续着自己的记忆搜寻。实际上，他的这种搜寻暗藏着一种既定的潜移默化的前提——他已经在主观上假定那一段回忆距离现在十分遥远，遥不可及。这就好比此刻有一个人站在离他很近的地方，几乎要挨着他了，他反倒无法看清这个人的面目一般。换句话说，他是先假设这个人站得离自己很远，然后再给"自己看不清他"这项事实找各种各样的解释，这样当然无法解决任何问题。于是，眼下，当他终于放弃了继续在遥远过去进行搜寻的念头，并且准备不再去理会自己在一次小小的眨眼过程中领略到的这些可笑体验，打算将这一切统统忘却时，他对自己身边近在眼前的一切事物的感知反而迅速回归了。直到这时他才发现，原来那只儿童皮鞋就在它最开始出现的那个位置——一直都在。深叹一口气之后，这个男人突然意识到，在自己心中那座由各种各样的记忆图景堆积而成的回忆大厅里，记录着这只儿童皮鞋的图景，实际上并没有被收藏在最深最远的角落，它并不属于那些遥远而模糊的往事，而是崭新的不久之前才发生过的事情。他跟这个孩子相遇的时间并没有过去多久，不仅如此，他还意识到，自己刚刚才看见这只儿童皮鞋从眼前跑过去。

在这样一种思绪的冲击下，他总算是想起来了。没错，哎呀呀，确实没错，就是这个，要找的孩子就在这里，那只皮鞋的主人就在这里。原来，这些统统是作家昨天晚上所做的梦的其中一个部分。我的老天爷，忘性大到这个地步，可怎么得了？要知道，昨晚午夜时分，他可是惊醒过一次的，醒来的时候，还为自己刚刚那个梦中充斥着的神秘力量感到又惊又喜呢。在当时，匆匆醒过来的他，心中生出了这样一种感觉，觉得自己因为刚做的这个梦，获得了一次极为重要的壮丽非凡的体验。然后，没过多久，他就重新睡熟了。哪里知道，凌晨时分区区一个小时的回笼觉，就足以将那一整段美妙的经历，从回忆大厅里几乎完完全全地给洗刷掉，直到眼下的这一秒钟，才借由偶然之间眯眼看到的某个不相干孩子的小脚丫，才借由这惊鸿一瞥重新唤醒，重新回忆起昨晚那个梦中发生的事情。我们灵魂之中最深刻、最奇妙的体验，它的来与去竟然如此匆匆！它的存在竟然如此易逝！它竟然会心甘情愿地将自己完全托付给偶然！不仅如此，瞧瞧看吧，即便是已经想起来了的此刻，也没办法再将昨天晚上的整个梦境在脑海中再度组装完整了。只剩下断断续续、各自独立的一幅幅图景，其中一些之间看起来完全没有任何联系。在这些图景当中，尚且还能找出来这样几幅，它们在回忆里依然显得颇为鲜活，充满了生命的光彩。剩下来的那些却已蒙上了一层灰色，表面覆满了尘灰，而且已经在渐渐模糊、渐渐消逝了。那曾经是一个多么美丽、多么深刻、多么富有生命力的梦啊！昨天夜里，当他刚刚从梦中惊醒时，那个梦给他的内心带来了多大的震撼啊！简直如同童年时代，每逢过节的那几天里，那种兴高采烈与紧张刺激交相辉映的心情！当时在自己心中奔流涌动着的，是一种多么鲜活的感受啊！通过这一场大梦，他体验到了多么高贵、多么重要、多么难以忘怀、多么永恒的一些东西啊！可是现在呢，才过去了几个小时而已，原本富丽堂皇的梦境殿堂，就只剩下这么些断壁残垣了，就只剩下这么几幅仍在不停消逝坍塌的图景，只剩下几声气若游丝的回响，在心中微微荡漾。其他一切皆已失去！消失殆尽！再也找不到任何存活下来的迹象！

无论如何，剩下来的这少许残骸，还是要尽力去拯救。作家当机立断，下了决心，要在自己的记忆之间努力搜寻，凡是属于那场梦境的内容，哪怕再如何细碎，也要统统找到，不可遗漏，而且还要将它们悉数记录下来——尽可能忠实于它们的本来面目，尽可能准确且完整。于是，他马上从口袋里取出随身携带的小笔记本，以关键词的形式，写下了关于那场梦境的第一批文字记录。他希望能够借助这些文字，尽可能地还原出整场梦境的结构和轮廓，重新找出它的主线脉络。然而，就连这样的打算都没办法成功做到——梦的开端和结尾已经无迹可寻，至于如今还残存着的那些断壁残垣，其中大部分都不知道应该放入梦里的哪个环节之中，无法找到它们之间的前后顺序。这样下去可不行，他必须换个办法，重新开始。必须先去拯救那些目前尚且触手可及的部分，必须马上紧紧抓住那几幅尚未烟消云散的图景，尤其是跟那只儿童皮鞋相关的图景，否则的话，就连它们也要远走高飞了，这些羞怯的魔鸟啊。

就跟盗墓人试图读出在一块古老石碑上找到的铭文碎片时会做的那样，我们眼前的这位男士也在努力找寻自己梦的踪迹。盗墓人会反复阅读那些依稀可辨的零碎字母组合或者图形符号，从中慢慢推导出原本的内容，这位男士则尝试着将梦境的碎块一点一点拼合起来，看能否由此还原出它们原本的形貌。

在那个梦中，他肯定曾经跟一个女孩发生过什么事情。那是一个很特别的女孩，外表上大概并不算多么美丽，但不知为何，她的身上充满了神奇的魅力。她的年纪大概是十三岁或者十四岁的样子，整体形貌上比实际年龄要显得更小一些。她的脸庞被阳光晒成了褐色。她的眼睛是什么样的呢？不对，他并没有看到她的眼睛。她的名字是什么呢？也不知道。她跟他这个发梦者之间的关系呢？等等，褐色的皮鞋不是就在那里吗？他看到这只鞋了，这只鞋正在跟它的孪生兄弟[118]一起移动，他看着这只鞋在那里翩翩起舞，看着它跳起属于自己的舞步——一种波士顿华尔兹[119]舞步。噢，没错，现在他又想起一些东西了。必须从头再来捋清一遍。

也就是说，他在梦中跟一位有着神奇魅力的陌生小女孩跳过舞，那个孩子有着一张被阳光晒成了褐色的脸庞，穿着褐色的皮鞋。莫非她身上到处都是褐色的吗？就连头发也是褐色的？就连眼睛也是褐色的？身上穿的衣服也是吗？不，这些问题的答案他可就不清楚了。所有这些问题都只是推论和猜想，似乎是有可能的，但无法确证。眼下，他必须确保自己捋清出来的那些细节货真价实，对得起自己的良心。换句话说，那些细节必须确实存在于自己的记忆之中，必须有证据去支撑它们的存在，否则他就得不出任何具体的结论，只能永远在虚实之间漂浮不定了。想到这一点的时候，他马上又开始意识到，自己现在如此努力地去找寻梦的踪迹，这一行为有可能会把他越引越远，使他被迫踏上一条漫长的没有尽头的道路。想着想着，他突然又找到了一片梦境的碎块。

没错，他跟那个小家伙一起跳了舞；或者是想跟她跳舞，但并没有跳；或者是本应跟她跳舞，但她在跟他共舞之前，先来了一段独舞，跳出了一系列动作非常灵活的新鲜舞步。因为她跳得简洁、紧绷又有力，所以观看起来十分引人入胜。等等，这段引人入胜的舞蹈，没准儿是他跟她一起跳的，实际上她并没有独舞过。不对。不是这样的，在那场梦中，没有跳舞的是他才对。他只不过是想要跟她跳舞，而她，这位身材娇小的褐色女孩，则更像是提前约好了要跟他、跟这位先生共舞，但他并没有跳。在那场梦中，真正开始跳起舞来的，只有她一个人，他并没有参与进去。而且，他对于跳舞这件事本身，也存在着少许恐惧，或者说是羞怯：要跳的可是波士顿华尔兹，这种舞他跳得并不好。但她确实是已经开始跳起来了，独自一人，轻而易举，节奏美妙十足，穿着她那对褐色的小皮鞋，非常认真地在地毯上勾勒起这种舞步的形貌。可是，他又为什么没跳呢？或者换个问法，他起初为什么会想要去跳舞呢？他为什么会提前约定要跟小女孩跳舞，那是怎样的一种约定？这些问题的答案，他并没有找到。

这时，另一个问题又冒出来了：梦中这个可爱的小女孩对应着现实中的谁呢？她的出现令他想起了谁？他花费了很长时间去思索，想要找出答案，却徒劳无功。在这个节骨眼上，一切似乎又变得山穷水尽，毫无希望可言了。有那么一小会儿，他甚至变得极度没有耐心，整个人极为烦躁，几乎要再次放弃对自己梦境的探求了。哪曾想到，不过片刻之间，脑海中竟然又冒出了一个新的念头，有一条新的线索正在闪闪发光。他突然意识到，梦中的小女孩很像他所爱的那个人——噢，不对，根本不能这样说，不能说她很像她。对于这个全新的发现，他甚至感到讶异无比：尽管梦中的小女孩跟自己的爱人一点儿都不像，外貌上没有哪怕任何一点儿相似性，但她的身份是爱人的妹妹。等等！是她的妹妹吗？噢，如此一来，一长串梦的踪迹又再一次被点亮了，一切又有了意义，一切又失而复得了。此刻，他又重新开始记录了——从头开始。就仿佛盗墓人被那些突然浮现出来的铭文给迷得神魂颠倒了一般，此刻，那些他原本以为已经消逝了的图景失而复得，也令他感到心醉神迷。

所以实际上是这样的：那场梦境之中，他的爱人玛格达也在。不过话说回来，虽然梦中的那个人确实是玛格达，但她并不像之前一段时期里所表现出来的那样，不是那个总是喜欢跟他吵架，而且脾气又很坏的样子，反倒是极其友好亲切的模样，虽然稍微有些沉默寡言，但对现状感到十分满意，而且还很漂亮。在梦中，玛格达用一种很特别的安静又温柔的方式向他问好，没有吻他，而是向他伸出了一只手，让他牵好，并且告诉他，现在她终于下了决心，要介绍他给自己的母亲认识。在玛格达的母亲那里，他将会与玛格达的妹妹相识，这个妹妹以后必定会成为他的爱人、他的妻子。这个妹妹比玛格达年轻很多，而且非常喜欢跳舞，见面之后，他将以最快的速度赢得她的芳心，前提是，只要他跟她一起跳一场舞[120]。

玛格达在这场梦境当中是多么美丽啊！一切可被形容为非比寻常、俏丽可爱、充满灵性、温柔动人的特征，梦中的玛格达全部都有，完全符合他爱她爱得神魂颠倒的那段时期里他的脑海中对她的全部想象。瞧啊，从她那对灵动的眼眸里，从她清朗秀丽的额间，从她那散发出无尽芬芳的秀发中，迸发出了怎样绚丽的光辉啊！

玛格达在梦里对他说完这些话之后，便将他一路引到了一栋房子里。这是她家的房子，是她母亲的房子，是她童年时代住过的房子，是她的精神家园。她将他带入这栋房子里，是为了将他介绍给自己的母亲认识。除了母亲之外，还有那个小小的长得比她还要漂亮的妹妹。玛格达要让他跟自己的妹妹相识，要让他爱上自己的妹妹，因为这个妹妹注定要成为他的爱人。关于这栋房子的细节，他却没有什么具体印象了，只记得有一间空空荡荡的前厅，进去之后，他必须先在前厅里等待。不仅房子，还有玛格达的母亲，他也没有留下什么具体印象，只记得是一位年纪很大的夫人，身上穿着一件灰色……还是黑色的衣服，看样子像是一位乳母[121]或者保姆，属于那种站在舞台剧背景里的人物。然后，那个小家伙就来了。她是玛格达的妹妹，是个相当惹人喜欢的孩子，仅从外貌上判断，是个约莫十岁或者十一岁的女孩，可她实际上已经满十四岁了。仅从外貌上看的话，她那双穿着褐色皮鞋的小脚丫尤其显得像是个小孩子，看上去如此纯洁可爱，如此喜气洋洋，如此懵懂无知，它们还完全没有沾染上那种如贵妇人般优雅的感觉，但又显得如此女性化！她很亲切和善地接受了他的问候，自这一刻开始，玛格达就完全消失了，只剩下这个妹妹在场了。这时候，他突然想起了玛格达之前的提议，于是便主动向她提出请求，希望能够与她共舞。听到这个请求之后，她的脸上马上散发出无尽光彩，当即点头答应了他，并且立即开始跳了起来，没有丝毫的犹豫。可是，那是她的独舞。他不敢伸出手去揽着她，不敢跟她共舞。最开始时是因为她实在太漂亮、太美好了，在那如孩子般的舞蹈中达到了圆熟的境界，令人觉得可远观而不可亵玩焉；后来也因为她所跳的舞蹈本身是波士顿华尔兹，这种舞的舞步，他并没有把握能够跳好。

在尽自己一切所能重新去抓住梦境中图景的过程中，我们的这位文学家实在没办法控制住想笑的冲动，脸上不由自主地浮现出了片刻笑容。因为他突然意识到，自己刚才明明还在想着，再去努力创作出一首歌颂春天的新诗，是多么徒劳无益的事。因为，所有能够用来歌颂春天的话语，早就被过去那些诗人给说尽了，他们所创作出来的诗歌，后人已经无法超越了。哪曾想到，此时此刻，当他想起梦中跳着舞的孩子的那一双小脚丫时；当他想起那双褐色皮鞋纤巧又可爱的动作时；当他想起她那舞者的身姿在地毯上干净利落地勾勒出舞步的形貌时；当他想起凌驾于这一切美丽非凡的优雅与自信之上的那一缕羞怯，想起那独属于少女的羞怯所散发出的芬芳时——当他想起这些之后，终于明白了这样一个道理：实际上，想要超越过去那些伟大诗人创作出来歌颂春天、青春和朦胧爱意的伟大诗句，只需要创作出一首歌颂这双小脚丫的诗歌就足够了。哪里知道，他的意识还没来得及从刚才的思绪当中抽离，还没来得及踏足这个领域呢——还没来得及开始创作，还没来得及在匆忙之间缕清想要创作一首名为《致褐色皮鞋中的一只小脚丫》的诗歌的想法——他就已经惊骇万分地察觉到，好不容易找回来的这一连串梦的踪迹，已经开始再一次从自己的意识当中脱离。梦境里所有至福至美的图景，此时都开始逐渐弥散开去，逐渐消融、消失。他怕得要命，马上强迫自己，将已经逐渐偏移的意识带回到了刚才的思绪之间。尽管意识已经返回，他却感觉到那整场梦境，哪怕是自己刚才已经抓紧记录下来的那一部分内容，此刻也已经变得不再完整，不再全部归属于自己。对他而言，那些内容开始变得陌生，变得不再鲜活。与此同时，他也马上意识到，事态将会永远如此，永远这样发展下去。梦中这些美妙动人的图景是留不住的，唯有将自己的整个心灵完全奉献给它们，彻底停留在它们身上，才可能将它们完全占为己有。要想长时间地占有它们，就必须一直全身心地投入进去，心无旁骛，不抱任何企图，不怀任何疑虑，片刻、丝毫都不能偏移。

就这样，诗人心事重重地踏上了归家的路。此刻近在眼前、陪伴他左右的那场梦境，就像一个用最薄的玻璃制成的无限混乱且无比脆弱的大玩具。他已经被自己的这个梦给彻彻底底地吓坏了。哎呀呀，要是自己能够将那位梦中爱人的形象完完整整地重新还原出来，那该有多好啊！从那只褐色的皮鞋里，从那不停跳着舞的身体轮廓当中，从小家伙脸上的那一抹褐色里……从这些细碎的珍贵的残片当中，重建出她的完整模样来，这件事对于现在的他而言，比世界上的其他任何事情都更加重要。事实如此，这件事对他而言，岂不就是无比重要、无可辩驳的吗？这个代表着春天的妩媚形象，岂不是早已在梦里许诺过，要成为他的爱人了吗？她岂不正是从他灵魂最深邃、最美好的那个源头位置所诞生出来的吗？她岂不应该作为他未来生活的象征物，作为他命运可能性的预言者，作为他最私密的幸福之梦，出现在他的面前吗？当他感到担惊受怕的同时，也正是他内心最深处感到无比欢愉的时刻。能够梦见这样了不起的事物；能够借由最虚无缥缈的魔法物质来反映这个世界；能够在我们的灵魂深处，在这个我们如此经常性地感到绝望的地方，仿佛在一片废墟瓦砾之间，徒劳地找寻信仰、欢乐、生命之残片的地方——能够在灵魂深处的这样一个地方，生长出如此美丽的花朵来，这难道不是一件十分美妙的事情吗？

回到家里之后，我们的这位文学家马上关紧身后的大门，倒在了一张靠背椅上，手里拿着写满了梦境记录的小笔记本，开始认真仔细地阅读起里面的那些关键词。读着读着，他突然发现，这些记录完全没有任何价值，因为它们实际上什么都没有记下来。这些文字只会阻碍他，将他原本已经建构起来的部分再度破坏掉。最后，他将所有写了字的页码都从小笔记本上撕了下来，小心翼翼地将它们统统给毁掉了。做完这件事之后，他决定以后再也不写任何东西了。此时此刻，他正烦躁不安地坐在靠背椅上，试图重新将注意力集中起来。哪里知道，就在这时候，又有一片梦境的碎块突然在脑海中浮现了出来。猝不及防之间，他发现自己又一次出现在了那栋陌生的房子里，出现在了那间空空荡荡的前厅里，正在耐心等待着。他看到，如舞台剧背景般的图景中，有一位穿着深色衣服的老妇人正在忙前忙后。霎时间，他又一次感受到了命运的凝视。在这个时间点上，玛格达已经离开了，为了替他将那位更年轻、更美丽的崭新爱人带过来，将那位真正的永恒的爱人带过来。那位老妇人向他投来友好又关切的目光，在她那副面容之下，在她那身灰色衣服[122]之下，此刻正有另外的一些面容、另外的一堆衣服在酝酿、在浮现。那是他自己童年时代护工和保姆的面容，那是他自己母亲的面容、他自己母亲的灰色家务服。在这一层面的记忆当中，在这母亲与姐妹[123]图景的重重包围之间，他感受到了自己的未来，感觉到一股浓浓的爱意正在朝着自己涌来。在这间空空荡荡的前厅背后，在那一大群忧虑、亲切、真诚的母亲和女仆们的目光注视下，那个孩子正在茁壮成长。她的爱意令他感到无比幸福，能够拥有她是他的幸运，她的未来跟他本人的未来俱为一体。

现在，他也再一次看见了玛格达。她那种不带亲吻的温柔又认真的问候方式是多么特别啊！她那副一度被他所拥有的如同沐浴在金色晚霞中、如同被魔法重重包围的面容，是多么美丽啊！那副面容在这放弃与告别的时刻，再一次焕发出唯有在最幸福的时候才能看到的爱之光华。然后，笼罩在那副面容上的光华逐渐褪去、逐渐变暗，这岂不是正在预示着那副更加年轻、更为美丽、真实又独一无二的面容即将到来吗？玛格达将她引向他，帮助他赢得她的芳心。照此看来，梦中的玛格达就是一个爱情的象征，她的谦恭顺从，她那化腐朽为神奇的能力，她那半是母性光辉、半是孩童光彩的魔法力量，都是她作为爱情象征的证明。至今为止他在这个女人身上亲眼看到过的一切、梦到过的一切、期许和歌颂过的一切，在对她的爱意达到全盛的那个时期里，曾经为她奉上的一切夸耀和崇拜，此刻全都在她的那副面容上聚集了起来。她的整个灵魂，跟他的全部爱意一道，化作了一副面容，这副面容上的五官闪耀出诚恳又可爱的光芒，这副面容上的双眸含着笑意，透露出悲伤又亲切的神采。试问，怎么可能真去跟这样的一位爱人道别呢？然而她的目光已经说明了一切：道别是必须的，旧若不愿去，新的必不会来。

就是这样，新的爱人迈着一双灵巧的尚属于孩童的小脚丫进来了——玛格达的妹妹进来了，可她的面容是看不见的。除了那娇小又纤弱的身材、套在两只褐色皮鞋里的脚丫、脸上的那一抹褐色皮肤、身上穿着的一套褐色衣服之外，除了她能够跳出令人心醉神迷的完美舞步之外，关于她的一切都是看不清楚的。而且，她跳的那种舞还是波士顿华尔兹。这种舞步，她未来的爱人可是跳得一点儿都不好。不靠别的，仅仅凭借她作为孩童的优越性，就已经能够令她在舞蹈表达上超越那些成年人,超越那些经验丰富的舞者,超越那些时常表现出悲观失望情绪的人了。瞧啊,她的舞步是如此自由自在,如此敏捷轻快,连哪怕一丁点儿失误都不曾犯下。可是,这种舞蹈偏偏是他的弱项。在这方面,他毫无希望,只得甘拜下风!

  在这一整天时间里,我们的这位文学家始终忙于处理自己昨晚的梦境。他越是深入其中,就越觉得那场梦境实在太美,越相信自己能够创作出超越人类历史上最伟大诗人笔下所有诗歌作品的杰作。就这样,不知不觉地过去了很长一段时间,他花了好些日子,沉溺在自己所列出的相关愿望和计划之中,试图将那场梦境以这样的一种方式记录下来,那就是,他不只是为了自己这个唯一的造梦人在进行记录,他还要为其他人类记录下这场梦境中无可描述的美好、深刻和真挚。直到很久以后,他才彻底放弃了这样的愿望及尝试,因为他最终发现,自己不得不满足于仅仅在自己的内心世界里当一名真正的诗人、一个造梦人、一位旁观者。而他的创作水平,也不得不始终保持在一名通俗文学作家的水准线上。

(1926年)

周幽王
König Yu

在那些极其古老的中国故事里，诸多王朝的统治者，还有权倾一时的诸侯，他们因为受到某位女性的影响，或者因为热恋而导致自己权势倾覆的例子并不常见。屈指可数的几个例子当中，有一个非常醒目，那就是周朝的周幽王与他的夫人褒姒[124]的故事。

周朝疆域广阔，其西部边陲与好几个散居在蒙古境内的蛮族所建立的部落相接壤，国都丰镐[125]位于一块并不安全的区域中央，时不时地就会受到那些蛮族部落的突袭和劫掠。因此，尽可能地加强边疆防御，实打实地守护好国都，就是周朝必须要考虑的要务。

至于我们要讲的这位周幽王呢，实际上并不算是一位糟糕的政治家，他是懂得听取谋臣智将的建议的。关于周朝的历史书籍告诉我们，他懂得运用巧妙的军事设施，来化解边疆防御上的劣势。然而，所有这些令人惊叹不已的巧妙设施，却因为一位美丽夫人的任性妄为，最终被敌人毁于一旦。

具体而言，周幽王依靠自己辖下所有诸侯的帮助，在周国的西部边陲位置建立起了一套边防体系。跟其他所有带着政治意义而建立起来的军事设施一样，这套边防体系也有着双重身份：其一是伦理纲常上的约束，其二是机巧设计上的功用。伦理纲常约束的基础，乃是由周幽王与辖下众多诸侯，以及这些诸侯各自属下的大小官员达成一致，订立明确具体的盟约，本着互敬互信的原则来履行的。也就是说，在边防体系发出第一轮警报之后，每一位诸侯都有立即亲自带兵出征，火速奔赴国都丰镐，帮助周幽王协防的义务。至于这套边防体系的机巧设计，则是由一整套考虑周全的哨塔系统所组成，那是周幽王令人在王畿领地[126]的西部边境上专门修建起来的，为他本人提供服务。这套系统中的每一座哨塔，都由专人来负责戍守，昼夜不歇。所有这些哨塔上都装备了非常巨大的战鼓[127]。一旦边境上的任何一个位置发现了敌人的进攻行动，距离最近的哨塔就会马上敲响自己的战鼓，听到战鼓声的哨塔同样也会马上击鼓。如此这般，鼓声信号一座哨塔接一座哨塔地传下去，便可以在最短的时间内传遍国土全境。

周幽王花了很长时间来打造这套理念先进、性能优越的军事设施，跟自己辖下的诸侯反复商议、讨论，听取建筑工匠的报告，并且安排戍边部队反复演练。话说回头，周幽王有个心爱的女人，名唤褒姒，是一位绝世美人，懂得如何同时在周幽王的内心深处和感官世界这两方面为自己提升影响力。对于一名统治者以及他所统治的这个国家而言，褒姒手中掌握的影响力太大了，弊大于利。褒姒与周幽王形影不离，她对自己丈夫在国家边境上进行的这一系列卫戍工程产生了莫大的好奇，并且也亲身参与了进去，关注着工程的每一个环节。此时的她就像个活泼又聪颖的小女孩，心中怀着赞叹与热情，站在一旁看那些男孩子玩游戏。负责工程的其中一位建筑工匠，为了让她对整个工程的进展拥有全局性的把握，特地用陶土制作了这一整套边防体系的微缩模型，上色烧制，惟妙惟肖，包括对王畿边境的描绘，还有全套哨塔系统。每一座经过微缩处理的陶土哨塔里面，都站着一名小得不能再小的陶土烧制的戍边卫兵。不同之处在于，原本放置战鼓的位置，现在都用一只小小的挂钟来代替了。这套漂亮的玩具给了王后无尽的欢乐。有时候，当她觉得心情不好了，她的侍女们大多都会劝她玩一个名为"蛮族来袭"的游戏。玩这个游戏时，她们会把所有小小的陶土哨塔都摆出来，并且拉响上面那些小挂钟。每个人都玩得很尽兴，喧闹有趣，兴致高昂。

周幽王这一生中的大日子终于来临了。庞大的卫戍工程总算竣工了，所有的战鼓全部放置妥当，对应的鼓手也已训练完毕。现在要做的，就是按照之前跟一众诸侯的约定，在一个能够带来幸运的吉利日子[128]里，对这套全新的边防体系进行一次实战演习。周幽王对自己的杰作感到颇为自豪，对这次演习也是严阵以待。满朝文武也已经准备好，在演习成功之后，齐声向天子道贺。不过，在所有相关人士当中，心情最激动，同时也是最期待这次演习的，是王后褒姒这位美人儿。她甚至连正式开始演习前的全部祭祀仪式和虔诚祷告都等不及了，一心只想要演习马上开始。

终于到时候了，那个经常能够让王后获得欢乐的哨塔击鼓游戏，即将以完全真实的形式开始表演了，这还是有史以来的第一次呢。这一次，她几乎完全没办法控制住自己的冲动，想要亲自参与到游戏中来，亲自发号施令。此时此刻，由于她心中那股满怀喜悦的激动实在太过强烈，已经彻底表露在外，周幽王不得不摆出最严肃的表情，对她使了个脸色，她的情绪才终于得到了抑制。实战演习的时刻到了，现在一切都是真实大小的了，现在是在用真正的哨塔、真正的战鼓和军人来玩"蛮族来袭"游戏了，看看这套设计是否能经受得住考验。周幽王发出了"开始演习"的指令，文武百官中官职最高的那位公卿将这道指令传给骑兵队长，队长骑马来到第一座哨塔前，将指令递上，要求马上敲响战鼓。战鼓当即响起，鼓声隆隆，如雷鸣般，连绵不绝，传入在场每一个人的耳中，庄严肃穆的感觉油然而生，众人的内心受到极大的触动。万分激动之下，褒姒一下子变得面无血色，全身上下都开始发起抖来。巨大的战鼓近乎狂暴地被军人们敲击着，演奏着如同天崩地裂一般的战歌。这是一首满怀着警告与威胁的战歌，满载着未来，充斥着战争与困苦，充满了恐惧和覆亡。所有人都心存敬畏地聆听着这首战歌。听着听着，第一座哨塔上这面战鼓的声音开始变得越来越小了。与此同时，人们又依稀听到下一座哨塔的鼓声正在回应这边的响动，那声音遥远又微弱，很快便重归宁静了。接下来人们就再听不到任何鼓声。又过了一小会儿，此处庄严肃穆的沉寂便走到了尽头，人们又讲起话来，走来走去，交头接耳。

与此同时，那阵低沉、骇人的鼓声正从第二座哨塔传往第三座哨塔，一座又一座，一路传到了第十座哨塔，然后又一路传到了第三十座哨塔。根据严格规范的命令，凡鼓声所能及之处，每个士兵都必须马上武装起来，带好军粮袋，前往预先规定好的集合地点，每一位队长、每一名长官都必须立即整队行军，以最快的速度前进，一刻都不允许浪费。与此同时，还要将已经提前备好的军令，快马加鞭地送往周国腹地的诸多地方。凡鼓声所能及之处，军人们无论是正在劳作，还是正在吃饭；无论是正在消遣游戏，还是正在睡觉，都必须立刻停下来，收拾好行军囊，备鞍上马，全体集合，整队出发。在早已规划好的最短时限内，紧挨着王畿领地的所有诸侯国部队，都必须以最快的速度赶往国都丰镐救驾。

此时，在国都丰镐，之前那阵响彻云霄的可怕战鼓声在众人心中所引发的强烈共鸣与紧张感已经逐渐减弱、消逝，很快就被人们完全抛诸脑后了。众人在国都的花园里一边散步，一边闲聊，兴致颇高。整座都城都在举办庆典，热闹非凡。自第一声战鼓响起还没满三个小时呢，已经有大大小小的骑兵部队从两个不同的方向朝着丰镐飞奔而来，现身在了人们的视野内。自此往后，每小时都有新的部队抵达。不止今天一整天是这样，之后的两天时间里，一直都是如此，各路诸侯的部队昼夜无休地赶往丰镐，在此处集结。周幽王和王畿领地的文武百官见状，心里越来越振奋，越来越感到欢欣鼓舞。致敬和祝福的话语从四面八方源源不断地涌向周幽王，完成这一伟大工程的建筑工匠们获得了一顿天子钦赐的庆功盛筵。当时在一号哨塔上敲响第一声战鼓的那位鼓手被民众层层簇拥着,头顶戴上花环,在国都的街道上举办庆祝游行,被所有人当成英雄来崇拜,每个人都跑来向他赠送礼物。

话说回来,完全沉浸在这起大事件当中,简直就像是被勾去了魂魄的那个人,却是周幽王的王后褒姒。她一直沉迷的那套微缩哨塔加小挂钟的游戏,如今终于成为现实,而且,其阵仗之宏大、场面之壮观,远远超出了她原本的想象。鼓声所传达的军令拥有难以言喻的魔力,那道绝对不可违抗的命令裹挟、纠缠在战鼓的隆隆声之间,随着巨大的声浪一道,在远方无垠的土地上疾速传开,逐渐消逝。接下来,这道军令所产生的功效如同洪水一般,自四面八方奔涌而回——如此鲜活,如此感同身受,如此浩荡宏伟。每一面战鼓所发出的撕心裂肺的吼叫声,都化作了一支彪悍的部队。只见一支又一支装备精良、由数百乃至上千名军人所组成的部队,以滚滚洪流之势,接连不断地赶往这座都城。他们急行军时整齐划一的步伐,或者骑马,或者整队步行,一边自远方的地平线位置浮现,一边快速朝着此地逼近、集结,有弓兵,有轻骑兵和重骑兵,也有长矛兵。各路部队、各色兵种逐渐将都城内外所有原本空着的地方都给填满了,喧哗吵闹的声音也变得越来越大。远道而来的士兵在此受到了民众的热烈欢迎,并按照他们驻扎的地点,就地举行了欢迎仪式,予以盛情款待。这些军人也就地扎营,搭起了过夜用的帐篷,生起了营火,热闹非凡。上述种种,日以继夜、持续不断地发生着,简直就像是在还原童话故事里撒豆成兵的场面。无数的士兵就这样从灰蒙蒙的土地里钻出来,远远看去,显得虚无缥缈又极端微小,裹挟着他们的是飞扬的尘土。他们在尘土中不断向前,只为了最终抵达这里,在周幽王的满朝文武和心醉神迷的褒姒眼前站得密密麻麻的,以一种压倒性的真实,一行一行地列队成军。

周幽王对眼前的一切感到心满意足,其中尤其令他满足的一点在于,自己心爱的女人竟然会对这次演习心醉神迷、如痴如狂。因为内心获得了极大的幸福感，现在的褒姒简直如同一朵怒放的鲜花一般，放射出无比绚烂的光华。在此之前，他还从来没看过她显露出如此美丽的模样来。只可惜天下无不散之筵席，节日庆典并不会持续太久。就连这次史无前例的盛大庆典，眼下也已偃旗息鼓，将欢乐喜庆的一切，让渡给了平平凡凡的日常生活。不再有奇迹发生，也不再有美梦成真。闲散无事之人和任性妄为之人，恐怕会觉得这样的生活是难以忍受的吧。那场盛大的实战演习圆满结束，时间已经过去了几个星期，褒姒难得的好心情再度消耗殆尽。自从品尝到了货真价实的"蛮族来袭"游戏，以陶土制的微缩哨塔和绑着细绳的小挂钟为道具的那个小小游戏，如今已显得如此无聊且乏味。噢，那时的场面可真令人陶醉啊！话说，那令人开心到如临极乐的游戏，眼下如果想要再玩一次，岂不是万事俱备的吗？诸多哨塔就矗立在那里，战鼓也统统架在上面，士兵们每日轮班值守，鼓手们穿着自己的制服，严阵以待。一切都在等待着，如弦上之箭，等待着那道伟大的指令。可是，只要那道指令不来，这一切就都是死的，都是没有丝毫用处的玩意儿！

褒姒失去了她原本拥有的笑容，失去了原本无忧无虑的心境。周幽王闷闷不乐地看着这一切在自己身边悄然发生，他最喜爱的日间玩伴和夜间慰藉，就这样莫名其妙地被夺走了。如今，他必须向褒姒献上自己所能找到的最高级的赠礼，才能聊博美人一笑。实际上，周幽王对目前的情势把握得十分准确。对于他而言，眼下正是事关取舍的关键时刻，为了天子必须担负的责任，他理应舍弃掉那小小的甜蜜的温柔乡，一切以江山社稷为重。然而，周幽王本质上却是个意志不坚定的人。在他看来，只要能够让褒姒再展欢颜，其他任何事情相比之下都无足轻重。

因此，他最终还是对她的诱惑缴械投降了，虽然这个过程很缓慢，他的内心也时常怀有抗拒，但他到底还是屈服了。褒姒使他忘记了自己必须担负的责任，在她反反复复上千遍的请求之下，他到底还是屈服了，终于决定满足她心中这个独一无二的宏大愿望。他同意向自己一手建立的边防体系发出那道指令，谎报军情，声称边疆有蛮夷来犯，敌人近在眼前。战鼓那低沉、骇人的声音马上响起。这一次，鼓声令周幽王感到胆战心惊，就连褒姒也被那声音给吓到了。不过紧接着，那一整场激动人心的游戏就再度重演了。在目之所及的世界边缘位置，渐渐看得到一小团一小团的尘土飞扬，无数支部队骑着马过来了，踏着整齐的军步过来了，将军们向周幽王鞠躬行礼，士兵们的营帐也一个接一个地搭了起来，整个过程持续了足足有三天之久。褒姒这下可高兴坏了，脸上露出了光辉灿烂的笑容。周幽王却迎来了艰难的时刻。他不得不当众承认，实际上根本就没有蛮夷来犯，王畿领地的边境风平浪静。接下来，他又试图用"戍边部队发出了错误警报"这样的理由来敷衍搪塞，并将此次的行动解释为一次大有裨益的临时演习。没有任何人站出来反驳周幽王的狡辩，大家纷纷向他鞠躬致意，接受了他的这番说辞。然而，在军官们之间却流传着这样一种说法，说大家其实都被言而无信的周幽王给捉弄了，他之所以下令让广阔的边疆敲响警报，让他们领着一大帮人，领着这数以千计的士兵疲于奔命，不过是为了以此来取悦自己的心上人罢了。于是，大部分军官私底下达成了一致，以后再也不会服从这样的命令了。与此同时，周幽王也在尽己所能地安抚情绪低落的诸侯部队。他摆出丰盛的宴席，宴请这些不远千里而来的军人。总而言之，这一次，褒姒达到了自己的目的。

哪里知道，还没等到她的情绪再一次变坏，还没等到她有机会再一次去重复那不负责任的游戏，报应就已经降临到了他和她的身上。或许是纯属意外吧，也或许是因为最近在丰镐发生的这个故事传到了西部边陲的那些蛮族部落耳中，总之，这一天突然来临了：边境传来警报，蛮族的骑兵大举来犯，蜂拥而至，眼下已深入王畿腹地。诸多哨塔刻不容缓地发出了信号，低沉的鼓声急切地传递着警报，响彻全国，一路传到了最遥远的国土边境。这一整套功效卓绝的大玩具、令人惊叹不已的机巧设计，眼下却像是已经被摧毁掉了一样，完全不起任何作用了。诚然，鼓声依旧震天，但这一次，周朝所辖广阔疆域内的士兵和军官的内心毫无波动，对鼓声选择了充耳不闻。周幽王和褒姒徒劳地环顾四周，没有任何地方扬起了哪怕一丝尘土，没有从任何地方赶来哪怕一小批灰头土脸的援军，没有任何人过来帮他了。

周幽王只好集结起丰镐现有的少数几支部队，匆匆忙忙地迎战那些蛮族的战士。但是敌人的数量实在是太多了，他们打败了周幽王率领的部队，一举拿下了国都丰镐，他们摧毁了王宫，摧毁了哨塔。周幽王失去了自己的王国，也失去了自己的性命。至于周幽王心爱的女人褒姒，发生在她身上的事情，跟他也没什么不同。为求褒姒一笑，最终倾覆整个国家的历史故事，至今仍在书中流传。

国都丰镐被毁掉了，游戏酿成了恶果。从此以后，再也没有这种敲战鼓的玩法了，再也没有周幽王，没有一笑倾国的王后褒姒了。周幽王的后继者周平王[129]，不得不彻底放弃丰镐，将国都远远迁至东边。他不得不与邻近的诸侯结成同盟，并且向他们割让大片土地，以此来换取自己未来政权的安全。

（1929 年）

鸟
Vogel

鸟早先居住在周一村所辖区域内。它身体的颜色并不多么斑斓多彩，它唱出来的歌声也并不怎么婉转动听。不仅如此，它的身形恐怕还并不怎么大，也就更谈不上有多魁梧壮观了。关于这点，确实是有佐证的，那些曾经亲眼看见过它的人，都表示它是很小的，简直可以说是小巧玲珑了。而且，它也根本谈不上好看。与其说它好看，不如说它长得奇形怪状、特立独行还更合适些。要知道，它所拥有的那种奇特和伟大，是其他任何一种动物和生灵都不具备的，没有任何一种现存的生物门类能够收纳这一种属。它既不是苍鹰也不是雄鸡，既不是山雀也不是啄木鸟，更不是燕雀，它就只是周一村里的鸟。除此之外，它什么也不是，再没有跟它同类的了。反正，长久以来就只有它这一只鸟存在着——有且仅有这一只。在周一村，鸟的存在极其久远，自打人们对这里的事情有印象起，人们就都知道它。而且，尽管实际上只有周一村的居民算是真正认识它，但周围地区的居民也都听说过它。如此这般，周一村的居民就像任何一个稍微有些与众不同的人会遭遇的那样，经常受到周围地区居民的嘲笑。"周一村里的那帮人，"他们会这样讲，"脑子里面想的就只有他们的那只鸟。"从卡雷诺到莫尔比奥，乃至更远些的地方，人们都知道鸟的存在，都会讲关于它的故事。可是，就跟经常发生在我们身边的情况类似，唯独到了最近这段时间里，没错，唯独等到它已经彻底消失，再也没人看到它了之后，人们才开始行动起来，试着去搜集关于其来源的完整且值得信赖的情报。很多非本地的人也在四处打探鸟的消息，已经有好些周一村的居民喝过这些外乡人请客招待的葡萄酒，并且任由他们问关于鸟的各种问题了。问题提了一大堆，到了最后，他们才向这些人坦白，说自己其实根本就没亲眼看到过鸟，从来没见过它。话虽如此，但实际情况也就是这样，因为确实不是每个周一村的居民都见过鸟。不过，话说回来，每个周一村的居民都认识亲眼见过一次或者经常见到鸟的人，也能够讲出一些关于这个人的掌故来。眼下，一切与鸟相关的道听途说都被拿来详细做了研究，并且认真记录了下来。奇怪的是，所有言之凿凿的相关叙事与描述，无论是关于鸟的外貌、叫声和飞行姿势，还是关于它的生活习性，关于它与人类共存的方式，彼此之间统统自相矛盾，谬误百出！

早些年里，鸟应该是经常会被周一村的人们瞧见的，无论是谁，只要是偶然遇见了它，都会收获一份深切的喜悦。每一次与鸟的相遇，都是一次经历、一件幸事、一桩小小的奇遇，这种心情就好比那些自称为"大自然之友"的人，偶然遇到了一只狐狸或者布谷鸟，得到了近距离观察它们的机会一般。对于"大自然之友"而言，这已经算得上是一起小型事件和一份难得的幸运了。在发生上述这种偶遇的情况下，一方面，动物放下了它们平日对这群致命人类的恐惧心；另一方面，人类本身也融入了这种纯真质朴、早在人类诞生之前便已存在的与大自然共生的方式之中。有些人之前从来没怎么关心过关于鸟的事情，这就好像有些人对于发现一株初生的龙胆草、偶遇一条聪明的老蛇并没有什么特别的感觉一样。与这些人相反，另一些人却特别爱它，特别关心它。不过，不管是什么人，只要偶然遇见了鸟，都会收获一份喜悦，并且将这件事视作自身获得的一份荣誉。偶尔会出现这样一种情况——虽然这种情况确实很罕见——有些人会说出"鸟恐怕会给看见它的人们带来伤害"或者"鸟是令人感到毛骨悚然的怪物"这类说法。因为，无论是谁，只要是亲眼见过鸟的，都会保持相当长一段时间的兴奋状态，晚上会做许多怪梦，整个人躁郁难安，产生各种不自在的情绪，或者犯起思乡病。其他大部分人坚决否认这种说法，并且声称，每一次遇见鸟之后给人的感觉都十分好，这个世界上再没有其他任何事情，能够比遇见鸟后的感觉更美妙、更令人觉得飘飘然的了。那就像是刚刚参加完一场完整的圣礼仪式[130]，或者听过一首极其优美的歌曲之后的感觉。那感觉久久萦绕在心头，挥之不去，会令人不觉回想起生命中一切美好的事物，联想起诸多伟大的榜样，以及他们曾经干下的伟大事迹；会将这些全部牢记于心，发誓未来一定要成为一个与现在不一样的自己、一个更好的人。

有这样一个男人，他名叫沙拉斯特尔，是远近闻名的当了好些年周一村村长的塞乌斯特的表亲。沙拉斯特尔一生所有的时间都在关注与鸟相关的事情，他向众人声称，自己每年都会亲眼见一到两次鸟，有时甚至还会见它更多次。每次见过鸟之后，他都会生出一种特别古怪的情绪，而且，这种情绪往往会持续长达数天之久。这种情绪完全算不上开心，它是一种独一无二的内心触动，满怀着期待和预感。在这种情绪作祟的日子里，甚至连心脏的跳动都跟往日不甚相同，似乎还有点儿隐隐作痛……好吧，无论如何，胸腔里肯定是有些不一样的感觉的，至少是到了能够察觉到自己的心脏存在的地步。要知道，普通人平时可是几乎没办法察觉到自己的胸腔里长着一颗心脏的！沙拉斯特尔在谈论与鸟相关的事情时，偶尔会这样讲：总而言之，在周一村这片区域内，能够拥有鸟，这可不是一件小事情，大家是可以因为鸟的存在而感到自豪的，它确实是极为稀罕的存在。而且，大家还应该了解到这样一点：一旦这只全身上下充满着秘密的神鸟经常性地现身于某个特定的人面前，比它在其他任何人面前现身的次数都多的话，那么，这个人身上必然有些特别的地方，有着平常人所不具备的过人之处。

（对于沙拉斯特尔这号人物，接受过大学高等教育的读者需要特别注意一下：关于鸟的种种现象学观点中，他是鸟之轮回转世论的坚定拥护者，以及被大量论文引用的文献的主要来源——这套理论如今早已被人们给淡忘了。除此之外，沙拉斯特尔也是鸟的失踪事件发生之后，那一小批始终坚信鸟还活着，并且将再度在众人面前现身的周一村居民的代言人。）

"我第一次见到它的时候，还是个小男孩，当时还没有上学。"沙拉斯特尔在报告中指出，"在我们家住的那栋房子后面，在那座果园里面——那里的草地刚刚修整过——还是个小男孩的我站在一棵樱桃树下。这棵樱桃树有一根垂得比较低的旁枝，一直垂到我的面前。因此，我也就自然而然地开始打量起树枝上挂着的那些又硬又青的生樱桃，目不转睛地注视着它们。刚好这时候，鸟从这棵树的树梢上飞落了下来。我马上就注意到，这只鸟跟我曾经见过的其他所有鸟类都不一样。它落在了果园里刚刚修剪好的草茬儿上，在上面蹦来蹦去。出于好奇，惊讶不已的我跟在它的身后，在整座果园里转了一大圈。它多次回头，用它那闪闪发光的眼睛打量我，随后又继续蹦蹦跳跳地往前走。瞧它那样子，简直就是一位独自舞蹈、独自高歌的艺术家！我看着它的独舞，听着它的高歌，心中十分确定，它是想通过舞蹈和歌声来吸引我，想让我因此收获一份喜悦。它的脖子上有些白色的羽毛。它在平坦开阔的草地上一路跳啊、蹦啊，跳到了果园最后面的篱笆旁边，那个位置种着荨麻。鸟突然一跃而起，离开草地，飞到了一根篱笆桩上，一边叽叽喳喳地叫着，一边用极度亲切、友善的眼神注视着我。就这样过了一会儿，它竟突然消失不见了，完全无从预料，把我给吓了一大跳。在此之后，我多次留意到这种情况。在这个世界上，再也没有其他任何动物能够像鸟那样，以比闪电还快的速度突然出现，然后又以同样的速度再度消失。而且，无论是出现还是消失，它永远会选在你没有留意到的时刻，你根本没办法看清它的动作。鸟消失不见之后，我跑进了屋子里，去找母亲，将刚刚发生在自己身上的这件事讲给了她听。哪曾想到，她听完后马上告诉我，那是没有名字的鸟，我能够看到它，是很好的事情，因为它能够给人们带来好运。"

根据沙拉斯特尔的描述——其中的内容与其他一部分人的描述略有出入——鸟的身形是比较小的，不会比一只鸫鹩更大些。鸟全身上下最小的部分就是它的脑袋，一颗小得令人啧啧称奇的聪明又灵活的小脑瓜。乍一看去，鸟似乎毫不起眼，不过，大家可以马上从它那带点儿灰色的金色羽冠以及它打量人时的模样分辨出它来。要知道，其他鸟类可是不会像它那样打量人的。提到它那顶金色羽冠，大概跟一只松鸦的羽冠差不多大，但它的身体比松鸦要小很多。因此，走起路来的时候，那顶硕大的金色羽冠常会上上下下摆动不停，十分生动可爱。总体而言，鸟是一种非常灵活的生物，无论是飞行还是着陆后用双脚行走时，它的动作统统轻捷矫健，犹如行云流水一般，表现力十足。仔细端详它的这些动作，总是能够给人这样一种印象，那就是鸟在透过自己的眼神，透过小脑瓜的上下摆动，透过羽冠的挪移晃动，透过行走时的步伐和飞行时翅膀振动的方式，在向人们分享、传递着某种信息，要么就是让看到它的那个人回忆起某些往事。它的现身似乎永远伴随着某项亟待完成的任务，就像一位信使。虽然大家经常能看见它，但必须花费很长一段时间，来思考它出现在眼前的前因后果，思索关于它本身的种种奥妙之处，思量它所怀有的目的、它所指示的意义。鸟不喜欢被人侦察打探，不情愿被人暗中窥视，大家都不知道它是从哪里冒出来的。它永远都是突然出现，守在你的身边，仿佛它一直蹲守在那里似的。当你看到它了，它就用那种亲切友好的眼神来回望你。每个人都知道，鸟类的目光通常是僵硬、胆怯且呆滞的，并且也不会专门去注视某个人，但它完全不一样，它很乐意用自己开朗活泼——某种程度上而言——甚至可以说是仁慈慷慨的目光来注视你。

自古以来，这里就流传着关于鸟的各种流言与传说。然而，时至今日，关于它的讨论越来越罕见了，这是因为人类变了，村庄生活越来越过不下去了，年轻人几乎全部都到大城市去谋生了。一大家子人不会再像过去那样，一起坐在门廊台阶上消磨夏夜的时光，一块儿守在客厅炉火旁，其乐融融地度过冬天的夜晚了。除了为生活本身奔波之外，人们不会再把时间花在其他任何东西上了。如今的年轻人几乎认不出几种野花来，几乎叫不出任何一种蝴蝶的名字。可是，即便是今天，也还是偶尔能够听到哪位老妇人或者老先生给孩子们讲关于鸟的故事。在这些关于鸟的传说当中，有一则可能是迄今为止能够听到的最古老的故事，它的内容是这样的：周一村的鸟，它的年龄跟这个世界一样大，早在亚伯被他哥哥该隐杀死[131]的那个时候，鸟就已经存在了。当时，鸟喝下了一滴亚伯的血，然后便带着亚伯的死讯飞走了。时至今日，它仍然在向人们传递着该隐杀死亚伯的事实，提醒人们不要忘记这件旧事，并借此来警醒世人，告诉大家人的生命是宝贵而神圣的，人与人之间要如亲兄弟姐妹一般彼此善待、和谐相处。这则关于亚伯的传说很早以前就被人们记载了下来，关于这个故事的歌谣也一直流传至今。有一些专家学者表示，关于亚伯鸟[132]的传说诚然历史悠久，在许多国家以各种不同的语言长期流传，但是，将此类传说与仅在周一村地盘上存在的"鸟"关联起来，认为它们是同一种生物，那就只可能是谬误了。针对此种关联，他们提出了这样一种疑虑：这只如今已有四千岁高龄的亚伯鸟，在当年发生了该隐杀死亚伯的事件之后，竟然专程跑到这么个小地方定居下来，从此以后再也不在其他任何地方露面——如果事情真是这样的话，那也太荒谬无稽了，根本不值一驳。

诚然，我们这边也可以针锋相对地"提出这样一种疑虑"，向这些专家学者表示，传说故事根本没必要跟学术研究一样，永远表现出理性的态度。而且，我们也可以提出质问：是否正是因为有这些专家学者的存在，如今在关于鸟的各种问题上，才会出现这么多的不确定因素和自相矛盾之处？因为，就我们目前所了解到的情况来看，过去人们对鸟本身以及与鸟相关的种种传说并没有产生过任何争议。如果某人对鸟的描述与邻居不一样，大家照样会对这种描述照单全收。实际上，人们会对鸟进行如此之多的想象和描述，这种行为本身就是对鸟的一种崇敬。我们还可以更进一步，直接对这帮专家学者提出谴责：他们不仅需要对鸟的销声匿迹负责，当鸟销声匿迹了之后，他们现在竟然还试图通过自己那套带有科学调查性质的方式，煞费苦心地抹除人们心中关于它的记忆，抹除与它相关的种种传说，试图让与鸟相关的一切都化为乌有，仿佛将一切事物和概念统统消解，直到一切荡然无存，就是这帮专家学者奋斗终身的使命似的。不过话说回来，我们当中又有谁敢于去冒着让自己显得不光彩、不体面的勇气，采取凶悍又粗暴的态度，去攻击这些专家学者呢？要知道，人类科学的发展，多多少少还是要归功于他们所做出的一部分贡献的——当然，科学也并不能全部归功于他们。

不多说了，我们还是回到之前的话题，重新聊聊那些关于鸟的传说故事吧。早些年人们口耳相传的这些内容，至今仍旧存留着一小部分，至今还能从农村住民口中打听出来。这些传说故事中的绝大部分，都选择将鸟视作一种受到魔法影响、由其他事物变形幻化而来的，或者被人诅咒了的生灵。其中的一个传说认为，鸟是一位被人施了咒的霍亨斯陶芬家族[133]的成员，即这个姓氏之下最后的那位伟大皇帝[134]和男巫，他统治过西西里，精通阿拉伯智慧的奥秘。这个传说大概可以追溯至东方之旅那帮人，在属于他们的那个故事当中，周一村和莫尔比奥之间的这片区域显然扮演了极为重要的角色，那帮人的足迹也遍布这片区域的每一个角落，对此地传说故事的流变造成了不小的影响。大部分人都听过的传说是这样的：鸟曾经是一位王子，或许也可能是一位男巫（比如，塞乌斯特听说过的版本便是如此），当年曾居住在蛇丘脚下的一栋红房子里面，在当地享有很高的名望。然而，当这里开始施行新的符拉科森芬根[135]法律之后，不少人失去了赖以谋生的职业。因为符拉科森芬根新法明令禁止魔法、咒术、变身以及其他任何与此相关的行当，原本做这些事情的人也一并被视为臭名昭著的恶徒。当时，那位男巫也在自己那栋红房子周围播下过黑莓树和金合欢树的种子。哪里知道，就连那栋红房子本身，也很快消失在了利刺之间[136]。无奈之下，他终于离开了自己的安身立命之地，消失在了森林里，身后跟着长长的一队毒蛇。自此以后，他时不时地就会变身为鸟，飞回自己的老地方看看，迷惑一下人心，练习练习魔法。所以，至今为止鸟已经让很多人感受过的那种独属于它的影响力，自然也不是别的什么东西，就是魔法。故事的说书人讲到这个位置就会打住，从来不透露他所施展的魔法究竟是白魔法，还是黑魔法。

除此之外，还有另外一件事也可以追溯至东方之旅那帮人，这件事无疑也是受了他们的影响，那就是，在一系列内容匪夷所思、似乎是在暗示本地母系社会源流的古老传说残篇中，都提到过一个"外国女人"，此人在这类传说中也被称作妮依，她在已知的传说叙事中扮演着重要的角色。这一系列传说残篇的其中一部分声称，这个外国女人成功捉住了鸟，并且将它一连囚禁了数年之久，直到整座村子里的人都对此事表达出强烈的愤慨之情，打算采取进一步行动时，她才选择将鸟放掉。不过，与此同时，也存在着这样一种传言：妮依，即那个外国女人，在鸟因为受到诅咒而变成鸟的形态之前——而且是很久之前——当鸟还是个男巫的时候，她就已经认识他了，甚至还曾经跟他一起居住在那栋红房子里。他们在那里饲养长长的黑色毒蛇，还有长着跟孔雀一样的蓝色脑袋的绿蜥蜴。直到今天，周一村的黑莓丘上还爬满了毒蛇；直到今天，大家还能很清楚地看到，这附近的每一条毒蛇和每一只蜥蜴，当它们从曾经是男巫家作坊门槛的那个位置经过时，都会逗留一会儿，先将脑袋抬起来，然后再朝下，深深鞠上一躬。根据目前已知的资料，最早讲出这个版本传言的，是一位早已过世的名为妮娜的村中老妪。不仅如此，她还向众人赌咒发誓，说自己已经去过那个利刺丘很多很多次了，她每次都会在那里采摘草药，所以才会亲眼看到毒蛇在那个位置鞠躬。时至今日，在过去那栋男巫红房子的入口位置，还留存有一株有着长达四百年历史的枯死玫瑰树的遗骸，正是这段历史真实存在过的铁证。与此相对应的，也有其他一些声音信誓旦旦地宣称，妮侬跟那位男巫之间，绝对没有哪怕一丁点儿关系，因为她是在鸟真正变成了一只鸟之后——很久很久之后，才跟东方之旅那帮人一起到这片区域来的。

鸟最后一次被人看见的时间，距离现在其实还不到一代新人换旧人所需要的年岁那么久。可是，曾经亲眼看过鸟的那一辈人的逝去永远那么突然，难以预计。现在就连"男爵"都死掉了，那个快乐开朗的马里奥走起路来，也早已不复当年腰杆笔直的英姿，不像我们熟知的他了。总有一天，我们将会突然发现，那些曾经携手相伴、共同经历"鸟的时代"的人，已经一个都不剩了。因此，我们理应将关于鸟的种种故事与传说，以及它所遭遇的最终结局逐一记录下来，即使它们读起来如此杂乱无章，颠倒混乱，那也是我们必须要做的。

周一村所处位置颇为偏远，区域内那道环境幽静、面积狭小的森林峡谷也鲜少有人知晓。在这里，森林整体上是由鸢鹰统治着的，到处都听得到布谷鸟的鸣叫声。尽管如此，却也常有一些异乡人在机缘巧合之下来到这里，目睹鸟的身姿，并且了解到关于它的种种传奇故事。画家克林索尔[137]在此处的一座宫殿废墟中居住过相当长的一段时间，莫尔比奥的峡谷因为东方之旅那帮人中的里奥变得远近闻名。（此外，关于里奥还存在着这样的一种说法：在相关传说的一个颇为荒谬的变种当中，妮侬从里奥那里拿到了一种独特的主教面包配方。她用这种配方制成面包来喂养鸟，并使它臣服于自己。）总之，我们这个几百年以来都如此默默无闻、如此民风淳朴的地区，始终还是被外面广阔世界中的一小部分人关注、议论着。在那些与我们相隔遥远的大城市里,在那些象牙塔里面,有一群人专门钻研里奥抵达莫尔比奥之后所发生的事情,并且以此为课题来撰写科研论文。除此之外,他们也相当关注与周一村的鸟相关的各种叙事。在这样一种前提下,各种鲁莽草率的说法与记录源源不断地产生。与此同时,相比之下更为严谨一些的传说故事的学术研究又起到了拨乱反正的作用。在所有这些说法与记录之间,有这样一种荒唐的论断不止一次浮出水面,那就是当地的这只"鸟",其实就是著名的皮克托尔鸟[138],这种鸟与画家克林索尔之间关系密切,它拥有千变万化的能力,并且掌握着许多秘密的知识。可是,借由皮克托尔而变得人所共知的是"一只红色中夹杂着绿色的鸟儿,一只漂亮又勇敢的鸟儿",它在文献中被描绘得如此详细具体,这样都能将两者混为一谈,简直难以理解。

最后,来自专家学者世界的那帮人,他们对我们周一村住民以及我们那只鸟的兴趣,终于达到了无以复加的地步。与之相对应的,围绕着鸟的失踪而催生出的一系列故事,也以如下的形式达到了顶峰。某一天,上文提到过的我们当时的村长塞乌斯特,他收到了自己的上级部门发来的一纸公文,其内容如下:

奉皇帝御命,受枢密大臣——"博学者"吕茨肯斯泰特之托,东哥特帝国公使大人特令此地履村长职务者知悉,并望尽快于其所辖区域内昭告周知:在帝国文化部协助下,由枢密大臣吕茨肯斯泰特亲自负责研究并搜寻的某种尚无具体名称的"鸟",即民众口头称为"周一村的鸟"的生物。任何持有关于"鸟"的相关信息的人士——包括但不限于其生活习性、其日常食物、与其存在联系的成语典故和传说等——请通过此地履村长职务者上报位于伯尔尼市的东哥特帝国公使馆。又及:任何活捉并将健康完好的上述之"鸟"送至此地履村长职务者处,并委托其成功转呈至上述公使馆地址的人士,均可为此获颁一千金杜卡特[139]作为奖励；相对应的，呈送死去"鸟"的尸体或其保存完好皮毛者，酌情奖励一百金杜卡特。

村长呆坐良久，仔细研读这份来自上级部门的公文。在他看来，帝国的政府部门统统在忙于处理这类事情，这可真是太不恰当、太好笑了。假设同样的要求是来自那个哥特的"博学者"本人，或者来自东哥特帝国公使馆，那么他——堂堂的塞乌斯特，肯定会对这些无理要求置若罔闻，并且将来函直接销毁掉。或者至少也要暗示那些捎来消息的先生，村长塞乌斯特可没空陪他们玩这种鬼把戏，哪怕他们想以最亲切友善的态度将这个包袱抛给他，那也是没门儿的。眼下这些无理要求却是直接来自他的上级部门，是一道严格的命令，他是必须遵守这道命令的。甚至连周一村的老村务秘书巴尔梅里，在他伸直双臂，将这份公文举到离自己那双老花眼很远的位置上认真读完了之后，也强忍住他认为这起事件理应获得的嘲笑，向村长断言道："我们必须服从这道命令，塞乌斯特先生，除此之外，别无他法。我这就开始起草一份专为公开张贴布告准备的文字内容。"

几天过后，周一村的所有人都已经看过村委会在布告栏上张贴的那则正式通告了。鸟被强行无鸟化了，外面的国家觊觎它，悬赏重金要买它的头，联邦和各州已经放弃了对这只传奇般的鸟的保护工作，他们一如既往地只懂得去关心跟随在那个小个子男人身后的魔鬼，只知道按照那魔鬼的喜好和价值观去行事[140]——这至少是巴尔梅里和其他许多人所抱持的想法。无论是谁，只要能够抓住可怜的鸟，或者射杀它，巨额的赏金都会向此人招手；无论是谁，只要在做这件事情上取得了成功，马上就能摇身一变，成为一个富人。所有人都在谈论这件事，所有人都聚集在村委会外面的布告栏那里，将那里挤得水泄不通，争先恐后地发表着自己的意见。对于这则正式通告的内容，年轻人是最高兴的，他们决定马上就要开始挖陷阱，并且在陷阱上铺上伪装用的树枝。村中老妪妮娜一边不停摇着自己那颗跟雀鹰一样的花白脑袋，一边对大家说道："这可真是一桩罪孽啊，联邦委员会应该为此感到羞耻。这些人只要能够弄到钱，恐怕连救世主本人都会被他们给出卖掉。不过，他们可别想着能逮住它，谢天谢地，他们是逮不住它的！"

村长的表亲沙拉斯特尔站在那里，一言不发。当他看过张贴出来的这份通告之后，就变成这个样子了。此刻，他十分仔细地重新读了一遍通告的内容，读完之后，他没有再跟平时一样，前往每逢星期天上午必定会去的教堂做礼拜，而是慢慢朝着村长家的那栋房子走去。可是，当他一踏进村长家的花园时，脑袋里面的想法就突然改变了。于是，他马上转过身来，朝着自己家的方向跑去。

沙拉斯特尔这一辈子，始终跟鸟之间保持着一种特殊的关系。他亲眼看见鸟的次数，比其他任何人都多，对鸟的观察也比其他人更全面。或许可以这样说，沙拉斯特尔实际上是属于那种对鸟的存在深信不疑，并且严肃看待关于鸟的一切的人，在他们的心中，早已给鸟赋予了一种比平常人深刻得多的意义。因此，这份正式通告的发布，对沙拉斯特尔此人的影响十分巨大，令他感到尤为矛盾。理所当然，在刚看到通告内容的时候，他心中的感触跟老妪妮娜，以及周一村中大部分上了年纪、固守传统的居民没有任何分别：对这件事感到极为震惊，极其愤怒。仅仅因为外面那个国家觊觎他们的鸟，所以就要让渡、捕捉乃至杀掉周一村及周边地区的这一珍宝和标志物？这可怎么行？！这位罕见的充满神秘感的森林来客，这只饱含着童话色彩、早已名闻遐迩的生灵，正是因为有它的存在，周一村才会如此知名，备受争议，也遭人嘲讽。关于鸟的故事和传说如此之多，代代相传，好不容易延续到了今日——如今，这样的一只鸟居然要因为金钱和科研的原因，为了一个学者的致命好奇心而丢掉性命？这样的事情不仅闻所未闻，简直就是不可想象。大家被要求去做的，分明是一种亵渎的行为。可是话说回来，如果将与此事相关的种种因素统统放到天平上衡量一番的话,最终执行这一亵渎行为的那个人,岂不是正有非比寻常又光辉灿烂的前程在等待着他吗?那么,既然无论如何都要去抓住这只受万人景仰的鸟,按照常理去推断,岂不是正要找一位与众不同、精挑细选、从很久以前算起就已经命中注定的男人吗?这样的一个男人,他自从孩童时代起,就已经跟鸟之间建立起了比其他所有人都更亲密、更加相互信任的关系,他们的命运已经彼此纠缠在了一起。好吧,既然如此,谁又会是这位千挑万选、独一无二的男人呢?除了他——沙拉斯特尔之外,还能有谁?况且,如果对鸟出手是一种亵渎、一项罪孽的话,如果这种亵渎和罪孽足以跟加略人犹大背叛救世主相提并论[141]的话,那么,换个角度来考虑,岂不是可以认为,那次背叛对于救世主的死去和牺牲而言,是必不可少的,也是神圣的?那次背叛岂不是早在创世之初就已经被预先决定好了,且已经被预言过了吗?[142]那岂不是……沙拉斯特尔同时质问自己和这整个世界,那岂不是表示,即便那个加略人出于道德和理智的考量,放弃了自己本应扮演的角色,拒绝掉了这一次背叛,实际上也连哪怕最微小的作用都起不到吗?实际上对上帝的决定和救赎工作连哪怕最细微的改变都无法造成吗?

　　沙拉斯特尔的思考,大致就是沿着上面这条路径在反复推演,各种各样的念头不断地挑拨、煽动他,搅得他心绪难平。如今,他再一次回到了自家的那座果园里——那座当他还是个小男孩时第一次亲眼看见鸟的存在的果园,那时候,他第一次体会到了这种奇妙体验所带来的无与伦比的幸福感。此时此刻,他正焦躁不安地在自家房子的后面走来走去,经过羊圈,经过厨房朝外的窗户,经过养小兔子的木棚子,身上那套礼拜天才会穿的外套蹭在粮仓后墙上挂着的干草耙子、干草叉和割草镰刀上,他也毫不在意。现在的他已经被萦绕在自己的脑海之中,无论怎样都挥之不去的各种思绪、心愿和决定搅得激动万分,整个人昏昏沉沉的，仿佛酩酊大醉一般了。他揣着一颗沉重的心，思考犹大其人，仿佛揣着装了一千金杜卡特的钱袋子。

与此同时，周一村群情激愤的情况仍在继续。自从消息公布开了之后，村中几乎所有居民都聚集在了村委会外面，时不时地还会有一个人从人群当中走出来，死盯着那份张贴出来的通告，仔仔细细地再读上一遍。所有人都在陈述自己针对此事的主张和打算，他们据理力争，凭借自己既往的经验、与生俱来的小聪明和从《圣经》中挑择出来的文字，绞尽脑汁地为自己摇旗呐喊。整座周一村已经分裂成了两个彼此对立的阵营，只有少数人没有在一开始就对这份正式张贴出来的通告表态，没有说出自己究竟是赞成还是反对。当然，也有些人跟沙拉斯特尔一样，他们既对捕猎鸟的行为感到憎恶，又很想要拿到悬赏的杜卡特。唯一的区别在于，并非每个人都能够像沙拉斯特尔那样，有本事将自己心中存在着的这种矛盾调解、安抚到如此缜密又复杂的地步。年轻小伙子对这类问题的处理方式永远是最简单的，无论是伦理道德上的顾忌，还是捍卫自己家乡尊严的思虑，都完全无法抑制住他们跃跃欲试的冲动。他们认为挖陷阱这种方式是必须要尝试一下的，没准儿谁的运气特别好，一下子就能用陷阱逮住鸟。即便这样做成功的希望可能并不算大，因为大家都不知道挖好陷阱之后，到底应该用哪种诱饵去吸引鸟过来。况且，如果它真来到了哪个人面前，相比于挖陷阱这种请君入瓮的方式，显然更应该毫不犹豫地举枪射杀：口袋里实实在在放着的一百杜卡特，可比虚无缥缈的一千杜卡特要强得多了。大家都对年轻小伙子们提出的这种观点大表赞同。于是，他们提前享受起了自己尚且没有正式开始的壮举，现在已经在为猎杀的细节争论不休了。大家理应给他一把好猎枪，其中一个人喊道，然后再付给他很小的一笔钱，半个杜卡特就够了，只要大家这样做了，他就准备马上动身，牺牲掉自己整个礼拜天的时间，去把鸟抓回来。反对这套方案的，几乎全部都是年纪比较大的人，他们觉得大家正在谈论的这一切简直是匪夷所思，嘴里高喊或者默念着先人传下来的各种警世恒言，诅咒今日的这些周一村居民，说他们已经不再虔诚、缺乏忠诚、全无信仰。年轻人大笑着反驳了这样的说法，他们说，今时今日，此地要办的事情，跟忠诚和信仰一点儿关系都没有，只跟举枪射击时显出来的本事有关。唯独那些眼睛瞎掉了一半，根本没办法瞄清鸟的位置，换了痛风的手指也握不住猎枪的妄人，才会在这里空谈品德和智慧。如此这般，周一村居民的讨论始终保持着热烈激昂的气氛，大家都试图拿眼前这个全新的课题来磨炼自己的聪明才智，有来有回，争论不休，几乎要忘记午休和午饭时间了。不论跟鸟之间的关系是亲近还是疏远，他们统统满怀着热情，口若悬河地述说着自己家族成功或失败的历史，以情真意切的态度，号召在场的每个人去好好回忆一下那位最终获得幸福的先人拿但业[143]，回忆一下那位老鞋匠[144]，回忆一下东方之旅那帮人如传奇一般的游历。他们纷纷引用诗歌集中的绝句，还有歌剧台本中的经典唱段，互相之间都觉得对方烦透了，但在分出个输赢之前，又没办法一拍两散、分道扬镳，只好接连不断地将祖辈的箴言和经验之谈搬出来，以自说自话、演独角戏一般的方式念叨早已逝去的年代，念叨已经去世的地区主教，念叨自己人生当中忍受过的各种疾病。举例来讲，其中有一位年事已高的老农夫，当年一度患上大病，在很长一段时间里都卧病在床。可是有一天，他隔着窗子看见了鸟，仅仅只看了它一眼。就是凭着这一眼的功效，他的病之后就渐渐好起来了。他们畅所欲言，说个不停，一部分是每个人单独说给自己听的，表达着自己内心真正的想法；一部分是说给周一村的村民听的，自我标榜或者指责埋怨，全力赞同或者嘲弄讥讽。无论是在争吵之间，还是在达成一致的时候，他们的心中都感受到了一股舒适惬意的暖流，这股暖流来自对自己所拥有的力量、对自己的年纪、对作为周一村当地人的永恒归属感的认同。当然，他们要么是觉得自己老而睿智，要么是认为自己年轻又聪明，彼此之间相互嘲笑。他们一腔热血、满口道理地捍卫父辈的优良传统，抑或一腔热血、满口道理地质疑父辈的优良传统。他们吹嘘自己的先辈，嘲笑自己的先辈，夸耀自己的年老和阅历，夸耀自己的年轻和活力，针锋相对，几乎快要拳脚相向。他们大吼大叫，大吵大笑，品味着集体生活的融洽与摩擦。所有人都在自信满满的海洋中扬帆航行，觉得自己的观点准确无误，有力地教育了其他人。

在这一连串的口才锤炼与党同伐异之中，已届九十岁高龄的老妪妮娜恳求自己那长着一头金发的孙子好好想一想自己的祖辈，不要加入这个渎神、残忍且危险的猎鸟队伍。可是，与此同时，那些年轻人毫无敬重之心地站在她这位白发苍苍的老人面前，装模作样地演起了一出猎鸟的哑剧。他们假装手里拿着猎枪，将枪托贴在自己的脸颊旁，眯起眼睛，瞄准，然后突然高喊"嘣——砰！"哪里知道，就在虚拟枪声响起的同时，完全出乎人们意料的事情发生了。现场的老老少少见状，纷纷变得瞠目结舌，嘴里连一个词都说不出来了，身体也僵在原地，一动不动，仿佛被石化了一般。这件事是这样起头的：首先是老巴尔梅里，他突然大叫了一声。于是，所有人便都顺着他伸出的手臂和手指所指的方向望去。说时迟，那时快，人群突然陷入了深深的沉默当中，因为他们看到，鸟——那只眼下正被大家热议着的鸟——从村委会的屋顶上慢悠悠地飞下来了，飞到布告栏的边框位置，直接坐下了。圆圆的小脑袋在翅膀上蹭了蹭，鸟喙来来回回地摩擦了几下，叽叽喳喳地鸣唱出了一小段旋律。瞧它那灵巧、小小的尾羽，正随着自己百转千回的啁啾声上下摇摆；瞧它小小的羽冠，此刻正高高竖起。而且，就跟部分周一村村民仅仅只是从口耳相传的传说里听过，并没有亲眼见过的一样，它开始在众目睽睽之下梳理起自己的羽毛来，而且还梳理了相当长的一段时间，尽情地将自己展示给众人观看。不仅如此，它还十分好奇地将脑袋往下探，仿佛它也想读读这份来自官方的正式通告，想要搞清楚他们究竟给自己出了多少个杜卡特的悬赏似的。它停留在此的实际时间，可能只有短短一小会儿而已，不过，对于在场的所有人而言，这已经称得上是一次正式又隆重的拜访、一场明目张胆的挑衅了。此时此刻，没有任何人冲着它来上一声"噼——砰！"他们只是齐刷刷地站在那里，仿佛被施了魔法一般，惊讶万分地注视着这位大胆的客人。它显然是专门挑选了这一地点、这一时刻现身在众人面前的，显然就是为了拿他们找找乐子。而他们呢，此刻也是惊奇又不知所措地呆望着令所有人大吃一惊的鸟。看到了鸟之后，他们心中自然而然地涌生出喜悦，脸上也流露出亲切和善的表情，凝视着这个漂亮的小家伙——刚才他们还在反复讨论关于它的事情，说了那么多话呢。正是因为有它的存在，他们世代居住的这片区域才会如此知名。它曾经是亚伯之死的一名见证者，或者是一位霍亨斯陶芬家族成员，或者是王子，要么就是男巫，曾经居住在蛇丘的一栋红房子里，那里至今还栖居着很多毒蛇呢。它啊，成功挑起了国外那些专家学者和权贵强人的好奇心和占有欲；它啊，只要是活捉它的人，都可以得到一笔足足有一千枚金币的丰厚悬赏。他们所有人都对它啧啧称奇，对它流露出明显的喜爱之情，即便是那些一秒钟之后就开始抱怨连天、捶胸顿足，后悔自己为什么没有随身带上自家猎枪的人，他们也是喜爱它的，并且也为它的存在感到骄傲。鸟是归属于他们的，鸟是他们的名声、他们的荣耀。它就坐在那里，尾羽微微摇摆，小小的羽冠竖得高高的。它就在布告栏的边缘位置，几乎要挨到他们的头顶，就像统治着他们的领主，或者属于他们这块区域的一面纹章似的。如此这般，当它突然消失得无影无踪，当大家众目睽睽、死死盯住的那个位置，眨眼之间就变得空无一物时，他们才慢悠悠地从如痴如醉的状态中转醒，你望望我，我看看你，心照不宣地哈哈大笑了起来。他们情不自禁，高声喝彩，纷纷对鸟表示了高度赞扬。与此同时，他们也大喊着要人取猎枪过来，互相询问鸟究竟往哪个方向飞走了。他们不由得想到，恰恰就是这只鸟，曾经治好了老农夫的重病，如今已有九十岁高龄的老妪妮娜，她的祖父还见过这只鸟呢。此刻，他们的心中涌生出一种奇异的感觉，有些像是幸福，有些像是想笑的冲动；与此同时，也有些像是知道了某种秘密、被施了某种魔法的感觉，像是恐惧战栗的感觉。这时候，大家突然开始统一行动起来，各自奔走回家。他们要回家喝汤去了，是时候结束这场群情激愤的周一村居民集会了。在这场集会上，周一村所有人的情绪都被调动了起来，人声鼎沸之间，大家显然已经将鸟当作此地每个人心中真正的国王了。此刻，村委会前面再度变得安静。又过了一会儿，当正午的钟声响起时，村委会前的广场上已经空无一人、一片死寂了。这时候，被阳光照得白茫茫一片的那张通告纸上，慢慢地投下了一道阴影。那其实是布告栏边框的影子，刚才鸟还在那上面停留过呢。

在发生上述这些事情的时候，沙拉斯特尔一直在自家房子后面走来走去，深陷在各种思绪之中。他走过干草耙子和割草镰刀，走过小兔子窝和羊圈。他的步伐逐渐变得沉稳而坚定，他在神学和道德上的考量也越来越趋近于平衡、稳定的状态。正午的钟声惊扰了他，中断了他的思绪，令他略微感到惊恐和讶异，头脑一下子清醒了过来。他知道这钟声的意义，知道自己妻子的喊叫声马上就会传过来，提醒他该吃中午饭了。对于自己方才的那一系列胡思乱想，他稍微感到有些不好意思，脚上的皮靴来回踱步时的声音，也因此变得稍微沉重了些。哪曾想到，就在眼下这一刻，当他妻子的喊叫声开始响起，呼应着周一村的正午钟声，让他快进去吃饭时，沙拉斯特尔的眼前突然有什么东西一闪而过。只听见一阵呼啸而来的如口哨一般的声音，贴着他身边快速掠过，那种感觉就像是一阵穿堂风突然刮过去了似的。看啊，鸟就坐在那棵樱桃树上，体态轻盈，如同一朵在樱桃树枝头盛开的花朵。鸟来回摆动着自己的羽冠，如同玩耍一般，转动着那颗小脑袋，一边轻声啁啾，一边用眼睛凝视着眼前这个男人。沙拉斯特尔熟悉鸟的这种凝视,早在童年时代就已经见识过了。当他还没来得及回过神来,没来得及察觉到自己那已经加速的心跳时,鸟突然一跃而起,消失在了樱桃树的枝丫之间,消失在了正午的空气当中。

自从鸟停在沙拉斯特尔家樱桃树上的这个礼拜天正午时分过后,它就只被人类最后目睹过一次,而最后目睹过它的那个人类,仍旧是当时村长的表亲沙拉斯特尔。他已经下定决心,要把鸟据为己有,得到悬赏的杜卡特金币。沙拉斯特尔不打算用陷阱猎捕,作为识鸟懂鸟的老手,他很清楚,以守株待兔的方式来活捉它,是绝对不可能办到的。因此,他准备好了一把老猎枪,弄来了一批最小口径的铅弹,大家都管这种铅弹叫"鸟雾"[145]。沙拉斯特尔心里打的如意算盘是这样的:先用这种细小的铅弹朝着鸟射击,在这种情况下,大概不会令它一命呜呼、死无全尸地从天上掉下来。恰恰相反,这种小得不能再小的铅弹,假设有一枚击中了它,只会令它受点儿轻伤,并且把它吓得晕死过去。如此一来,就有可能亲手活捉它了。这个考虑周全的男人陆续准备好了一切能够为自己的捕鸟计划服务的物什,其中也包括一只专门用来收押鸣禽的小鸟笼,打算到时候拿来锁住囚鸟。自此以后,他就开始尽自己最大的努力,绝不离开自己那把一直上好膛的猎枪半步。只要是前往那些能够带上猎枪的地方,他都会将猎枪随身带好;至于那些不能带枪的场所,比如说到教堂去做礼拜时,他都会感到此行遗憾,是白跑了一趟。

可惜的是,尽管已经准备得如此周密,当他再一次与鸟狭路相逢时——此事发生在同一年的秋天——猎枪却并没有随身带在手边。那是在离他家那栋房子很近的地方,鸟就跟平常一样,悄无声息地露了面,慢悠悠地选好位置,安安稳稳地坐下来之后,才开始用沙拉斯特尔熟悉得不能再熟悉的叽叽喳喳的叫声向他问好。此刻,鸟正轻松愉快地坐在一根扭曲粗糙的老柳枯枝上,沙拉斯特尔经常从这棵老柳树上切些柳枝下来，去捆扎葡萄生长需要用到的棚架。如今鸟就坐在那里，离他还不到十步远，叽叽喳喳，叫个不停。与此同时，它的敌人也再一次体会到了那种发自内心的无与伦比的幸福感（极乐与痛苦在同一时间涌现，仿佛是在警示着人们，至少还存在着这样一些生活方式，是人类根本无法企及的）。他马上意识到，自己现在哪怕用最快的速度跑回房里去取枪，很可能也来不及了。因此，惊慌失措、忧虑万分的感觉也在同一时间袭来，使他脖子后面不知不觉沁出了许多汗水。但他也很清楚，鸟是绝对不会久留的。所以，他还是选择飞奔进屋，带着猎枪出来了。这时，他发现鸟竟然还坐在柳树上，便用十分缓慢的速度，蹑手蹑脚地逼近它——越来越近，准备偷袭。鸟对沙拉斯特尔毫无猜疑忌惮之心，它并不惧怕眼前的猎枪，也不担心这男人古怪的举动。可这男人异常激动，双眼圆睁，弯腰曲背，动作畏畏缩缩的。他在良心上承受了很大的压力，明显需要付出极大的努力，才能伪装出看似若无其事的模样来。尽管如此，鸟却愿意让他继续靠近自己，用信赖的目光注视着他，甚至试图去鼓励他。接下来，当这个农夫举起猎枪来的时候，当他闭上一只眼睛，花费很长时间来瞄准的时候，鸟始终用满怀戏谑的眼神盯着他看。最后，枪口终于发出了如天崩地裂般的一声巨响。一小团浓烟尚且没有散尽，沙拉斯特尔就已经来到了老柳树下，双膝跪地，开始了搜寻。他从柳树下一路找到了花园篱笆旁边，然后又回头重找；找到蜂房那边，然后再回头；找到豆圃附近，然后再回头。他找得十分仔细，恨不得把草皮给翻过来，每一块巴掌大小的地方都要找，找一遍，找两遍，第三遍，一个小时过去了，两个小时过去了……等到第二天一早，又重新开始一遍一遍搜寻。他找不到鸟，连哪怕一根羽毛也找不到。它就此离开了周一村，这里对它而言，实在太过粗俗无礼，实在太吵闹嘈杂了。鸟热爱自由，它热爱大森林，热爱安宁与寂静，它不再喜欢这里了。它离开了。这一次，沙拉斯特尔依旧没办法看清它究竟朝着哪个方向飞远了。或许，它已经回到蛇丘下面的那栋红房子里去了，那些长着蓝色脑袋的绿蜥蜴会爬到作坊门槛上，在它面前深深鞠躬；或许，它已经遁入更深的树林之中，回溯至更遥远的时代了，回到霍亨斯陶芬家族的那个年代，回到该隐和亚伯的那个年代，遁入了天堂。

自从那一天之后，鸟就再也没有被任何人类亲眼见过。不过，关于它的讨论和传闻依旧很多。时至今日，很多年过去了，与鸟相关的种种说法也始终没有断绝。在东哥特帝国的一座大学城里，还出版了一本关于它的专著。如果说，在距今已很久远的年代，流传着许多关于鸟的传说的话，那么，自从鸟消失之后，它本身也已成为一个传说。不久，将不会再有任何人可以向众人赌咒发誓，说鸟确实曾经真实存在过，说它一度是自己所在地区的守护神，说有人曾经为它发布过巨额悬赏，说有人曾经朝着它开过一枪。一切已成往事。在未来的某个时代里，如果又有哪位专家学者开始研究起这一篇传说故事，没准儿他会试图证明，这一切不过是周一村居民通过自己的集体记忆进行的一番捏造呢；没准儿此人会根据神话传说文本演变的客观规律，一环套一环地对这些内容加以解释。毕竟，有这样一项客观事实，是任何人都没办法去抵赖否认的：无论何时何地，总是存在着这样一类生灵，会被其他生灵认定为一种特别的存在。它们会被公认为是美丽而优雅的，有部分观点会认为它们是善良且神圣的。它们会受到大家的尊崇，因为它们的存在本身就预示着一种更加美好、更为自由、更轻松愉快的生活方式，足以让我们孜孜以求。各个地方发生的事情也大抵相同：孙辈拿祖辈的守护神取乐。有朝一日，美丽而优雅的生灵将遭到猎杀。将会有人悬赏重金买它们的头颅或皮毛。自此以后，过不了多久，它们的存在便会化为传说，长出双翼，远走高飞。

这门关于鸟的学说，未来还会呈现出怎样的形态，今时今日，没有任何人能够断言。沙拉斯特尔最近以一种极为恐怖的形式遭遇了不测，极有可能是自杀。按照规定，这起事件还是汇报上去了。在没有得到允许的情况下，我们将不会对此事发表任何观点。

（1932年）

两兄弟
Die beiden Brüder

从前有一位父亲，他有两个儿子。其中一个儿子长得好看又高大，另一个儿子很瘦小，而且有残疾，因此，大的一直看不起小的。瘦小的小儿子一点儿也不喜欢像这样继续生活下去，所以他拿定主意，要到很远很远的世界去旅行。走了挺远的一段路之后，他遇到了一个马车夫。于是，他就问马车夫，他要驾着马车驶往何方。马车夫说，他必须把矮人们的财宝运到一座玻璃山上去。小的便问他酬劳是什么。得到的答案是，他会得到几枚钻石作为酬劳。听到这个回答之后，小的也很想去找小矮人，所以他就问马车夫，小矮人们是否会收留他。马车夫说，这个问题他不知道答案，不过，他倒挺愿意把小的捎上，一起过去。他们终于来到了玻璃山，小矮人们的头儿给马车夫支付了很丰厚的酬劳，以奖励他的辛劳，然后便让他离开了。直到这时候，头儿才注意到小的，便问他想要些什么。于是，小的就把自己曾经遭遇的一切都跟头儿讲了。小矮人听完之后，告诉他，以后只管跟着他们生活就好。就这样，小矮人们很开心地收留了他，他从此便过上了非常美满的生活。

现在我们再来看看另外一个兄弟吧。这个兄弟在家里一直过得挺好的，然而，当他年龄渐长之后，就加入军队，身不由己地参与到战争中去了。他的右手臂受了伤，不得不乞讨为生。机缘巧合，这个可怜人也来到了玻璃山，他看到有个残疾人站在那里，但没料到那正是他的亲兄弟。可是，对方马上认出了他，并且问他到这里来想要做什么。"噢，我的好先生啊，只要能有一点点面包皮，我就心满意足了，我实在是太饿了。""跟我来。"小的说完就带他走进了一个洞穴里,这里的岩壁上全部都是钻石,光芒耀眼。"只要你能够在不借助任何外力的前提下,徒手弄下岩壁上的钻石,就能拿上满满的一大把。"残疾人说。于是,乞丐试着只使用自己那只健全的手,去从钻石岩壁上弄钻石下来——这自然是不可能办到的。所以,小的又开口了:"你没准儿有个兄弟,我允许你去找自己的兄弟过来帮忙。"一听到这话,乞丐马上开始哭了起来,说道:"我确实曾经有过一个兄弟,他很瘦小,而且有残疾,就跟您一样。但他心肠其实很好,对我也很友善,如果他在这里的话,肯定会帮我忙的。然而,当初我却无情地背弃了他。我已经有很长时间没有得到关于他的任何消息了。"这时小的开口道:"我就是你的亲弟弟,你不需要再受任何苦了,留在这里,跟我一起生活吧。"

(1887年)

[全书完]

本书译自苏尔坎普（Suhrkamp）出版社1975年版 *Die Märchen*，由全球享誉盛名的黑塞研究专家弗尔克·米歇尔斯（Volker Michels）负责编撰结集，共收录黑塞所著童话作品26篇，是黑塞研究协会公认的最全定本。

注 释

1 Titian（1490—1576），威尼斯画派代表画家。

2 Elle，旧长度单位，最早定义为大约等同于一个成年人前臂的长度，多用于裁缝行业。此处应为黑塞对意大利语中对应长度单位 Cubito 的德语表述。十六世纪时，一 Cubito 约等于四十五厘米，据此推算，菲利波身高不足一米四。

3 威尼斯城内的最高决策机构之一，成立于十四世纪，几乎完全由贵族组成，其形式借鉴了古罗马时期的十人委员会制度。

4 十六世纪时各国外交使节等级安排尚无公认的统一规定，"公使"在后城邦制时代早期仍是威尼斯最高等级的外交使节职务。

5 Vergilius，此处所指的应是《埃涅阿斯纪》的作者普布留斯·维吉留斯·马罗。在黑塞看来，"魔法师"这一职业就是作家，而维吉尔正是欧洲近代意义上的第一位作家。而且，维吉尔曾在作品中讲述过魔法师莫瑞斯的故事，后世亦有他本人即魔法师的传说。

6 Amerigo Vespucci（1452—1512），大航海时代最伟大的意大利航海家之一。曾经历经艰苦，四次抵达南美洲探险，人们认为他是美洲真正的发现者。

7 Giustiniani，威尼斯城最有名的家族之一，其辉煌的历史可上溯至十四世纪。

8　指罗马神话中的爱神丘比特。

9　Levante，意大利语"东方"的意思。此处指他刚从东方航海归来。

10　Giorgione（1477—1510），著名的威尼斯画派画家。因为英年早逝，乔尔乔内存世作品极少，群像作品更少，文中所说的画可能是《田园合奏》，现藏于巴黎卢浮宫。

11　原文为Schlingeln，是用来称呼那些调皮捣蛋的小孩子的专门词汇。黑塞在此处使用这个词有两层意思，其一是说菲利波的身形跟小孩子一样；其二是暗示巴尔达萨雷心中并不认为菲利波会下毒害死他，而仅仅是觉得他有可能在杯子里面动了什么手脚，要以此来捉弄他。在十六世纪前后的威尼斯，主仆之间的等级制度极其森严，仆人几乎不被贵族当成平等的人来看待；虽然仆人要毒杀主人这种事常出现在戏剧中，但一般都不会想到可能会发生在自己身上。

12　山区特有的天气现象，是气流越过高山后猛然下沉导致的。焚风现象常出现在山脉背风坡，当气流从海拔数千米的高度下降到地面时，温度会陡然升高几十度，风速也很强，甚至能够刮倒树木，伤害森林。

13　原文为Schweinsblasen，中世纪时，炼金术士常用猪肠吹气扎成气球状，作为容器使用，其中可以装入各种气体、液体或粉末。如今，吹得鼓鼓的猪肠泡是德意志国家以女巫和炼金术士为主题的假面游行中的必备道具。

14　流行于十九世纪的一种宗教及哲学学派，主张精神是世界的本源，是不依附于物质而独立存在的特殊的无形实体。

15　这是在暗示除这座城市外的其他地方已经被之前的战争毁灭了，一切都是新建的。

16　提供一日三餐的长租公寓，价格相对低廉，在欧洲各地十分常见。

17　原文为 Apostel，原义为耶稣使徒，常被用来讽刺某些主张或学说的狂热信徒。

18　原文为 Vegetabilisten，指奶蛋均不食用的素食主义者。植物素食主义者与严格素食主义者的区别在于，后者的要求更为严格，不只奶蛋不沾，连蜂蜜也不食用，而且还扩展到生活方面，不使用动物制成的任何商品，例如皮衣、皮鞋、皮带、皮包等皮制品，以及含动物体成分的化妆品等。

19　原文为 Rohkostler，是要求将所有食物保持在天然状态下食用的素食者，即使加热也不超过 47 度，因为他们认为烹调会致使食物中的酵素或营养素被破坏。

20　原文为 Frugivoren，指仅食用水果的素食者。因为长期只吃水果已被证实对人体会有很大危害，现已十分罕见。

21　原文为 Gemischtkostler，动物学领域的专业词汇，指那些既食肉又食素，但并不食腐的动物。本篇中将其含义限定在素食者领域内，指那些在吃植物素食的同时，也吃并非肉类的动物食材的素食者，例如牛奶、牛油、奶酪、蛋类等。其下又细分为奶蛋都吃、只吃奶制品以及只吃蛋制品三个子类。

22　"擘蓝"即"球茎甘蓝"，原文为 Kohlrabiapostel，二十世纪二三十年代特有的一种概念，与所谓的"通货膨胀圣者"类似。因为当时科技飞速发展，伪科学一并盛行，大量新兴理念被包装为类似新兴宗教的形式，吸引了大量狂热信徒。信奉奇特理念的人便被泛称为"擘蓝使徒"。

23　原文为 Zionismus，国内一般意译为"犹太复国主义"，但本篇中所表达的意思更倾向于直译的"锡安主义"。"锡安"是犹太教圣典中明确记载的耶和华居住之地,是耶和华立大卫为王的地方。一直以来,国破家亡的犹太人都期盼着上帝来带领他们重返锡安,重建家园。本篇中使用"锡安主义"一词,是在将小亚细亚的那块土地比作素食者的圣地。

24　原文为 Nacktkultur,即所谓的天体营运动,是催生并发展于欧洲的一种文化实践,在德国极为盛行。裸体主义者主张在大自然中赤身裸体,以便与自然真正融合到一起。

25　*Wege zum Paradiese*,德国女作家玛莎·菲舍 1902 年首版于莱比锡的一本图林根故事集(首版名为 *Auf dem Wege zum Paradies*,之后多次再版)。图林根州的植物植被极其茂密,植物种类丰富,素有"德国的绿色心脏"之称。玛莎·菲舍是当时著名的图林根州风土民俗作家,对当地出产的水果野菜有着丰富的知识。

26　原文为 Gesundbeter,指通过祈祷来给人治病的人。

27　印度近代宗教神学团体,1875 年由俄国贵族布拉瓦茨基夫人和美国军官奥尔考特在美国纽约创立。理论上宣扬神秘主义,将印度教、佛教教义与西方神秘主义糅合到一起,鼓吹通过修行、断念、净化等神秘活动与神明交流。

28　第一次世界大战后创立的新兴宗教团体。

29　原文为 Neoswedenborgist,指因崇拜伊曼纽尔·斯维登堡,将其视为弥赛亚转世而形成的新兴宗教团体信徒。斯维登堡(1688—1772)是瑞典极为知名的神秘主义者,五十七岁时声称进入灵界,相信上帝赋予了他向世人揭示真相的任务,专心宣扬灵界见闻。

30　德语 Gestalt 的音译,心理学术语。假使有一种经验现象,它的每一成分都牵连到其他成分,而且每一成分之所以有其特性,是因为它和其他部分具有关系,这种现象便称为格式塔。本篇中的"格式塔"指事物的个别实体,即"猩猩"。

31　器乐体裁的一种,是管弦乐队演奏的包含多个乐章的大型(奏鸣曲型)套曲,通常需要用到多达数十件乐器演奏的大编制乐曲。

32　原意是指在房间内演奏的"家庭式"音乐,后引申为在比较小的场所演奏的音乐,现指由一件或几件乐器演奏的小型器乐曲。

33　Claude Lorrain(1600—1682),法国画家,古典主义风景画的奠基人。克洛德·洛兰创作了大量描绘海港风景的油画作品,符合本篇中描述的名作有《欧罗巴被劫》《乌尔苏拉登船远航》等。

34　Ablativus absolutus,拉丁语专用的语法结构名词。夺格亦作离格,由夺格结构、工具格和方位格合并而成。当夺格独用时,即令所代表的限定语以独立的方式来表达工具或手段。

35　这段话涉及神学层面对人类存在意义的一种解释,知识之峰和作为建筑师生涯标志的宫殿,以及宫殿在形式上对人类文明的持续贡献,代表了人类透过知识面所能达成的俗世成就。另一方面,因为他已经完成了降生于世间时所被赋予的使命,所以才能毫无遗憾地离世。

36　奥古斯都对这位外交使节夫人使用的称呼一直是"你",而外交使节夫人对奥古斯都始终称"您",这是符合外交使节夫人始终不能接受奥古斯都的求爱这一情节的。

37　在这段情节中,奥古斯都对宾斯万格先生使用的称呼先是敬语"您",后来又转变为"你",而宾斯万格先生对奥古斯都始终称"你",这是因为奥古斯都最开始时对自己的教父采取了见外、抗拒的态度,但宾斯万格先生并没有抛弃他，始终当他是自己的教子。

38　根据《圣教法典》的规定，新生儿出生数周之内，父母有责任安排婴儿受洗。此处文字虽然没有明说，但参考黑塞小说中经常出现的对既往记忆进行追寻的书写模式，奥古斯都很可能是努力回忆到了洗礼日之前的时间。

39　原文如此。黑塞在前文中特意强调了"将沿路看到的镜子全都砸得粉碎"，是为了对应此卧室中尚存的这面镜子。可以推断出，卧室是奥古斯都别墅中最里面的一个房间。此处多少有些关联《蓝胡子》童话的况味。

40　原文为 Armenspital。济贫院是欧洲历史悠久的社会福利体系，负责收容社会赤贫人群，为其提供住宿和医疗等服务。

41　此处所指为新生代第一纪，是黑塞所处时代的地质学年代划分，由阿尔杜伊诺于 1760 年所提出，该划分方式现已被学界淘汰。新生代指六千五百万年前恐龙灭绝后至今的时代，人类就是自这个时代起开始形成的，黑塞本篇所讲的即灵长类动物快速演化时期的一段插曲。

42　原文为 Opferstein，在日耳曼文化中，尤其是十九世纪至二十世纪早期，该名词常常与蛮族的异教献祭联系在一起。通常而言，牺牲石是一块巨大而罕有的岩石，上面凿出凹槽，以便献祭后满聚鲜血，达成仪式效果。在对人类史前文明的考古中，亦常出现类似的祭祀道具。依据全文内容，黑塞此处描绘的牺牲石，实乃糅合古今中西的虚构。

43　原文为 Lawinenbahnen，登山术语。当高山发生雪崩时，积雪会沿着雪崩槽滑落。学会辨认雪崩槽后，登山者就能尽可能避开雪崩灾害。

44　原文为 Wetterluken，直译为"天气窗口"，登山术语，指适合攀登者登顶的温和、稳定的天气。往往也泛指适合登山的天气。

45　Corot（1796—1875），法国画家卡米耶·柯罗，十九世纪中最出色的风景画家，印象主义画家的先驱。其作品一反过去将暗部画得很暗的画法，努力使暗部透明、鲜艳，从而使整个画面的亮度大大提高。

46　Paris，与法国巴黎相同的地名，但是梦境中的巴黎。

47　典出《马太福音》。

48　原文为Odysseus，典出自古希腊荷马所创作的史诗《奥德修纪》，西方最古老的文学作品之一。在欧洲的文学作品中常代指"漂泊"之意。

49　Hugo Wolf（1860—1903），奥地利作曲家，被誉为自舒曼之后最伟大的德奥艺术歌曲作曲家。一生潦倒，曾以音乐教师、乐队指挥和音乐评论谋生。后患精神病，死于精神病院。

50　此段叙述一直是以第三者视角进行的，即所谓"全新的感官"。主角同时是第三者视角的"自己"和存在于客观现实中的胡戈·沃尔夫，黑塞用这种方式来描绘沃尔夫发疯的过程。

51　Hermann，黑塞的名字。

52　原文为Mittelmächte，这是个源自第一次世界大战的历史概念，指由德意志帝国、奥匈帝国、奥斯曼帝国、保加利亚四国组成的军事同盟。

53　原文为Patriarch，直译为宗主教，源自希腊语，是早期基督教在当时一些主要城市的主教称号，其地位高于一般主教。该词沿用至今，主要指东正教的牧首。但文中所指并非牧首，而是一种通用的指代，意指末日后遗留下的全体人类的族长、领袖挪亚。

54　世界上最大的猴科灵长类动物。因为面部色彩鲜艳的特殊图案形似鬼怪，得名山魈。

55　指马来族人，此处泛指分布在太平洋和印度洋各岛国的民族。

56　Noah，即前文提到的"大族长"。本篇实际上是《圣经·创世记》中挪亚方舟故事的新说。

57　这句话的意思是，在欧洲人得到了"笑话大王"这一名号之后，方舟上所有的生灵就都被证明是拥有天赋特长的了，根据上帝的旨意与挪亚的传达，大洪水完全退下的条件就已经满足了。

58　此处原文为 Erzvater，是出自犹太教的概念，直译为"先祖"，此处同样意指《圣经》中的挪亚。根据《圣经·创世记》记载，挪亚共活了九百五十岁，是最后的大族长，年纪确实很大。

59　根据《圣经·创世记》记载，此处所指为阿勒山，位于现今土耳其东北边境。

60　此处指的是第一次世界大战过后，霍亨索伦王朝崩溃，德国成立共和宪政政体魏玛共和国的史实。

61　Albert，本篇中的画家名字显然是取自黑塞的挚友、画家阿尔贝特·维尔蒂（Albert Welti，1862—1912）。其人曾受阿诺尔德·伯克林的影响，后形成完全独特的与自然密不可分的荒诞风格。黑塞与维尔蒂相识于 1907 年，他一度是对黑塞而言最重要的艺术家之一。

62　将几何透视运用到绘画艺术表现中的手法，主要通过近大远小的透视现象来表现物体的立体感。

63　此处的"无底深渊"指的是鸢尾花内陷在花萼之中的花蕊。

64　指正在等候授粉的花蕊。

65　此处形容的是花卉的花蕊。蜜蜂会用自己的口器中的小管沿雄蕊底部插入，吸取花蜜。

66　此处是对应前文中对"花卉的嘴巴"的描述的。

67　人类眼球中的血管分布于感光细胞上方,即使有微弱的光线也会被这些血管遮挡影响。文中所述的这种闭眼后向光时看见的色块、色斑与透明细胞状物体,部分是血管在感光细胞上的投影,部分属于"视觉后像"现象,部分属于视觉幻觉,也被称之为"光幻视"。一些神秘学观念认为,冥想时闭眼后看到的形状与颜色,与人的命运紧密相连。

68　自十九世纪晚期起,欧洲大学开始以特定颜色代表不同学术领域。此处描写说明安塞尔姆进行了跨学科学习,暗指他的博学,为后文进行铺垫。

69　Benjamin Franklin(1706—1790),美国科学家、发明家、政治家。

70　Heureka,古希腊语 εὕρηκα 的德语音译,意为"我找到了"。据说,当年阿基米德在浴缸里发现浮力原理时,冲到街上不停大喊的一句话就是 εὕρηκα,这个故事在欧洲家喻户晓。

71　Phönix,古希腊语 Φοίνικας 的德语音译,即不死鸟。相传每隔五百年,不死鸟便会引火自焚,最后留下来的灰烬中会出现重生的幼鸟,但不死鸟并非中国传说中的凤凰。

72　Hektors,古希腊语 Εκτορας 的德语音译。荷马史诗《伊利亚特》中参加特洛伊战争的一个凡人英雄,特洛伊的王子,死于希腊第一勇士阿喀琉斯之手,死前是特洛伊第一勇士。文中火炉的名字之所以叫"赫克托耳的道别",乃是因为当时的特洛伊施行火葬。赫克托耳身故后,老国王回到特洛伊城,用九天时间准备火葬用的木柴,第十天终于举行火葬,火势惊人,为赫克托耳的死哀悼。这个故事在欧洲同样家喻户晓。

73　在欧洲人普遍拥有的常识中，富兰克林进行过有名的风筝实验，并且发明了避雷针，收服了闪电。当年的闪电被称为"天火"，火炉之所以取这个名字，也有富兰克林"收服天火"这一层意思在。

74　此处一语双关，因为人类抽烟斗也是这样的。

75　雌雄同体的树木，象征着万物生发的源头，因此后文中皮克托尔才会如此发问。实际上，大部分重要的果树都是雌雄同株的，例如苹果树。

76　据《圣经·创世记》中记载，上帝将亚当和夏娃安置在伊甸园中。伊甸园中央有两棵树，一棵是"生命之树"，另一棵是"分辨善恶树"。上帝吩咐说，园内所有树上结的果实，他们都可以拿来作为食物，唯独分辨善恶树上的果实除外。后来，夏娃受撒旦所化之蛇的哄诱，偷食了分辨善恶树上所结的果实，也让亚当食用，最终双双被上帝逐出伊甸园。

77　原文为 das Lila-Lied。这是写成于 1920 年的一部德国卡巴莱音乐剧，也是历史上第一首以颂扬同性恋为重要主题的歌曲。

78　原文为 Piktoria，Viktoria。作者在这里玩了个文字游戏，先将皮克托尔的名字变形，然后将首字母 P 改为 V，化为了"胜利女神"之意——Viktoria 是罗马胜利女神维克托里亚的德语译名。

79　这种河流在地理上是普遍存在的，指两支河流的发源地在同一地区，两支河流的长度、流量、流域面积相仿，并且两条河流最后汇聚在一起，注入同一水域。世界上最有名的孪生河流有底格里斯河与幼发拉底河、印度的恒河和中国的雅鲁藏布江等。

80　天文学中一般是指双星系统，但在民间神话中，双子星一般指从地球上看去离得很近的两颗星，比如双子座的北河二和北河三这两颗主星。

81　希腊神话中司羊群和牧羊人的神。原文中直接将"潘神"称作 Gott Pan，实际上欧美一般称之为 Pan，即潘恩，译为"牧神"或"羊男"，属于下位神怪。作为孩童，将潘恩升格亦无不妥。

82　指在印度售卖的铜铸鎏金神像，常见的有象鼻天、黑地母等，是一种常见的旅游纪念品。

83　指十九世纪八十年代，原文直接使用了"八十年代"这一表述方式。

84　原文为 Tarnkappe，欧洲家喻户晓的民间传说宝物，最早可上溯至北欧神话。在希腊神话中，宙斯之子珀尔修斯也曾戴过隐形帽。

85　原文为 Lattenverschlag，是一种用栅栏式的木板墙建造成的隔断空间，廉价易造，在德国十分常见，通常被用于地下室公共储藏间隔断，或者室外自行车棚。

86　印度教三相神之一，毁灭之神。

87　印度教三相神之一，维护之神。

88　印度教三相神之一，创造之神。

89　来自古印度梵文，"灵魂"的意思。可以指称个别的灵魂体，也可以是众多的灵魂体组合。也有人将此观念用以形容世界灵魂、宇宙灵魂，类似心理学中的"集体潜意识"概念。

90　此处指中国传统的道家思想。

91　此处所指代的应是印度教中的萨克蒂大女神，宇宙之母。在梵文中，"萨克蒂"指的是原始宇宙的力量、神圣女性创造力的化身，同时还代表着变化与解放。

92　此处所指的是天主教使用的念珠，多用作诵念《玫瑰经》并发痛悔，因而得名。

93　依照前后文描述，此处所指的应是印度教的念珠。

94　古老的梵文经卷，就是这样留存在经过防腐处理的棕榈叶上的，这样的经卷被称为贝叶写本。"贝叶"即贝多罗叶，是梵文 pattra 的音译与意译的结合。

95　斯里兰卡的旧称，印度洋岛国，因其国土形状酷似泪珠，而被称为"印度洋上的一滴眼泪"。

96　斯里兰卡的主要人种，使用僧伽罗语。"僧伽罗"一词源于梵文，意为"狮子"，故斯里兰卡古有"狮子国"之称。

97　锡兰在僧伽罗语中意为"乐土"或"光明富庶的土地"，马可·波罗认为这里是世界上最美的岛屿，是天堂岛。

98　泰国的旧称。

99　古代印度的一种语言，现已成为佛教教徒的宗教语言。在泰国、缅甸和斯里兰卡仍作为书面语言使用。

100　印度卡纳塔克邦的官方语言，属于达罗毗荼语系。

101　又称印度－乌尔都语，突厥－波斯莫卧儿征服印度后，将首都德里及其周边城市的通用方言取名为"印度斯坦语"。印度斯坦语吸收了大量的波斯、阿拉伯和突厥语词汇，莫卧儿帝国将该语言作为通用语传播到整个北印度，随后几个世纪一直作为主要通用语言保留下来。

102　印度克拉拉邦马拉雅里人的语言，印度宪法承认的语言之一。属达罗毗荼语系南部语族，和泰米尔语为近亲。

103　此处需要特别说明一下，黑塞的父亲是基督教新教牧师。他的外公是传教士，曾长期在印度传教，所以才通晓多种印度方言。黑塞的母亲出生于印度，是法籍瑞士人。黑塞的外婆是法国人。黑塞的父亲是德国人，但出生于爱沙尼亚，而爱沙尼亚属于波罗的海三国，故有文中说法。

104　指东方文化的世界。

105　指德国南部施瓦本地区的卡尔夫镇，现为德国巴登－符腾堡州卡尔斯鲁厄市下辖区划。卡尔夫是一个典型的黑森林古镇，历史文化悠久，有着鲜明的南德风貌。

106　指纳戈尔德河。

107　原文为 Glacé–，源自法语，实为德语 Glacé leder 的缩略形式，皮革业专用词，是高档皮具常用的一种后期处理工艺。用此方法鞣制过的皮具表面极为光滑、光亮，如同打过蜡一般。

108　此处并非译者主观上不愿统一"成年人"和"大人"这两种意义基本相同的译法，而是因为原文中就使用了不同的词语来区分"成年人"（Erwachsenen）和"大人"（Großen）。

109　原文为 O selig, o selig, ein Kind noch zu sein，出自罗尔津 1837 年所作歌剧《沙皇与木匠》。

110　即攻读博士学位的博士生。当时的德国大学完全是 Diplom 学制，相当于本硕连读，大学生大学毕业取得 Diplom 学位后，即可直接攻读博士学位。

111　阿多尼斯是希腊神话中著名的美男子，世间所有人与物，在他的美貌面前都黯然失色。

112　原文为 Krösus，古希腊时期吕底亚国王。在克洛伊索斯与梭伦那场流传至今的关于幸福之人的对谈中，克洛伊索斯认为自己是人世间最幸福的人，而梭伦反驳他的论述中所举的论据之一，就是克洛伊索斯拥有极为巨大的财富。现常用克洛伊索斯来指代富甲一方之人。

113　原文为 Biedermeierzeit，指德意志邦联诸国在 1815 年至 1848 年的这一特定历史时期，该时期的执政者为避免自由思想再度盛行，鼓励人民纵情声乐，是一个比较崇尚中产阶级享乐的时代。

114　Ludwig Uhland（1787—1862），德国浪漫主义诗人，其叙事诗和抒情诗多采用历史传说，美化中世纪，同时也反对当时的封建专制统治，具有民歌风格。

115　原文为 Frühlingslied，这实际上是乌兰德 1815 年发表的组诗，分为《春之预感》《春之信念》《春之安歇》《春之庆典》《春之颂歌》及《批评家的春之歌》这六个部分。

116　1820 年，著名作曲家舒伯特专程为组诗中的《春之信念》这一部分谱了曲，以美声的形式来唱出这段诗词，故有此说。

117　希腊神话中的爱神，一个手持弓箭的美少年，对应罗马神话中的丘比特。

118　指配对的另一只鞋。

119　传统华尔兹舞的一个变体，以节奏徐缓、舞步修长著称。

120　这里所指的就是前文反复提到的"提前约定"。

121　原文为法语 Bonne，指庄园中管教贵族孩子的保姆兼教师。

122　原文如此。因为找到了新的梦境碎块，主角已经看清了这件衣服的颜色。梦境中的玛格达的母亲，多半是他自己母亲形象的投影，与童年时代护工及保姆的面容交织为一体。

123　指前文中提到的"护工和保姆"。

124　周幽王的第二任王后，褒国人，姒是她的姓氏，太子姬伯服的生母，周平王姬宜臼的后母。公元前779年，周幽王攻打褒国，褒国兵败，献出褒姒乞降。周幽王得到褒姒后，对她很是宠爱，最后竟废黜王后申后和太子姬宜臼，而立褒姒为王后。

125　丰京是西周王朝宗庙和园囿的所在地，毗邻的镐京是周王居住和理政的中心。两京位于今日西安西南沣河的两岸，丰京在西，镐京在东，合称"丰镐"，是中国历史上第一个规模宏大、布局整齐的大城市。

126　源于分封制度，周朝时期所谓的王畿领地，指的是周天子直接统治的直辖区域。西起岐阳，东到圃田，所有渭、泾、河、洛地带，即为周天子的王畿。

127　本文根据的是《吕氏春秋》版本的烽火戏诸侯故事，在这个版本的故事中，周幽王并没有点燃烽火，而是用击鼓的方式来进行信息传递：周幽王与诸侯约定，在大路上修筑高大的土堡，上面设置大鼓，使远近都能听到鼓声。如果戎兵入侵，就由近及远击鼓传告，诸侯的军队就都来援救周天子。无论是举烽火还是击鼓，这套故事实际上都有不切实际之处，因为西周疆域广大，众多诸侯根本不可能做到短时间内率兵抵达丰镐援救，如此设定反而常见于西方童话故事之中。

128　西周时期，这种良辰吉日基本是通过《周易》卦爻辞占卜后得出的。顾颉刚认为《周易》诞生于西周初叶，亦与本文背景年代相符。

129　周平王姬宜臼（？—公元前720年）姬姓，名宜臼，周幽王之子，东周第一任君主。

130　罗马天主教和东正教遵从七种圣礼，包括洗礼、告解、婚礼等，皆是规则流程严格有序、道具用度极为讲究的宗教礼仪。

131 《旧约·创世记》中的故事。弑弟者该隐是基督教世界中所有恶人的祖先。

132 原文为 Abelvogel，完全由黑塞虚构出来的名词。

133 即 Hohenstaufen，神圣罗马帝国时期著名的王室贵族。霍亨斯陶芬家族最初是如今南德施瓦本地区的世袭伯爵与统治家族，与皇室联姻后，霍亨斯陶芬家族便成功跻身于最高统治阶层之中。1137 年底，苏普林堡家族折戟沉沙，霍亨斯陶芬家族首次取得德意志王位。1254 年，霍亨斯陶芬王朝终结。1268 年，该家族绝嗣。

134 此处指的是神圣罗马帝国皇帝腓特烈二世（1194—1250）。因为与十字军东征相关的一系列事件，他与教皇国之间矛盾极深。在当时，腓特烈二世所率领的十字军避免了任何战场上的交锋，通过谈判手段换回了耶路撒冷。之后，他下大力气重建耶路撒冷王国并自任国王，与埃及等东方国家交好。时任教皇格列高利九世因此谴责他是异教徒，这也是本文中黑塞说他"精通阿拉伯智慧的奥秘"的原因。因为腓特烈二世奇迹般的兵不血刃的胜利，以及教廷对他从宣传和军事上发起的全方位攻击，当时的人们普遍认为这位皇帝实际上是个法术高强的男巫。如文中所述，腓特烈二世是霍亨斯陶芬家族的最后一任皇帝，1245 年，手腕强硬的教皇英诺森四世对腓特烈二世施以绝罚，剥夺了他的皇帝身份。在此之后，神圣罗马帝国的皇帝之位空悬了长达六十七年之久。

135 原文为 Flachsenfingen，这个词语实际上是动词 Flachsen 的地名化，意为"胡说八道之地"。该词语并非黑塞的创造，它最早出现在工匠诗歌中。符拉科森芬根实际上暗指南德的符腾堡州，这一蔑称至今仍为斯图加特人所熟知。

136　此处一语双关。首先，男巫所种植的黑莓树和金合欢树都是多刺的植物，这就造成了"播下的两种植物疯狂生长，巨大的利刺将红房子包围、摧毁"的震撼画面。但实际上"利刺"是在暗喻当地新法律所带来的高压。

137　黑塞中篇小说《克林索尔的最后夏天》(Klingsors letzter Sommer)的主角。克林索尔在故事中的这个夏天里用尽了自己生命中所有的能量，完成了最后的画作。

138　Piktorvogel，即本书《皮克托尔的变化》中的皮克托尔。这种论断认为《皮克托尔的变化》中赋予皮克托尔变化能力的交织着红绿色的鸟就是周一村的鸟。

139　即杜卡特金币，十四至十九世纪欧洲通行的金币名称。在当时，一千金杜卡特是极为巨大的一笔财富。

140　这句话是非常隐晦的。"小个子男人"指的是法皇拿破仑一世。1803年，在海尔维第共和国被证实行不通之后，是拿破仑的《调停决议》恢复了旧有的州治体系，将瑞士人统一在了一起，这才有了联邦。德意志帝国时期，瑞士人普遍将俾斯麦视作继拿破仑之后的又一位"欧洲强人"。另一方面，对奥战争时俾斯麦为换取法国中立，支持将瑞士法语区并入法国领土，招致了瑞士人普遍的抵触情绪。瑞士联邦委员会长期将必要的自卫与对俾斯麦的不光彩效劳结合在一起，这也是文中瑞士民众蔑称他为"魔鬼"的原因。

141　犹大背叛救世主通常被基督教世界视为最罪无可恕的背叛之一。犹大本人也在耶稣被十字架钉死后，感到悔恨不已而自杀死去。他的每一步选择都背弃了耶稣基督，甚至包括自杀本身。文中的沙拉斯特尔举出这一例子，是因为他背叛鸟的罪孽，必定比犹大背叛耶稣要轻，所以只要宣称犹大所为是命定的，自己背叛鸟也就情有可原了。

142　在《旧约圣经》中，包括圣母玛利亚和耶稣本人都曾经多次预言他将受死复活，其中大部分发生在加略人犹大的背叛之前。不仅如此，《旧约圣经》中多处关于犹大的预言，亦指向了这一宿命般的结局。

143　Nathanael，基督十二使徒之一，以对耶稣最大的忠诚和信仰而闻名。耶稣升天后，拿但业在亚美尼亚殉道，死状极惨，但最终得登极乐，并被列为升天见证人。

144　此角色出自黑塞早期代表作《在轮下》，他在小说中倾尽全力想说服主角，但其身份、其知识与社会经验的匮乏反而令他的言语成为一种讽刺。

145　原文为 Vogeldunst，猎人的黑话，意为使用这种极细小的霰弹开枪之后，就像撒出了一团雾气似的。

黑塞年表

1877年7月2日,出生于德国符腾堡州的卡尔夫

1896年,在《德国诗人之家》上首次发表诗歌

1900年,为《瑞士汇报》撰写文章和文艺评论,开始赢得一定声誉

1906年,出版小说《在轮下》由菲舍尔出版社出版

1916年,父亲去世,妻子开始出现精神分裂,加上小儿子的病痛让黑塞精神崩溃;首次接受心理治疗,医师是荣格的学生J.B.朗格

1919年,小说《德米安》由菲舍尔出版社出版,采用笔名埃米尔·辛克莱

1920年,小说集《克林索尔的最后夏天》由菲舍尔出版社出版

1921年,创作《悉达多》的过程中经历创作危机;由荣格给他作心理分析

1922年,《悉达多》由菲舍尔出版社出版

1925年,《疗养客》由菲舍尔出版社出版

1926年,散文集《图画集》由菲舍尔出版社出版;当选为普鲁士艺术学院院士

1927年,《纽伦堡之旅》和《荒原狼》由菲舍尔出版社出版

1928年,散文集《沉思录》和诗集《危机》由菲舍尔出版社出版

1929年，诗集《夜之慰藉》和《世界文学文库》由菲舍尔出版社出版

1930年，小说《纳尔齐斯和哥德蒙特》由菲舍尔出版社出版；退出普鲁士艺术学院，托马斯·曼挽留未果

1932年，小说《东方之旅》由菲舍尔出版社出版

1933年，短篇小说集《小世界》由菲舍尔出版社出版

1934年，当选瑞士作家协会会员

1936年3月，获凯勒文学奖

1943年，《玻璃球游戏》由苏黎世的弗莱茨&瓦斯穆特出版社出版

1946年，获歌德文学奖；获诺贝尔文学奖

1947年，被伯尔尼大学授予荣誉博士称号

1954年，童话《皮克多变形记》由苏尔坎普出版社出版

1957年，《黑塞文集》由苏尔坎普出版社出版，共七卷

1962年8月9日，在蒙塔涅拉去世

莫娣·刘易斯 ｜ Maud Lewis
（1903年3月7日—1970年7月30日）

加拿大最知名的民间艺术家之一。
她的作品和修复重建的莫娣·刘易斯故居如今在新斯科舍的艺术博物馆中展出。

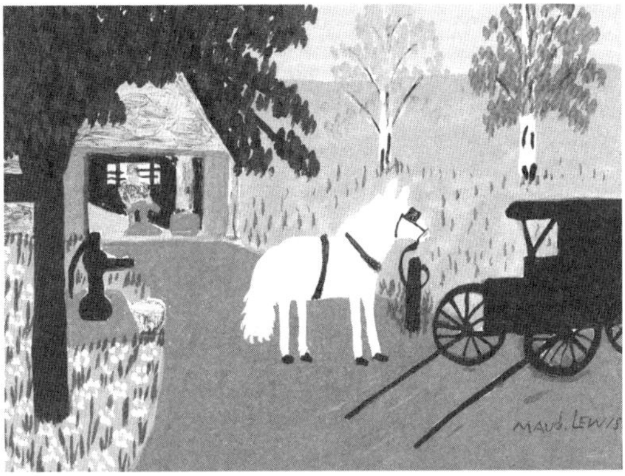
MAUD. LEWIS

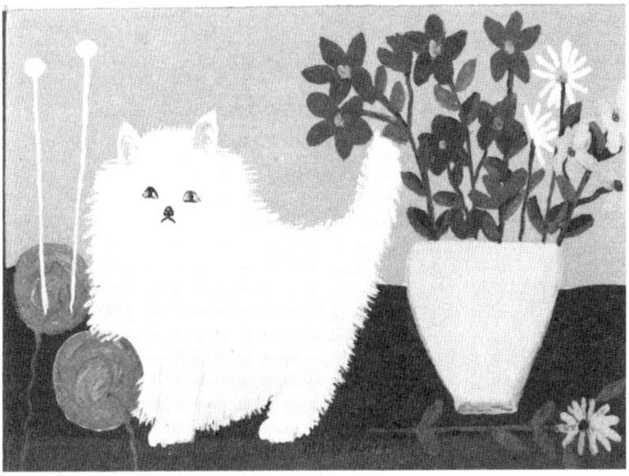

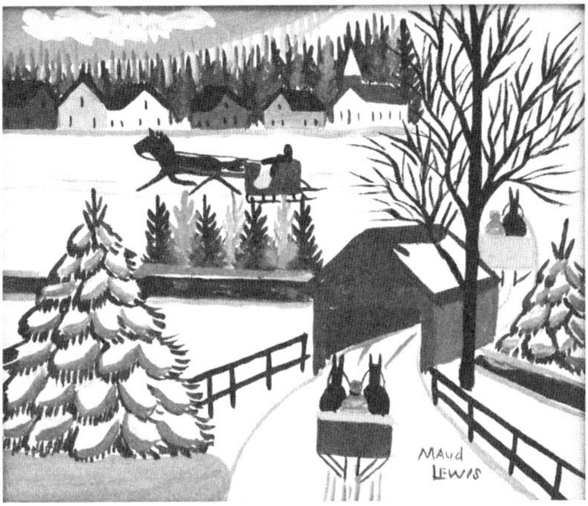
MAud
LEWIS

黑塞童话

作者 _ [德] 赫尔曼·黑塞   译者 _ 文泽尔

编辑 _ 邵蕊蕊   装帧设计 _ 郑力珲   技术编辑 _ 丁占旭
责任印制 _ 梁拥军   出品人 _ 李静

果麦
www.goldmye.com

以 微 小 的 力 量 推 动 文 明

图书在版编目（CIP）数据

黑塞童话／（德）赫尔曼·黑塞著；文泽尔译. --天津：天津人民出版社，2021.1（2025.6重印）
 ISBN 978-7-201-16785-5

Ⅰ.①黑… Ⅱ.①赫… ②文… Ⅲ.①童话－作品集－德国－近代 Ⅳ.①I516.88

中国版本图书馆CIP数据核字（2020）第235179号

黑塞童话
HEISAI TONGHUA

出　　　版	天津人民出版社
出 版 人	刘锦泉
地　　　址	天津市和平区西康路35号康岳大厦
邮政编码	300051
邮购电话	022-23332469
电子信箱	reader@tjrmcbs.com
责任编辑	王　琤
特约编辑	康嘉瑄　邵蕊蕊
装帧设计	郑力珲
制版印刷	捷鹰印刷（天津）有限公司
经　　　销	新华书店
发　　　行	果麦文化传媒股份有限公司
开　　　本	880毫米×1230毫米　1/32
印　　　张	11
印　　　数	43,001—48,000
字　　　数	310千字
版次印次	2021年1月第1版　2025年6月第10次印刷
定　　　价	45.00元

版权所有 侵权必究
图书如出现印装质量问题，请致电联系调换（021-64386496）